楚漢春秋

清代宫廷大戲叢刊續編 二

【上册】

詹怡萍◎主編
張申波◎校點

北京大學出版社
PEKING UNIVERSITY PRESS

國家古籍整理出版專項經費資助項目

整理説明

《楚漢春秋》爲演述劉邦、項羽楚漢相争故事的清宫連臺本大戲之一種。自漢以來，劉邦、項羽楚漢相争一直是戲曲、小説、詩歌等文學藝術創作的富礦。《楚漢春秋》的人物及劇情取材於《史記》，並參照《西漢演義》中部分情節，同時還受到民間傳説、説唱等多種文學藝術形式的影響。内府鈔本《楚漢春秋》誕生後，其後各劇種演出脚本多以此本爲基礎，現京劇等劇種的《九戰章邯》《鴻門宴》《追韓信》《黄金印》《取滎陽》《廣武山》《霸王别姬》等多據此改編。

《楚漢春秋》以清宫三層大戲樓爲演出地點，服飾華美、演員衆多、調度繁複、場面恢宏，充分利用了三層舞臺空間、各種砌末及裝置，處處流露着皇家氣派。與其他清宫連臺本大戲相比，《楚漢春秋》有着相似的創作理念、手法和品味。《楚漢春秋》劇中人物形象略顯單薄，缺少深度和層次感。劇情雖轉折起伏較多但稍顯簡略，多處關鍵情節處理倉促。該劇極爲可貴的是對劉邦形象的塑造，在劉邦迎回吕后一齣中，二人的對白描寫極爲世俗化、生活化，使得劉邦形象較之其他角色更爲豐滿。在宫廷大戲中，敢於展現帝王角色生活化的一面，頗有勇氣。

《楚漢春秋》現存版本情况爲：一、古本戲曲叢刊本，見《古本戲曲叢刊九集》，十本，二百四十齣。其書扉頁上注明：「古本戲曲叢刊編輯委員會景印，北京圖書館藏清内府鈔本，原書葉心高一八五毫米，寬一六五毫米。」二、中國藝術研究院藏本，據北京圖書館藏清昇平署鈔本過録，十本，不分卷，二百四十齣。本次校點所用底本爲古本戲曲叢刊本。底本末原有校勘記，今移入對應卷次正文下。

張申波

目録

上册

第一本

第二本

第三本

第四本

第五本

下册

第六本

第七本

第八本

第九本

第十本

第一本

第一齣　三皇論數（蕭豪韻）

〔扮八靈官各執鞭上，跳舞一回，放爆開場，下。十二太古神將上，跳舞一回畢，分侍科。扮四天官、四地官、四人官引天皇氏、地皇氏、人皇氏上。唱〕

【仙呂調套曲·點絳唇】劫運滔滔，天心丕照升沉道。五氣推敲，遞擁金輪寶。〔轉場陞高座，坐科。分白〕洪濛開闢最爲先，始定干支甲子宣。飲食政刑所自起，〔合白〕淳風湯穆萬千年。〔分白〕吾天皇氏是也。吾地皇氏是也。吾人皇氏是也。繼天立極，開闢洪荒。奠兩儀而正位，區九域以辨方。際子丑寅之會，立天地人之號。草昧初開，統三才而首出；神靈不泯，亘萬紀以常尊。迄今世遠年湮，心心相印，時移境易，局局翻新。天道日變于上，人事日遷于下。覷着那滄海桑田，那塵世上，又添幾多公案也。〔唱〕

【仙呂調套曲·混江龍】則見那風成熙皥，循蜚須命已云遥。眼看着虹流華渚，電感青霄，一鼓薰風成妙化，八年神績運殊勞。除殘一怒，牧野南巢。更有那峥嶸五霸，迭起稱豪。七雄並峙，舌辨遊遨。到如今，叵耐這虎狼秦，恁的行無道，依仗着鯨吞虎踞，儘教他一處處火滅烟消。〔扮伏羲、神農、軒轅、唐堯、虞舜、夏禹、商湯、周文王、武王上。分白〕五德相終始，三王共一家。如何併六國，先代絶根芽。吾乃太昊伏羲氏是也。吾乃炎帝神農氏是也。吾乃軒轅黄帝是也。吾乃唐堯帝是也。吾乃虞舜帝是也。吾乃夏禹王是也。吾乃商湯王是也。吾乃周文王是也。吾乃周武王是也。〔合白〕秦爲不道，兼併六國，我等同見三皇，看有何議論。來此已是，就此參見。〔參見科。白〕三皇在上，我等參見。〔三皇白〕諸君少禮，諸君同來此地，有何事故？〔五帝三王白〕我等今日到此，特爲强秦肆暴，剪滅東周，不封先代之後，較之三代末世，更爲無道。〔三皇白〕三代享國綿遠，皆仁厚開基之報。今東周君，非桀紂之比，莊襄滅之未久。國姓潛移，是强秦早喪矣。〔唱〕

【仙吕調套曲·村裏迓鼓】那廢興消息，怎出得彼蒼、彼蒼公道。溯着那開基文命，直到得赤烏流耀。都只爲深仁厚澤，天心克厭，不枉了千年締造。那東周一線，怎下得移徙了鐘簴，撲滅了宗社，斷絶了根苗。呀！怎知道暗搬移，這天公恁巧。①〔五帝三王白〕那秦政以吕易嬴，兼併六國，聽李斯之謀，不封其後，是何道理？〔三皇白〕諸君聽者。〔唱〕

① 「恁」，校籤作「凑」。

【仙呂調套曲・元和令】念從來分和合天數招，特令那異姓兒逞凶暴。算將來七雄都在暗中消，看天公饒不饒。佇聽他東門黃犬，俯首悲嘷。亂鮑魚堪痛悼，到頭來空作惡。〔五帝三王白〕那秦政無道之處，尚自多哩。〔三皇白〕他暴虐多端，擢髮難數，亦莫非運數使然也。〔唱〕

【仙呂調套曲・上馬嬌】只說他長城萬里遥，淋漓血肉澆。說什麽典禮致英豪，①葬驪山，痛咽無門告。瞧！一似那暴雨不終朝。〔五帝三王白〕他罪浮桀紂，何可繼周？上帝好生之心，恐不如此。〔三皇白〕諸君不必過慮，天命已有在矣。〔唱〕

【仙呂調套曲・勝葫蘆】他塗炭生靈創火燒，不必過心焦，②看箇在天心姓氏標。那當權赤帝，真符敕與，早已下丹霄。〔白〕上帝慮其虐焰方張，又遣烏龍下界，先行撲滅。因此兩下交争，赤帝子創造，正非易事。〔唱〕

【又一體】直看他一炬咸陽土也燋，因此上兩下交鋒百戰勞，委實的虎鬭龍争真個少。幾番兒風狂浪急，幾番兒山摧石裂，纔博得個四溟息波濤。〔五帝三王白〕赤帝子降生誰氏，將來享國多少？〔三皇白〕他轉生沛縣，姓劉，名邦，將來四百餘年天下屬漢。〔唱〕

【仙呂調套曲・後庭花】他親將簡命叨，創立起堂堂大漢朝。佇看那祥靄餘豐沛，咸陽旺氣銷。姓

① 「什」，校籤作「甚」。

② 「創火燒不必過心焦」，校籤作「一似劫火燒便滄海也枯焦」。

氏兒應金刀，這的是天機先兆，他他他奮布衣蓋世豪。喜煞他坦胸懷海樣包，破函關洗穢濁，約三章大義昭。屈指他四百年炎運饒，則待把錦江山消受了。〔五帝三王白〕這劉邦先世有何德能，致膺天眷？〔三皇白〕他乃唐堯後裔。上帝以揖讓之風，開于堯帝，故使其後爲漢家天子，享國綿遠，以報盛德。〔唱〕

【仙呂調套曲・柳葉兒】想當日心傳微妙，紀登庸創局新標，則他這傳留一脉宗風紹。慢道是天處高，端的無私照。雖則是千百年世系遥遥，這投報不爽分毫。〔五帝三王白〕聽三皇所論，興衰運數，事非偶然。天道不遠，于兹益信。〔三皇下高座科。白〕那秦楚空自勞勞，赤帝子應運當興。我等與諸君，静觀自驗也。〔唱〕

【仙呂調套曲・賺煞尾】驗天心，端的非虚邈，嘆祖龍空矜强暴。枉自痴心萬世遥，又誰知二世難保。百忙中奮臂呼號，撼動天關地軸摇。起徒步大度籠牢，提三尺龍泉光耀。澄清天宇，山河一統屬神堯。①〔五帝三王白〕我等就此告辭。〔三皇白〕諸君請。〔分下。十二太古神將串舞一回科。下〕

① 「屬」，校籤作「繼」。

第二齣　開場始末（魚模韻）

〔扮八開場人，捧香爐，執如意，從兩場門分上。各設爐盤、如意于香几上，焚香三頓首科。起，各執如意繞場。分白〕

【玉女搖仙佩】乾坤錦繡，元后聰明，天教爲民父母。今古澄觀，興王應運，天與諄諄吩咐。妄想知何處。嘆祖龍併噬，閏餘奇數。空剩得、阿房未就，早作一片荒烟焦土。逐鹿遍中原，虎視重瞳，垂涎西楚。怎識天生赤帝，豐沛鍾祥，三傑同時並輔。險脱鴻門，知人善任，別具匡時大度。殲敵烏江路。創立起、四百炎劉天宇。試屈指、五載争雄，別開生面，新聲重度。徵歌舞。昇平歡宴昇平主。〔仍從兩場門分下。〕

第三齣　家庭春宴（家麻韻）

〔扮劉邦上。唱〕

【高大石調引・中興樂】蟠龍在蟄困泥沙，等閒混迹魚蝦。何日風雷，蔚起雲霞。飛騰萬里爭誇。問生涯，天空野曠，别無聊賴，四海爲家。〔白〕日角龍顔貌不群，河邊風雨昔年聞。從來不事家人業，别有胸懷誰與云。在下姓劉名邦，字季，沛縣人氏。父親劉煓，先母王氏，生我兄弟三人，長兄劉伯，次兄劉仲。不幸長兄早逝，老母繼亡，隨父兄在此陽里居住，現爲泗上亭長。曾聞人説，我母生我時，感雷電交龍之異。自幼不事家人生産，老父屢次督責。常在咸陽，縱觀秦皇帝，有感于心。曾嘆息道：大丈夫當如是矣！無奈充居微末，怎能遂我心志，且待時而動便了。正是：滄海可吞方是量，青天欲上會乘時。説話之間，那邊哥嫂來也。〔扮劉仲、吴氏上。分唱〕

【高大石調引・甲馬引】恪守家門雍穆話，謹把門庭支架。助理辛勤，晨昏周匝。〔合唱〕且及時歡慶，好年華。〔劉邦見科。白〕哥嫂拜揖。〔劉仲白〕賢弟少禮。〔吴氏白〕叔叔萬福。〔劉仲白〕兄弟，今當春光明媚，又值你回家探望，愚兄已備下酒席，待請老父出來，一同賞玩，你意下如何？〔劉邦白〕如此甚好，只又勞哥哥費心。〔劉仲白〕好説，你我同請便了。〔同請科。白〕父親有請。〔扮劉端上。唱〕

【高大石調引・太常引】春眠日影透窗紗，何事語聲譁。暮景幸無差，堪欣有子承家。〔劉仲、劉邦見科。白〕父親拜揖。〔劉端白〕我兒罷了。〔吴氏白〕公公萬福。〔劉端白〕媳婦少禮。你們請我出來，有何話説？〔劉仲、劉邦白〕當此春光明媚，孩兒們備有酒筵，與父親一同慶賞。〔劉端白〕生受了。〔劉仲白〕莊客們伺候。〔扮四莊客上，設酒。劉端、劉仲、吴氏、劉邦各入席坐，飲科。同唱〕

【高大石調・念奴嬌序】暄妍麗景，羨風輕日煖，三春錦繡韶華。有酒盈樽，稱賞處，杯中滿泛流霞。歡話，椿樹長榮，綵衣戲舞，承歡繞膝春風下。〔合〕且領取，樽前美景，歡暢無涯。〔劉仲唱〕

【又一體】閒話，相關無那，願吾弟奮迹飛騰，翻然高駕。終老田間。吾自愧，力薄更兼才寡。休把引，有用光陰，蹉跎拋去，白駒隙裏縱騮驊。〔合〕且領取，樽前美景，歡暢無涯。〔吴氏唱〕

【又一體】非假，真個似箭如梭，時光易去，何當浪跡困天涯。須有日，一舉飛黃騰達。這庭下，永日春風，高堂侍奉，自唯兄嫂休牽罣。〔合〕且領取，樽前美景，歡暢無涯。〔劉邦唱〕

【又一體】聽罷，念切門閭，情聯棣萼，駑駘策勵認龍駒。男子事，怎學習井鳴蛙。奈咱，羽翼全無，身同匏繫，怎當遥泛上天槎？〔合〕且領取，樽前美景，歡暢無涯。〔劉端白〕我兒，你生多神異，負此異表，定當不爲人下。只要你奮志自愛，休只終朝蕩廢。〔唱〕

【中呂宮・古輪臺】兆休嘉，當年風雨會交加。綿綿祖德蘊根芽，生商足詑，履武非誇。自昔傳留佳話，今古閒提，後先不亞，把你明珠擎看不争差。休矜瀟洒，逞不羈才堪覂駕。須當奮志，峥嶸頭角，門閭高大。（合）勤儉好持家。還驚怕，我倚門望眼斷昏花。（劉邦白）老父不消過慮。孩兒呵，（唱）

【又一體】堪誇，蛟龍暫隱在低窪。須有日萬里鵬程，御風遠駕。那禾黍桑麻，曉甚麼雲鋤雨耙。也不知播兩掂斤，高低作價，只有這磊落胸襟任拋洒。嚴親莫訝，您孩兒不事生涯。須知別有，良田沃野，高堂大廈，（合）做起大人家。希奇煞，前程美滿忒豪華。（各出席科。劉煓白）但得我兒如此，吾復何慮。你今日泗水亭，料也無事，且同我閒話片時。（劉邦白）孩兒知道。（劉煓唱）

【中呂宮・尚如縷煞】雙珠秀玉樹佳。（劉仲、吴氏唱）門内歡愉無價。（劉邦唱）慶椿樹光聯棣蕚花。（同下）

第四齣　呂文避讐（尤侯韻）

〔扮呂文，騎馬。同妻巫氏，女呂雉、呂嬃坐車。三車夫推上。同唱〕

【仙呂宮集曲・甘州歌】【八聲甘州】（首至六句）車馳馬驟，將家園撇却，謹避冤讐。雲山滿目，轉眼風光非舊。人生何事離鄉井，事到頭來不自由。〔呂文白〕在下姓呂，名文，字叔平，單父人氏。自幼曾習風鑑，相人屢中。山妻巫氏，所生二女，長女名雉，次女名嬃。因與本縣豪家作讐，不可一日而居，爲此避出。〔巫氏白〕老爺今將安往？〔呂文白〕我有相好至友吴能，現任沛令，意欲前去依托，料他必不見阻。車夫，往沛縣去者。〔作行科。同唱〕【排歌】（合至末句）故鄉遠，異地遊，天涯有路好奔投。巢林鳥，漫隱憂，一枝權借暫淹留。〔呂雉、呂嬃白〕沛令雖是爹爹好友，自古道日遠日疏，萬一不肯收留，那時如何是好？〔作悲科。唱〕

【又一體】生小慣嬌柔，念閨中弱質，倏爾飄流。思量仔細，教人不禁閒愁。人情翻覆難强求，莫道如膠仗故友。〔同唱，合〕故鄉遠，異地遊，天涯有路好奔投。巢林鳥，漫隱憂，一枝權借暫淹留。

〔呂文白〕我兒忒過慮了。〔巫氏白〕孩兒慮得極是，須早些商議，方爲上策。〔唱〕

【又一體】未雨早綢繆，嘆臨時掘井，空驚束手。人情如紙，誰知腹裏戈矛。人無遠慮自貽羞，未卜人心似舊否。〔同唱，合〕故鄉遠，異地遊，天涯有路好奔投。巢林鳥，漫隱憂，一枝權借暫淹留。〔呂文白〕院君不必過慮，沛令素重我爲人，此去不但收留，且要寬房大廈，鮮衣美食，受用不了。〔唱〕

【又一體】不必過夷猶，念故人情重，膠漆難儔。金蘭有素，非比尋常握手。賓至如歸好承受，伊家且自展眉頭。〔車夫白〕已到沛縣了。〔呂文白〕就此進城，到縣左右，尋一旅店暫住，再拜縣令便了。〔車夫應，行科。同唱，合〕故鄉遠，異地遊，天涯有路好奔投。巢林鳥，漫隱憂，一枝權借暫淹留。〔下〕

第五齣　縣令重客（庚青韻）

〔扮院子引吳能上。吳能唱〕

【雙調・普賢歌】干戈四起殺機生，指顧風雲意未平。翹首欲飛騰，何當羽翰輕。〔合〕斂翼深藏休露影。〔坐科。白〕在下姓吳，名能，單父人氏。現任沛令。近聞秦皇無道，兵戈四起。意欲乘時，作一番事業。奈無同志之人，雖有書椽蕭何、曹參，深有機謀，恐他二人，未必一心向我，且待徐徐再計便了。向與同里呂叔平爲莫逆之交，這幾年音信不通，未知他近日景況如何。〔唱〕

【南呂宮・柰子花】想當年金石交情，到如今魚杳雁冥。相隔着雲山幾重，久疏投贈，知心人別後是何行徑。〔合〕思省，添得我幾番延頸。〔扮門役上，稟科。白〕今有單父呂老爺求見。〔吳能白〕那個呂老爺？〔看名帖科。白〕原來叔平兄到了，正在思念他，快請進來。〔門役出，請科。扮呂文上。白〕避讐來異地，投友覓同鄉。我呂文爲避讐家，來到此地。方纔門役出來請我，不免進見。〔吳能迎進科。各拜科。呂文白〕久別故人，常懷飢渴。〔吳能白〕今朝寵降，頓慰生平。〔敘坐科。吳能白〕故人別後，音信全無，下官正在思念。〔呂文白〕道里悠遠，彼此同情，望吾兄鑒之。〔吳能白〕得遇故人，喜出望外，但

今兹枉顧，定非無事而來。〔吕文白〕吾兄聽稟。〔唱〕

【南吕宫・宜春令】非無事謁友朋，走春風遊踪暫停。一時無計，結下冤讐遭强横。怎當那氣焰燻天，顧不得拋離鄉井。〔合〕因此，鷦鷯敢借，一枝栖瞑。〔白〕小弟爲避讐家，挈眷至此。〔吴能白〕原來如此。吾兄不必過慮，下官與足下乃莫逆之交，由他什麽人，也不敢與足下爲讐。既同老嫂令愛前來，下官有自置房産，即請擇日遷居。〔唱〕

【南吕宫・太師引】告吾兄，且把愁煩省，恁豪强敢來横行？愧荒城無堪恭敬，小可兒暫把身寧。慢提他豪門勢焰，莫悲傷故園風景，〔合〕保得個全家安慶。聊表得，當年握手交情。〔吕文白〕仁兄雅愛，足徵愉風，小弟感激不盡。〔唱〕

【南吕宫・瑣窗寒】嘆崎嶇世路難行，急難方知推解誠。伯桃羊角，今古留名。這交情友誼，後先輝映。關心處，羈人何幸。〔合〕全憑，故人情重篤嚶鳴，免將舉室飄零。〔吴能白〕急難相援，朋友之義，這也何足掛齒。院子，曉諭合縣人等，吕老爺乃吾重客，一任大小居民，不許騷擾干犯。如違，重處不貸！〔院子應科。白〕曉得。〔吴能白〕吩咐後堂排宴，一來與吕老爺洗塵，二來以慰數年契闊。〔吕文白〕多謝仁兄。〔吴能唱〕

【尚按節拍煞】神交千里遥相應。〔吕文唱〕話衷腸益見肫誠。〔同唱〕管取安居犬不驚。〔同下〕

第六齣　誑言居席（江陽韻）

〔扮蕭何、曹參上。分唱〕

【中吕宫引・青玉案】風雲何日空惆悵，識人眼閒推訪，不負生平何處餉。〔同唱〕胸懷落落，還堪自賞，頻把天心望。〔蕭何白〕在下姓蕭，名何，沛縣人氏，現充本縣書椽。〔曹參白〕在下姓曹，名參，沛縣人氏，現充本縣獄椽。〔同白〕我二人雖係刀筆之吏，素有大志。趁着秦皇暴虐，各處蜂起，思得一人，輔而佐之，博一個衣紫腰金，也不忝生平抱負。怎奈並無其人。〔曹參白〕近見劉季，隆準龍顔，相貌超群，衆人俱與他相近，大似有福之人。奈他好酒喜色，每每狎侮于人，恐不能成大事。〔蕭何白〕雖則如此，看他愛人喜施，豁達大度，又像個成事的英雄。依我看來，將來奪秦家天下者，只怕還是此人。閒話少説，前日本官傳下話來，道他有重客在此，凡在縣大小居民，不許騷擾干犯。合縣聞之，無不欲親近于他。今日遷居，諸大夫俱與他賀房，本官命我主事主進。〔曹參白〕既是本官重客，凡賀房者，必像個體統，免得那無賴者，前來擾席。〔蕭何白〕我已傳下與衆賀客，凡進不滿千錢者，坐堂下。無錢者，不得擅進。〔曹參白〕所辦甚妥，俟衆客到來，按名取錢，放進便了。〔同下。扮王陵、夏侯嬰、周勃、周緤、周昌、周苛、盧綰、任敖上。分白〕縣令交心友，新來卜宅居。上賓初就舍，賀客已盈閭。車馬門前積，衣冠裹內虛。千錢同結納，堂下又何如。吾王陵是也。吾夏侯嬰是也。吾周勃是也。吾周緤是也。吾周昌是也。吾周苛是也。吾盧綰是也。吾任敖是也。〔同白〕我等俱係豐沛人氏，聞本縣重客呂叔平今日遷居，我等特來賀房。來此已是，就此交禮，好去坐席。〔周勃白〕王老兄是本地貴族，先請。〔王陵白〕夏侯兄是司厩，小弟如何敢僭。〔夏侯嬰向周緤白〕還有舍人。〔向周昌、周苛白〕同上差在此，我如何敢僭。〔衆推王陵科。蕭何、曹參上，見科。白〕列位不必謙讓，就此交禮，依次而坐。〔衆依次交錢，讓進科。扮呂文上，見科。白〕有勞列位光降，不勝榮慶。〔衆白〕不腆菲儀，望尊客休哂。〔呂文白〕好說。小厮們，安排酒席，與列位把盞。〔場上設左右對面兩席，上虛一席。扮四小厮上，安坐科。衆各入左右席，飲酒科。王陵等衆唱〕

【中呂宮・山花子】華堂開處多清敞，一庭喜氣洋洋。賀新居既吉且康，召休嘉福祉無雙。〔合〕念吾儕歡呼一堂，欣逢勝地樂未央。杯過尊前休空放，拚取今朝，醉倒千觴。〔呂文白〕承諸君雅意，只嫌客邸，無以爲敬。〔唱〕

【又一體】念我羈人，承蒙縣令，委曲安排當。濁酒頻斟，料也無堪酬讓。〔衆同唱合〕念吾儕歡呼一堂，欣逢勝地樂未央。杯過尊前休輕放，拚取今朝，醉倒千觴。〔蕭何、曹參白〕主人情重，諸君暢飲一杯。〔衆隨意飲科。扮劉邦上。唱〕

【中吕宫引・遶紅樓】客自何來聲譽揚，新宅舍賀客奔忙。聊復狂言，將他虚誑，席間專坐又何妨。〔白〕今日聞得，合縣人等，與什么縣官重客賀房。蕭何主事，進不滿千錢者，坐之堂下。我今假言萬錢，占他首席，看他們怎樣奈何于我。〔作到闖入科。蕭何攔阻科。白〕亭長公請了。有千錢者，方許入席。你有多少錢，請交上，好坐席。〔劉邦白〕我出萬錢，我占首席。〔蕭何白〕交出來。〔劉邦白〕已交與主家了。〔蕭何向吕文白〕叔平公，來、來、來。〔吕文出席，見科。蕭何白〕曾收他萬錢麽？〔吕文見劉邦，作驚科。背白〕好個大貴相也。〔轉向蕭何科。白〕這位萬錢，早已交與老夫了，請坐首席。〔劉邦白〕何如？這首席，應該我坐了。〔徑占上首席，坐科。蕭何白〕劉季固多大言，少成事。〔劉邦飲科。白〕你道我大言無成，我看諸君呵，〔唱〕

【中吕宮・大影戲】掂斤播兩，忒恁傍徨，我作戲且逢場。送來禮物何須講，更有誰朦朧混賬。〔合〕誰人似我，破萬錢獨坐華堂。一串青蚨，煞甚恓惶。〔扮樊噲上。白〕盡日覓不得，教人兩脚忙。我樊噲，各處訪問劉季，説往吕公家賀房，一徑尋來。此間已是，不免闖入。〔作闖入問科。白〕那位是亭長劉季？〔劉邦起應科。白〕在下便是。〔樊噲拜見科。白〕我那處不尋到，幸在此地相逢。〔吕文見科。白〕壯士尊姓大名？〔樊噲白〕某姓樊，名噲，沛縣人氏，以屠狗爲業。爲訪劉季，特尋到此間，休怪闖席。〔吕文背科。白〕此乃一代諸侯也。〔轉科。白〕壯士既爲劉君而來，即便同坐何如？〔樊噲白〕使得。〔劉邦白〕你我同坐一席，共飲甚好。〔對坐科。各大飲酒科。同唱〕

【中呂宮・好孩兒】斟此杯香醪美釀，拚今朝痛飲，你我歡暢。一時傾倒，一時傾倒，又何待細問行藏。〔合〕偏覺精神添壯，纔知酒落歡場。〔衆起作拜辭科。白〕我等不勝酒量，就此告辭。〔呂文白〕多有簡褻了。〔衆下。劉邦、樊噲見衆辭出，亦告辭科。白〕我等亦已深擾，敢辭老丈。〔呂文强留科。白〕休得如此，老夫有一言奉告，祈二位少留。〔樊噲白〕既承美意，可還有得酒吃？〔呂文白〕酒儘有的，請二位到書房，痛飲一回。〔樊噲作大笑科。白〕如此甚好。〔同下〕

第七齣　相貌擇婿（先天韻）

〔扮巫氏，同女吕雉、吕媭上。巫氏唱〕

【中吕宫集曲·駐馬聽鶯兒】【駐馬聽】（首至六）輕别家園，只道是飄零逐暮烟。怎識故人義氣，如逢喬木，谷底新遷。霜絲侵入鬢雲邊，花枝紅映如花媛。【黄鶯兒】（合至末）曉窗前，一雙窈窕，恰好娱殘年。〔白〕〔風光好〕樹枝低，鵲初棲，人到他鄉意慘悽，不堪題。〔吕雉、吕媭白〕誰知身在他鄉好，無煩惱。佳客盈庭華牖輝，共啣杯。〔巫氏白〕多承沛令美意，留我一家在此安住。今日遷居，許多賀客臨門，真乃榮幸也。〔吕雉白〕我爹爹説與沛令莫逆，今日看來，果然金石之交，如膠似漆。〔扮吕文上，作笑容科。唱〕

【中吕宫集曲·駐雲聽】【駐雲飛】（首至五）兩縷絲牽，這脚下紅繩怎的聯。〔巫氏白〕老官人，這等歡喜，却是爲何？〔吕文白〕我歡喜麽？若是你母女聽見，還不知怎樣歡喜呢。〔唱〕鳳侣登時選，休羨堂前燕。〔巫氏白〕敢是與女孩兒選得佳婿麽？〔吕文唱〕然。【駐馬聽】（四至末）蛟龍耀彩在深淵，寶珠輕摘機關便。〔巫氏白〕敢是沛令家那頭親事麽？〔吕文白〕非也。〔唱〕合我膝下雛鵷，如何容易，雁筵輕奠。〔白〕方纔賀客滿座，我見有二人，相貌非凡，欲把兩個女兒許他，特來與你商議。〔巫氏白〕他是何等樣人家？〔呂文白〕一姓劉，名邦。一姓樊，名噲。目下雖則布衣，異日必爲君王將相。〔巫氏白〕呸，你老糊塗了。自古以來，也不曾見個布衣天子。〔唱〕

【中呂宮集曲·駐馬近】【駐馬聽】（首至合）滿口胡言，那有泥鰍却上天。則怕英皇配後，大舜終身，號泣耕田。動誇水鏡相超元，恐將來羞見乘龍面。【好事近】（合至末）那時節悔過無由，總無如慎在當先。〔呂文白〕嫁女擇賢婿。我的相法，那裏得差。此非兒〔爾〕女子得知，你母子且迴避了。〔巫氏作惱容科。白〕辛勤養女非容易，却把明珠暗裏投。〔引呂雉同呂嬃下。呂文白〕了不得，了不得，婚姻大事，憑我作主。婦人家，多嘴多舌，可惱，可惱。蒼頭，蒼頭。〔扮蒼頭上。白〕老官人，有何吩咐？〔呂文白〕快到書房，請二位客官内堂叙話。〔蒼頭作請科。扮劉邦、樊噲上，見，作謝酒科。劉邦白〕多謝老丈，晚生輩既醉以酒，既飽以德矣。〔樊噲學科。白〕醉……〔想科。白〕飽……哦，是飽了。〔呂文白〕草草薄酌，不勞掛齒。在下有一句話，與二位説。〔作礙口科。白〕也罷，大丈夫，男子漢，有話便直説了罷。〔唱〕

【中呂宮集曲·倚馬待風雲】【駐馬聽】（首至六）我有女青年，迨吉春閨日久懸。〔指劉邦科。唱〕見你鸞停鳳翥。〔指樊噲科。唱〕你虎額猿肩，蓋世英賢。欲待要兩川明月一時圓。三生舊約今生踐。〔劉邦白〕多謝老丈垂青，只晚生呵，〔唱〕【一江風】（八至九）文慚孔聖傳，刀慚腕下懸。【駐雲飛】（四至末）落魄安微賤，嗏，怎配玉婵娟？ 感垂憐，奮志青霄，待把功名建。〔合〕再議婚姻月下聯，再議婚姻月下聯。〔吕文白〕貧賤富貴，轉瞬間事，二君今日雖然時運未來，異日龍虎風雲，不可限量。〔劉邦白〕既然如此，不敢違尊命了。岳丈請上，待小婿叩謝。〔謝科。樊噲一旁立科。劉邦白〕樊兄，也過來謝了岳丈。〔樊噲叩科。吕文還禮科。唱〕

【中吕宫集曲·駐馬輪臺】【駐馬聽】（首至四）秦晉姻聯，自許冰清玉潤連。則願龍飛九五，鶚漸三千，戚里争傳。【古輪臺】（四至末）平生雅擅。〔合〕冰鑑號稱仙。風雲變，幾番雷雨隔人天。〔劉邦白〕多謝岳翁誇獎，小婿輩勉强自勵，以待天時便了，就此拜辭。〔劉邦白〕乍喜龍門得暫登。〔吕文白〕竚看一躍碧波澄。〔樊噲白〕風生月暈知何意。〔吕文白〕猛虎山林卧欲興。 請了。〔劉邦、樊噲下。吕文笑科。白〕一雙女兒，天生就一對佳婿。不意草茅之中，有此聖君良將。進去告訴女兒，細細的把相法講與他聽。〔下〕

第八齣　太公允親　齊微韻

〔扮劉煓上。唱〕

【南呂宮・一江風】笑區區，枉作兒生計，置買田和地。課農桑，日漸蕭條，還恐餘生，要受兒孫累。〔白〕老夫劉煓，本係帝堯之後裔，世爲晉臣。因士會奔秦，食邑於劉，遂姓劉氏。後來祖宗，避秦苛政，隱居沛縣。老夫一生，小心謹慎，勤儉持家，生下三個兒子。不幸長子早亡，荆妻棄世。次子劉仲，尚然本分，堪以照管家私。三子劉邦，放蕩不羈，動不動要説愛人喜施，豁達大度。咳，家業漸漸貧窘，靠着這一個泗水亭長，如何能彀恢復？這幾日，連個面都不見，又不知飄飄蕩蕩，同誰飲酒作樂去了。〔唱合〕看花夥伴非，看花夥伴非，生生被酒迷，這落魄成何濟。〔扮劉邦上，唱〕

【又一體】這胸襟，頗也饒經濟，未得風雲會。〔白〕我劉邦，這一回家，老父定然又有一番勸戒，只怕連親事也未必就允。〔唱〕到庭幃，絮絮叨叨，無了無休，恨我將親背。〔白〕老父，你怎知你孩兒心事。〔唱合〕雄心不可羈，雄心不可羈，怎鷦鷯枝上棲。丈夫身，怎老向田園内。〔白〕來此已是自家門首，不免進見老父則個。〔見科。白〕太公在上，孩兒拜揖。〔劉煓白〕罷了。咳，我兒，你這幾日，却

在那裏？〔劉邦白〕太公聽稟。本縣令吴公，有一故友，姓吕，名文，新近遷居於此，孩兒因吴公面上，少不得同着衆人奉賀。〔唱〕

【南吕宫·懶畫眉】往來門户有光輝，少什麽客履三千錦繡衣。〔白〕却有一宗怪事。〔唱〕那吕公風鑑世間希，座中偏識單寒貴，〔合〕格外垂青向布衣。〔劉煓白〕往年我也喜説機祥，愛聽命相，如今看來，一些也不准。況且你去賀喜，他順口誇你幾句，不過世俗應酬。我兒，你一生就被這富貴二字誤盡了。〔劉邦白〕言談説話，那裏聽得。他有長女，名雉，當時面許與孩兒做媳婦。〔唱〕

【又一體】他夭桃二月待佳期，愛上我鳳眼龍眉世上稀。便親迎六禮不嫌微，一心願把連枝配。〔合〕特稟上高堂老父知。〔劉煓喜科，白〕嗄，他竟把女兒許了你了。劉仲，劉仲。〔扮劉仲上。白〕來了。〔劉煓白〕沛縣新搬來一個吕太公，他是吴縣令的朋友，善會看相，他相第三的，一定富貴。他把女兒許了劉邦，你道這頭親事好麽？〔唱〕

【南吕宫·三换頭】姻緣事奇，天生成對。劉邦甚微，云他榮貴。竟把親身美麗，霎時間，許掌我貧漢家，蘋繁中饋。真個希奇也，難將美意違。〔合〕你慎選良辰，教伊從此受個家人累。〔劉仲白〕此事甚好。後日乃是黄道吉日，孩兒一面備辦聘禮，就送吉期過去。〔唱〕

【又一體】他花迷酒迷，終朝酣醉。〔劉煓白〕咳，你哥哥平日，都不肯説喲。〔劉仲唱〕天回運回，登時榮貴。再得嬌娥淑慧，把身心拘束着，不到的家園花費。〔劉煓白〕是。〔劉仲唱〕從此和諧也，全家共悦怡。〔合〕將六禮虔修，張燈懸彩，慶賀成婚配。〔劉煓白〕鼓樂花轎，都要好好兒的。〔劉仲白〕這個自然。〔劉煓白〕男大當婚，女大當嫁。〔劉邦白〕天與良緣。〔劉仲白〕免得牽掛。〔同下〕

第九齣　于歸定情（古風韻）

〔扮吕文上。白〕龍潛滄海待雲興，鳳噦朝陽啓瑞徵。相貌相皮兼相骨，坐看紅日自東昇。昨日劉親家，遣人過禮，今日黄道吉日，就來迎娶。這早晚了，院君也該與女兒梳洗梳洗，以便上轎。院君快來。〔扮巫氏扶吕雉上，指吕文駡科。唱〕

【越調·綿搭絮】我如花如玉，一個女裙釵，活把他埋，知道婚姻因甚諧。〔哭科。唱〕淚盈腮，已拭還揩。問你精通相法，相着何來？則合把自己嬌兒，〔合〕報應平生隨口開。〔吕文白〕那劉邦，鳳目龍眉，異日必有大發迹。我肯把自己女兒，輕易許一個貧寒之士？你快與女兒梳洗着，劉家花轎好待來了。咳，這樣好事，要哭哭啼啼做什麽？〔巫氏作梳頭科。白〕我的兒，你明日受苦時節，只駡這老糊塗，切休怨做娘的。〔唱〕

【又一體】是他年老，兼又值時衰。送得嬰兒，要展愁眉不得開。〔與换鞋科。唱〕鳳頭鞋，没點塵埃。一任野田村落，送飯當差。你到苦受煎熬，〔合〕則駡那賣弄虚囂老賤材。〔内作鼓樂科。吕文白〕花轎將要到門了，你不用埋怨，明日女婿發跡了，你不要上他的門就是。〔扮四樂人、四執燈籠人、四轎夫、擡綵轎，伴婆隨上。樂人吹打繞場行，作到門科。扮院子上，關門科。伴婆敲門科。院子三要開門錢科。伴婆送賞封科。巫氏爲吕雉换衣搭蓋頭科。吕文作出科。白〕吉時已到，只管需索作什麽？〔作開門科。轎夫擡轎作進科。巫氏扶吕雉送上轎，共哭科。樂人吹打，轎夫擡轎，伴婆隨繞場行科，下。巫氏哭白〕我的嬌兒嗄，你細皮白肉，怎與那村亭長一牀睡喲。〔吕文白〕咳，益發不是話了。〔拉下。扮二侍女、劉仲上。劉仲唱〕

【黄鐘宫引·滴滴金】鳳友鸞交卜世昌，燈有蕊，彩飄揚。莫言泗水充亭長，却是鄉人望。〔白〕雙星牛女鵲橋通，暢喜佳期近日曈。五彩結旗非偶爾，同心化作吉祥雲。三弟今日完姻，謹按週堂，翁媳不宜見面，奉太公嚴命，着我親身料理。吉時已近，花轎將次到門，不免唤儐相伺候。儐相。〔扮儐相上。白〕來了。〔内鼓樂科。劉仲白〕新人將次到門，多辦吉祥言語伺候。〔儐相白〕曉得。〔鼓樂花轎上。儐相白〕伏以，龍雛本出帝王家，正值新開桃李花。此日津亭初合巹，他年金屋試豪華。奉請新貴人蓮步輕移。〔伴婆扶吕雉下轎立科。樂人、轎夫下。儐相向内請科。白〕伏以，烏龍一對掛門鞭，亭長威風泗上傳。雄老虎逢雌老虎，今宵月暈大團圈。〔劉仲白〕不許這等説，好生請。〔儐相白〕伏以，四海茫茫那是家，一身落落浩無涯。今朝始得乾坤定，笑殺瓜錘博浪沙。〔劉仲白〕不是這等説，重新請。〔劉邦出科。白〕哥哥不要攔阻，這乾坤定三字，恰好道着兄弟心事。〔儐相白〕同拜天地，就位。鞠躬，跪，叩首，興。鞠躬，跪，叩首，興。鞠躬，跪，叩首，興，鞠躬。夫妻交拜，就位。鞠躬，跪，叩首，興。鞠躬，跪，叩首，興，鞠躬。禮畢。〔劉仲白〕掌燈送入洞房。〔儐相白〕勞裏勞叨，小題大做。〔下。侍女掌燈，伴婆扶吕雉行科。劉仲喜科。白〕妙嗄，三弟如今有拘管了。〔下。吕雉、劉邦坐科。侍女立科。伴婆拉侍女科。白〕年輕輕的，一些竅也不懂。〔諢下。劉邦揭吕雉蓋頭科。白〕是好個有福氣的女子也。〔唱〕

【黄鐘宫・降黄龍】目秀眉清，神氣安閒，不等尋常。〔移坐近吕雉科。唱〕歎男兒貧賤，玷辱嬌姿，慚愧閨房。思量，丈夫懷抱，料應也非是娥眉能想。〔合〕剔銀燈鬚眉何等，任意評講。〔吕雉偷覷劉邦科。唱〕

【又一體】軒昂，少甚兒郎。怪道嚴親，愛伊福相。龍眉鳳目，果然是英雄，人間無兩。難量，那能長賤，眼前雖然流蕩。〔合〕久以後風雲騰達，敢效飛蝗。〔劉邦白〕娘子這等尊貴，卑人有何福氣，消受得起。念卑人呵，〔唱〕

【黄鐘宫・黄龍袞】根苗出有唐，根苗出有唐，帝裔今飄蕩。豐沛暫寄身，基無寸土難言創。枉你裙布釵荆，婦隨夫唱。〔合〕愧我貧，恨吾賤，慚余戇。〔吕雉白〕官人説那裏話。我父素擅風鑑，只要官人不負所望，足矣。〔唱〕

【又一體】窺君這面龐，窺君這面龐，不是凡人相。奮志青雲，富貴如翻掌。妾身微賤，敢懷愁悵。〔合〕惟願你，自奮發，休謙讓。〔劉邦白〕賢哉娘子之言，卑人謹記於心，不敢有負。夜已深了，你聽更敲村落不知籌，我翹首星河看女牛。〔吕雉白〕此際低頭無别語，對生人有許多羞。〔同下〕

第十齣　趙高誘主（齊微韻）

〔扮趙高上。唱〕

【黃鐘宮引·傳言玉女】榮華已極，眼見威風無匹，攬機權殺人何惜。嚴刑煅煉，苦叫喚死生呼吸。從來輔弼，期君無逸。〔白〕凜凜嚴威震外庭，筆刀鋒鋭血花腥。腰金更喜朝衣紫，宦豎何關國史青。咱家趙高是也。生長宮中，能通獄法，向爲先帝所任，早得幼主之心。自先帝崩於沙丘，咱家與丞相李斯，接讀遺詔，令我等輔太子扶蘇嗣位。咱想扶蘇，必不親信于我，因説李斯道，扶蘇嗣位，蒙恬必相，蒙恬一相，君侯之位去矣。李斯深以爲然，與我矯詔，共立胡亥爲君，改元二世皇帝。賜扶蘇、蒙恬以死，心腹之患已除。只恐幼主臨朝，遇見個把讀書人，講出那治國經邦的道理，于咱分上，有許多不便。因此，廣搜美女歌姬，煽惑二世。此計一獻，大權在咱掌握矣。正是：安排縛虎拴龍鎖，好做驚天動地人。道猶未了，萬歲出宮也。〔扮四宮官引二世上科。二世唱〕

【又一體】福分天齊，私幸早邀神器。精神憔悴，受千官拜跪。〔坐科。唱〕些時冕服，怎及深宮安逸。人生行樂，百年能幾。〔白〕北桃幽燕南帶雲，問余何事樂爲君。萬幾縱不關宵旰，端冕臨朝也太勤。寡人秦二世皇帝是也。席先皇之偉業，賴輔弼之鴻猷，四海晏安，九重尊貴。只是早朝晏罷，平天冠壓得頭慌。上殿下廷，衮龍袍繫得身緊。思想逍遥宫内，聲色自娱，外有人言，咳，内缺嬖倖。〔趙高跪科。白〕臣趙高跪奏。〔宫官白〕平身。〔趙高白〕萬歲。〔起科。白〕臣聞天子所以貴者，但以聞聲，群臣莫得見其面也。陛下自此以後，深拱禁中，但與臣及侍中習法者，共决幾要，事來有一揆之。則，則大臣不敢奏疑事，天下稱聖主矣。〔二世白〕這也罷了，只是宫中何以爲樂？〔趙高白〕臣于阿房宫中，選得燕趙美女，吴越歌姬，本擬奏送内廷，因未奉旨，不敢擅進。〔二世作喜科。白〕既然如此，賢卿快宣召進來，朕得行樂一時，即賢卿盡忠一時也。〔趙高白〕領旨。〔作出宣科。白〕美女們走動。〔扮八美女上，跪見科。白〕臣妾等見駕，願陛下萬歲。〔二世作喜科。白〕宫官們，扶衆美女起來。〔衆美女白〕萬萬歲。〔起科。二世指二美女白〕這一個，骨格若藐姑仙子。這一個，肌膚似巫嶺神人。爾等是那裏人？〔一白〕妾身生於博野。〔一白〕妾身長自邯鄲。〔二世白〕妙嗄，朕今封爾爲燕貴人，封爾爲趙貴人。〔二美女謝科。白〕萬歲。〔二世白〕與二位美人看坐。〔二美女白〕萬歲。〔旁坐科。六美女侍科。趙高引八舞女上，跪奏科。白〕臣另選美女二隊，一歌一舞，敬呈御覽。〔二世白〕妙嗄，宫官擺宴，就令衆美人歌舞者。〔趙高、八舞女白〕萬歲。〔起科。趙高旁侍科。宫官進酒科。八舞女歌舞科。唱〕

【黄鐘宫集曲·羽衣二疊】【畫眉序】（首至二）雲錦剪成衣，袖拂香風入杯内。〔串舞科。唱〕【皂羅袍】（五至六）似鴻驚雪渚，蝶戲漣漪。【昇平樂】（五至六）委蛇。〔朝上立科。唱〕鸞停鳳舞向朝暉。【白練序】

（三至五）搖動那，鏗然數聲環珮。〔徐舞科。唱〕音調皓齒齊，暢調引清風節又低。【鵝鴨滿渡船】（四至六）輕收還又起，輕收還又起，宛黄鶯滴溜，輕鳴葉底。【赤馬兒】（三至五）一片彩雲留不住，恰翻身轉韻遮回，吞聲换氣。【赤馬兒又一體】（四至六句）花枝初賺把腔移，花枝初賺把腔移，是也非歟歌舞迷。〔側舞科。唱〕【拗芝麻】（五至合）側勢偏含媚，聲於頻曳越顯牙伶俐。〔急舞科。唱〕【小桃紅】（四至五）梨花亂落盈階砌，天香桂子寒宫墜。【花藥欄】（八至十）幾回價暗裏低徊。〔徐舞，作偷看丢眼色科。唱〕喜珠圍，翠還圍。【怕春歸】（第七句）展明眸偷看天顔霽。〔作舞畢科。唱〕【古輪臺】（合至末）彩袖一時垂。〔朝上跪科。唱〕嵩呼歲，千秋萬載樂宫闈。〔二世白〕妙哉歌舞，一者先世遺澤，二乃賢卿苦心，朕之耳目有所寄，朕之心志，無復他矣。所有外事，卿自料理，必須孤與者，奏朕知之可耳。〔趙高白〕領旨。〔二世下座，逐一看舞女大笑科。白〕妙嗄。〔唱〕

【三句兒煞】從今識得君王體，坐深宫垂裳而已，與鳳舞麟遊同著美。〔四宫官、衆美女引導二世，左扶燕貴人，右扶趙貴人，同下。趙高作手勢得意科。下〕

第十一齣　陳勝起兵（先天韻）

〔扮張耳、陳餘、武臣、鄧宗上。同唱〕

【大石調·賽觀音】錦江山，誰當占，也值得低頭讓先。破一旅縱横交戰，〔合〕敢西入秦關競揚鞭。〔分白〕男兒若不博封侯，衰草何爲死向秋。熱血一腔空際洒，于今恰喜動戈矛。吾乃張耳是也。吾乃陳餘是也。吾乃武臣是也。吾乃鄧宗是也。〔合白〕投托陳勝以來，彼此義氣投合，準擬擇日起兵。想人生世間，做得出一番功烈，也不枉英雄壯氣也。〔張耳白〕漁父丹書，篝火狐鳴，原也算不得準。只大澤鄉，會天大雨，平地水深數尺，阻住閭左之夫，不能前進，這的是天時人事也。〔衆白〕是嗄。〔同唱〕

【大石調·人月圓】天與水，激起將軍變。暗裏英雄承天眷，吾儕也遂從龍願。今日事，非關是偶然。〔合〕勳同建，看裂土分茅，繡壤相聯。〔張耳白〕陳將軍當激勵夫役之時，説道：壯士，不死則已，死則舉大名耳。王侯將相，豈有種乎？今日看來，便是爲俺四人説也。只是秦政日亂，高材捷足，乃能先得。若按兵不舉，終非良策，不免走向帳前，大家商議。正是：决策不妨憑上將。〔陳餘衆

白〕參謀還待衆將軍。〔同下。扮陳勝、吳廣、八民夫隨上。陳勝唱〕

【大石調・賽觀音】輟耰鋤，操弓箭，虞舜也耕於歷田，待攘袂呼來英健，〔合〕便端冕凝旒又何言。〔白〕一聲唤起衆英豪，只用犁鋤不用刀。燕雀今番看鴻鵠，冥冥萬里孰同翱。我陳勝，以一匹夫，傭耕隴上，雖有大志，只道是烏有子虛。不意秦發閭左之夫九百，遠戍漁陽，命俺二人爲屯長，心雖不願，勢不能辭，只得帶着衆人，夜宿曉行，迤邐向漁陽進發。不料行至大澤鄉，會天大雨，天連着水，水連着天，欲待前行，更無路徑。秦法逾限者當斬，看看逾限三日，衆民夫倉皇失措，束手待斃。是俺用好言撫慰，共相亡命，招軍買馬，聚草屯糧。近又得張耳、陳餘、武臣、鄧宗四位豪傑，共起義兵，討秦暴虐。想他四人，好待來也。〔陳餘、張耳、武臣、鄧宗同上，作進見打躬科。白〕將軍在上，我等參見。〔陳勝白〕列位請坐。〔陳餘白〕敢問將軍，何日起兵？〔陳勝白〕正在擇日。〔張耳白〕大丈夫舉事，何用擇日？只是師出無名，終久必敗，須得正名定分，方可收拾人心。〔陳勝白〕言之有理。勝聞始皇長子扶蘇，無罪被殺，百姓多疑其未死。〔唱〕

【大石調・人月圓】將問罪，定要把民心煽。長子扶蘇人猶戀，雄關巨郡應同獻。〔白〕況且楚之良將項燕，出亡于外，人莫知其處。今若詐稱項燕，輔公子扶蘇，西伐强秦，人人畏憚，必將響應。〔唱〕名震得，潼關塌半邊。〔合〕旌旗建，問萬世皇圖，怎的相傳。〔衆白〕此計大妙，我等就可剋日起兵。〔吳廣白〕衆心不一，必須結盟立誓。各分職掌，然後興師，强秦不足破也。〔陳勝白〕吳公言之有

理，快擺香案伺候。〔民夫擺香案科。陳勝唱〕

【大石調·番竹馬】不解風雲陣演，只一副義旗兒，十丈高懸，英風俠氣聯。奮雄威，蒸得雲霞色變。〔同跪科。陳勝白〕皇天在上，我陳勝、吴廣、張耳、陳餘、武臣、鄧宗，今以數千民夫，尅日起兵，除秦暴虐。以吴廣爲都尉，以張耳、陳餘爲參謀，以武臣爲正先鋒，鄧宗爲副先鋒，陳勝權居將軍之職。既盟之後，須要合志同心。〔同唱〕面不謀，心不金蘭辨。同邀你帝恩偏，争把暴虐除湔。换酷烈嚴冬，陽和催律轉。〔同起科。同唱〕念同人，除是不生全，不愁那裂地分天。〔陳勝白〕傳令大小兵卒，就此起兵。〔扮十六民夫持鍬、钁、鋤頭上。陳勝白〕就此起兵。〔衆白〕得令。〔同唱合〕呀，今番吐却，無窮恨氣綿綿。〔同繞場行科。下〕

第十二齣　懷嫉暗害（江陽韻）

〔扮吳能上。唱〕

【中呂宮集曲・麻婆穿繡鞋】【麻婆子】（首至四）不信不信英雄像，真成世少雙。看他看他如何相，隨機設法場。【紅繡鞋】（七至末）腿去皮，頭出漿。〔合〕慢慢的，再商量。〔白〕從小生來志氣，只想做個皇帝。可憐巴到如今，爬上七品地位。管轄民壯幾人，兼仗土兵武藝。思量一舉吞秦，指日高居殿陛。昨日偶然照鏡，滿面都是吉利。雖無八彩重瞳，瑞應若合符契。不料故人來訪，招了一個女婿。道是相貌超群，比我還要顯貴。恐怕他奪我江山，須要預先準備。閒話少說，昨日呂叔平，進衙謝我助他新居，并有許多大小居民，與他賀喜。他說有一亭長劉邦，相貌出衆，將女兒嫁了與他，蹊而蹺之，古而怪之也。我今日有一公幹，傳令劉邦當差，看他是天子嗄，還是諸侯將相。快些坐堂，門子！〔又喚科。白〕管門的，咳，都不見了，自己敲梆。〔捏鼻叫科。白〕老爺上堂了。〔自擊點科，下。扮皂役上，站堂科。扮蕭何、曹參上，旁侍科。吳能上，作坐堂科。白〕亭長劉邦，可曾傳到？〔蕭何白〕傳到了。〔吳能白〕着他進來。〔皂役傳科。扮劉邦上。白〕劉邦告進。〔進見跪謁科。吳能看，作驚背科。唱〕

【又一體】這是這是君王相，真成世少雙。看他看他精神旺，龍眉鳳目揚。〔翻案卷科。白〕嗄，劉邦，本縣傳你，不爲别事，只因昨日上司來文，每縣要夫五十名，往驪山聽用。聞得你有些本領，可以收束人心，不致誤事。今與你盤費銀兩，三日内起身同去。〔劉邦白〕既然老爺差遣，劉邦不敢推辭。〔吴能白〕只是一件，〔唱〕緊急差，休得忘。〔合〕期限定，没商量。〔白〕上司期限，一定四十天完差。倘若遲延，你知道秦朝法度嗄。出去。〔作退堂科，下。四皂役下。劉邦對蕭何、曹參白〕這事如何佈置？〔蕭何、曹參白〕没奈何，你只得去。也罷，我撥泗水卒周昌、周苛爲夫頭，隨你前去就是了。〔劉邦白〕如此，多謝周全。〔分下，吴能上。白〕了不得，此人若在，吾成事無日矣。幸得我做沛縣令，〔唱〕

【又一體】幸得幸得歸吾掌，些些得主張。幸虧幸虧將伊仰，期程緊莫當。〔白〕待他逾了限期，迎風一頓大板，不怕他不嗚呼哀哉。〔唱〕人間世，我爲皇。〔合〕憑你去，做閻王。〔白〕可笑吕叔平，我怎樣與你相交，求你的女兒，推辭不允。如今劉邦駕崩了，看你許與我家不許。〔唱〕

【又一體】笑你笑你精通相，難知禍與祥。問伊問伊如花樣，誰家金屋藏。孽和冤，誰主張。〔合〕待做出，莫驚慌。〔笑白〕除了一害。〔點首科。白〕暗中一喜。〔摇擺科。白〕爲害最大，而喜亦不小也。〔下〕

第十三齣　起解小別（蕭豪韻）

〔扮吕雉上。唱〕

【仙吕宫·園林好】對菱花將奴細睄，這紅顔偏生命好，結連理先徵奇兆。〔合〕須不久困塵囂，須不久困塵囂。〔白〕奴家自嫁劉郎之後，此隨彼唱，恩愛十分。雖爲亭長家妻，却有方家禮貌。郎君視我，猶如繡幄嘉賓，我視郎君，不異玉堂貴客。真是夫妻好合，琴瑟和調。這也罷了，還有一椿奇事，但凡郎君在外不歸，或酣飲酒肆，或醉卧山林，必有雲氣上覆，望雲前去，踪跡可尋。當年我父擇婿之時，道他器宇不凡，異日定然大貴。這樣看來，此言果屬不虚，奴家可爲嫁得其主也。〔唱〕

【又一體】縱魚龍池中暫韜，未亨也何須計較，得雲雨升騰莫料。〔合〕看榮顯有時叨，看榮顯有時叨。〔白〕今日縣令，傳他當堂問話，不知有何差遣。這時敢待回來，爲此收拾了酒飯，在此等候。

〔扮劉邦上。唱〕

【仙吕宫·江兒水】禍事從天掉，憑空急難交。銅章暗把人傾倒，批迴一紙勾魂早。〔白〕來此已是自家卧房了。娘子那裏？〔吕雉白〕官人回來了。縣尊傳唤官人，有何事務？〔劉邦白〕不要説起，那狗官，不知與我有何讐隙，派我這等一個美差。〔呂雉白〕什麽差使？〔劉邦白〕你問這差使麽，啫。〔唱〕驪山押解差非小，把五十人夫領着。〔合〕嚴限休違，四十天兒銷票。〔白〕方纔見過父兄，如今就要與娘子作别了。〔呂雉白〕四十天銷票，這日子倒也不多。但不知此差，果然可美？〔劉邦白〕咳，娘子，你婦人家，那裏知道。此去驪山，往返三千餘里，天時炎暑，山路崎嶇，帶領人夫前往，每日不過走得五六十里。這四十日程期，那裏便得回來？况五十名人夫，都是怨氣冲天，不願前往的，途中走失逃亡，斷乎不免。倘有差池，重則斬首，輕則黥流。這一差呵，〔唱〕

【又一體】生是無常到，修文地下招。從今一去歸期杳，交頸鴛鴦待分了。綢繆固結情難紹，骨肉休思相保。〔合〕那更痴呆，妄想多財多鈔。〔呂雉白〕官人，怎麽這般説？〔劉邦白〕娘子阿，這是必然之勢了。〔呂雉白〕官人不須憂慮，縣令乃家君好友，家君雖在病中，知你如此，自當勉强到縣，與你討情，只須奴家回去稟明，此事不難回挽也。〔唱〕

【仙呂宫·五供養】阿翁至交，怎把乘龍，分外煎熬。多應失點檢，無意任賢勞。您憂思且拋，我一見嚴君哀告。〔合〕外舅憐佳婿，把情邀，管保您平安無事免差徭。〔劉邦白〕大丈夫豈肯俯首乞憐，苟且免禍？娘子，你雖有此心，我劉季斷斷不爲也。〔唱〕

【又一體】心雄氣高，縱遇灾危，那屑求饒。因人圖苟免，不若死兵刀。〔呂雉哭科。白〕如此説來，官人是一定要去的了。倘有差池，如何是好？〔劉邦白〕我劉季昂藏七尺身軀，豈肯屈膝折腰，久居人下。我此一去呵，〔唱〕幸差完禍消，轉鄉里，更諧歡笑。〔合〕倘有差池事，便揚鑣，圖南一舉欲凌霄。〔呂雉白〕細聽官人所説，這一去，便要竄跡他鄉，另圖事業了。丈夫既有凌霄之志，奴家亦非尋常女子，豈戀衾枕私情，故作沾襟之態。但事之成敗，取决於天，官人尚須小心忍耐，完此官差。倘得依限回來，更爲萬美。〔劉邦白〕這個自然，不消囑咐。即或事有變更，卑人遠走天涯，娘子萬千保重。倘荷成功，重逢不遠也。〔唱〕

【仙呂宫·玉嬌枝】從茲去了，奮鵬程將情暫拋。東西遠走天涯道，翩凌風九霄直到。臨岐執手淚不拋，功成再續衾裯好。〔合〕守空閨凄凉自熬，覷機緣歡逢不杳。〔呂雉白〕官人此去，隨機應變，閨幃以内，但請放心。〔唱〕

【又一體】前途自保，壯心中不須擾擾。休將兒女看奴小，嫩嬌娃雄懷獨抱。深閨不惜守寂寥，雲衢翹首看君到。〔合〕任超驤奇榮定邀，着黄裳襟期乍了。〔扮樊噲上。白〕關心只爲英雄侣，着意還看姻婭親。聞得劉襟丈，驪山出差，特來與他送别。門兒開在這裏，不免徑入。〔作入門科。劉邦白〕娘子，你素負雄心，我也曉得。只是孤寒寂寞，有累於你。〔樊噲白〕劉襟丈，你忒也英雄氣短了。〔劉邦作見驚科。白〕原來襟丈到來，有失迎候。〔樊噲白〕劉襟丈，我平素佩服你那一腔豪氣，怎麽這幾日分離，也作此兒女可憐之色。〔劉邦白〕小弟雖非英雄，也到不得這般溺愛。只恐今日之别，有些難得回來了。〔樊噲白〕此話從何説起？〔呂雉白〕妹丈，你來得正好。官人爲着驪山差使，一則限期緊促，怕有擔延。二則人夫衆多，防他走失。正然委决不下，妹丈與他想個萬全之計。〔樊噲白〕這有何難，只消我與襟丈同往，便無妨礙了。〔劉邦白〕怎好有勞？〔樊噲白〕説那裏話來。〔唱〕

【仙吕宫·川撥棹】同懷抱，况相聯親與好。論什麽犬馬微勞，論什麽犬馬微勞，效馳驅英雄興高。〔合〕願相隨，逞勇豪。〔白〕這一次同往呵，〔唱〕算從龍，第一遭。〔劉邦白〕難得襟丈如此豪俠，我劉邦有了同志，更無懼怯了。〔唱〕

【又一體】蒙姻表，結同心相交好。這一去共志成勞，這一去共志成勞，甚凶灾愁他不消。〔合〕要飛騰足羽毛，把憂疑一切拋。〔吕雉白〕果然妹丈同去，這就萬無一失了。〔樊噲白〕不必多言，快快收拾酒飯，我們吃了，就好起身前去。〔吕雉白〕酒飯備下在此，只是没有餚饌，妹丈休得見笑了。〔樊噲白〕菜到不消，有酒快拿來。〔吕雉白〕酒是有的。〔樊噲白〕這等，襟丈請嘎。〔劉邦白〕請。〔同唱〕

【喜無窮煞】奔前程須及早，長風萬里破春潮，説甚麽欲到驪山途路遥。〔同下〕

第十四齣　清虛遣神（家麻韻）

〔扮二仙童引清虛仙人上。清虛仙人唱〕

【中呂調套曲・粉蝶兒】宿霧餐霞，坐丹崖十分瀟洒，冷看他世事波查。一會價姬桑田，嬴滄海，秦興周罷。雜踏諠譁，不在我中庭牽掛。〔白〕朝渡蓬瀛暮復還，蹁躚鶴駕白雲間。嗟呀世事如棋奕，不似元靈洞府閑。吾乃浮屠山元靈洞清虛元靈仙人是也。自經修煉，避地深山。漸悟性靈，出凡了道。整日盤旋丹竈，看來萬籟皆空。閑時諷誦黃庭，祇覺一塵不染。迴旋鶴羽，離員嶠而即方壺；出入瑶池，啖蟠桃而醉仙酒。隨他日月如梭，只此年華不老；憑你乾坤似磨，原來真性難移。這是俺仙家的好處，不在話下。目今殺運方張，下民塗炭。呂秦虐政，方將流毒於閭閻；項楚行師，未免更興其戰鬪。紅塵擾攘，一至於斯，好令人悲悼也。〔唱〕

【中呂調套曲・醉春風】暴政毒民黎，差役何虛暇。慘無辜，刑罰陡然加，殺人當耍耍。說不盡哭滿街衢，愁盈巷里，都做了凄惶天下。〔作捫心科。仙童白〕師父，莫非心血來潮麼？〔清虛仙人白〕不知爲着何事心血來潮？〔仙童白〕何不袖占一卦？〔清虛仙人白〕待我算來。〔作算科。白〕是了，原來沛令吴能，嫉害赤帝子，令他押解民夫，前往驪山，限期緊促，謀殺其身。〔仙童白〕赤帝子却是何人？〔清虛仙人白〕那赤帝子，乃上天所遣。只因秦政暴虐，百姓瘡痍，命他托生劉氏，削伐强秦。異日底定寰區，奠安宇宙，傳數十世子姓孫曾，做數百年中原興主的漢高皇，便是此人。〔仙童白〕不知吴能謀害於他，可有妨礙？〔清虛仙人白〕天之所命，人豈能傷？那吴能，枉用心計了也。〔唱〕

【中呂調套曲・迎仙客】天意定，禍難加，他枉用心思則那。儘圖謀，如作耍，反助興達，教漢業從今大。〔白〕赤帝子這一出差，路過芒碭山中，有白蛇當道。此蛇乃白帝子化身，應爲赤帝子所斬，以兆炎漢開基之瑞。〔唱〕

【中呂調・普天樂】舉吴鈎，將蛇殺，興隆先兆，是處争誇。從此把士卒屯，從此把張陳跨，從此價直入咸陽功業夸，楚重瞳有力難加。論甚麽身微兵寡，怕甚麽多謀范亞，到頭來天下爲家。〔仙童白〕從來開國之人，必有憑藉。今赤帝子，隻身在道，曾無一旅之師，這兵馬從何而起？〔清虛仙人白〕這有何難？只消俺仙機一動，他就有了兵馬也。〔唱〕

【中呂調套曲・十二月】他少甚隨身士馬，恰原來士馬非乏。便是那人夫管押，就當作虎爪龍牙。俺這裏仙機乍展，做成個創業根芽。〔白〕不免召芒碭山神前來，吩咐一番。芒碭山神何在？〔内白〕來也。〔扮芒碭山神上。白〕職掌一山司簿籍，身承仙旨到元靈。大仙呼唤小神，何方使用？〔清虛仙人白〕今有赤帝子劉邦，押解人夫，往你山中經過。此人乃上帝所遣，平定暴秦、奠安黎庶的中原興主，

合該在你山中，興兵舉事。待他與衆民夫到來，你可警覺民夫，令其同心輔佐，休得有違。聽我吩咐。〔唱〕

【中吕調套曲·堯民歌】他那裏衆民夫，一徑到山了。免不得暫消停，榻地且趺跏。待伊行困朦朧，假寐眼昏花，便將來吉叮咚，鑼鼓亂摻撾。他待要驚呀，因頭後處抓，您便去顯聖傳宣話。〔山神白〕領法旨。傳宣仙語警庸愚，輔漢功勳居第一。〔下。清虚仙人白〕山神此去，警覺民夫，赤帝子從此起手興兵，戎衣一著，暴政將除，行看宇宙江山，另有一番興隆氣象矣。〔唱〕

【净瓶兒煞】【净瓶兒】（首至四）亂解群黎慘，塵清萬里沙。説不盡政清刑寡，群黎樂殺。〔白〕便是俺仙家呵。〔唱〕【煞尾】（末句）也向這光天化日去遊耍。〔下。仙童隨下〕

第十五齣　衆夫驚夢（皆來韻）

〔扮十六民夫、周昌、周苛、樊噲、劉邦押上行科。同唱〕

【高調集曲・御林花木集】【簇御林】（首至三）走一步，捱一捱，路崎嶇脚懶擡。【啄木兒】（三至四）更無如烈日炎蒸，怎教人跋涉窮崖。〔衆民夫白〕前面是芒碭山了，山路難行，須要緩緩的走。〔周昌白〕限制嚴緊，一刻難遲。似此慢騰騰的，誤了程期，你我都有砍頭之罪，不是當耍的，快快的走罷。〔衆民夫作勉强行科。唱〕【四季花】（四至五）行來，筋和骨盡都軟敗。【集賢賓】（二至末）十分苦痛悲哀，雨汗淋漓不勝揩。猛教他熱死吾儕，步兒怎邁？只得要坐依山黛。〔作坐下科。樊噲白〕走嗄。〔衆民夫白〕實實走不動了，隨他殺了我們，也要歇歇兒哩。〔唱合〕休佈擺，便死也略須擔待。〔劉邦白〕天氣委實炎熱，讓他們在這山神廟前，歇息歇息再走。我們且去沽一壺白酒，大家暢飲一回。〔周昌衆白〕也罷，這差使也不過如此了，且去樂一樂兒再處。正是：白虎洞中堪穩睡，黃連樹前好彈琴。①〔劉邦衆同下。一民夫白〕列位嗄，我們這次前往驪山，不是擔土，就是修墳，何日是了？〔衆白〕目今的差使，不

① 「樹前」，校籤作「樹下」。

死不休，我們此去，多般不得回來也。〔同唱〕

【高調集曲・金絡索】【金梧桐】（首至五）生來命運乖，直把家鄉賣。抛撇妻孥，千里雲山外，休思歸得來。【東甌令】（二至四）應官差，多少屍骸別處埋。〔一夫白〕聞得陳勝起兵，招軍買馬，我們何不逃去投他，或者倒有出頭之日。〔衆白〕此言甚妙。〔同唱〕與其身葬驪山界，【鍼綫箱】（第六句）不若從他反起來。【解三酲】（第七句）成和敗，【懶畫眉】（第三句）好憑天數去安排。〔一夫白〕今日走得十分困乏，暫且過了一夜，等待明日早間再處。〔衆白〕言之有理。〔同唱〕【寄生子】（合至末）且把這心事丟開，穩卧蒼苔，醒後再圖計策。〔作盹睡。扮八鬼魅，執各樣響器，引山神上。山神白〕衆鬼使，就此打動響器者。〔衆鬼魅作打響器科。衆民夫作醒科。響器不打科。一夫白〕那裏鳴鑼擊鼓？〔衆白〕果然有鑼鼓聲音。〔作聽科。白〕怎麽此時不見響動了？〔一夫白〕想是我們睡熟，聽得樹林内風聲響動，驚覺醒了。〔衆白〕不要管他，且睡我們的覺。〔又作睡科。鬼魅又鳴響器科。衆民夫又作醒科。響器不打科。衆白〕果然是鳴鑼擊鼓的聲音。〔一夫白〕怎麽睡下便有聲音，起來就没有了，莫非此處有鬼？〔衆白〕有鬼，有鬼。〔作怕科。一民夫白〕我們不要睡覺了，大家坐着，看是如何。〔作聽科。山神白〕爾衆民夫聽者，秦朝無道，虐害民黎。今上帝已遣赤帝子臨凡，定亂安民，爲爾等之主，現在此山。吾奉浮屠山元靈洞清虚仙人法旨，傳示爾等，不可當面錯過，緊記吾言。吾神去也。〔下。衆鬼魅隨下。一夫作驚倒科。白〕你們可都聽見麽？〔一夫白〕我聽見有個神人，他説什麽赤帝子臨凡，定亂安民，現在此山。又道是清虚仙人法旨，教我們不可當面錯過。〔衆白〕果然我們聽見，都是這樣説的。〔一夫白〕這樣看來，想必他四人中，定有個赤帝子在内了。〔衆白〕我們就去尋見他們，將神語訴明，看那個是赤帝下凡，便從他起兵，圖謀大事便了。〔一夫白〕走嗄。〔作行科。同唱〕

【高調集曲·梧葉覆羅袍】【梧葉兒】（首至三）要把神言驗，匆忙走去來，情急足高擡。【皂羅袍】（合至末）層崖邁過，不消片刻。從龍一念，心中自排。〔白〕走嗄。走嗄。〔唱〕召徠大隊行程快。〔同下〕

第十六齣　證明神語（魚模韻）

〔扮周昌、周苛、樊噲、劉邦上。同唱〕

【正宮·傾杯序】一醉葡萄消萬慮，除却愁無數。樽盡杯空，意壯情豪，解識其中，别有歡娛。管甚身膺重役，奔波跋涉，艱辛困苦。〔合〕更何知，死生禍福問前途。〔樊噲白〕不想深山之内，飲此美酒，真好快樂也。〔周昌白〕我們飲酒多時，夫役們也歇息彀了。天色尚早，不免催他們，趲行幾里，有何不可？〔劉邦白〕列位在此，我有一言奉告。〔衆白〕願聞。〔劉邦白〕我想這些夫役，都有室家，遠赴驪山，實非情願。我意欲燒燬了册籍，縱放他們各自逃生，不知列位意下如何？〔周昌白〕此意甚佳，只是便宜了他們，吃虧了我輩。〔劉邦白〕大丈夫四海爲家，何必久居人下。民夫去後，公等各奔前程，我亦自尋生路。〔唱〕

【正宮·玉芙容】前程各自趨，期限無人促。且逍遥自在，海角山隅。他那裏消停免走驪山路，俺這裏豪傑羞爲官事驅。〔合〕分頭去，把範圍跳出。逞英才，還看從此展雄圖。〔樊噲白〕好得緊，好得緊！我們就此分頭逃散。列位各奔前程，我同劉亭長一路而往。〔周昌白〕你看，那邊衆民夫一擁前

來也。〔扮衆民夫上。白〕走嗄，走嗄。〔唱〕

【正宮・刷子序】走過了巉巖山路，遍尋酒肆，不見葫蘆。〔作擡頭科。白〕原來他們四位，就在那邊了。〔唱〕莽闖擡頭，那知邂逅中途。〔白〕我等遍尋列位長官，原來却在此處。〔樊噲白〕你們來得正好，俺劉亭長，要燒燬册籍，放縱你們各自逃生呢。〔衆民夫白〕難得長官這番美意，只是我們有些不願。〔周昌白〕放縱你們，是極好的了，爲何到不願起來？〔衆民夫白〕不瞞長官説，我等適纔盹睡，夢見神人警覺。他道秦朝無道，赤帝子下凡，定亂安民，現在山間。又説甚清虚仙人法旨，教我等不可當面錯過。我等想來，這赤帝子定在四位之中，所以情願跟隨起義，不願散去逃生了。〔唱〕吾徒，願鞭鐙相隨赤帝，棄室家甘效勤劬。〔劉邦白〕神語渺茫，不可憑信。我等既無器械，又少軍糧，這五十名窮苦民夫，如何成得大事？爾等不必狐疑，還是散去的是。〔衆民夫白〕亭長差矣，這芒碭山左近大户最多，可以借糧度日。地方寬廣，可以演武操軍。我等起義山中，等待軍民響應。買馬招兵，相機而動。這神人的説話，自然應驗了。〔唱合〕管甚麽少食無兵，且將來先創規模。〔周昌白〕既然衆夫齊心，我們就在此間興兵舉事，有何不可？〔劉邦白〕既如此，且往山内尋取安身之地，静聽城中消息便了。〔衆同白〕這便是了。〔唱〕

【正宮・朱奴兒】暫學個山林嘯聚，嘍囉每擺下隊伍。合志同心五十夫，當百萬貔貅卒徒。〔合〕旌旆駐，怕不的軍糧富足，早定下建業的開頭處。〔樊噲白〕深山之内，怕有惡獸毒蟲，你們不可前往。

待我做個開路先鋒，領頭進去，你們緩緩而來。〔衆白〕甚好。〔樊噲白〕天下英雄惟有我，横行直撞過山凹。〔下。劉邦白〕我倒忘記了，素聞芒碭山出一白蛇，攔路傷人。樊長官一人，恐爲傷害。衆人夫，大家幫助前去。〔衆白〕曉得。〔同行科。唱〕

【不絶令煞】分開荆棘山谿路，大隊人夫往内趨，怕甚麽惡毒龍蛇將俺阻。〔同下〕

第十七齣　芒碭斬蛇（齊微韻）

〔扮白蛇上，繞場下。扮樊噲上。唱〕

【越調・綿搭絮】深山僻徑，履險似平夷。虎豹熊羆，遇見英雄早遁回。〔白〕我樊噲自恃英勇，隻身前來，先與衆人開路。你看峭疊巒層，好險峻地面也。〔唱〕望迷離，霧鎖雲堆，峰巒出没，巖岫高低。〔合〕險峻無雙，果然是養馬屯軍第一基。〔白〕我想劉季爲人，豪爽不群，素存大志，且兼當日在家，每多奇兆。今日又有民夫夢中之言，此人得志，誠不可知。有此五十名人夫，同心協志，藉此險峻地面，演武屯兵，地險人和，誠似一番創業開基，興隆氣象。這神語多般有準也。〔唱〕

【越調・下山虎】出群拔萃，素行先奇，那更多符應。神明護持，民夫夢警，天心可知。芒碭險山資地勢，士馬有因依。演武操軍兵漸起。〔合〕底止誠難擬，私心自維，九五飛龍應有期。〔内作風聲科。樊噲白〕寒風吹人，想有惡物，不免迎向前去，用劍斬他。〔扮白蛇上，撲樊噲科。樊噲與白蛇鬬科。樊噲奔下，白蛇追下。扮十六民夫、周昌、周苛、劉邦上。同唱〕

【越調・蠻牌令】拾級見崔嵬，跬步足蹺蹊。谷深雲靄靄，峰陡石離離。隨路去披荆斬棘，不覺的逐魅驅魑。〔周昌、周苛白〕一路行來，倒也平静，想那白蛇，見了我們，也就匿跡潛形了。〔内作風聲科。衆白〕那邊好大風聲，來得有些奇怪。〔劉邦白〕此風勢頭兇狠，好像是白蛇的怪風。樊長官不知怎麽樣了，我們快快趕上前去。〔衆白〕走嗄。〔行科。同唱合〕聽怪風，霎可疑，趲向前途，看他就裏。〔樊噲疾上科。白〕快躲開嗄，快躲開。〔作撞着民夫科。一民夫白〕樊長官，爲何這等匆忙？〔樊噲白〕不好了，那邊白蛇當道，進不去了。〔劉邦白〕一條白蛇，何足奇異，待我前去斬來。〔樊噲白〕去不得，去不得。〔劉邦白〕爲何去不得呢？〔樊噲白〕啫，那白蛇呵，〔唱〕

【越調·四般宜】腰闊有十來圍，身長似百丈蜺。盤旋山徑裏，隔絶了路東西。遠聽着妖風乍起，即溜溜早把人追。〔合〕張血口，毒氣吹，甚鋒鋩，抵他舌鋸牙錐。〔衆白〕這樣説來，果然有些進不去了。〔劉邦白〕大丈夫舉事，豈懼一介鱗蟲，因而罷手。列位不須害怕，待我前去斬來。〔衆白〕我們草草舉事，未曾定得何人爲主，如今就把這條白蛇，卜之天意。如劉長官果然斬得此蛇，我輩就奉之爲尊。〔劉邦白〕列位少待，我此去斬了這孽畜，就回來也。〔提劍疾下。樊噲白〕白蛇兇毒異常，劉長官隻身前去，怕有傷損。〔周昌、周苛白〕我等不可袖手旁觀，不免大家前去，協助成功便了。〔衆白〕走嗄。〔行科。同唱〕

【越調·江神子】英雄便逞威，隻身兒怎斬兇蛇。還將衆力扶持，防他孤掌觸危機。〔合〕俺只是遇惡物休思退避。〔下。白蛇上，當場盤卧科。劉邦提劍上，白蛇起，奔劉邦。劉邦與蛇鬭科，用劍斬白蛇科。

白〕舉手之間，白蛇已斷，好快活人也。〔唱〕

【越調・亭前柳】一劍顯雄威，山路早平夷。看將兵馬駐，從此便開基。〔周昌率衆上。白〕前面是劉長官，與白蛇相鬬，快快協助前去。〔一民夫白〕劉長官斬斷白蛇了。〔周昌衆白〕待我看來。〔見科。白〕劉長官，你斬斷白蛇了麽？〔劉邦白〕斬在此了。〔衆看，作驚科。白〕如此巨蟒，怎麽被他一劍斬斷了，想是真有神助也。〔唱合〕可知，暗裏存天意。百尺長蛇，一劍分屍。〔衆民夫白〕我等有言在先，今白蛇已斷，大家在此，要拜見至尊了。〔作羅拜科。劉邦白〕列位住了，荒山地面，不是叙禮之所。且待得了糧草住處，再舉此意不遲。〔衆白〕謹尊鈞令。〔劉邦白〕就此奔往前途，相機行事便了。〔衆白〕就此前去。〔作行科。同唱〕

【餘音】青鋒一舉升卿斃，這機彀十分奇異。〔劉邦唱〕從此看芒碭山中兵馬起。〔同下〕

第十八齣　老嫗夜泣（東鍾韻）

〔扮老嫗內白〕噯呀，我那兒嘎。〔哭上。唱〕

【高宮套曲·端正好】你逞小忿拂天心，枉自把頭顱送，往常間比跡蛟龍。到如今，腥血污丘隴，落得人悲慟。〔白〕吾乃白帝子之母。只因我兒化作白蛇，謀害赤帝子，被赤帝子斬了，爲此前來，收取屍骸。你看芒碭山中，一邊怨氣冲天，一壁紅雲捧日，這便是赤帝將興之兆，我兒未散之冤了。阿呀，我那兒嘎，你早知今日，悔不當初也。〔唱〕

【高宮套曲·滚繡球】你只合自盤旋曲徑中，消毒瘴韜英勇，怎發狠要把那人王斷送。思量滅火德自壯威風，誰知那蒼穹暗護興隆漢，只教他一舉吴鈎血濺紅，悔也無窮。〔作見屍科。白〕這是我兒的屍首了。兒嘎，你死得好苦也。〔哭科。唱〕

【高宮套曲·倘秀才】你生也多才有勇，你死也軀分肉痛。他揮手處，你形骸兩下横。你饒個肝腸裂，我哭個淚珠紅，想什麼擊首尾動。〔白〕人家兒女，被人殺害，他父母便要報讎雪恨。如今赤帝子乃一代興隆皇帝，他受上天之命，平定暴秦，撫御華夏，你母親有多大本領，敢和他較短論長。我的

兒嗄，你休想報讎了也。〔唱〕

【高宮套曲・靈壽杖】他那裏炎劉火德承天寵，不日的削强秦撫息編氓。果然的受籙膺符，則待要時乘六龍。如今便草創把民夫統，將來可建業把河山控。這的是天意定人怎違，俺索是欲報讎難試勇。

〔白〕我今日與你收拾了屍骸，你也不須埋怨了。〔唱〕

【高宮套曲・貨郎兒】雖則您殺身可痛，您則是時艱運窮，倚恃豪强自尋凶。您則索放下了心頭恨，從今價消怨氣息悲風。〔白〕你母親諄諄囑咐，你的陰魂，可也知道麼？〔唱〕

【高宮套曲・脱布衫】俺便是叮嚀語唧唧噥噥，您只是魂靈杳冥冥濛濛。原來你冷身軀寂然不動，〔哭叫科。白〕兒嗄，兒嗄。〔唱〕直教我連聲叫喊破喉嚨。〔扮周昌、周苛領四民夫悄上。白〕此間深山之内，那裏有婦人啼哭，不免向哭聲起處，悄悄尋去看來。〔一民夫白〕那邊有一老婦，守着白蛇啼哭呢。〔周昌白〕既是老婦，爲何守着白蛇啼哭？不免問他一聲。嗄，那位媽媽，你爲何在此啼哭？〔老嫗白〕列位聽啓。〔唱〕

【高宮套曲・醉太平】我只爲着親兒命窮，因此上號泣西風。〔周昌白〕你既哭兒子，爲何守着白蛇？〔老嫗唱〕天倫情況在其中，守屍骸哭踊。〔周昌白〕誰是你的兒子，被何人所害？你細細説來。〔老嫗唱〕吾兒白帝名兒重，因逢赤帝殘生送。那壁廂斬斷常山逞雄風，這壁廂傷慘慘，悲兒血淚涌。〔衆白〕你滿口胡説，什麼白帝赤帝，倒底那個是你的兒子？〔老嫗指蛇科。白〕這死的就是白帝子，這白帝子，就是俺的兒子了。〔衆白〕不好了，這婦人竟是白蛇之母，想也是個妖怪了，大家動手拿他。〔作吶喊欲捉科。老嫗向四下噴氣科。地井内大放黄烟。老嫗、白蛇從地井下。周昌衆白〕一時大霧迷空，想是妖婦弄術了，我等快快逃走，不要被他迷住。走嗄，走嗄。〔同奔科。下〕

第十九齣　石番義助（尤侯韻）

〔扮八民夫、樊噲、劉邦上。劉邦唱〕

【黄鐘調合套・醉花陰】劍氣如虹貫牛斗，論氣概横衝九有。則我這居沛長守鄉陬，何日蛟龍，方趁得風雲驟。〔白〕前日斬蛇之後，衆人欲推我爲首，怎奈存身無地，糧草又無，只得暫時推却。〔唱〕時未可，事難籌，只得暫守花封仍似舊。〔扮四民夫、周昌、周苛上。同唱〕

【黄鐘調合套・畫眉序】看異事細推求，牛鬼蛇神大古有。道明明赤帝，斬却難留。敢早要到山前細説因依，怎辭得一味地慌忙奔走。〔作見科。四民夫白〕原來劉爺，尚在此山中。〔周昌、周苛唱合〕層巒疊嶂斷相守，好將奇事説從頭。〔劉邦白〕二位，爲何如此慌張？〔周昌、周苛白〕有一奇事，特來報知。〔劉邦白〕青天白日，有何奇事？〔周昌、周苛白〕不瞞亭長説，昨日夜間，我們忽聞有婦人哭聲，悄地尋去。誰知就在亭長斬蛇之處，見一年老婦人，守着此蛇大哭。我們問他，他説吾子白帝子也，今爲赤帝子所斬，特來收屍。我們聽他言語有因，恐是妖魅，當時就去拿他。忽見那老婦人，口吐大霧，霎時不見。我們恐爲妖氣所迷，只得急急奔回，特來告其詳細。〔劉邦白〕有這等事？好蹊蹺

人也。〔唱〕

【黄鐘調合套・喜遷鶯】聽伊言，難猜透，説什麽帝子根由。荒丘，冷霧迷眸，淚雨寒凝村外樓。這帝子誰厮受，老孤嫗語言非謬。〔樊噲白〕既然如此，何不我們同到斬蛇之處，細看一番，便知踪跡了。〔周昌、周苛白〕樊大爺言之有理。〔劉邦白〕就此大家前去便了。〔唱〕只得要同度松鍬，把奇踪細細尋搜。〔作同行科。扮石番暗上，站高處科。劉邦衆唱〕

【黄鐘調合套・畫眉序】同跋涉共追求，霧散雲收清平晝。看斜陽古道，旅雁横洲。遍長堤哀柳依然，〔周昌、周苛白〕此間已是斬蛇之處了。〔劉邦衆唱〕斬蛇處英風尚有。〔衆作看科。樊噲白〕爲何蛇身不見，血跡俱無？〔劉邦白〕這也奇怪。〔劉邦衆唱合〕蛇身不見添疑竇，霎時踪跡無留。〔石番作從高跳下科。衆作驚科。劉邦作拔劍欲砍科。唱〕

【黄鐘調合套・出隊子】甚妖邪從空來驟，敢把俺出匣青鋒劍受。〔石番白〕列位不必驚慌，吾非妖邪。〔劉邦唱〕你敢是柳盜跖，竊據泰山頭？〔石番白〕我也不是强盜。〔劉邦唱〕是什麽下雲端，降莘神又留？〔石番白〕我也不是神道。吾姓石，名番，表字敢當，乃黄石公門下弟子，世人稱謂滄海公的便是。〔劉邦唱〕他倒是通姓名，根源全不謬。〔劉邦白〕既是滄海君，爲何驀地至此？〔石番白〕明公有所不知，念石番少而多力，能用千斤鐵椎，前因張良欲報韓讎，求我刺死始皇。我因始皇遊幸博浪沙中，遂以鐵椎擊之，不想誤中副車。始皇大索十日，張良隱避，我仍四處遨遊。適聞此間有白蛇當道傷人，特來與民除害。今知已被明公斬了，我知明公乃命世之主，特現身一見，不知反驚大駕，有罪，有罪。〔劉邦白〕原來石君是個義士，失敬，失敬。〔石番白〕豈敢。〔唱〕

【黃鐘調合套・神仗兒】今番邂逅，將這姓名，一時拖逗，莫把妖邪相遘。①料不是花根玉苗，將没作有。〔白〕目今奸邪當國，秦數已終，明公正好舉事。却爲何守此鄉隅，坐失機會？〔劉邦白〕義士有所不知，俺劉邦外無救援，内無糧草軍馬，如何舉事？〔石番白〕明公既有此心，待石番相助一臂便了。〔唱合〕山中索取無憂，相資鎧甲兜鍪。〔劉邦唱〕

【黃鐘調合套・刮地風】嗳呀可不道，這相逢事不偶。〔背科。唱〕看伊行俠襟懷慷慨難收。②恰聽得願相扶，教人意内先生受。③〔石番白〕明公倘不以我言爲謬，願隨我前去，便見分曉。〔劉邦唱〕敢追隨把願同酬，一地裏將民拯救，創丕基江山般壽。④〔石番白〕我們就此同行便了。〔作同行科。劉邦唱〕越高山，度峻嶺，雲飄孤岫。他敢是袖乾坤藏得機關厚，袖乾坤藏得機關厚，好教人越難分剖。他敢是軍糧暗裏安排就，獻和盤不費籌，獻和盤不費籌。〔石番作到科，指科。白〕南方有一洞，洞門上有兩個火字，裏面寬闊，可以安身。抑且内藏甲仗、器械、糧草，無不足用。此乃異人所聚，以待興王。明

① 「把」，校籤作「作」。
② 「難收」，校籤作「雄猷」。
③ 「意内先生受」，校籤作「意下欣相就」。
④ 「江山般壽」，校籤作「江山在手」。

公快開洞門，取用便了。那異人呵，〔唱〕

【黄鐘調合套·耍鮑老】相待興王時應久。今日呵叩雲扉纔盡授，儘有餱糧備戈矛，免得匆忙又他求。〔劉邦白〕既然如此，義士何不同往？〔石番唱合〕俺還要暢留連，①把明月逐。②〔石番作仍登高處科，疾下。樊噲衆白〕你看此人，來踪去跡甚是神異，其言必非無因。我們大家前去，尋覓便了。〔劉邦白〕列位言之有理。〔衆作同行科。劉邦白〕神人原有術。〔樊噲衆白〕石洞豈難開。〔作到洞門科。周昌白〕此間果有一洞，門上有兩個火字，不免推開一看便了。〔作共推洞門科。衆白〕裏面果有器械、糧草在此。〔劉邦白〕呀。〔唱〕

【黄鐘調合套·四門子】則見那迸雲封，石折雙鐶厚，好教俺訝神機用術優。刀劍誰藏，糧草誰收，蘚跡苔痕一抹留。這的是神助之深，天降之庥，呀準備個四下裏把函關去叩。〔樊噲白〕前者神人，明言赤帝子下凡。今者老嫗，又言赤帝子劍斬伊子。可見明公是赤帝子無疑了。〔周昌衆白〕我等也有言在先，誰能斬得白蛇者，即推他爲主。如今明公既已斬蛇，又有許多異事，今日再不爲尊，更待何時？〔衆同唱〕

---

① 「留連」，校籤作「歡飲」。

② 「逐」，校籤作「留」。

【黃鐘調合套・鬭雙鷄】願伊休辭，相推索受。論天心歸已舊，密約何須後。〔衆白〕我們朝賀起來便了。〔唱合〕今朝朝賀，定嵩呼難改口。①〔衆作同跪拜科。白〕萬歲。〔劉邦作驚科。白〕既蒙衆位推戴，我劉邦豈敢推辭。只是這「萬歲」二字，豈可就稱。〔唱〕

【黃鐘調合套・古水仙子】請請請，請暫休。請請請，請暫休。這這這，這萬歲山呼稱可憂。②〔白〕列位也知用兵九字麽？〔衆白〕臣等實在不知。〔劉邦白〕却又來，那用兵九字説得好。高打墻，慢稱王，多聚糧。今日發蒙之始，就稱萬歲起來，恐非古法。〔唱〕那那那，那古法堪遵。却却却，却不道稱王在後。〔白〕爲今之計，須要修理房屋，招聚兵馬，再作區處。〔唱〕先先先，先要把將和兵招集有。再再再，再把那軍營高蓋蒭糧收。③方方方，方得個、進争退可守。④怕怕怕，怕從今、干戈方動首。怎怎怎，怎倒要正位據山丘。⑤〔樊噲衆白〕明公言之有理，我們聽令而行便了。〔劉邦白〕如此方好。如今令周昌爲總管，周苛爲副。樊噲掌投軍册籍。衆民夫，每日操演武藝，以備應敵。各要静守軍令，不許騷擾附近居民。倘有違令者，以軍法從事。〔衆作應科。劉邦白〕就此大家整理便了。〔衆

---

① 「難改口」，校籤作「萬人口」。
② 「稱可憂」，校籤作「怎敢受」。
③ 「高蓋蒭糧收」，校籤作「堅築糧餉收」。
④ 「方方方方」，校籤作「纔纔纔纔」。
⑤ 「倒」，校籤作「便」。「山丘」，校籤作「九有」。

應科。同唱〕

【尾聲】撼岳摇山令索守，暫埋軍鷲嶺峰頭。直待要剪强秦，建將基業久。〔同下〕

第二十齣　拒諫稱王（尤侯韻）

〔扮八小軍、張耳、陳餘、武臣、鄧宗，引陳勝上。陳勝唱〕

【雙調·三棒鼓】旌旗奕奕輝星斗，擁着一陣貔貅也。共挺着戈與矛，向伊敵樓。教伊怎守，好投誠莫遲留。〔合〕先聲氣奪伊儔也。乘此佳秋，急破陳州。〔白〕大澤鄉中起義兵，一時已下許多城。要知天命攸歸日，須在勤兵百戰成。俺陳勝，自大澤鄉起兵以來，攻破蘄銍等五縣。現今兵車六七百乘，騎士千餘，兵卒數萬，所向無敵。今又兵臨陳地，聞得守令俱不在城內，只有守丞一人，幹得甚事。左右，傳與守城將士，早早開城投降，免得城破之時，玉石不分。〔小軍應科，傳科。白〕呔，守城將士聽者，將軍有令，早早開城投降，免得城破之時，俱受屠戮。〔守城內白〕陳勝，你休誇海口，你守丞爺爺來也。〔扮二小軍引守丞上，白〕陳勝，你乃大澤鄉一個傭夫，自宜躬耕守分，爲何妄自興兵作反？好好下馬受縛，免你一死。〔張耳白〕哇，賊子休得多言，看你張爺一箭。〔作射死守丞科。守丞下。二軍士白〕我等情願投降。〔陳勝白〕快開城門。〔二軍士應科，作開城門科。扮八百姓上，同二軍士迎接科。白〕合城百姓，迎接將軍入城。〔陳勝衆作進城科。陳勝白〕衆百姓，隨我到衙門領賞。〔衆應科，同行科。

唱〕

【又一體】壺漿簞食偏生受，喜得協志同猷也。任拜投，開城款留。紛紛怎後，索暫把兵休。〔合〕將軍一箭把城收也。〔衆百姓、二軍士白〕啓上將軍，此間已是衙門了。〔陳勝作進科。唱〕倉庫須籌，放釋拘囚。〔白〕衆百姓輸誠降順，甚屬可嘉，着每人賞銀十兩。〔百姓作叩首謝科。白〕謝將軍，我等衆百姓稟上將軍。將軍披堅執鋭，伐無道，誅暴秦，復楚之社稷，功莫大焉。宜爲楚王，以應民望。望將軍俯允。〔唱〕

【雙調・清江引】披堅執鋭存楚後，功勳應不朽。勸進把伊酬，民望想非謬。〔合〕眼見得，定強秦如破竹。〔陳勝作大喜科。白〕百姓之言，深合吾意，准爾等所請便了。〔唱〕

【雙調・柳梢青】南討北伐何時，我稱王意已久。恰如今允洽民情，黄金懸肘。這的是知時識務，不枉掘起成戎首。〔合〕則索把江漢雄封，整理重新，陳繼熊後。〔陳餘、張耳白〕將軍此言差矣。俺想秦爲無道，暴虐百姓，將軍出萬死之計，爲天下除殘，以故捷如影響，天下無不以將軍爲至公。今始至陳地，因百姓之請，而遂自王，是視天下以私也，倘若一朝解體，恐非良策。願將軍急追前令，引兵而西，遣人立六國之後，自樹黨羽，爲秦益敵。然後直叩函關，據有秦地，以令諸侯，則帝業可成，何以王爲？〔唱〕

【又一體】方是百勝良謀，稱王須慮後。恐將來解體人心，則怕的虛名難受。俺則願將軍細審，逆耳之言須不謬。〔陳勝作不悦科。陳餘、張耳背科。唱合〕怎聽良言，忽變容顔，教人難猜透。〔陳勝白〕目今齊、魏、燕、趙，俱各自稱王號，如何到我，便使不得起來？二位不必多言，吾意已决，如今稱爲張楚王，號令衆將便了。就此整齊軍馬，去擊滎陽者。〔衆應繞場科。唱〕

【雙調・荷葉鋪水面】威風凛，喜氣優，雄兵直向滎陽伏。旌彩動龍蛇，黄屋遮前後。敢西望函關，軍行迤逗。〔合〕則辦得一戰成功，方顯新王功茂。〔同下〕

第廿一齣　翻悔守城（先天韻）

〔扮四皂役，引吴能上。吴能白〕燒書鑄鐵理乾坤，日理乾坤日日惛。近日刀兵天下滿，教吾縣令守城門。下官沛縣縣令，吴能的便是。近聞陳勝破陳，自稱楚王。郡縣苦秦苛法者，俱各争殺其官長，以應陳勝。前日曾與書椽蕭何、曹參二人商議，意欲先去投順，以保首領。怎奈他二人道我爲秦官，今又向楚，未免欠理，恐沛縣子弟俱皆不聽，那時反爲不美。不如召諸亡在外者，以之禦敵，尚可支撑。我一時誤聽其言，就令他二人前去召募。後又使人探聽，原來他去接應芒碭山聚義之人入城。我想那芒碭山劉邦，乃是我欲害他之人，倘一旦入城，豈非養虎貽患。他二人如此行爲，深爲可恨，不如想個法兒，處死二賊，再請陳王兵馬收勦劉邦，豈非好計？皂役，可傳諭各城土兵，將四門緊閉，如劉邦兵馬到來，不許放入。〔皂役應科。吴能白〕今日天氣已晚，不免且進衙取樂一番，再作道理。正是：消愁不過三杯酒，暇日無如一局棋。〔下。一皂役白〕你看這賊胚，既爲秦官，又要投楚，既召援兵，又去拒絶，必至性命不保。且住，方纔他説要害蕭、曹二公，我等素日蒙他二人恩德，豈可不通一信？倘若疏忽，二人必喪在他手了。〔作望科。白〕事有湊巧，那邊蕭、曹二人來也。

〔扮蕭何、曹參上。白〕勞形爲案牘，用意在兵戎。〔作見四皂役科。四皂役白〕二位令史，來得甚好。〔蕭何、曹參白〕衆位都頭，何事如此慌張？〔四皂役白〕二位令史有所不知。只爲那贓官，要去投順陳勝，被你二人所阻，又去調取芒碭山衆位義士，來爲沛援，他心中十分憤憤。如今教我們傳諭各城土兵，緊閉城門，不許放劉邦兵馬入城，並要取你二人性命哩。〔唱〕

【大石調·簇仗】贓官計萬千，不許通兵援，存心向賊難回轉。〔蕭何、曹參作冷笑科。白〕他要應陳勝，恐衆人不服，教我二人召取接應，如何反怨起我們來。〔四皂役唱〕他道負心的蕭曹二椽，設法加刑，性命懸天。〔蕭何、曹參白〕果有此事麽？〔四皂役唱合〕天，恐遭毒手，喪青年。我們呵舊日價受君恩，聞風特地將伊面。〔白〕二位令史，小心在意，我們去吩咐土兵去也。正是：蒙恩須上報，有令急宜傳。〔下。蕭何白〕阿呀，此賊既有此心，須早早脱身纔好。〔曹參白〕以俺愚見，不如聚集百姓，將他謀反之事説明，殺了這賊，豈不是好？〔唱〕

【大石調·牧羊關】把琴堂疾時血濺，聚百姓諭非私怨。只將伊反跡傳宣，激衆怒伊難逃譴，方趁俺胸中願。〔白〕況且此賊素日貪婪，生民疾首。〔唱合〕政績毫無善，易把群黎煽，就一刀也不冤。〔蕭何白〕曹兄此言，恐非萬全之策。設或民心不齊，那時反受其害。不如乘夜越城，竟奔劉季，他有許多兵將，可以保全。慢慢再用計除這贓官便了。〔唱〕

【大石調·催拍】用機謀慮後思前，聚群民恐憂中變。那時節禍在遷延，禍在遷延。可不道斷葬殘生，没個人憐。倒不如芒碭山前，衰柳營邊。〔合〕商量個計較周全，倒得個擒玉兔學鷹鸇。〔曹参白〕此計大妙，我們就此越城前去便了。〔作行科。同唱〕

【又一體】越危城那怕迍邅，心兒中似火熬煎。一似那弩箭離弦，弩箭離弦，行過了十里荒堤，又來到孤雁洲邊。拚做個夜度昭關，含怨豪賢。〔合〕則怕他指日城前，免不得動烽烟。〔同下〕

第廿二齣　蕭曹夜奔（先天韻）

〔扮八小軍、盧綰、周勃、任敖、周昌、周苛、樊噲，引劉邦上。劉邦唱〕

【黃鐘宮·啄木兒】我兵雖寡助有天，旌彩如雲山外連。喜孜孜遠峰前石室藏奇，則問那善機謀滄海桑田。幾回指點精神現，敢則是蒼穹有意從人願。〔合〕不負俺芒碭山前義纛懸。〔白〕俺劉邦，自蒙滄海君指點之後，得了許多甲仗糧草，遂爾大整營房，招聚兵卒，一月之間，已得數百人馬。又有舊時相識盧綰、周勃、任敖，前來投奔，正好相時而動。不期沛令吴能，欲舉城去應張楚，遣曹參前來召我。我想那廝，前日已有害我之意，今日反來相召，豈非天假其便。因此率衆前來，俟相見之時，殺却那廝，以雪胸中之憤便了。正是：欲消心裏恨，須待自投來。〔扮一小軍上。白〕忙將閉城事，去報主人知。〔作見稟科。白〕啓上主公，沛縣四門緊閉，不知何故。〔劉邦白〕有這等事？他既來招我，如何又閉門不納，好猜疑人也。〔唱〕

【又一體】翻和覆似雨烟，朝暮如何令又遷。好教人難解難分，則落得意似旌懸。他敢是舊將舊事心頭轉，也覺得無顏相見從前面。〔合〕倒不如四閉城門把命延。〔白〕既如此，也不必進兵，只離城

三十里，屯扎軍營，再聽消息便了。〔衆應科，同下。扮蕭何、曹參急上。白〕謝天謝地，已出得城來也。〔唱〕

【又一體】遭無妄恨萬千，度越危城脱禍愆。只是這高低路行去迍邅，顧不得滑蒼苔雲霧漫天。東西南北難教辨，荒村野陌時聞犬。〔合〕則落得失路英雄怨命舛。〔蕭何白〕我二人雖蒙皂役透信，逃得出城，但不知劉季人馬，屯扎何處。如此昏黑天氣，教我二人，往那處尋覓。〔曹參白〕劉季扎營之處，自有更鼓燈光。我每耳聽更鼓，目望燈光所在，緩緩行去便了。〔作行科。同唱〕

【又一體】望燈火天一邊，〔作跌科。唱〕當道枯藤礙足前。〔内作風聲科。蕭何、曹參唱〕峭風寒怒吼長林，越顯得走窮途困苦危顛。〔内作打更科。蕭何白〕好了，遠遠聽得更鼓之聲，必是劉季駐軍之所了。〔唱〕鼕鼕軍鼓鬧聲諠，敢還是前村相隔營還遠。〔曹參作聽科。内作打三更科。曹參作望科。白〕呀，那邊更有燈光透出來了。〔唱合〕樵鼓三聲燈火連。〔扮二更夫巡更上，作見蕭何、曹參科。白〕什麼人？半夜到此，敢是奸細麽？〔蕭何、曹參白〕我二人並非奸細，煩你通報一聲，只説縣椽蕭何、曹參求見。〔二更夫白〕原來是二位令史，待我們通報。〔作請科。白〕主公有請。〔扮樊噲、劉邦上。白〕有何緊急？〔更夫白〕營外有縣椽蕭何、曹參要見。〔劉邦白〕蕭、曹二公寅夜至此，必有緊急，快請相見。〔更夫出科。白〕主公出營，等二位相見哩。〔蕭何、曹參白〕如此有勞了。〔更夫作巡更下。蕭何、曹參作進見科。白〕明公拜揖。〔劉邦白〕豈敢。劉邦以二位相召而來，今聞閉城不納，却是爲何？〔蕭何、曹參白〕將軍有所不知，只因贜官出令反覆。他倒説我二人召明公入城，假以相助爲名，實欲加害於他。因此嚴守各城，不容放入，並欲取我二人性命。因此我二人呵，〔唱〕

【黄鐘宫・三段子】受屈含冤，脱殘生撫躬自憐。堅城半天，急飛揚霎時命懸。攀藤附葛敢辭倦，衝風戴露憂中變。〔白〕我二人寅夜投奔，伏望明公收録。〔唱合〕願補戎行，執戈敢前。〔劉邦作怒科。白〕這厮如此反覆，好教我怒髮冲冠也。〔唱〕

【又一體】驀聽伊言，髮冲冠好教丈千。倉忙到前，走窮途令人意憐。依人飛鳥教人戀，沉冤不報怎回轉。〔合〕料這空城，安能守堅？〔樊噲白〕那厮既然如此不仁，主公何不即日攻城，殺了這賊，以絶民患，豈不是好？〔唱〕

【黄鐘宫・歸朝歡】即日價，即日價，攻城接戰，縛奸臣將伊作臠。爲什麽，爲什麽，却容伊閉關自便。可知道，渾是干戈難免。況且是乘伊未備功宜建，將來張楚憂來援。〔合〕省得重興戈甲前。〔蕭何白〕樊將軍不可如此。我處又無攻城之具，如何攻得城破？枉動干戈，殊爲無益，不如設計取之，方爲妙用。〔劉邦白〕只是計將安出？〔蕭何白〕吴能爲官，不得民心。不如今日作書一封，曉諭百姓，明明説他背秦向楚之意。用能射者射入城中，使其内變。不一二日，城可下也。〔劉邦作喜科。白〕實乃妙策。就請令史入内，創起草來便了。〔蕭何白〕這個當得。〔同唱〕

【又一體】一紙書，一紙書，教伊内變，寫分明怎容分辨。管教這，管教這，奇勳即建。〔劉邦白〕明日此書就煩樊將軍射入城去便了。〔唱〕一枝兒，帶羽連書之箭，城邊射入休教緩。〔劉邦白〕今日二位令史奔走辛苦，抑且夜已過半，不如暫且歇息片時，明日行事便了。〔唱〕長宵奔走自應倦，〔合〕喜則喜虎尾春冰已脱然。〔同下〕

第廿三齣 觀書衆奮（皆來韻）

〔扮老幼八百姓上。同唱〕

【南呂宮·香柳娘】笑贓官好騃，笑贓官好騃，惹禍招災，清平日子尋危殆。問機關怎開，問機關怎開，向楚爲何來，背秦將城賣。〔白〕我等乃沛縣城中衆百姓是也。可笑我這沛縣官兒，放着受用的日子不過，要將我這沛城獻與陳勝。又恐我衆百姓不允，因與蕭、曹二位令史商議，去召芒碭山一起義兵，前來接應。不想那芒碭山義兵頭目，就是我沛縣劉季，他如何肯將此縣獻與陳勝？〔一百姓白〕請問列位，那劉季既是沛縣人，如何又在芒碭山聚義？〔一老百姓白〕列位有所不知。那劉季原是沛縣的人，因本縣差他去押解民夫，到驪山聽用，不知爲何停留在山中。聞他斬了白蛇，衆人稱奇，我這縣左近的人，都去歸附了。如今縣令聞聽是劉季爲首，恐他人衆馬多，難以抵禦，因將城門緊閉，不許他進城，想是怕他記着前讐哩。〔衆百姓白〕似這等官兒，實在好笑。〔同唱合〕這樁情叵耐，這樁情叵耐，這謎兒怎猜，暮令朝改。〔一老百姓白〕你們還不知劉季的異事哩。〔衆百姓白〕有什麽奇處？〔一老百姓白〕當先他母親未曾孕他之時，嘗憇息在大澤之旁，忽見蛟龍出現，纏繞其身，方纔懷孕。及生了他，長成之後，惟好酒色，常從王媼酒肆中賒飲，醉臥肆中。王媼常見有怪，凡劉季飲酒之日，賓客滿座，比往常生意更加數倍。因此王媼將他所欠酒債，全不索取，只求他每日常來吃酒。〔唱〕

【又一體】論花根玉荄，論花根玉荄，令人驚駭，生來踪跡多奇怪。〔一百姓白〕這樣看起來，他敢是一位財神了。〔一百姓白〕依我看來，不是財神，倒是一位貴神。〔一百姓白〕閒話少説，如今縣官緊閉城門，不許劉季進城。那劉季既聞名而來，豈肯甘心便去，必要前來攻城。那時縣令又要我們守城。我每被秦朝差徭，十夫抽一，已經苦不可言。如今縣令又要我們守城，矢石之下，性命不保，如何是好？須得及早打個主意纔是。〔一老百姓白〕等他叫我們守城，我們只不理他，待劉季入城之日，必然殺這贜官的。〔衆百姓白〕此話甚是有理，我們不要睬他便了。〔同唱〕衆窮民苦哉，衆窮民苦哉，矢石最堪哀，相違出無奈。〔合〕他威風縱大，他威風縱大，須是人心不諧，一朝都敗。〔扮樊噲持弓箭上，作射書入城科，下。衆百姓作拾箭科。白〕好奇怪，從天掉下一枝箭來。〔作看箭科。白〕上面還有一個紙包兒，我們大家解下來看看。〔作拆書看科。扮王陵、夏侯嬰上。白〕天下本無事，庸人自擾之。〔作見衆科。白〕縣令要你們守城拒敵，你們還在此看什麽？〔衆百姓白〕二位來得甚好，方纔天上掉下一枝箭來，上面拴着這張字紙，請二位念與我們聽聽。〔王陵白〕有這等事？〔作接念科。白〕天下苦秦苛法久矣，民不聊生，豪傑並起。凡爲民父母者，宜愛恤百姓，靜守本土。今沛縣縣令吴能，身爲秦官，心欲應楚。令我舉兵相助，又復反悔，閉門不納。我劉邦既動衆而來，豈能斂衆而退？勢在必破此城，以問無信。但念沛邑子弟，無非邦之骨肉，安忍施以鋒鏑。凡我沛人，急宜開城早降，以免守城之困。爾其審之，毋悔。〔衆百姓白〕此乃劉季念同鄉之誼，不肯加害，我等豈可助紂爲虐。〔唱〕

【又一體】問誰開厲堦，問誰開厲堦，貪婪邑宰，招人反要將人怠。怒冲冲在懷，怒冲冲在懷，伊這禍包胎，教人怎寧耐。〔合〕他鄉心可戴，他鄉心可戴，通情字來，寫將明白。〔王陵、夏侯嬰白〕列位不必動怒，我倒有一策在此。〔唱〕

【又一體】逞今朝義懷，逞今朝義懷，將伊殺壞，除殘滅暴心須快。〔白〕不如聚衆，殺却這賊，竟自開門，迎接劉軍進城，共舉大義，豈不是好？〔衆百姓白〕有理，有理。〔同唱〕助劉軍最該，助劉軍最該，義舉要同來，齊心何須蔡。〔衆百姓白〕我們同去約會衆百姓，一齊動手便了。〔同唱合〕各叮嚀告戒，各叮嚀告戒，群心既諧，成功全賴。〔作發憤科，同下。扮四侍女，張燈，引吴能同妻上，作飲酒科。唱〕

【南吕宫・燒夜香】傳空引滿好開懷，月朗風清興不衰。〔吴能白〕夫人，再請寬飲一杯。〔妻白〕相公請。〔同唱〕一派秋光照小齋，照小齋，縣令好丰裁。〔侍女作斟酒科。同唱合〕軟款温柔，醉饒螺黛。〔王陵、夏侯嬰領衆殺上，作殺死吴能同妻科。白〕就此開城，迎接劉軍入城便了。〔衆應科。同下〕

第廿四齣　沛縣稱公（東鍾韻）

〔扮八小軍、盧綰、周勃、周昌、周苛、樊噲、任敖、蕭何、曹參，引劉邦上。劉邦唱〕

【中呂調合套·粉蝶兒】抖擻雄風，俺則待抖擻雄風，纔見俺芒碭山軍威豪横，一紙書捷似游龍。敢要貫長霄，衝白日，共那虹霓厮送。俺只得勒轡崇墉，早顯着斬蛇時那般英勇。〔白〕一紙書傳射入城，一番憂懼一番驚。奸邪不久應懸首，羅拜門前接義兵。方纔樊噲已將書信射入城中，不知百姓如何舉動。〔蕭何白〕將軍但請放心，百姓見書，必然生變，我們只静待好音便了。〔劉邦白〕既如此，可將兵馬繞城暫駐者。〔衆應科。扮王陵、夏侯嬰，率衆百姓上。白〕衙中殺縣令，城外接將軍。〔作開城迎出見科。同白〕我等衆百姓，迎接將軍入城。〔劉邦白〕列位嗄，今日開城見迎，深屬雅誼，但那縣令，畢竟如何了？〔衆百姓白〕我等見了將軍書信，深感將軍恩德，因將那贜官呵，〔唱〕

【中呂調合套·好事近】將去付青鋒，早向黄泉葬送。也是他貪婪果報，一靈兒飄渺秋風，舒却萬民痛。因此上共開城，羅拜接元戎。〔合〕願將軍策馬偕行，望伊行早入花封。〔劉邦白〕原來王鄉宦、夏侯司厩已同衆百姓除了贜官，共迎在下，深爲可感。周昌，可即到衙前，準備筵席，我等慢慢一同

入城便了。〔周昌應科，下。衆繞場行科。同唱〕

【中吕調合套・石榴花】俺則見雙鐶齊鬮衆和同，敢和他緩轡步從容。俺這裏情聯鄉誼，解甲櫜弓。疑猜全不用，緩轉路西東。則落得喜孜孜，則落得喜孜孜，耳邊厢，故里風光重，却見的人情歡踴。〔衆百姓白〕此間已是衙門不遠了。〔同唱〕遥望見粉署重重，遥望見粉署重重，人蹡蹡同陪奉，俺則得下雕鞍勒玉驄。〔衆作下馬科。周昌上科。白〕筵席久已齊備，請令定奪。〔劉邦白〕就在此間排列起來，我與衆父老共飲一杯便了。〔周昌作令小軍排宴科。劉邦作令衆百姓同坐科。劉邦白〕念劉邦，乃一泗水亭長，被縣令無端借差陷害，幸上天默佑，得與衆位復聚於此。今日之會，甚非偶然，大家索寬飲一杯者。〔衆白〕多謝將軍。〔同作飲酒科。同唱〕

【中吕調合套・好事近】良辰，今日恰相逢，須大家要引滿傳空。香浮緑蟻，知心友號還紅。①方見俺鬮情里黨，共歡娛，杯酌還須共。〔衆百姓白〕今日將軍歸里，我等喜出望外，大家共敬一杯。〔衆作同敬劉邦酒科，劉邦飲科。同唱合〕願從今一統江河，待將來復醉新豐。〔蕭何、曹參白〕今將軍有衆數百，有將數員，必有主帥，方可約束。今日既得沛城，即請將軍爲沛公，以慰衆望。〔劉邦白〕目今天下擾亂，諸侯並起，苟所輔非人，百姓豈能安哉？俺劉邦，德薄才疏，恐不能爲沛縣之主，令史之言，

①「號還紅」，校籤作「别號稱紅」。

無乃非是。〔唱〕

【中呂調合套・鬬鵪鶉】俺劉邦薄德匪材，俺劉邦薄德匪材，怎便把雄封自奉。況且是競起群賢，況且是競起群賢，①到其間怕難遥控。倒不如急選英豪奉至公，方保没憂忡。②〔衆百姓白〕將軍休得推辭，今日沛主，非將軍不可。〔劉邦唱〕伊休得薦把人推，伊休得薦把人推，念不才焉能領衆。〔蕭何、曹參白〕將軍具有奇相，必有奇材。況且神人夢語，許爲定亂之才；芒碭斬蛇，已肇興王之業。赤帝之徵不謬，金刀之讖豈誣。據此看來，這沛城，越發非公不可了。〔唱〕

【中呂調合套・撲燈蛾】一層層詳推論有公，一事事嘉祥非虚哄。怎生生把故土鄉邦，預先先没些通融。一個個杯前盞後，亂紛紛相推待恩榮，急忙忙把輿情俯允。〔衆百姓白〕二位令史言之有理。〔唱合〕齊趲趲共欽新主望全濃。③〔樊噲白〕將軍今日，若不依衆父老之言，我們即要解散了。〔劉邦白〕既承衆位美意，我劉邦亦不敢推辭了。如今勉從衆請，暫爲沛公，旗幟皆用赤色，就此整理軍馬便了。〔唱〕

【中呂調合套・上小樓】俺則得允伊言，暫守這沛疆封。則把那赤幟紛紛，則把那赤幟紛紛，號令森

---

① 二「群」字，校籤均作「衆」。

② 「方保没憂忡」，校籤作「方顯得有始終」。

③ 「齊趲趲」，校籤作「齊濟濟」。

森，敢還要守望重重。這的是十里金湯，這的是十里金湯，規模重整，雄兵先擁。可不道一成田尚把身容。〔劉邦白〕今日得城之始，軍祭焉可不誠？ 不免祭祀黃帝、蚩尤一番，然後再議他事便了。〔衆應科。場上設黃帝、蚩尤牌科。衆祭科。同唱〕

【中呂調合套・撲燈蛾】急急虔誠清供，迓迓神庥同奉。敢敢將類禡遲，願願早淨烟烽。〔劉邦作上香科。同唱〕裊裊爐烟，神靈鑒共。〔劉邦作奠酒科。同唱〕馨馨的酒氣騰空。〔小軍作焚帛科。同唱〕炎炎的紙馬光紅，齊齊的群情端拱。〔合〕密扎扎干戈涿鹿霧中通。〔小軍作徹祭科。劉邦白〕衆父老，俱各稍留，再到後堂歡飲一杯。〔衆應科。劉邦唱〕

【中呂調合套・尾聲】把荒城且暫統，舉義今朝第一功，且同這父老堂前飲興濃。①〔同下〕

---

①「且同這父老堂前飲興濃」，校籤作「待他年功成王業聽呼嵩」。

第二本

第一齣　天廄驗馬（家麻韻）

〔扮八馬童上，跳舞一回科。白〕吾等天廄馬童是也。今日天駟星驗看天廄御馬，在此伺候。〔扮四從神，引天駟星上。唱〕

【中呂調套曲・喜春來】凌空潛步行天駕，銀礫光中趁落霞。六龍霄漢任紛拿，勤伺察，中廄職無差。〔白〕官居太僕任天曹，亢氐光聯列宿高。漫向人間誇驥足，須知儀象著成勞。吾天駟星官是也。宿列蒼龍，職司上驥。蒞天閑而東耀，隨大火以西流。躔舍無虧，幸著隕霜之候；調馴有法，長司逐電之群。順天度之潛移，六龍在御；昭乾行之健步，萬馬騰空。正是：空群多異産，司牧有專承。吾星承乏此任，凡下界名馬，必收歸天工，玉帝發在天廄厮養，以備乘坐，但恐時有奔逸，干係匪輕。馬童，將那有名之馬，牽上來查驗一番。〔馬童應科，下。天駟星唱〕

【中呂調套曲・石榴花】休説那揚鑣整轡德堪誇，伏棧久馴狎。恐嘶風意氣動鳴笳，軼群覂駕，做了個兕出于柙。那時典守難辭罰，破工夫按册稽查。驪黄重與花名押，非關俺瑣務好排衙。〔八馬童各牽馬上科。白〕啓上星官，天馬在此。〔天駟星白〕報名上來。〔馬童各報名科。白〕此乃絶地。此乃翻羽。此乃奔霄。此乃越影。此乃踰暉。此乃超光。此乃騰霧。此乃挾翼。〔天駟星白〕果然好馬，非濫負虚名也。〔唱〕

【中吕調套曲·滿庭芳】仔見那空群聲價，游龍蹀躞，燦爛雲霞，風蹄霧鬣堪圖畫。説什麽汗血龍騧，渡滄溟凌虚飛跨，逐奔駒羲馭非遐。還堪訝，朝驅夕駕，八極似浮槎。〔白〕爾等亦知此馬來處否？〔衆白〕求星官指示。〔天駟星白〕聽者。〔唱〕

【中吕調套曲·紅芍藥】想當年姬穆豪華，一心兒轍遍天涯，龍媒天遣到仙家。仗着那噴玉噴沙，一徑的西池路，遠投轄。遥想當年宴罷，曲舞飛花，盞泛流霞。若非這八駿呵，怎教他飽飯胡麻。〔白〕此乃周穆王八龍之駿。還有腰褭神馬，爲何不見？〔馬童白〕神馬群中，只不見腰褭神馬，未曾牽來。〔天駟星作驚科。白〕那腰褭竟不見麽？〔馬童白〕正是。〔天駟星白〕罷了，罷了，此馬赤喙黑身，性劣異常，恐私逃下方，爲害不淺，只得奏聞玉帝請罪，下界收服便了。〔唱〕

【中吕調套曲·攤破喜春來】他則待孽龍翻海舒鱗甲，猛虎離山怒爪牙。逢伯樂徒凝盼，任王良空束手，憑造父枉嗟呀。這的是禍根芽，好教人耽驚怕，一任把失守的罪名加。〔内白〕玉旨下。〔天駟星白〕牽過了，快排香案。〔八馬童牽馬下。扮四執事，引太白金星上。天駟星接進科。四執事下。金星白〕玉旨已到，跪。〔天駟星跪科。金星白〕聽宣讀。詔曰：適有塗山城隍奏道，塗山有妖馬，作怪傷人。此係天廄中腰褭神馬，私下凡間。本爾天駟星失察所致，應着下凡收服，但目今烏龍降生，擾亂秦家社稷，缺少良騎，即將此馬令他收服。日後烏江仍收歸天廄，此乃定數當然，赦爾天駟星無罪。欽哉，謝恩。〔天駟星謝恩科。白〕聖壽無疆。〔起科。白〕有勞星君了。〔金星白〕好説。〔天駟星白〕一時失察，不勝惶恐。〔金星白〕定數如此，星官何咎，小星就此繳旨去來。〔辭科。白〕好憑曳電影，助起拔山雄。〔四執事上，引金星下。八馬童暗上。天駟星白〕一馬之微，也有定數。那烏龍得此駿騎，好一場厮鬧也。

〔唱〕

【中吕調套曲·喬捉蛇】駿骨更無加，助起威風大。憑着這追風萬里羨如龍，越顯出奔雷長嘯聲叱咤。觀壁上，會垓下，殊勳真不假，好一個横行無敵的烏騅馬。〔白〕上帝既赦吾罪，爾等也只得寬免。可將各廄馬匹，不時稽查，倘再有疏虞，重處不貸。〔馬童白〕多謝星官。〔天駟星唱〕

【煞尾】天符素定應非差，看天恩高厚權時罷。謹調良，勤服御，無纖罅，莫把這天廄規條同戲耍。〔同下〕

第二齣　叔姪計議（皆來韻）

〔扮項籍上。唱〕

【正宮引・齊天樂】胸懷落落吞滄海，滿腹牢騷無奈。三楚名門，英雄奕世，不負男兒氣概。舉頭天外。笑責育無能，烏獲非材。七尺昂藏，東南王氣漫疑猜。〔坐科。白〕學書既不成，學劍將何擊。所志不在此，志在萬人敵。牛斗氣可冲，驪珠手可摘。顧此七尺軀，安能長寂寂。某姓項，名籍，字羽，下相人氏，乃楚將項燕之後。不幸父母雙亡，蒙叔父項梁撫養，心雄氣傲，才力過人，負拔山之奇勇，具重瞳之異表。少時學書不成，去而學劍，學劍又不成。叔父怒責，某告叔父道，書不過記姓名，劍不過敵一人，天生我身，必學萬人之敵，方可名動天下。叔父奇某之意，乃教以兵法。記得那年，秦皇東遊會稽，再渡浙江，某一時興發，不覺失聲道，彼可取而代也。叔父急掩某口，悄悄説道，毋妄言，滅我族矣。某雖稍加斂戢，怎奈這一腔心事呵，〔唱〕

【正宮・錦纏道】負雄懷，氣如虹怎生佈擺。笑秦政巧安排，逞雄心，猛思着萬年千載。怎知道草澤裏人兒自在，敢則要反掌間取將替代。〔白〕自從叔父殺人避入吴中，吴中賢士大夫，人人仰慕。每欲共舉大事，摧滅强秦，以消楚恨。奈一時未有機會，目下陳勝起兵，干戈遍地，大丈夫乘時奮發，此其時矣。〔唱〕壯志敢沉埋，覷中原陣雲靉靆。英雄起草萊，〔合〕怎下得權時寧耐。則待借扶搖，萬里看飛來。〔白〕今日，會稽假守殷通，請某叔父去，不知議着何事，且待叔父回來，再作計較。正是：射斗寒光難掩迹，垂天巨翮會乘風。〔扮項梁上。唱〕

【正宫引・三疊引】龍韜虎略負雄才，莫把箕裘志怠。三户恨難平，洗却寃讐方快。〔白〕老夫姓項，名梁，世爲楚將，可恨强秦吞噬，覆吾宗國。每思報復無由，喜得姪兒項籍，英姿偉發。目下各處烽烟，今有會稽守與吾計議，老夫就中取便，欲圖大事，爲此急急歸來，與姪兒商議。〔作進科。白〕項籍那裏？〔項籍見科。白〕叔父回來了，姪兒拜揖。〔項梁白〕罷了。〔各坐科。項籍白〕今日會稽守請叔父去，商量何事？〔項梁白〕那殷通，因陳勝起兵，欲與私通，召我商議。我遂以先發制人動之，殷通大悦，欲我爲將，共應陳勝。〔項籍白〕那時叔父作何計較？〔項梁白〕我看殷通呵，〔唱〕

【正宫・滿江紅】全無成策，心下狐疑事終乖。大丈夫志在雄飛，争比駑駘。我權把機關暗裏胎，别有良謀心自揣。看將來，定霸圖王，時該運該。〔項籍白〕請問叔父，計將安在？〔項梁白〕我那時佯爲應許，托言吴有奇士桓楚，亡在澤中，若得此人相助，可濟大事。但人莫知其處，獨吾姪項籍知之。明日殷通必來召你。我今與你約定，持劍前去，待他唤你之時，看我眼色，聽吾道「可矣」二字，即將殷通殺死，有不服者，一概擊之。然後明告衆人，諭以所爲。若得召此大郡，招兵聚衆，楚業不難復矣。〔唱〕玩弄似嬰孩，試看取龍泉起處，淋漓血洒庭堦，教人肉顫心駭。〔合〕直教那錦繡河山，覷同拾芥。〔項籍白〕叔父良謀，正合小姪之意。明日準備，一同前去行事便了。〔各起科。項籍唱〕

【不絕令煞】新磨寶劍隨身帶，〔項梁唱〕笑他那猥瑣無能惹禍灾，〔合唱〕則聽得叱咤聲中齊下拜。

〔同下〕

第三齣　臨鏡梳粧 齊微韻

〔扮二丫鬟，引虞姬上。虞姬唱〕

【越調引·亭前柳】蘭蕙數心期，幽貞嫻令儀。詩書通大義，巾幗勝鬚眉。昔年彩鳳添佳瑞，繞室飛翔，一枕夢回遲。〔坐科。白〕〖虞美人〗薰風拂拂紗窗曉，鸚鵡簷前鬧。繡衾掩映透晨曦，促喚雙鬟，新試薄羅衣。深閨鎮日攤書卷，借與閒消遣。別無他事掛心頭，椿樹長榮，膝底慣嬌柔。奴家虞姬，乃會稽虞一公之女。母親夢五鳳鳴室，遂而生我，不幸母親早逝，與老父相依過活，今年一十八歲。奴家生而聰慧，不輕笑語，習覽詩書，頗通大義。只是萱堂失奉，未免母範無人，默地尋思，好不傷感人也。〔作悲科。唱〕

【越調·小桃紅】黃泉路杳信音稀，痛得我肝腸碎也。乳燕嬌雛，傍母喃呢，偏自影孤悽。望長空，碧雲飛，恨綿綿，曾不蒙慈誨也。〔合〕陡地往事凄涼，念音容一霎迷。〔白〕連日夜夢，烏龍繞屋飛翔，又夢女媧娘娘，道我姻緣就應在此夢。曾與爹爹說知，老父說道，此乃神人指示，必然有應，這也由他便了。〔唱〕

【越調・下山虎】夢魂顛倒，忒煞蹺蹊。說甚關心事，此話怎提。若論姻緣，一任紅繩牽繫，鳳翥龍蟠是也非。幻景忒無稽，仔細思量畢竟痴。〔合〕莫自漫狐疑，記取依稀，付與東風自主持。〔丫鬟白〕小姐，粧臺已預備停當了，請早梳洗。〔虞姬作梳洗科。唱〕

【越調・五般宜】我則待，理春雲委地垂。我則待，學盤龍宮樣堆。〔丫鬟請插花戴簪科，虞姬作對鏡插戴科。唱〕對着這明月賽清輝，則愛這小鳳玲瓏，新鈿貼翠。則怕他雲髻橫披，綰着這鬟影低徊。〔合〕更何曾惹什麽閒愁，蹙損了遠山眉。〔丫鬟白〕你看小姐，如花解語，似玉添香，雖南威、西子，不足數也。〔虞姬作嬌羞科。唱〕

【越調・五韻美】苧蘿村休提起，扁舟何事尋烟水。想當年定霸遠南威，只要德容兼備。說什麽花羞玉媚，莫把個甜言語，過相推。〔合〕縱然是一顧傾城，越教我多添惶愧。〔丫鬟白〕小姐年已二九，未定佳期，村中豪富子弟，慕小姐品貌，屢次央媒來說。員外總不應許，不知何意？〔虞姬白〕你二人少要胡言，這越發不是了。〔唱〕

【越調・山麻稭】這話語全無味，誰待要爲我關情，念切門楣。思維，這壺閫之外，無須多贅。〔合〕則要你添香瀹茗，粧臺前後，刺繡追隨。〔扮虞一公上。白〕嚴親兼母氏，弱女勝男兒。老夫虞一公，不幸山妻早逝，只有一女。因他生有異瑞，不肯輕易適人，爲此年已過笄，未逢佳婿，老夫時常掛念。此時晨粧已罷，且去看來。〔作進見科。白〕我兒，梳粧完了。〔虞姬白〕爹爹萬福。〔虞一公白〕我兒罷了。〔各坐科。虞一公白〕我兒，自你母去世，剩你幼女，無人陪伴，爲父的時時掛念。欲遣你出閣，奈無足配之人。我想你生有異徵，復有佳夢，將來必然大貴。因此那些來説親的，老夫不肯輕許。〔虞姬白〕母親不幸，老父無人侍奉，孩兒方欲服侍終身，以娱老父暮年。那婚姻之事，何忍言及。〔作淚科。唱〕

【越調·鬬黑麻】暗想衰年，教人痛悲。高堂侍奉，付與伊誰。兒只願傍庭闈，弱女何妨戲舞衣。〔合〕念切瞻依，又何忍膝前暫離。欲問姻親，欲問姻親，且自漫提。〔虞一公白〕吾兒不必傷感，只願你終身有托，老父一身，自有姪兒們可以侍奉。且伴我堂前去，消遣一回。〔虞姬白〕孩兒知道。丫鬟們，隨我來。〔丫鬟應科。白〕曉得。〔虞姬唱〕

【餘音】衰年一女堪相慰，消永晝閒庭歡對，則願得長伴靈椿娱菽水。〔同下〕

第四齣　殺守諭衆（真文韻）

〔扮殷通上。唱〕

【黃鍾宮引・西地錦】借手招徠英俊，當前面諭殷勤。教人凝望縈方寸，料非桀驁難馴。〔白〕下官會稽守殷通是也。今日陳勝自稱爲王，意欲舉兵相應。前與項梁商議，他道吴有奇士桓楚，可濟大事，但亡在澤中，無可踪跡，惟他姪兒項籍深知其處。爲此着他今日，帶了姪兒前來見我，只待項籍到來，面加吩咐。想他叔姪二人，此時也應到了。〔扮項籍，隨項梁上。項梁唱〕

【又一體】壯志須當自奮，如何倚傍他人。〔項籍唱〕猥瑣無能，那堪同事，〔同唱〕笑伊惹火燒身。

〔項梁白〕姪兒，此間已是會稽衙門，你且在外伺候，待喚你進去，看吾眼色行事。〔項籍白〕是。〔各作會意科。項籍虛下。項梁進見科。白〕使君在上，項梁拜揖。〔殷通白〕項君請了。今日我已令衙將季布、鍾離眛，並門下人等，俱各伺候，當面曉諭其意，然後舉事。不知令姪可同來否？〔項梁白〕已在門外伺候，無命不敢擅進。〔殷通白〕速請相見。〔項梁白〕項籍快來。〔項籍白〕來也。〔項梁白〕使君喚你進去。〔作引進見科。白〕使君在此。〔項籍白〕使君相召，有何吩咐？〔殷通白〕陳王兵起，吾欲應之。前蒙令

叔相商，説吴有桓楚，其人可與圖事，但亡在澤中，惟足下深知其處，今特煩足下一往。〔唱〕

【黄鐘宫・啄木兒】澤中去大義伸，説與英雄草澤人。聚萑符匿跡潛踪，又何如義舉三軍。但得他助予半臂心兒肯，那時節干戈直把中原混。〔合〕便是伊首建奇謀第一勳。〔項梁作丢眼色科。白〕可矣。〔項籍揪住殷通科。白〕住了。汝與吾家不同，吾家世爲楚將，國破家亡，與秦誓不兩立。汝爲秦臣，乃與此叛逆，不忠甚矣。吾當殺汝，以爲不忠之戒。〔唱〕

【黄鐘宫・三段子】妄想稱尊，不思維身經仕秦。誼關主臣，却緣何欺心背恩。不忠不義何須問，報恩報怨難容紊。〔合〕我好把青鋒一霎掄。〔作劍斬殷通科。白〕殷通背秦，今已殺之，可將印綬與吾叔執掌，如有不服者，以殷通爲令。〔扮八門卒、二書椽、四皂役、季布、鍾離眛上。唱〕

【黄鐘宫・滴溜子】官衙内，官衙内，猛然凶聞。使君的，使君的，血污遊魂。紛紛，沸聲滾滾。〔合〕變起倉卒間，殭尸一瞬。齊入公堂，和伊較論。〔季布、鍾離眛怒科。白〕反了，反了。入其邦，殺其主，奪而自立。汝叔姪義將安在？〔項籍白〕噤聲。〔項梁白〕在殷通爲叛臣。〔項籍白〕在項氏爲義舉。〔項梁白〕借秦地，〔項籍白〕報楚讐。〔同白〕此天下之大義也。二位若肯相助，共伐暴秦，以復六國之後，名垂竹帛，何必區區以殷通爲念？〔同唱〕

【黄鐘宫・鮑老催】恩讐細分，昭然灼見何用論，伐秦報楚公義伸。鋤强暴，繼滅絶，扶危困，伊家何必議紛紜。若能相助相隨順，〔合〕且共把功名奮。〔季布、鍾離眛拜科。白〕將軍分剖得是，我等願

聽指揮。但協心足以同謀，得將可以建功。今塗山現有二將，嘯聚山林，俱有萬夫不當之勇，如得此二將，可以爲助。〔同唱〕

【黄鐘宫・滴滴金】捐軀效死全無吝，還念成功在得人。現放着鏌耶干將光芒藴，聚山中，無投奔。塗山在近，干城二將非凡品。〔合〕須當及早招徠，共破强秦。〔項梁白〕那塗山二將，的是何人？〔季布、鍾離眛白〕便是將軍所説的桓楚，還有一個于英，他二人現統着精兵八千。〔項梁白〕既如此，吾姪可同季將軍前去，招他二人到來。〔項籍、季布應科。白〕是。〔項梁唱〕

【黄鐘宫・鬬雙雞】久慕英名，教人首肯。料伊行還斷趁，急忙前去將伊懇。〔合〕兵鋒整頓，念從來人爲本。〔白〕鍾離將軍同吾在此，招集郡中子弟，你二人速往塗山便了。〔各應科。項梁唱〕

【三句兒煞】讐深家國何堪忍，今日裏雄心一震，佇看他破損河山成碎粉。〔分下〕

第五齣　塗山招將

蕭豪韻

〔扮四嘍囉、四頭目，引桓楚、于英上。桓楚、于英同唱〕

【仙呂調・點絳唇】雄占山巢，非同聚嘯。萑符盜，極目滔滔，敢待誅無道。〔分白〕强秦不道肆横行，舉世慌慌遍地兵。未展鵬飛且斂翼，塗山獨占顯威名。我桓楚是也。我于英是也。〔合白〕我等素懷韜略，各負雄才，因爲避秦之亂，來此塗山，招聚人馬，不消數月，精兵幾有萬人。每日操演武藝，相時而動，好不旺氣也。〔扮一頭目上，禀科。白〕啓上大王，山下有會稽項梁，差人要見。〔于英白〕項梁差人到此。這項梁，乃楚名將項燕之子，殺人避禍，來這吴中隱住，吴中人甚是尊重於他。近聞據了會稽一郡，志不在小，但不知來者又是何人？〔頭目白〕一名季布，一名項籍。〔桓楚白〕原來是他二人。這季布，乃郡中衙將，然諾不輕。這項籍，乃項梁兄子，材勇過人。今日同來到此，必有緣故。嘍囉們，大開寨門，請二位將軍相見。〔作起迎科。頭目請科。白〕二位將軍有請。〔扮季布、項籍上。分白〕欲建興王業，來招佐霸人。〔季布白〕寨門大開，我等上前相見。〔作見科。同白〕二位將軍請了。〔桓楚、于英白〕請了。那位是季將軍？那位是項將軍？〔季布白〕在下季布。〔項籍白〕在下項籍。

〔桓楚、于英白〕久慕雄材，今晨幸晤，請到寨中相見。〔讓進科。季布、項籍白〕二位將軍拜揖。〔桓楚、于英白〕我等有禮。〔各揖科，各坐科。桓楚白〕久仰二位，乃人中豪傑，今日到此，未知有何見諭？〔季布白〕二世無道，英雄並起，莫不欲誅此殘暴，以解生民塗炭。二位將軍呵，〔唱〕

【仙呂宫集曲・解醒畫眉子】【解三醒】（首至七）負雄姿南山文豹，懷英略北海神蛟。天生英武鋤强暴，須趁此建功高。緣何匿迹山林道，怎不教天下諸侯冷眼瞧。〔白〕現今梁將軍，聚精兵數萬，共議伐秦，爲六國報讐。仰二位威名，特着末將等，陳説大義，敬請下山，共舉大事。如成王業，富貴共之。〔唱〕冤讐報，【懶畫眉】（第三句）同伸公義著成勞，【寄生子】（合至末）不枉了虎略龍韜。一世英豪，鐘鼎上把名兒表。〔桓楚白〕秦雖無道，其勢甚强，非有蓋世之雄，難與爲敵。今欲舉大義，恐力不贍，願比試其强。果有能敵萬人者，吾二人即從之。不然，恐畫虎不成，反爲不美。〔唱〕

【仙呂宫集曲・解羅袍】【解三醒】（首至四）我只怕兵微將少，我只怕勢弱心遥。我只怕秦雖多怨多同暴，我只怕强和弱費推敲。【皂羅袍】（合至末）誰是擎天玉柱，跨海金橋。若非英雄蓋世，反致暗中禍招。我待要當場比試知分曉。〔項籍白〕不須過慮，但隨將軍比試，某家可以當之。〔唱〕

【仙呂宫集曲・一封羅】【一封書】（首至二）縱横意氣豪，勸將軍不用焦。【皂羅袍】（三至末）敢則待叱咤風雲俱動色，須知道聽得喑嗚山岳號。〔合〕那共工一怒，天傾地摇。巨靈遠蹠，波翻浪漂。笑殺那匆忙陸地行舟奡。〔白〕請問將軍，如何比試？〔桓楚白〕我這塗山左近，有禹王廟一座。六月六日，

乃禹王壽誕，村中居民，共起勝會，酬恩報祀。那殿前，有一大鼎，頗覺壯觀。〔唱〕

【仙呂宮集曲・長短豆葉棲蝴蝶】【長拍】（首至七句）一座巍峨，一座巍峨，亭亭聳峙，騰空篆縷烟飄。看摩娑千萬，一任風雨侵凋。雖不是辨神姦明德功高，【短拍】（第六句）賽龍文規模不小。〔項籍白〕那鼎約有多重？〔桓楚白〕看來有幾千餘斤。到那賽會之日，我等同二位前去，一來觀看勝會，二則將鼎試勇。有能將禹鼎，三推三起者，吾等即拜服相從。〔唱〕【豆葉黄】（四至五）則看這擎天隻手，移將來鼎祚堅牢。【雙蝴蝶】（合至末）那遭，死心兒一時拜倒。管包，鬧轟轟萬衆追邀。〔季布白〕山寨中有二位在此嘯聚，那百姓如何敢來賽會？〔于英白〕二位有所不知，我二人雖占住此山，從不騷擾左右居民，所以每年勝會如舊。〔項籍白〕既如此，到那時我等同往，若要舉得此鼎，二位不可失信。〔唱〕

【仙呂宮集曲・撥棹入江水】【川撥棹】（首至合）休推棹，看當場奪錦標。願伊行莫爽分毫，願伊行莫爽分毫。〔桓楚、于英白〕果能如此，我等敬從不及，焉敢食言。〔同唱〕但得個三推動摇，【江兒水】（合至末）寧敢辭勞，鞭鐙周旋惟教。〔同白〕後日便是禹王聖誕，準備同行。衆頭目，吩咐後寨，擺接風酒，與二位將軍少飲片時。〔季布、項籍白〕謹領尊教。〔季布唱〕

【仙呂宮集曲・好有餘】【好姐姐】（首至六）專等追隨禹廟，非關是逢場遊眺。〔桓楚唱〕當前比試，機關就裏包。〔于英唱〕歡同調，意氣凌雲人傾倒。〔項籍唱〕【慶餘】（末二句）準備分明觀覷着，我拾芥般輕輕手内托。〔同下〕

第六齣　居民報祀（齊微韻）

〔扮十六老少男婦百姓上。同唱〕

【南呂宮・春色滿皇州】薰風拂面吹，喜勝遊天宇，並無纖翳。邀儕侶，同行結伴追隨。〔白〕我等塗山左近居民是也。今六月六日，乃禹王壽誕，我村中感念平治水土之功，每年起會，到廟中進香酬願。爲此前來，觀看會中熱鬧。〔内胯鼓響科。衆百姓白〕會來了，大家趕去看來。〔唱〕依稀，早聽得胯鼓沉沉，百忙的人聲喧沸。〔合〕相齊會，把風光領略，一晌叨陪。〔下。扮鐘幡上，隨意耍科。衆發諢科。衆百姓上看科。唱〕

【又一體】隨喜，舉頭忙步移。凝望眼鐘旛，高掛天際。解數兒，演出多般新異。〔作隨意讚科。唱〕則怕他頂破頭皮，又恐是牙尖撞碎。〔合〕擎拳踢腿，虧煞他渾身支架，雨汗淋漓。〔鐘旛耍畢下。衆虛白，隨下。扮八胯鼓人上，繞場下。扮八踹高蹻人上。同唱〕

【雙調・回回舞】奇裏奇來奇裏奇，神仙降下碧天低。排場演過千千萬，誰人見過這蹺蹊。步蹺蹊舞蹺蹊，八仙海上半空飛。騎驢果老顛倒走，洞賓拐李笑嘻嘻。曹國舅漢鍾離，仙姑高擎竹笊

籬，踏歌采和音節希。〔合〕就中剩有韓湘子，傾刻花開法甚奇。〔下。扮炒子上，吹打下。扮秧歌上。同唱〕

【雙調・回回曲】天上的慶雲，爲什麼這般的輝。地下的黄河，爲什麼清到底。爲什麼，對對的麒麟舞。爲什麼，翩翩的彩鳳儀。〔繞場一回科。同唱〕

【又一體】天上的慶雲，爲呈祥這般的輝。地下的黄河，爲獻瑞直清到底。沐仁風，對對的麒麟舞。太平年，翩翩的彩鳳儀。〔繞場一回下。扮細十番，吹打一回下。扮各樣雜耍隊子，各承應一回下。扮十六執事人，執旗牌、傘扇、幢旛各儀仗。扮八香頭，執香前引扮四轎夫擡轎上。安禹王牌位。扮會中衆男女隨行，繞場上。同唱〕

【南吕宫・大勝樂】虔誠一片心齊，謹辦香花把福祈。晴明欣隨風光好，導法駕備鑾儀。仔見那幢旛飛舞空中度，鬧着那簫管聲聲逐步移，〔合〕早來到禹王廟也。辦慇懃，年年舊例無違。〔到廟科，衆跪宣佛號科。唱〕

【雙調・華嚴海會】禹王大帝，德與天齊，平成功績萬年垂。〔合〕衆姓具香儀，具香儀，長將福壽祈。〔唱〕

【又一體】庚辛神佐，驅使稀奇，飛符遣召鎖支祈。〔合〕衆姓具香儀，具香儀，長將福壽祈。〔唱〕

【又一體】塗山勝會，受福無涯，豐收五穀免灾危。〔合〕衆姓具香儀，具香儀，長將福壽祈。〔進香焚錢糧畢科。扮二廟祝上。白〕請衆位善人，客堂用齋。〔衆發諢科，同下。〕

第七齣　禹廟舉鼎（家麻韻）

〔場上設大鼎。扮項籍、季布、桓楚、于英、八嘍囉，民裝行上。項籍唱〕

【仙呂入雙角·新水令】英雄氣敢把山拔，口張開笑吞天下。俺則見野腔隨牧笛，村鼓鬧池蛙。直您煩雜，倒好似太平日味瀟洒。〔白〕嗄，嗄，列位。這些人炒炒鬧鬧，擠擠挨挨，那裏是什麽禹王會，分明是替你我擺的隊伍。〔季布白〕今日之足下，安知非異日帝王，這副鑾儀，不算十分齊整？

〔桓楚、于英白〕正是。〔扮衆會中人上。唱〕

【仙呂入雙角·步步嬌】吃罷晨齋閒遊耍，興趣直高煞。〔作見項籍衆科。内一人白〕好一條黑凜凜大漢也。〔衆唱〕依稀似俊俠，却怕是酒飯囊包，不痴便傻。〔項籍白〕那鼎在那裏？〔于英白〕兀那不是？〔項籍大笑科。白〕壯哉此鼎！〔季布白〕這鼎有幾千斤，如何推得動？〔一會中人笑科。白〕列位嗄，你看他們，商量要推那鼎呢！〔唱合〕聽得嘴喳喳，學天王去托黄金塔。〔項籍作目視衆人大笑科。唱〕

【仙呂入雙角·折桂令】問伊行可識豪俠，那鼎重千斤，我看成一稻，〔推起科。唱〕則似手挽楊枝，叫他將眠復起，〔衆贊科。白〕好大力也。〔項籍唱〕不用喧嘩。〔作三推三起科。唱〕響金環數聲韻雅，則怕我逞精神汗濕衫紗。〔桓楚、于英白〕公之神力，天下無敵矣。〔項籍笑科。唱〕多謝君家，枉口相誇。待我仿效烏獲，隻手擎拿。〔白〕三推三起，值甚稀罕。仗着二位將軍虎威，借着衆家子弟法眼，待某一手舉起，繞殿三匝，依舊放於本處。若是面上發紅，口中氣喘，身上出汗，罰某立飲三百觥。〔衆吐舌科。同唱〕

【仙呂入雙角·江兒水】眼見希奇事，心開未有花，是天神一位從天下。得自傳聞生驚訝，親從目覩心驚詫，真乃一番佳話。〔項籍舉鼎科。衆唱合〕只似拈花，從未見這般閒雅。〔項籍舉鼎科。唱〕

【仙呂入雙角·雁兒落帶得勝令】【雁兒落】〔全〕鼎兒上虛飄飄烟散花，手兒裏沉掂掂千斤壓。邁開步殿前面走一巡，揝着勁挺起俺腰和胯。【得勝令】〔全〕呀，險些兒不被一時滑，道的嗜神氣告消乏。覷着那膽虛的神情變，瞧見那定睛的咬着牙。阿呀，來去剛三匝。嘻哈，仍舊安放下。〔桓楚、于英衆羅拜科。白〕使君真神人也！〔唱〕

【仙呂入雙角·僥僥令】魑魅應暗詫，魍魎没方法。隻手高擎千斤鼎，〔合〕汗滴下，閒人一大把。

〔白〕某等從旁觀看，膽戰心驚。使君面不改色，神氣自如，天下大事，非使君誰屬乎？某等願隨鞭鐙，終身不敢二心矣。〔項籍喜科。唱〕

【仙呂入雙角·收江南】呀，把英雄灝氣暗中拿，鼎兒呵敢待把功伐。待與君會飲會稽衙，説不完相會這豪俠。真一意向咱，真一意向咱，好教人一聲嘯入碧天霞。〔衆會中人跪科。白〕壯士天下無雙，願留大名於此，我等好向人傳播。〔項籍白〕吾乃楚將項燕之孫，名籍，字羽。欲起義兵伐秦，來這塗山，邀請他——〔指桓楚、于英科。白〕二位相助。偶爾遊戲，遂舉此鼎。〔衆跪叩科。白〕妙嗄。〔唱〕

【仙呂入雙角・園林好】苦强秦苛刑虐法，還問你義師衆寡。若許我持戈環甲，〔合〕願共去把秦伐，願共去把秦伐。〔項籍白〕爾等既願隨我伐秦，速速收拾行李，到會稽郡衙，聽吾號令。〔衆白〕得令。〔起科。項籍指衆人科。唱〕

【仙呂入雙角・沽美酒帶太平令】【沽美酒】〔全〕把秦川試踐踏，把秦川試踐踏，有甚麽不坍塌。也教他昔日豪横遭惡殺，看長安走馬，錦衣着怎樣榮華。〔白〕阿呀，鼎嗄鼎。〔唱〕【太平令】〔全〕多謝你風光一霎，引衆傑滿心歡洽。會稽城軍營同扎，一個個姓名簽押。我呵，一逕將州拔縣拔，枯摧朽拉。呀，轉眼兒圖王定霸。〔季布白〕爾等衆人，速速回家料理，我等就此回塗山去者。〔衆白〕得令。爲雲定捧金龍足，學草須當助虎威。〔下。桓楚、于英喜科。白〕今日得見使君，〔唱〕

【仙呂入雙角・清江引】似神龍，雲間露爪牙，將次甘霖下。驚人電影紅，震耳雷聲大。〔合〕誰得一會人，那時節都像傻。〔同下〕

第八齣　降妖得騎（蕭豪韻）

〔扮八農人，各執農器上。同唱〕

【中呂宮・尾芙蓉】【尾犯序】（首至六）結伴阻神妖，鋤兒鍤兒，守着稞苗。辛苦三時，道是豐年嘉兆。心焦，秦政虐正苦莫逃，畜生貪頻來打攪。〔白〕我等南阜村農夫是也。天下荒亂，不是上司拿去作夫，就要發去修陵。剛剛脱了苦海，得以盡力耕田，不想近日出了一匹妖馬。〔唱〕【玉芙蓉】（合至末）他恣無道，傷殘禾稻。儘雄餐，撒歡打滚百般驕。〔一農人白〕列位，我們今日一定齊心協力，將此妖馬一頓打死，除了後患。不然，日日看守着田邊，眼不見，就被這個畜生遭踏個盡，如何是了。〔衆白〕這個自然。〔内作馬鳴科。衆白〕馬來了，打嗄。〔扮馬上，衆人趕打科。馬作咬踢科，衆倒科。馬鳴跳下，衆起科。白〕了不得，險些兒被他踢傷，大家隄防着他，再趕上前去。〔一農人白〕不用趕，你看，他又撒着歡兒回來了。〔作望科，吆喝科。扮八嘍囉、桓楚、于英、季布、項籍行上。同唱〕

【中呂宮・榴子雁聲】【石榴花】（首至四）英風鋭氣隨處蕩塵囂，何處也馬鳴蕭。〔見衆農民科。唱〕因何衆口恁呶呶，不安隴畔，可是避差徭？〔衆白〕列位老爺，腰中俱有兵器，幫我們一幫，我等當有重報。〔項籍衆唱〕【刷子序】（五至合）他道，央煩着排紛解難，怎樣個恩將重報。〔衆指科。白〕不好了，那妖馬來了。〔項籍白〕馬來便怎麽？〔衆白〕那妖馬不知從何處來的，作踐田苗，一村受害。我們思量打死他，他又踢又咬，招架不住。〔項籍作望科。白〕好馬，爾等閃開，待我前去降伏者。〔衆農民白〕這馬兇惡異常，將軍不可輕視。〔項籍唱〕【雁過聲】（七至末）你看他摇鬃擺尾迎風叫，我則當野馬塵埃一點瞧。〔衆農民、嘍囉、桓楚、于英、季布虚下。馬復上，項籍迎上科。馬撲項籍科，項籍揪住馬鬃科，馬踢跳科。項籍唱〕

【中吕宫·撲紅燈】【撲燈蛾】（首至七）問伊何處來，問伊何處來，直恁没分曉。遇我楚重瞳，還思量這般踢跳也。〔打科。唱〕拳頭雖小，管教你神阻魂消。〔又打科。唱〕【紅繡鞋】（七至八）是駑質，是龍標，【撲燈蛾】（末一句）些微教訓你性兒驕。〔馬不踢跳科。項籍揪馬耳細看科。白〕好馬，神强骨健，蹄細腰長，通體並無一根雜毛，宛如一定[錠]黑墨，得非天之所以賜我乎？〔作騎馬繞場行科。衆農民、嘍囉、桓楚、于英、季布上，見科。衆農民跪科。白〕如此劣馬，不知將軍如何降伏？〔項籍下馬科。白〕爾衆人聽者。〔唱〕

【中吕宫·駐馬摘金桃】【駐馬聽】（首至六）我壯氣冲霄，便虎在深山也要逃。惱一惱重瞳雙豎，海底擒龍，潭底除蛟。他更無别技敢爲妖，兩拳頭自然難踢跳。〔桓楚衆白〕真乃英雄蓋世也。〔衆農民白〕請將軍回到莊上，我等衆人，拜酬降馬之恩。〔項籍白〕那要你衆人謝我。得這馬可以衝得鋒，上得陣，幹得事業矣。〔扮虞一公上。衆農民白〕好了，虞一公來了，替我們留一留降馬的將軍。〔虞一公作見科。白〕請問將軍尊姓大名？〔項籍白〕某姓項，名籍，字羽。〔虞一公白〕莫非楚名將項燕之後乎？〔項籍白〕然也。〔虞一公白〕瞻公儀表，知公之志不在小。請到敝莊，當有所以相助。〔季布白〕既蒙長者相邀，未便方命了。〔項籍白〕是嗄。〔虞一公白〕如此，請同行。〔衆農民喜科，作引行科。同唱〕【四塊金】（六至八）欣喜遇英豪，免教碩鼠傷苗，教白駒食苗。【櫻桃花】（末二句）鄉里將客邀，黍肉豐饒。〔虞一公白〕衆家子弟先回村中，我同衆位將軍隨後就到。〔衆農民白〕曉得。〔先下。虞一公白〕項將軍，你鳳凰須養羽毛肥，莫輕視鄉村老布衣。〔項籍白〕多謝老丈，我欲向茅廬聽韜略。〔季布、桓楚、于英白〕乘時布令六龍飛。〔虞一公白〕妙嗄，這乘龍二字，有些意思。請嗄，小莊不遠了。〔項籍白〕爾等衆軍，就在村外暫且屯駐。〔衆白〕得令。〔分下〕

第九齣　虞莊定親

〔扮虞子期上。白〕平生好異少人知，甚欲深山捉虎騎。乍喜傳聞來意外，此君真不愧男兒。我虞子期，方纔村中去尋伯父，聽得人沸沸揚揚，説道那匹妖馬，被一個將官，赤手光拳，輕輕的降伏了。趕着去看，却是伯父同了他慢慢的往村裏行來。不免且到家中，將這段新聞，説與姐姐聽者。〔扮虞姬上，見科。白〕兄弟滿面歡喜，倒像是拾着了什麼寶貝。〔虞子期白〕姐姐。〔唱〕

【雙調·鎖南枝】新樣事，真解頤，天生異相人便奇。〔虞姬白〕有何奇事，甚等奇人？〔虞子期唱〕同是丈夫身，壯哉與此隔雲霓。〔虞姬白〕畢竟何等丈夫，你這般欽仰？〔虞子期唱合〕巧丹青，繪容儀。偉然身，難圖繪。〔白〕實告訴姐姐説。近來村中來了一匹妖馬，不但損傷禾稼，兼之咬踢村民，滿村中人奈何他不得。今日忽然走出一個將官，身穿皂衣，面似鑌鐵，不用半點器械，一拳一脚，將馬降伏。〔虞姬白〕嗄，有這等事？〔唱〕

【又一體】人出衆，經品題，風塵物色還有誰。新語似傳奇，惜予女子隔深閨。〔虞子期白〕他一定從我家門口過，你我在門前，覷他一覷，也自無礙。〔虞姬白〕却也使得。〔唱合〕覷英雄，這行爲。便雲鬢，也心佩。〔虞一公引桓楚、于英、季布、項籍上。虞一公白〕此是舍下。嘎，開門。〔虞子期開門。虞姬回顧項籍科，下。項籍住科，虞一公讓科。白〕請進。〔衆作進科。虞一公白〕姪兒過來，見了項將軍。這一位桓將軍，這是于將軍，這是季將軍。〔虞子期揖畢科。虞一公白〕諸公請坐。〔衆白〕有坐。〔坐科。項籍白〕將纔進去的那位小姐，是誰？〔虞一公白〕那是小女。〔作笑科。白〕説起來也話長，生他的時節，先妻夢見五鳳鳴室。〔項籍笑科。白〕此乃大貴之兆。〔虞一公白〕老拙看他舉止動静，也像有點福氣。只是一件，〔唱〕

【雙調·孝順歌】求婚媾，豪傑稀，耽延時日久迨期。枉勞勤物色，那是英雄氣？〔項籍笑科。白〕請問老丈，可曾見過英雄？〔虞一公唱〕看足下丰儀，鳳翥龍翔，私心頓慰。〔笑科。白〕嘎，失言了。〔季布白〕老丈可謂真能識英雄矣。〔向項籍科。白〕季布欲多一言，未知使得否？〔項籍白〕大丈夫有話便説，只要直截了當，不須牽枝帶葉。〔季布笑科。白〕我意欲替你作伐囉。〔虞一公揖科。唱合〕異日貴榮，當知全賴提携。〔項籍作笑科。白〕只怕某是一個粗魯漢子，配不起窈窕淑女。〔虞一公白〕足下乃蓋世之英雄，弱息得奉箕箒，鄙願足矣。〔項籍作拜謝科。唱〕

【又一體】承台命，何敢違，多蒙青眼特地垂。識人逢鉅目，許我爲佳婿。願福壽雙齊，同拜階前，謝你聯得姻契。〔合〕甚的聘儀，憑君傳示香閨。〔白〕項籍此來，不曾帶得綵帛。也罷，〔作解劍科。白〕就將此劍，權爲聘禮。〔虞一公接科。白〕好聘禮。兩心同鐵石，一劍定乾坤。〔季布白〕兩家姻事，

一言而定。我等三人，一同執柯，此番回到會稽，就好擇吉行禮了。〔桓楚、于英、季布同唱〕

【雙調・玉蘭花】武夫那解便爲媒，因就便把親提，重然諾須無他議。早教門巷鳳鸞儀，笙歌休得遲嘉會。〔合〕則待得人回會稽，掇開仙女玉支磯。〔虞一公白〕會稽軍務匆匆，老夫擇了吉日，遣舍姪子期，送親上門便了。〔唱〕

【又一體】恕老夫年邁不相隨，桑榆景愧門楣，向尊叔傳余惛憒。倘幕前須將壯軍威，當籌廣引貔貅隊。〔白〕這南阜村子弟，約數百人，還有幾個朋友，可以相助，但願義兵早起，老拙扶杖而觀太平。〔作笑科。白〕哈，哈。〔唱合〕那一日人回會稽，一雙夫婦錦衣歸。〔項籍白〕軍士們都在外廂，恐有騷擾，我等就此別過了。〔虞一公白〕本待屈留，恐怕耽遲大事。〔桓楚、于英白〕一村烟火有神仙，〔季布白〕天上人間總夙緣。〔項籍白〕從此展開千里足，〔虞一公白〕日華高朗彩雲聯。〔分下〕

第十齣　江東宴會（東鍾韻）

〔扮四小軍、鍾離昧、項梁上。項梁唱〕

【黃鐘宮引・瑞雲濃】紅雲徑擁，蕩長天日華輕捧，底事連朝勤舉踵。焉待將官武勇，如何姪去塗山，不把群英率統，個中情教人難懂。〔白〕前命項籍同季布，去招塗山二將，已過數日，怎麼還不見到來？〔鍾離昧白〕桓楚、于英也是個知時務的人，不日必率衆來歸，將軍不必牽掛。〔扮八嘍囉、桓楚、于英、季布、項籍上。項籍唱〕

【黃鐘宮引・傳言玉女】軍威頓重，仗你群賢推擁。〔桓楚、于英唱〕是君家把人牢籠，千斤鼎舉，更伏得龍駒驍猛。〔季布唱〕風雲際會，皆由天縱。〔項籍白〕來此已是郡衙。嘍囉們，外廂伺候。〔衆嘍囉白〕得令。〔下。項籍、季布引桓楚、于英進科。桓楚、于英白〕塗山末將特來參謁，伏望俯留。〔項梁喜科。白〕久仰英名，無由得見，今蒙輔助，感荷不淺。軍士，擺宴。〔小軍擺宴科。衆上席飲酒科。項梁唱〕

【黃鐘宮・玉漏遲序】天心轉動，想秦家運遷，群將兵弄。〔白〕我項梁呵，〔唱〕納叛招亡，所憂未遇梁棟。聞名久令人知重，傾心久方知出衆。〔合〕杯遞處，一百觴理應陪奉。〔桓楚、于英白〕老將軍如此謙恭，小將軍蓋世豪傑，天下事不難圖也。〔唱〕

【黃鐘宮·畫眉序】萍水乍相逢，末將何才仰下風。恁傾心吐膽，逾分含容。〔項梁白〕二位將軍不棄，遠遠而來，老夫理該如此。只是舍姪粗豪，恐算不得英雄蓋世。〔桓楚白〕小將軍初到荒山，正值塗山禹王勝會。末將與小將軍同去隨喜，小將軍將禹王金鼎，三推三起，那時節會上諸人，無不吐舌。〔唱〕雙手撼禹鼎千斤，一例諕塗山千衆。〔白〕那時衆人正在唱彩，小將軍挽一挽袖，一手將鼎托起，繞殿三匝，依舊放於本處，口不出聲，面不改色，衆人一齊跪倒，要求壯士留名。〔唱合〕要求壯士留名姓，好向別人傳誦。〔白〕只這一日，收得丁壯千百人，不過今明朝，都來投帳下也。〔項籍起科。白〕姪兒此番下山，請得壯士二人，是第一功。招得千餘子弟，是第二功。還降得一匹千里龍駒馬。那一日，走到南阜村呵，〔唱〕

【又一體】但見數莊農，三五成群氣象凶。要共降劣馬，束手無從。〔白〕是姪兒說道，爾等衆人閃開。將衣服拽一拽，袖兒挽一挽，進前幾步，那馬恰好撲將進來。〔唱〕乘馬勢揑住烏鬃，仗人力不容輕縱。〔白〕那時衆百姓也跪在地下，說道：要求壯士留名嗄，要求壯士留名。〔唱合〕要求壯士留名姓，好向別人傳誦。〔項梁喜科。白〕如今這馬却在那裏？〔項籍白〕軍士，快牽來嗄，快牽來。〔軍士應下，牽馬上。項梁白〕真乃好馬。相其毛色，起名烏騅，吩咐好生喂養。〔季布白〕小將軍的高興，俱已說完，還有一件天大喜事，少不得季布代說了罷。〔項梁白〕業已三喜，還有什麼喜事，倒要請教了。〔季布白〕那日降馬之後，塗山有位虞一公，恰好來到，相邀某等同到彼莊。他有一位令愛，要擇一個

蓋世英雄，方纔許配。一見小將軍呵，〔唱〕

【又一體】鉅眼識英雄，願結絲蘿一霎中。那佳人二八，言貌容工。歌斧克媒妁無才，將劍聘禮儀偏重。〔項梁喜科。白〕昔日禹王，娶了塗山之女，成四百年基業，此事真天大之喜也。〔季布唱合〕洞房須索先修葺，有阿舅把新人親送。〔項梁白〕許多喜慶，都是衆位將軍拖帶，今日必須盡醉也。〔同飲科。同唱〕

【又一體】萬福一時同，喜慶堂前喜事重。是潛孚帝眷，密感蒼穹。雙義俠帳下熊羆，小窈窕簾中鸞鳳。〔扮軍官上，禀科。白〕啓爺，今有虞莊虞子期，送親前來，招得雲門四將，兼帶南阜村莊農子弟數百，前來效用。離城不遠，特此報知。〔項梁大喜科。白〕一旁伺候。〔天井下五鳳飛舞科。同唱合〕洞房須索先修葺，有阿舅把新人親送。〔作見鳳舞科。項梁白〕列位快看，天上五隻鳳凰，迴翔飛舞，真乃好看也。〔季布白〕新人初到，恰值五鳳呈祥，天意可知矣。〔唱〕

【黃鐘宮·歸朝歡】祥光現，祥光現，祥符五鳳，效虞廷簫韶作頌。〔項梁唱〕況衆傑，況衆傑，同時和從。喜筵開，豈止熊羆入夢。〔白〕就煩二位將軍，迎接雲門四將。季將軍，鍾離將軍，前往迎接新人。各歸公館，一面收拾洞房，再做慶賀筵席。〔衆白〕得令。〔同唱〕英雄一出群雄動，玉田好把瓊芽種。〔合〕萬瑞千祥一日逢。〔桓楚、于英、季布、鍾離昧打恭同下。項梁白〕姪兒，隨我進來，令人收拾洞房者。〔大笑科，同下。〕

第十一齣　迎親接將（庚青韻）

〔扮八子弟、雍齒、丁公、灌嬰、吕馬通、虞子期，引虞姬坐轎，四轎夫擡科，二侍女隨上，繞場行科。同唱〕

【羽調·道和】錦韉動，馬足輕。暢好神仙降，香送午風清。試看桑麻四境，非烟非霧，粧奩一副嫁娉婷。〔合〕輔佐英雄移九鼎。〔虞子期白〕吾虞莊虞子期是也。奉伯父之命，帶領村中子弟，送姐姐到會稽成親。就便邀請雲門山四位豪傑，一同前往相助。來此已是會稽交界，列位，趲行一程者。〔衆白〕正是：豪情勃勃連雲漢，喜色匆匆聽海潮。〔同下。扮四小軍、鍾離昧、季布、桓楚、于英同上。唱〕

【羽調·排歌】繡旆輕摇，玉鞭共整，遥聞沸沸歡聲。雲車星馭漾塵輕，翠羽蘭旌照眼明。〔桓楚、于英白〕那壁新人轎來了，想雲門四將，自然一陣同行，我輩下馬相待。〔鍾離昧、季布白〕有理。〔作同下馬科。八子弟、雍齒、丁公、灌英、吕馬通、虞子期，虞姬乘轎，二侍女隨上。桓楚衆白〕虞老長兄請了。〔虞子期下馬科。白〕衆位將軍請了。〔雍齒衆同下馬科。桓楚、于英白〕此四位，莫非就是雲門四俊？〔雍齒衆白〕不敢。〔桓楚、于英白〕小弟等奉老將軍將令，特來迎接四位。〔雍齒衆白〕弟等何人，蒙老將軍錯愛，又勞二兄遠接，慚感無地矣。〔桓楚白〕豈敢，這是理所當然。〔季布白〕虞老長兄，請乘尊騎。弟與鍾離將軍迎接花轎，恐怕新人還要歇息一歇息，消停一消停。公館不遠，就此同行。〔虞子期白〕所見甚是。〔揖，衆上馬科。白〕列位慢慢的來，弟與二位將軍先行一步。〔季布、鍾離昧上馬科。白〕四位將軍請了，少刻再會。〔同引轎行科。唱合〕祥雲降，瑞靄生。長空遥聽鳳鸞鳴。休徵集，喜兆盈，風和日霽楚天清。〔同下。雍齒衆白〕南阜村子弟個個英勇，虞一公招來，這賠房可也不少。〔桓楚、于英白〕老將軍得四位不棄，如天有四維，地增八柱，同心協助，天下事，不難圖矣。〔雍齒衆白〕豈敢，過獎了。我們就此入城，俟花轎進門之後，一面參謁，一面賀喜。〔同上馬科。雍齒衆白〕得國從來在得人，〔季布衆白〕群英相聚有前因。〔雍齒衆白〕敢言莘野羞爲媵，〔季布衆白〕同是新王一代臣。〔同下。扮二軍官引項梁上。白〕凛凛英光共日輝，四方響應仰神威。冠婚雖是尋常禮，恰喜雲中五鳳飛。今日虞老親家，遣人送親上門，又爲我招得雲門四將，並農家子弟數百人。已遣人分途迎接，並打發花燈、綵轎、鼓樂、儐相，到公館伺候。軍官。〔軍官白〕有。〔項梁白〕花轎一到，即忙通報。〔軍官白〕理會得。〔扮四小軍打燈籠，四樂人、儐相引花轎，二侍女上。同唱合〕前祥雲降，瑞靄生。長空遥，聽鳳鸞鳴。休徵集，喜兆盈，風和日霽楚天清。〔作到科，軍官禀科。白〕綵轎到門。〔項梁白〕吩咐綵轎，擡入後堂。令儐相贊禮，拜完花燭，即便送入洞房。〔軍官吩咐科。白〕奉老將軍令，綵轎擡入後堂，儐相贊禮，拜完花燭，送入洞房。〔衆白〕曉得。〔吹打下。季布、鍾離昧引虞子期上。白〕請嘎。〔虞子期白〕請。〔作進見科。虞子期白〕

鄉村愚鄙，謬托絲蘿。老伯請上，受小姪一拜。〔項梁白〕粗鄙武夫，叨聯秦晉。老夫也有一拜。〔拜科。白〕請坐。〔虞子期白〕告坐。〔坐科。桓楚、于英引雍齒衆上，作進科。雍齒白〕末將雍齒。〔丁公白〕末將丁公。〔灌嬰白〕末將灌嬰。〔呂馬通白〕末將呂馬通。〔合白〕參見。請老將軍台坐，受某等一拜。〔項梁白〕蒙君不棄，遠遠而來，未得洗塵，何敢受禮。〔雍齒衆拜科。唱〕

【羽調·五拗子】久慕英名，部下情甘作步兵。〔項梁白〕太謙了，請起。〔雍齒衆唱〕多蒙我一公引薦，得造堅營。蒙佳貺心倍耿，理合相欽敬。〔合〕喜傍着吉人行，修賀崇階是微末等。〔項梁白〕今日舍姪喜筵，就煩八位將軍，陪陪新親。〔唱〕

【又一體】歡娛景，自古是嫌清冷。說什麽，客少主人多，須博個大家歡慶。雖然乍會合，便算作故友伴新盟。〔合〕這一會不尋常，待與君同酩酊。〔白〕吩咐後堂擺宴，請嘎。〔虞子期白〕老伯請。〔項梁笑科。白〕嘎，僭了。〔下。衆讓科，同下〕

第十二齣　陳母訓子（尤侯韻）

〔扮陳嬰上。唱〕

【商調引·三臺令】那曾志在封侯，身世偏難自由。思想轉夷猶，沉吟處暗裏參求。〔白〕平生重期許，鄉黨争推與。首禍豈可爲，默默不得語。我陳嬰，東陽一個令史，素以樸素自安，鄉里之間，頗爲尊信。今東陽少年，殺了縣令，聚兵數千，争欲輔我爲王，再三推謝，衆人不允，如何是好？〔内白〕令史素稱長者，不但我等齊心推戴，如今聞名歸附者，又有二萬餘人，若再推三阻四，只怕由不得令史作主了。〔陳嬰白〕咳，列位不要性急，待我禀明老母，再行定奪。〔内應科。白〕這却使得。〔陳嬰請科。白〕母親有請。〔扮陳母上。唱〕

【商調引·慶青春】換春秋，滿堆白雪盈頭，老景難留。爲問餘生，常得如今日安否？〔白〕嗄，孩兒，你請我出來，有何話説？〔陳嬰白〕母親聽禀。〔唱〕

【商調集曲·二賢賓】【二郎神】（首至五）聽細剖，這事端誠然掣肘。〔白〕東陽少年呵，〔唱〕不忿持刀傷令守，平白聚衆，把兒抵死相求。【集賢賓】（五至末）扭作王侯，做叛逆中間禍首。〔合〕辭破口，那

大衆不容開手。〔陳母白〕我兒，此話斷然依他不得。自我爲汝家婦，〔唱〕

【商調集曲・鶯集園林二月花】【鶯啼序】（首至四）年將耄耋霜滿頭。〔白〕你家的家世，一代一代，都數得出來的。〔唱〕那始末根由，老孀居一一追求。〔白〕商爲契之苗裔，周乃稷之明德。秦雖不道，亦是四岳子孫。爾之祖宗，未聞有大貴者。〔唱〕争思端冕臨旒，【集賢賓】（三至合）休言帝業難可就。〔白〕只怕爲福不足，爲禍有餘。下而殃及子孫，上而害延祖父。〔唱〕喪身軀掘到荒丘，我風驚暮秋，似古木將枯半朽。【滿園春】（四至七）多應是，多應是，骨殖少人收，〔淚科〕銜不住淚花流。〔白〕我替你細細想來，自古四不拗六，九不隨一。衆人之見既定，你也萬難推辭，不若轉求所屬。〔唱〕【園林好】（三至末）事成了聲名俱有，成不得免災尤，成不得免災尤。〔陳嬰白〕只是如今，却將誰屬？〔陳母唱〕【二郎神】（首至五）知否，英雄自有，旌旗竪久。〔白〕吾聞項梁舉義起兵，他世世楚家名將，有功於楚。今衆欲舉事，非其人不可。〔唱〕他代有勳名誇世胄，亡秦可必，不如率衆相投。〔陳嬰白〕母親金石良言，孩兒聞之，如夢初醒。〔陳母唱〕【月上海棠】（四至末）路兒狹早想迴身，船將破豫思彌漏。〔合〕邀天佑，怕不大起門閭，覓個公侯。〔陳嬰唱〕

【商調集曲・猫兒戲芙蓉】【琥珀猫兒墜】（首至合）萱堂莫慮，請自展眉頭。富貴無心消百憂，大風震動楚江秋。【玉芙蓉】（合至末）龍争鬬，潛魚泳游。坐待那，亡秦復楚拜龍樓。〔白〕母親請便，孩兒出去，曉諭衆人便了。〔陳母白〕求榮思免辱，却禍自招祥。〔下。扮十二軍民上，見科。白〕令史，太夫人之意怎樣？〔陳嬰白〕諸公不必憂無主，楚雖三户必復楚。項氏世世爲名將，今起大兵爲義舉。無名興師易敗亡，不倚名族誰與汝。與爾守城待項氏，百二秦州探囊取。小弟今日權且爲長，一面修書投托項梁便了。〔衆白〕好明白太夫人，好明白太夫人。〔分下〕

第十三齣　薦舉范增（真文韻）

〔扮鍾離眛、季布、桓楚、于英、雍齒、丁公、灌英、吕馬通依次上。分唱〕

【仙吕宫引·花心動】傑士如雲，看英多磊落，共抒誠懇。削伐暴秦，安撫閭閻，從此解除民隱。合志圖功應無隕，只看取身膺華衮。〔同唱〕集大勳，説甚麽先憑君德後藉臣隣。〔分白〕戍卒當先起義師，英雄有志此何時。流離衆被商辛毒，喪亂人驚夏桀威。俠士同心操斧鉞，豪才協志動旌旗。何須更問天心肯，一舉成功九鼎移。吾乃鍾離眛是也。吾乃季布是也。吾乃桓楚是也。吾乃于英是也。吾乃雍齒是也。吾乃丁公是也。吾乃灌英是也。吾乃吕馬通是也。〔同白〕奉主將之命，三日喜筵畢後，齊集公庭，商議起兵情事。今日喜筵已畢，主將陞帳，須索在此伺候。〔扮八小軍、虞子期、項籍引項梁上。項梁唱〕

【仙吕宫引·卜算子】虐政困黎民，秦社看將隕。伐夏興商此一時，少個阿衡尹。〔白〕興師代暴霸圖開，武備堪誇猶子才。暫統貔貅征邑國，何須身着衮衣回。〔衆作參見科。白〕主將在上，我等廷參。〔項梁白〕衆將少禮。爾等今日有何高議？〔衆白〕奉主將之命，今日商議軍情。我等細看情形，營中勇將數十員，强兵數十萬。且兼少將軍勇冠群倫，八千子弟力能破敵，有此武備，可以興兵。所少者，帷幄之中，尚無奇士，運籌决勝，必須再得一人纔好。〔項籍白〕諸將過慮了，憑我項籍一人，横行天下，何憂大事不成，又用什麽軍師參贊。〔項梁白〕姪兒不必多言。贊謀之任，必須學貫天人，才兼文武，熟悉孫吴兵法，精通鬼谷陰符，方能知己知人，百戰百勝。非姪兒一勇之夫所能兼任也。〔唱〕

【仙吕宫·桂枝香】先機默運，軍行師振。不習鬼谷陰符，那解得攻危出困。您拔山舉鼎，拔山舉鼎，雄風堪趁，平心還問。〔合〕勝萬鈞，怎便做進退孫吴法，知機制勝人。〔白〕吾意中倒有一人，未識諸將以爲可否。〔衆白〕願聞。〔項梁白〕吾觀鍾離將軍，足智多謀，熟於兵法，用他參贊軍機，不忝軍師之任。〔衆白〕若用鍾離將軍參謀軍事，我等之願也。〔鍾離眛白〕主將與列位差矣，贊謀之任，全軍勝負所關，非有奇才，斷難承任。末將碌碌庸流，何能膺此重寄？〔唱〕

【又一體】俺有才如寸，備顧問差稱捷敏。無過舌辨之能，怎做得好謀孫臏？便書生佐軍，書生佐軍，須有驚天學問，暗把六韜驅運。〔合〕任匪人，只怕道枉有輿屍患，難將大業伸。〔項梁白〕軍中才略，無出將軍右者，將軍如此推却，難道這參謀重任，竟好懸缺不成？〔鍾離眛白〕參謀重任，斷乎不可無人。末將知一高士，可以委任軍情，若得此人到此，大事可成矣。〔項梁白〕此人姓甚名誰？現居何處？年庚多少？〔鍾離眛白〕主將聽啓。〔唱〕

【仙呂宮・美中美】高尚人，不事秦，淮陽去故鄉，超然出塵。居鄛遁迹，潔己潛身。（合）是他陶朱世系，姓范名增齒七旬。（項梁白）他的學問如何？（鍾離昧白）若論他的學問呵，（唱）

【又一體】淵海吞，星宿陳，胸中藴着些，天文地文。行軍指掌，料敵如神。（合）問他六韜三略，直究到丘索精微古典墳。（項梁白）既有此人，不免遣人前去召他。如果可用，就拜他軍師之職。（鍾離昧白）此人請之未必肯出，召之怎肯就來。必須卑禮厚幣，遣一能言之人，虛心徵聘，得他心肯，然後蒲輪安車，迎請前來。或者主將有緣，吾等有幸，范增一出，天下不足平也。（唱）

【仙呂宮・一盆花】呂望阿衡登進，定誅夷桀紂，底定乾坤。這番觀國利於賓。患則患有莘三聘，達人肥遯。（合）欲圖大勳，定期首肯。怕什麽羅致艱難，不抒忠悃。（項梁白）既如此，就煩將軍，帶領士卒，具黄金千兩，表裏百端，前去聘請。（唱）

【又一體】漫道賢人甘遯，您卑詞禮聘，獨任艱辛，不辭勞瑣致慇懃。定教高士，惠臨行陣。（合）佐謀有人，建功有本。早是你初次行軍，一功堪準。（鍾離昧白）謹領主將尊命，明早帶了聘禮，前往居鄛，務使高士前來便了。（項梁白）衆將官，暫且回營休息，俟范高士到來，再議起兵。（衆白）得令。（同唱）

【情未斷煞】集師徒須籌運，且將戈甲暫時屯，只看取國士來時討伐伸。（同下）

第十四齣　居鄭受聘（齊微韻）

〔扮童子引范增上。范增唱〕

【正宫引·薔薇花引】身當亂離，隱山林聊爲避世。閑觀天象，紫極揚輝，待時便好抒經濟。

〔白〕青霜紫電滿襟胸，世亂聊居幽谷中。舟楫鹽梅應有用，不知何地遇英雄。老夫姓范，名增，淮陽人氏，胸藏經略，腹飽韜鈐。幼習經書，每嘆老生迂腐；閑談駕馭，最嫻智士機謀。好異矜奇，能窺遁甲；仰觀俯察，獨見精微。正是：進退孫吴法，周旋十萬兵。使我得志於當時，功業應超於往古也。目今秦亂方滋，黎民塗炭，老夫潔身避難，退處居鄭。年華易逝，已經七十春秋；豪興未衰，尚可運籌帷幄。疇昔仰窺天象，帝星明於豐沛之間，可知定亂安民，真主已有興隆之兆。只是機緣未遇，徵聘杳然，未識何時，得行吾志也。〔唱〕

【正宫·醉太平】懷才不試，把韜鈐計略，深山藏秘。心懷雄壯，何甘老死污泥。自喜潛龍飛舞欲開基，已天象兆兹嘉瑞。〔合〕聘書待伊，但終朝倚門，盼望旌麾。〔扮童子上。白〕陋巷久無俗客擾，柴門今有達官敲。啓上老相公，門外有會稽守將項梁差官鍾離昧求見。〔范增白〕會稽守將項梁，聞他殺了守令，起兵伐秦，今日差人見我，却是爲何？既差官他遠來，不免延他進見便了。〔童子應科，出請科。白〕將軍有請。〔扮四小軍捧禮物，一軍士推安車引鍾離昧上。鍾離昧白〕爾等且在外廂伺候，聽我傳唤，即刻進來。〔衆白〕曉得。〔下。鍾離昧白〕小相公，老相公在那裏？〔童子白〕隨我來。〔作引進科。范增白〕未識貴人光降，有失遠迎。〔鍾離昧白〕末將奉項將軍之命，特來晉謁，得親芝宇，何幸如之。〔范增白〕老夫鄉僻愚民，有何聞望，敢勞項將軍下問，有屈大駕遠來。〔鍾離昧白〕先生聽啓。〔唱〕

【正宫·刷子序】爲久慕先生才智，要興師旅，求决機宜。〔范增作退避科。白〕老夫山僻隱夫，年齒衰朽，這行軍之事，斷斷不敢與聞了。〔鍾離昧白〕先生説那裏話來。〔唱〕伊吕鴻猷，捨君更有伊誰。休推，你滿腹經綸抱負，也可知應待施爲。〔白〕現今秦政荒淫，兵戈四起，正屬英雄自見之時，凡有一才一藝者，皆欲出而效用。先生抱此經濟，怎甘自棄田間？末將竊爲先生不取也。〔唱合〕説甚麽老邁飛熊，早拚他株守寒微。〔白〕吾家項將軍，乃楚將項燕之後，興兵伐暴，起義會稽。因聞先生大名，謹具蒲輪安車，前來敦請。只緣軍務羈身，未獲躬身拜謁，今遣末將陳情，伏望先生不棄。〔范增作沉吟科。白〕嗄，會稽，會稽。〔鍾離昧白〕會稽便怎麽？〔范增白〕會稽與豐沛，相離甚遠了。〔鍾離昧背科。白〕聽他所言，莫非注意豐沛？事不宜遲，須要如此如此。軍士們那裏？〔内白〕來了。〔四小軍捧禮物上。鍾離昧跪科。白〕項梁謹具黄金千兩，表禮百端，望乞先生笑納。〔唱〕

【正宫·福馬郎】東帛戔戔情纖細，東君聊備禮，休嫌棄。將伸忱悃，不在多儀，庶姓苦瘡痍。

〔合〕望拯解莫遲疑。〔范增扶科。白〕將軍請起。〔鍾離昧起科。范增白〕項將軍來意，吾已知道。懷才待用，士之本心，既將軍奉命遠來，老夫也欲竭誠晉謁。千金厚禮，斷不敢當。就煩將軍帶回，明日登龍，更當面謝也。〔唱〕

【正宮・醜奴兒近】千金重禮，一旦丘園來賁。蓬篳衡門，增添多少光輝。榮耀堪期，平生學業從今試。〔合〕暫璧隆儀，待明朝拜謝，更陳備細。〔鍾離昧又跪科。白〕既承先生允諾，今日就請同行，不受聘禮，末將斷難覆命。〔唱〕

【正宮・朱奴兒】望切似晴雲雨霽，一諾後幸弗見背。説甚麼交親不受儀，托一説相辭相推。〔合〕休再計，您若是終然不依，俺只在這階前跪。〔范增白〕將軍請起。〔鍾離昧白〕先生不允出山，末將只得在此長跪。〔范增背科。白〕看他來意至誠，此聘斷難辭却。咳，管甚麼會稽豐沛，事在人爲，不怕不轉移天數也。〔轉科。白〕既將軍如此致誠，老夫斷難推却了，將軍請起。〔鍾離昧白〕就請收了聘禮，末將起來。〔范增白〕童兒，收了聘禮。〔童子白〕嗄。〔作收聘禮科。童子引小軍下。范增白〕將軍請起。〔鍾離昧起科。白〕多蒙先生見允，就請起程了。〔范增白〕天色已晚，且在茅齋暫宿一宵，明早起程，有何不可？〔鍾離昧白〕謹遵台命。〔唱〕

【不絶令煞】風雲乍合謀應遂，看取亡秦楚實爲，説甚麼王業應從豐沛起。〔范增白〕將軍裏邊安息。〔鍾離昧白〕請。〔范增白〕請。〔同下〕

第十五齣　李斯受愚（江陽韻）

〔扮李斯上。唱〕

【南呂宫引·一枝花半】空居僚屬長，難把權衡講。天顔雖有喜，誰瞻仰？政出宫闈，樞輔今閑曠。〔白〕休言閹豎可相親，翻轉容顔不認人。懊恨當年謀廢事，而今閑殺老權臣。老夫不合與趙高同謀，矯詔害了太子扶蘇，立胡亥爲二世皇帝，弄得内臣專擅，宰相無權。主上常在禁中，樞府更無職事。老夫雖爲輔相，何由一接天顔，從前多少威權，一旦付之流水。你道可恨不可恨也呵。〔唱〕

【南呂宫·青衲襖】把功臣置一旁，攬威權獨自掌。中廷詔旨還相責，政府元臣讀獨當。〔白〕前日主上降旨，道我位列三公，不能安民除盗，倒將曠職罪案加之于我。我又不合阿附其意，勸上獨斷作威，嚴行督責，現在怨聲載道，都言宰輔不仁。咳，我雖有心解救，怎奈天聽遠遥，如何是好？〔唱〕群黎怨氣揚，批鱗欲上章，怎奈天高聽視茫。〔白〕事已如此，不免前往朝房，與諸臣商議一番。無可如何朝内事，且尋相識訴衷懷。〔下。扮趙高上。唱〕

【又一體】説甚麼好同僚不可忘，大古裏惡權臣那有雙。容他勳業相齊等，養虎須防自中傷。〔白〕我趙高使盡機謀，引誘得主上日在宮中遊玩，再不臨朝。大小政務，取决於我，專權作勢，好不興頭。只有一個老臣，他姓李名斯，原屬先朝輔佐，矯詔之事，與我同謀。此人自恃功臣，十分桀傲，屢次請駕臨朝，意欲分咱權勢。我想一人專政，必須内外推尊，纔好圖謀大事，若容李斯並駕齊驅，我趙高的權柄，就有些把不穩了。爲此安下毒心，意欲將他謀害。我想李斯屢次請駕上章，不免順水推舟，將阿房一事，令他諫止，只須觸怒天心，這狗命就有些難保也。〔唱〕天威怎可當，禍來那及防。〔白〕李斯嗄李斯，〔唱〕管教你有日雲陽一命亡。〔内作嗽科。趙高白〕那邊李斯來了，不免依計而行。〔李斯上。白〕曙色分雙闕，趨朝到應門。來此已是朝房，原來趙公公在此。〔趙高白〕丞相何事入朝？〔李斯白〕特來打聽主上臨朝消息。〔趙高白〕丞相有何事奏？〔李斯白〕並無別事，不過上勸吾皇臨朝勤政，接見群臣而已。〔趙高白〕丞相如此憂國憂民，可敬，可敬。咱家也有一事，久欲奏聞，只係人微言輕，不敢妄達。〔李斯白〕公公所爲何事？〔趙高白〕咱家要奏的呵，〔唱〕

【南呂宫·紅衲襖】只爲着盜横行亂四方，閭閻中盡恐惶。勞民更起瘡痍况，創建阿房工役忙。〔李斯白〕此事勞民傷財，大虧國本，該奏，該奏。〔趙高白〕咱家宦豎小臣，如何敢言國計，朝中卿士，又無直言敢諫者，只怕此役不止，天下不寧也。〔唱〕宦豎難將主德匡，佐理公言盡括囊。眼看國本將虧也，百姓離心亂欲彰。〔李斯白〕此乃大臣之事，老夫忝居輔相，自當苦口進言。只是主上總不臨朝，此本何由上達？〔趙高白〕丞相既爲國盡言，咱家也願從中協助。此本必欲面陳，可即修下表章，俟主上閑暇之時，咱家通信與你，那時請駕臨朝，有何不可？〔李斯白〕喜得公公如此用心，真乃阿保當時，始終盡心也。〔唱〕

【又一體】處深宫日贊襄，引公卿見我王。一心爲國思弼亮，協助匡君圖治康。良藥應教苦口嘗，撥亂安民帝德光。大虧内相忠勤也，阿保芳名百世揚。〔趙高白〕老丞相，且去修起本來，内廷之事，交付與我。〔李斯白〕如此全仗公公了。〔趙高白〕當得。〔李斯白〕且圖一接君王面，緩計平分宦寺權。〔下。趙高白〕這厮被我三言兩語哄信了，且待主上酣樂之時，便去教他奏事，只用一連三次，管保主上發怒，就要將他問罪了。正是：恨小非君子，無毒不丈夫。〔下〕

第十六齣　陳說成敗（先天韻）

〔扮季布、桓楚、于英、項籍引項梁上。項梁唱〕

【高大石調引・半陣樂】百萬兵甲完繕，姑蘇武士英賢。坐嘯南風，去尋孫武，喜道白駒不遠。

〔白〕昨日鍾離將軍遣人來報，范增已經納聘，今日便可到來。已着人前去打聽，此時想有回報也。

〔扮軍官上。白〕遵循惟將令，奔走爲儒生。啓主將，鍾離將軍同范先生業已入城，將到衙署了。〔項梁白〕既范先生將到，吩咐開了中門，我與衆將出衙迎接。〔軍士白〕嗄，吩咐開門。〔内作吹打開門科。扮八軍士執儀仗上，分侍科。項梁白〕衆將官，就此出衙迎接。〔衆白〕得令。〔作出衙站一邊科。扮四軍士、鍾離昧引范增坐車，一車夫推上。范增唱〕

【高大石調・桃花紅】烟霞漸遠，入城闉過市廛。官衙近矣，望裏旌旗見。不世英雄，今番覿面，佐謀從此教乘乾。〔合〕將體度立時先辨。〔項梁作迎接科。白〕會稽守將項梁，迎接先生。〔范增下車科。白〕范增一介寒儒，敢勞將軍親迎道左，何以克當。〔項梁白〕只緣軍務羈身，未獲造廬晉謁，幸蒙光降，敢不遠迎。〔范增白〕豈敢。〔項梁白〕軍士，打導入衙。〔衆白〕嗄。〔作打導入衙科。各坐科。項梁白〕久聞先生奇才大略，經世謀猷，今日幸蒙不棄，敢求大展襟期，指麾軍事。〔范增白〕將軍爲亡楚義憤，一鼓興師，兵强將勇，破敵何難。乃蒙注念寒微，留心巖穴，優禮厚幣，聘及鯫生。增雖無才，敢不竭盡駑駘，稍報主將知遇。〔唱〕

【高大石調・兩頭蠻】蒙恩不淺，待士優隆邁古先。感難言，報稱最關心所願。强加鞭，竭盡駑駘將業建。〔項梁白〕先生一諾千金，這底定山河，亡秦復楚，想在先生掌幄中了。〔范增白〕倘賴主將福庇，衆公協志同心，定霸興王，原非難事。〔項梁白〕先生試看麾下將官，尚堪去得麽？〔范增作遍觀科。白〕諸將各具熊羆氣概，真乃王佐之才。〔見項籍科。白〕此位將軍，更是超群出衆，品格不凡。〔項梁白〕此乃小姪項籍也。〔范增白〕原來是令姪，失敬了。〔背科。白〕看他兩目重瞳，具有帝王之相，今日得見此人，不虛我出山到此也。〔唱〕重華古帝傳，舜目從來鮮。怕不報楚國冤，怕不將秦鼎遷，這翩翩功業遠。〔轉科。白〕聞陳勝自稱王號，各郡響應，近來攻取滎陽，未知勝負如何？〔項梁白〕業已遣人探聽，此時尚無回音。〔范增白〕此必敗之勢也。〔項梁白〕陳勝、吴廣兵勢日强，且有諸郡兵馬爲之協助，部將陳餘、張耳、武臣勇敢出群，此必勝之勢。先生之言，未免輕出了。〔范增白〕且待探子回來，便知端的。〔扮探子上。唱〕

【仙呂宮・不是路】弩箭離弦，急速將他軍信傳。回營轉，從容跪倒大堂前。〔白〕主將在上，探子叩頭。〔項梁白〕打探得陳勝軍勢如何？〔探子白〕不要説起，〔唱〕覆軍全，陳吴兩下麾頭建。〔項梁白〕怎麽，陳勝、吴廣都被秦兵殺害了？〔探子白〕吴廣爲章邯部將王離所斬，陳勝敗走汝陰，爲莊賈所害。〔項梁白〕他軍中各路郡侯，及他部將陳餘、張耳、武臣，都往那裏去了？〔探子白〕郡侯各自逃歸，張耳、陳餘、武臣俱投入趙地去了。〔唱〕衆將群侯鼠竄旋，飛星電。〔項梁白〕章邯兵馬駐扎那裏？〔探子白〕那章邯麽，〔唱〕南陽屯駐期謀遠，覷咱郊甸，覷咱郊甸。〔項梁白〕原來章邯駐扎南陽，竟有虎視江南之志，可惡，可惡。探子行路辛苦，歇息去罷。〔探子白〕多謝主將。〔起科。白〕使旋雙足痛，事了一身閑。〔下。項梁白〕陳勝兵馬方强，吾欲依之爲輔，先生决他必敗，果應其言，未識何以見得？〔范增白〕主將有所不知，當初秦滅六國，楚最無罪。自懷王入秦不返，百姓憐之，所以南國有謡，「亡秦必楚」，此乃天心所屬，人力可爲，誅滅嬴秦，原屬意中之事。那陳勝不立楚後，自號爲王，離背民情，急圖富貴，所謂自取覆亡也。〔唱〕

【仙吕宫·長拍】三户亡秦，三户亡秦，歌謡播處，上帝憑臨可見。陳吴舉事，離背人心，取覆亡甘絶於天。五霸有真傳，尚推尊周室，將人繾綣。况此一夫興義憤，結民望孰爲先，不假宗支作劵。〔合〕怎名稱報怨，意想平川。〔項梁白〕陳勝之敗，已經先生指示。不知我欲興師，還是如何而可？〔范增白〕今將軍起義一方，天下之士，聞風相應者，不過以將軍世爲楚將，必能復楚而報怨也。爲今之計，莫若先立楚後，以從人望，使天下之人，知項將軍非自圖富貴，蓋欲報楚怨，而復六國之讐，庶幾人心悦服，諸郡順從。秦卒雖强，一舉而可破矣。〔唱〕

【仙吕宫·短拍】訪覓宗人，訪覓宗人，尊爲共主，博一個舉義名傳。假德政把情聯，早要結人心不變，直到功成業就，〔合〕權衡在，分位任吾專。〔項梁白〕此謀甚善，依計而行。今日權任先生軍師之職，俟訪得楚後，立君之日，拜將興師。〔范增白〕多感主將優禮。〔項梁白〕軍中之事，全仗先生。〔范增白〕當爲盡力。〔項梁白〕鍾離將軍過來，你與我帶領軍卒，前往淮裏一帶尋覓楚後，須要細心。〔鍾離昧白〕謹遵軍令。〔唱〕

【喜無窮煞】建苗裔復楚甸，〔范增唱〕伐秦妙計此爲先，〔項梁衆同唱〕早看你重興六國定三川。〔同下〕

第十七齣　孫心問母（魚模韻）

〔扮孫心上。唱〕

【商調·二郎神】時不遇，守孤寒身爲牧豎。堂上供饔嗟有母，執筐載績，暮年晝夜勤劬。菽水承歡都似予，嘆鞠育徒然勞苦。〔白〕東皋薄暮返群羊，衆牧相逢笑語長。漫道兒童心事少，何堪獨具九迴腸。自家孫心，乃王社長家牧童是也。俺父親不知那裏去了，留下母親與我，孤苦無依。我母親衛氏，縫紉績紡，自給晨昏，將我雇與王社長家牧羊，早去暮歸，倒也快活。只是我父親不知何等之人，屢屢問我母親，但説我父舊居荆楚，原非低三下四之人，只因避兵逃亂，母親遷居於此，再要問他，母親只是不肯細説。又每次我從王社長家回來，嘗見我母親淚痕滿面，其中似有隱情，好令人委决不下也。〔唱〕疑狐就裏情，教人煞費躊躇。〔白〕今日不免在母親窗外竊聽一番。正是：欲知心裏事，須聽口中言。〔下。扮衛氏上。唱〕

【商調·黄鶯兒】亡國恨如初，痕吾王音信無，儲君少小誰相顧。逃灾僻隅，潛身敝廬，荆襄公子將羊牧。〔合〕滿胸脯，悲傷抑鬱，難訴與嬰雛。〔孫心上，聽科。衛氏白〕妾身衛氏，乃楚懷王之妃，只因國破家亡，先王在途中失散，虧了太宰孫軼，將我娘兒保護到這南淮浦地方隱姓，已經數載。今孩兒年歲漸長，活計全無，只得將他雇與本村王社長家牧羊，妾身績紡縫紉，苦煞歲月，這也罷了。只是我王被檻入秦，太宰追踪探問，音信杳然，孩兒幼小無知，不可與他說破，猶如啞子吃黃連，心頭自苦，怎不教人悲慟也。〔作哭科。孫心白〕母親之言，我已隱隱有些聽見，母親又在房中啼哭了，不免進去，細細問明。〔作入跪科。白〕母親方纔說些甚麼，快與孩兒明白說知。〔衛氏白〕我兒起來，我並没有甚麼說話。〔孫心白〕孩兒聽得母親說，是什麼楚懷王之妃，又是什麼孫太宰，保護至此。〔衛氏白〕我並不曾說來，孩兒休得胡言。〔孫心作哭科。白〕母親若不將孩兒家世說明，孩兒就撞死在母親跟前，不願做人了。〔作欲撞科，衛氏抱住哭科。白〕我的兒嗄，你要問你那家世麽……〔作嗚咽說不出科。孫心白〕母親，快些說與孩兒。〔衛氏白〕我便對你講，你却切切不可在人前吐露一字風聲，恐被外人識破，爲禍不淺。〔孫心白〕孩兒曉得，母親快快說來。〔衛氏掩淚科。白〕兒嗄，〔唱〕

【商調·高陽臺】說起家門，荆襄圖版，曾經裂土分符。約縱連横，江南强國惟吾。當初，七雄争長中原也，又誰知六國丘墟。〔合〕你嚴親身經喪亂，割捨妻孥。〔孫心白〕原來我是楚王之子，因國破家亡，流落到這般地步。但不知我那父王歸身何所，母親如何到此？〔衛氏白〕我兒聽者。〔唱〕

【又一體】五國先亡，兵臨三楚，懷王挈眷而逋。卒遇秦兵，和咱兩下分途。將吾，托付太宰孫公也，被羈縻虜入秦都。〔合〕俺娘兒全虧孫軼，得到斯廬。〔孫心白〕孩兒爲何姓起孫來？〔衛氏白〕你

聽我道來。你本姓芈氏，只因逃難在此呵，〔唱〕

【商調·琥珀貓兒墜】潛踪逃難，易姓隱閭閻。〔孫心白〕那孫太宰那裏去了？〔衛氏白〕那孫太宰呵，〔唱〕爲念君王困檻車，咸陽不惜走危途。〔合〕嗟吁，苦命君臣，不知安否。〔孫心白〕如此説來，父被秦虜，母受艱辛，爲人子者，不能報讐雪恨，枉生於天地之間，兀的不痛殺我也。〔作哭倒科。衛氏白〕我兒醒來。〔作連叫科，孫心作甦醒科。白〕痛殺我也，咳，我孫心不能爲父母報讐雪恨，實在痛殺我也。〔作大哭科。衛氏白〕我兒不要高聲，恐被外人聽見，你我性命難保，只好守分安時，緩圖機會便了。〔唱〕

【尚遶梁煞】且將時運安其素，覷機會復讐興楚，這會價暫做個乞食吹簫伍子胥。〔白〕孩兒不要哭壞了身子，且去歇息片時，慢慢商議。〔孫心白〕謹遵母命。〔衛氏白〕隨我來。〔孫心白〕曉得。〔隨下〕

第十八齣　乘怒進讒（古風韻）

〔場上預設梅花科。扮十二内侍、十二宮娥、燕貴人、趙貴人引二世上。二世唱〕

【雙調引・桃源憶故人】深宮花酒消清晝，朝雲暮雨無休。玉食將來消受，國事那容心究。喜貂璫，決政無遲逗，不索更觀章奏。〔白〕自登基以來，多虧趙高代理政務，孤得燕處深宮，極歡盡樂。又有燕、趙二貴人，日夜陪侍，問柳尋花，聽歌醉酒，是好風流天子也。〔唱〕

【雙調・泛蘭舟】不事遊畋蒐狩，般樂多千咎。宮闈吟唱歌謳，鶯燕妙音奏。佳釀盈甌，霓裳乍休。〔合〕坐擁紅艷，真個樂事全收。〔扮趙高上，跪奏科。白〕御苑梅花盛開，爲臣已經伺候御宴，請萬歲賞花。〔二世白〕梅花開放，正好賞心，二位貴人，隨我前去。〔燕、趙二貴人白〕領旨。〔趙高白〕爲臣引導。〔内奏樂。趙高作引導到御苑科。二世白〕果然開得茂盛，香氣迎人，十分有趣。内侍們，就此擺宴。〔内侍白〕領旨。〔作擺宴科。二世坐科，燕、趙二貴人送酒科。二世白〕二位貴人，入席飲酒。〔燕、趙二貴人白〕領旨。〔謝恩入坐科。宮娥斟酒。内侍、宮娥同唱〕

【雙調・柳摇金】郊原寒驟，宮庭燠留，積雪作山丘。梅蕊香風透，良辰美景收。滿斟春酒，金

石助歌謳。敬願吾王，歡心永有。〔合〕姮娥左右，好樂忘憂，好樂忘憂，不用別尋花柳。〔二世飲酒科。唱〕

【又一體】瘡痍誰究，興亡恁愁，温室且遨遊。紅粉舒眉皺，雙娥消百憂。占花魁首，梅韻正清幽。且自交歡，葡萄醉酒。〔合〕尋歡作樂，眼下風流，眼下風流，何必更圖長久。〔趙高作拉一內侍附耳言科。白〕你去傳令黃門官，着李斯請駕奏事。〔內侍白〕曉得。〔下。趙高白〕我此去傳喚李斯奏事，只要他請駕陞朝，就中了咱家毒手也。〔冷笑入侍科。扮黃門官上，跪奏科。白〕丞相李斯請駕，有事奏聞。〔二世作不悦科。白〕孤已傳旨，大小政事悉令趙高裁處，這老兒又有何事，如此煩瀆。着再傳旨李斯，有事仍與趙高商辦。〔內黃門官白〕領旨。〔下。內侍暗上。燕貴人白〕臣妾因梅花將放，製有梅花雅調，教與宫娥歌唱，請旨在駕前承應。〔二世白〕有勞貴人如此費心，就着他們歌咏起來。〔燕貴人白〕宫娥們，將新製梅花雅調，歌來承應。〔宫娥白〕領旨。〔作擺式歌咏科。唱〕

【雙調·古歌】鬭横斜，皎潔開奇葩。冰肌玉骨丰韻賒。桂馥蘭芬白雪裏，佳人月下看花起，遍地尋花不見花，香風飄拂盈羅綺。雪消時，芳魂點點弄嬌姿。漫且巡簷索其笑，不禁冷蕊與疏枝，疏枝弄嬌姿。枝上無顏色，桃李競繁華，紅顏媚相識。爾其無彩飾，爾其標介特。豈真緑萼天上仙，不解傾城與傾國。百花群起笑仙花，妖嬈休得相矜誇。果是淩寒傲霜雪，何故争春先百花。〔二世白〕形容盡致，揚抑生情，實乃佳搆也。加以聲韻鏗鏘，歌音嘹喨，直令梅花丰韻，生於字句之間。

不枉孤家，今賞花酌酒，這番高興，合當賞賀一杯。〔作飲酒科。唱〕

【雙調・朝天歌】揚芬挺秀，梅花品格優。新句動歌喉，偏饒丰韻，芳香如脱口。果然的超古有，果然的邁時謳。不由我宿酒全醒，不由我情懷豪放，傾杯飲如流。〔内黄門官上，奏科。白〕奴婢傳旨李斯，他説必要請駕面奏。〔二世白〕這厮十分惹厭。趙高。〔趙高白〕有。〔二世白〕你傳旨與他，就有緊急事情，也該候孤閑暇，再來陳奏。這等絮絮叨叨，甚非愛君之道，速速令他退去，回來覆命。〔趙高白〕領旨。〔同内黄門官下。趙貴人白〕臣妾恐主上煩悶，特令内侍演唱連相各種新調，請旨在駕前輪流承應。〔二世白〕甚好，着宫娥調撥絲絃，令内侍輪流歌唱。〔趙貴人白〕宫娥聽者，着爾等調撥絲絃。内侍們，將連相新調，輪流承應。〔宫娥、内侍白〕領旨。〔宫娥作彈絲絃科。二内侍作連相科。唱〕

【小曲・剪點花】五帝三王忒不該，整日張羅作事乖，騃也不騃。生平爲了人的事，蹉跎歲月誤年華，不得去開懷。慢慢捱，漸漸老來，有心尋樂，他骨力兒衰。囉唆嘮叨，不住的叫咳咳。呀，脚步兒不能擡。〔二世白〕好，好。果然五帝三王，作事真騃，爲着天下，嗟跎了自己的光陰，可惜，可惜。〔飲酒科。内侍斟酒科。另换二内侍作連相科。唱〕

【小曲・前調】夏桀商辛他狠不差，作樂尋歡趁着年華，通也麽達。人生只要尋快樂，終朝勤苦爲誰來，枉自戀邦家。醉流霞，女貌如花，朝雲暮雨，他情意兒洽。樂的樂的，直樂的樂無加。呀，樂殺了不虧咱。〔二世白〕是嘎，是嘎。桀紂雖則享國不久，他快樂了一生，比五帝三王那般憂愁勞苦

的，便宜遠了。〔作飲酒科。内侍斟酒科。另换二内侍作連相科。唱〕

【小曲・蕩調】人生最喜勤儉的父，留下了家司，樂殺了吾。又何須，艱難創業更求富，又何須，計念兒孫留些交付。放了銀錢不歡娱，看財奴，有錢怎買那韶華住。看財奴，有錢怎買那韶華住。〔二世白〕唱得好，唱得好，再飲一杯。〔飲酒科。内侍斟酒科。另换二内侍作連相科。唱〕

【小曲・翻調】貧賤的人兒實在受罪，缺米無柴着實的擂槌，要豪華，咳、咳、咳，空拳赤手乾生氣。對朋友滿面羞慚，没滋搭味。這日緊皺眉頭，一連兒三四回，爲着什麽來。呀、呀、呀，酒債没還，添上了嫖賭的累。他説是窮便窮來，也要圖歡會。〔二世白〕富的及時作樂，貧的借債爲歡，此兩曲，可謂近情切理了。〔作飲酒科。内侍斟酒科。另换二内侍作連相科。唱〕

【小曲・河南調】有那些公卿們真個樂，閨幃裏養着些嬌娃如花貌，整日價唱歌酌酒鬭妖嬈。看窈窕，人人個個陪郎笑。朝朝七夕，夜夜元宵，這人兒果有些情兒也。只怕道正逢好處，却攪撒了君王詔。〔二世白〕果然公卿們有這般樂事，孤就再不要驚動他了，有趣，有趣。〔飲酒科。内侍斟酒科。换二内侍作連相科。唱〕

【小曲・前調】歡樂不過是俺深宫様，御林中掛起了一幅飛龍帳，擺列着歌鶯舞燕媚君王。深欣賞，蟠桃酒宴排仙仗。嶺梅開蕊，玉女舉觴，這番兒樂煞一個人兒也。講甚麽樞機政事，收過了心兒上。〔二世白〕歌得好，歌得好，實在樂殺我也。〔飲酒科。趙高上，跪奏科。白〕奴婢傳旨李斯，他把本章交付，令臣轉奏。〔二世白〕他奏的什麽要緊事情？〔趙高白〕他因群盜蜂起，我主益治阿房，民人抱怨，求主上禦盜、止工，以安民心。〔二世怒科。白〕他爲首相，不能禦盜，倒來咎我。興工致怨，那阿房宫，乃先帝未竟之工，孤欲繼承先志，他不能代孤料理，反來諫止興工。釣名沽譽，邀買人心，這廝必有異志。〔趙高白〕沙丘之謀，丞相與謀其事，今不能裂土封王，他未免心懷怨忿。前遣其子李由爲三川郡守，與齊楚勾連，恐有暗圖我主之心，内外交通，深爲可慮。〔二世作大怒科。白〕老狗如此居心，罪不容死。傳旨廷尉，將李斯嚴審拷問，有無謀反情由，速速審明回奏。〔趙高白〕領旨。舌鋒動處斬元勳，從此威權專趙氏。〔下。二世白〕一天好事，被這老狗攪散了，可惱嗄，可惱。〔二貴人白〕主上暫息雷霆，李斯是我主臣僕，要殺要剮，悉聽主裁，何必動此大怒，有傷聖躬。臣妾備下夜宴，請主公入宫，作竟夜之歡。〔二世白〕原來二位貴人，備下夜宴了。妙嗄，妙嗄，就此回宫。〔衆白〕領旨。〔作擁二世行科。同唱〕

【清江引】今朝歡樂，果然誠罕有，不禁春情透。歌飲正歡時，却被奸臣逗。〔合〕只索要夜宴深宫重醉酒。〔下〕

第十九齣　誘問屈招 齊微韻

〔扮二廷尉官上。分白〕作法從來不厭苛，憑吾鍛煉又如何。獄詞誰説無所據，捕影捉風屈折多。〔合白〕吾等乃廷尉官是也。適纔中軍府令，傳旨到來，説李斯遣長子李由，出守三川，暗通齊楚，有謀逆之心，着廷尉官嚴審，務要做成此獄。〔一廷尉白〕那李斯身爲宰輔，豈不知謀逆二字是要滅門赤族的，如何便肯招承？〔一廷尉白〕方纔中軍府令授意，是必要他招承的，你我要奉承趙府，少不得三推六問，細細磨折他便了。〔一廷尉白〕此話雖是，只是李斯乃先帝舊臣，曾居宰輔，又有沙丘輔主之功，恐屈問承招，主上覽本之時，反念起他的功勞來，竟是寬免了，那時你我怎樣見他？豈不奉承了東邊，得罪了西邊？這頂紗帽，畢竟難穩，必須設個法兒，誘他招承纔好。〔一廷尉白〕是了，我們如今就借他輔主之功誘他。就説謀主之罪，雖然不小，這輔主之功，畢竟甚大，即是情實，也可將功折罪。那時他自然恃功招承了，豈非刀打豆腐，兩面見光？也不得罪趙府，後日也見得李斯。〔一廷尉白〕此計大妙，我們就喚他上來，審問一番。〔作喚緹騎科。扮八緹騎上，見科。二廷尉白〕帶李斯聽審。〔一緹騎應科下，帶李斯上。李斯唱〕

【中吕宫·漁家傲】則見那廷尉堂前最慘悽，可不道暗了三台，傷吾輔弼。昔日威風知何處，幾曾慣屈雙膝。〔緹騎作喝科。白〕犯官李斯進。〔李斯作歎科。唱〕一般的帶姓和名，都不是金甌舊題。〔合〕好教俺慚愧無端把頭低。〔二廷尉白〕李相請了。〔李斯白〕二位大人請了。〔二廷尉白〕李相，今日奉旨勘問，却不要怪我二人。〔李斯白〕不知李斯得了何罪，主上使二位勘問？〔二廷尉白〕李相，你身居宰輔，自應一心報國，爲何遣子爲三川郡守，勾連齊楚，爲此悖逆之事，從實招來，免動刑法。〔李斯白〕我李斯好冤枉也。〔唱〕

【中呂宮·念佛子】天樣冤難承罪。〔白〕況且我李斯，身爲宰相，富貴已極，復又何求，勾通外國。〔唱〕爲宰輔榮寵難齊，勾外國何求，遭此拘繫。〔白〕也則因天下多盜，阿房工大，因而上本，請禦盜息工，休養民力。不知那個奸賊，進讒陷害，道我有謀主之心，還求二位大人明鑒。〔唱合〕請悉，俺忠言調濟，却緣何忤了天威。敢奸邪，進讒陷害乘機。〔二廷尉白〕你既不欲謀主，爲何遣子出守三川？〔李斯白〕斯子李由，出守三川，亦由主命，我李斯並非私遣，如何便以爲罪？若云勾通齊楚，有何憑據？〔唱〕

【又一體】須知，君顔咫尺，守郡非私得。有皇宣，陷害成何濟。〔合〕事難昧，勾連楚齊，憑據存何地？願尊官此日，將情分析。〔二廷尉白〕有憑據無憑據，我們如何得知。此是奉旨發問之事，好好招來，免得有失相國體面。〔李斯白〕二位差矣，難道葫蘆提三字，便可問人罪案不成？我李斯，就是主上今日親審呵，〔唱〕

【又一體】也要得，事從根底，冤情索自洗，敢任教奸邪謗誹。〔二廷尉白〕你如今分辨一番，就是這等甘罷手不成？〔李斯唱合〕你不與俺將情奏入，倒教我俯首承文取，那有這般公平法吏？〔二廷尉白〕他倒埋怨起我們來了。〔李斯白〕此係烏有之事，教我從那裏招起？〔一廷尉白〕你若不招，奉有聖旨，我們就要用刑了。〔李斯白〕此事至死也難承認的。〔一廷尉怒科。白〕緹騎們，看大刑伺候。〔緹騎應科，作擡大刑上。一廷尉白〕且慢。李相，你乃堂堂宰相，有大功於主上，就是謀反是實，主上也須看你從前大功，將功折罪。難道今日，先在廷尉司中失了相體不成？以我愚見，不如暫且招承，免得受刑不過，身無完膚。待我們將你大功叙入本中，聖上自有溫旨，你不可錯了主意。〔李斯作沉吟科。白〕罷了，承二位大人指教，待我李斯修一認罪本章，將我輔佐之功叙入，私通之罪招承。只是還求二位大人，轉奏之時，在主上駕前方便一二，便是再生之德了。〔唱〕

【又一體】難違背，敢云逆罪微，還仗功勞偉。或得個將功折罪，便是你再生之德。〔二廷尉白〕這事包在我們，替你方便便了。〔李斯唱合〕還承望，周全大力，玉陛前將恩代乞。這的是生和死，全然仗伊。〔二廷尉白〕既如此，緹騎，可帶李相下面修本，待我們轉奏便了。〔八緹騎應科，作帶李斯下。一廷尉喜科。白〕不想此老竟已上當，我們好到中軍府令跟前回覆去了。〔一廷尉白〕只是此本一上，只怕他舉家不保了。〔一廷尉白〕保得保不得，那裏管得許多，只要我們陞遷就是了。〔各作笑科。白〕只要自己有益，那管他人啼哭。〔同下〕

第二十齣　臨刑悔嘆（齊微韻）

〔扮四羽林軍引趙高上。趙高唱〕

【南呂宮・中都悄】事難已，事難已，殺人逞心意。權柄非細，誰得逃避。〔白〕咱家趙高，因忌李斯權重，誣以謀反大罪，奏聞主上。昨據廷尉司覆奏，將李斯認罪，並敘功本章呈進，主上頗有見憐之意。我想放虎歸山，終遺後患，遂百計諫阻，道首亂之人不誅，天下作亂之輩愈多。主上准奏，將李斯腰斬，夷其三族，命我監斬，好不逞意人也。左右，打導往法場去。〔衆應科，作行科。趙高唱〕法場迤逦，監斬怎遲。〔合〕斬草除根，免生後悔。〔同下。扮八劊子手，押李斯並家口十六男婦上科。李斯唱〕

【南呂宮・紅衫兒】不想道墮奸計，懊恨須無益。〔白〕可恨趙高這奸賊，〔唱〕暗箭傷人把禍罹。〔白〕他誘我進諫，却於主上宴樂之時，從中謀害。〔唱〕進讒獻佞由伊，逞權威，害得俺身首相離，誰憐這死無葬地。〔白〕我也不合上廷尉司圈套，以致有此。〔唱合〕只恨那日没主意，没個計議。〔白〕聞得主上見了本章，似有見憐之意。不想趙高那廝，從中諫阻，以致將俺腰斬，夷我三族。想起來時，兀的不痛殺我也。〔唱〕

【南吕宫·香羅帶】枉將乖命欷，魂靈早飛。〔作見衆家口哭科。白〕蒼天，蒼天，我一身被害，死所當然，合族何辜，遭此慘毒。〔作痛哭科。唱〕一身死須難躲避，干連合族禍更奇也。把不住心兒裏，愈悲悽，陰雲慘慘到處悲。〔合〕輾轉思維也，敢則是逐客焚書報所宜。〔衆家口白〕老爺身居宰輔，我等安享榮華已非一日，今日同死，亦所當然，何怨之有。〔李斯白〕爾等倒有這等見識，只是我呵，〔唱〕

【南吕宫·香遍滿】尋思就裏，做人不終萬事灰，回首天涯成怨鬼。今日呵將伊誰怨懟，可憐把往事追。〔合〕一似夢醒白雲隈，這富貴全無謂。〔衆家口作寬慰科。白〕事已至此，我們只引領受刃便了。〔李斯作見中子科。白〕我兒。〔中子白〕爹爹。〔李斯白〕今日爲父的，害殺你了。〔中子作哭科。李斯白〕我欲與若復牽黄犬，出上蔡東門逐狡兔，豈可復得乎。〔合族作大哭科。李斯唱〕

【南吕宫·五更轉】看骨肉傷殘，只片刻，肝腸寸斷知。封妻蔭子思榮貴，誰想今朝，市曹向泣。也是俺，命兒中，先招得。〔合〕斬根絶草權奸計。他把天理人心，全然盡背。〔羽林軍上。白〕監斬老爺催趲，時辰已到，快將犯人帶赴法場。〔下。劊子手應科，作催趲科。白〕你們快行動些。〔李斯白〕監斬者何人？〔劊子手白〕是中軍府令趙爺。〔李斯作怒科。白〕嗄，是趙高，我正要見他。〔作繞場行科。四羽林軍士引趙高上，坐科。李斯見作怒科。白〕趙高，你矯詔殺死扶蘇，擅輔胡亥，罪該萬死。却又誘俺進諫，從中謀害。俺李斯，何負於汝，乃爲此禽獸之事。〔唱〕

【南吕宫·紅芍藥】你好志有天知，惡滿怎迴避？殺扶蘇把先帝欺，擅輔胡亥罪豈微。還思，巧排毒計謀害我，諒天理也難逃罪。〔白〕我李斯，就死在地下呵，〔唱合〕定爲怨鬼殺奸邪，明報應消冤氣。〔趙高白〕你在先帝時作惡多端，譖死韓非，燒書坑儒，久遭天譴。今日死有餘辜，應當俯首受戮，自悔前非，還敢毒口傷人。劊子手，與俺將這賊速速腰斬。〔李斯作欲脚踢科。衆捉李斯作腰斬科，並殺衆家口科，下。趙高白〕李斯已斬，去我心腹大病，就此覆旨。〔同下〕

第廿一齣　牧群巧遇（江陽韻）

〔扮四小軍引鍾離眛上。同唱〕

【仙呂宮・六么令】王孫那方，爲挨尋足遍康莊。爲甚的埋名隱跡計從長，却教俺天涯路，走傍徨。〔鍾離眛白〕我鍾離眛，自奉主將之令，尋覓楚後，因在荆襄一帶細心查訪，並無踪影。今來到南淮浦地方了，我想楚後決不在城市之中，須索到鄉落僻静區處，細細訪問，方能有濟。小校們。〔四小軍應科。鍾離眛白〕向村落幽静處去者。〔衆應同行科。唱合〕村中驀地相尋訪，驪珠若得心纔放。〔同下。扮孫心同四牧童驅羊上。同唱〕

【仙呂宮・胡女怨】終朝共牧羊，恣意厮遊蕩。溪畔草青，山前花放。任憑群聚，倒得徜徉。〔作趕羊行科。唱合〕趕伊急到嶺旁，趕伊急到嶺旁。〔白〕我等王社長家牧童是也。每日牧羊，到這山坡之下，大家偷閒頑耍，倒也自在。〔一牧童白〕今日天氣尚早，將羊趕到茂草地方，教他吃草，我們大家頑耍一回。〔衆牧童作喜科。白〕説得是，説得是。〔作同趕羊下。衆牧童白〕我們還是唱曲，還是唱戲？〔一牧童白〕演戲是要唱的，我們竟演着唱便了。〔衆牧童白〕我們演什麼戲？〔衆牧童白〕我們演伍子胥夜出昭關。〔一牧童白〕那伍子胥是乞丐模樣，我們這行頭倒像，大家就演起來。〔衆牧童白〕伍子胥是一個，如何用得着許多人？〔一牧童白〕我做伍子胥，你們幫腔便了。〔衆白〕有理，有理。〔一牧童作演科，衆作幫科。同唱〕

【仙呂宮・疊字錦】兀的不是，怨殺人也麽傷。奸人每，直恁多混賬。好教俺有國難投，氣短英雄，撲簌簌，淚雨如珠恨氣長。今日價，夜行朝伏悽惶。有那個，念着兒郎，因此上做乞丐這行藏。嗏！免不得過市吹簫，沿門鼓腹，漆身垢面，膝行匍匐，無非晦跡隱踪，要把這昭關來直闖。〔合〕兀的不是，怨殺人也麽傷。〔一牧童白〕完了，完了。〔衆牧童白〕唱是唱完了，只是不像。〔一牧童白〕那伍子胥不過一個討飯的，我如今現身說法，如何不像？〔孫心白〕那伍子胥是楚國世家，不過暫時逃難，豈像你這沒根基的人，什麽現身說法。〔一牧童怒科。白〕你說我沒根基，你有什麽根基？〔孫心白〕我的根基，説起來，只怕諕殺了你。〔衆牧童白〕你們兩個不要爭，如今大家叙叙家世便了。〔一牧童白〕説得有理，讓我先説。〖西江月〗芳草新烟阡陌，斜陽深處門開。也曾耕種役形骸，布穀春殘聲在。〔衆牧童白〕你是種田的出身。〔一牧童白〕待我來。覿面花風剪剪，弄晴楊柳鬖鬖。溪邊猶是舊生涯，網似水晶簾待。〔衆牧童白〕他是打魚的出身。〔一牧童白〕待我來。野逕河橋村外，青山日照人來。斧斤携得把山開，生把雲封拆壞。〔衆牧童白〕他是打柴的出身。〔一牧童白〕如此臨着我了。不作漁樵事業，更非耕種生涯。暮寒雙燕共歸來，黃杏紅桃堪賣。〔衆牧童白〕他倒是賣菜子的出身。〔孫心白〕

你們不過尋常百姓人家，何在言下。〔四牧童白〕難道你是什麼官宦人家不成？〔孫心白〕豈但官宦人家，我乃王孫帝子，金枝玉葉，不過暫時流落，有日運至時來，只怕連你們站處，都没有了。百世王侯裔胄，舊業瀟湘地界。可憐兵火霎時開，生把江山危殆。豈是尋常百姓，暫時露草中埋。滄江雷雨豈難來，際會蛟龍須在。〔衆牧童白〕這狗弟子孩兒，倒會誇口。你乃流來野種，隨那貧婆住在王社長家裏，誰人不知，那個不曉？〔孫心怒科。白〕你這些没道理的殺才，如何知道我呵，〔唱〕

【越調·博頭錢】出語應非妄，家世原堪仗。念你這，有目無珠樣，可曉甚短和長，可知甚帝和王。傷人出口太無良，休多講，免遭殃。〔衆牧童白〕我便駡了你這野種，看你怎麽。〔孫心唱〕可知道金枝玉葉，骨格原兩。〔衆牧童白〕這野種，還敢壓勢我們，大家打這野種便了。〔作欲相打科。同唱〕拳頭雨落，没個商量。〔合〕今朝廝打難輕放，拚和你做一場。〔扮四小軍引鍾離昧暗上，聽科。衆牧童白〕你就是帝子王孫，今日暫且吃頓好打。〔孫心白〕我實王侯之子，諒你們幾個村童如何知道。〔衆作相打科。鍾離昧作暗點頭背科。白〕你看他，眉清目秀，畢竟不是下等之人。〔作攔阻科。白〕你們休得動手。〔衆作住手科。鍾離昧白〕小官人，方纔你説什麽王侯之子，敢小官人便是麽？〔孫心作驚科。白〕我不曾説什麽王侯之子。〔四牧童白〕他方纔説是什麽帝子王孫，要欺壓我們，如今却賴不過去。〔孫心作驚欲跑科。鍾離昧作拉住科。四牧童作發諢科。白〕我們只管回去，憑他在這裏，看他還敢欺壓我們麽。〔諢下。鍾離昧白〕小官人，不要驚慌，我乃楚國將官鍾離昧，特來尋覓楚後，欲輔爲主。適纔聞得小官人説什

麽王侯之後，又見小官人生得眉清目秀，豐準大耳，必非尋常之輩，故敢動問。休猜作秦國奸細，反生驚恐。〔唱〕

【越調·引軍旗】念吾不是，秦家軍將，欲把義兵創。特來將楚後，斷尋訪，願你早把根由講。〔合〕一同共把風雲會，即時恢復方暢。〔孫心白〕軍官既是楚將，料説也是不妨的。〔鍾離昧白〕小官人，細細講來。〔孫心白〕軍官聽者。〔唱〕

【又一體】根芽本有香，流落向誰講。國破家亡心悲切，權時投托王社長。〔白〕吾乃楚懷王嫡孫，今年一十三歲，同母親衛氏避難在此。〔唱合〕軍官免得諄諄問，料吾姓氏非謊。〔鍾離昧白〕如此説來，斷是不差的了。只是國母現在那裏？〔孫心白〕現在王社長家裏。〔鍾離昧白〕軍校們，快扶小官人上馬，同到王社長家中去者。〔衆應科。同下〕

第廿二齣　遺衫示證（魚模韻）

〔扮王社長上。白〕投閒衡門下，便足安此身。人但適其素，何勞重問津。吁嗟車與馬，遍地多囂塵。撫茲五畝桑，笑指三百囷。所餐良非素，安問富與貧。老漢姓王，乃本地一社長的便是。十年前有母子二人，流寓我處。我看那婦人舉止大方，那孩兒又十分清秀，不像平等之人，老漢幾次要想問個明白，又恐男女不便，孩童又小，每每中止。如今那孩童已長成一十三歲，在我家牧羊，也須曉得人事了。待他回來，細細問個端的。正是：十年如一日，姓氏尚難通。可見光陰荏苒，也不可再遲了。〔扮四小軍引鍾離眛、孫心騎馬上。孫心白〕從早牧羊去，誰知騎馬歸。此間已是王社長門首了。〔小軍作叫門科。白〕王社長開門。〔王社長白〕山居日無事，又聞人叩扉。是那個？〔作開門見衆驚科。白〕老漢乃深山農夫，不知國法，有何觸犯，敢勞大人下降？〔鍾離眛白〕老丈不必驚慌，快將小官人的令堂請將出來，便知其故了。〔王社長白〕他是十年前流寓在此之人，老漢並不知其故。〔鍾離眛白〕但煩請來相見，不必多講。〔王社長作請科。白〕莊下的，快請流寓在此的那位奶奶出來。〔內應科。扮衛氏上。唱〕

【小石調引・宴蟠桃】驀聽傳呼，聲聲流寓，〔作掩淚科。唱〕往時富貴成墟。〔王社長白〕奶奶，外面有人要求相見。〔衛氏白〕吾乃流寓婦人，有誰求見？〔王社長白〕連老漢也不曉得，那人是和小官人同來的。〔衛氏白〕既如此，就煩社長引見。〔鍾離眜作見科。衛氏白〕流寓婦人，不知尊官有何見教？〔孫心作見衛氏科。白〕母親，他是楚國將官。〔鍾離眜白〕適纔路遇小官人，他説是懷王嫡孫，故敢求見。若果所言不謬，豈無楚宫舊物，伏乞娘娘撿示一二，以便悉心輔佐。〔衛氏白〕尊官差矣，小孩兒家，口出妄言，豈可憑準？ 吾乃流寓之人，知道什麽楚王嫡孫，還求尊官原諒。〔唱〕

【小石調・三軍旗】我孩兒胡言亂語，豈足爲憑據。 我當初流寓，浮沉十載餘。 諒不是存着亡孤，和俺寡婦，程嬰杵臼事索無。〔合〕伏乞尊官，暫回玉步，生前感激須不虛。〔鍾離眜白〕娘娘休要如此，俺非秦國軍將。 因楚國名將項燕之子項梁，要起兵伐秦，欲先立楚後，以固根本，爲此令俺四處尋訪，歸而輔佐。 俺不知費了千辛萬苦，今纔相遇，伏乞娘娘勿固隱晦。〔衛氏白〕既然如此，我只得實訴了。 只爲當日，秦兵圍楚，懷王出奔，被秦兵追急，因將世子與我寄托於太宰孫軼。 孫太宰安頓我母子之後，遂即改裝，去探懷王消息，至今杳無音信。 後來我母子日用不支，只得避難至此。〔唱〕

【小石調・水紅花】只爲君亡國破，相守在鄉隅。 回憶章臺宫館，一地迷蕪，同悲社稷墟。 把不住空拋雨淚，長吁短嘆，心碎顔枯。 兀的不痛殺人也麽哥，恨殺人也麽哥。〔王社長背科。白〕我説不像平等之人，原來是娘娘與楚國世子。〔鍾離眜白〕只是娘娘，十年來如何度日？〔衛氏淚科。唱〕孫太宰杳雁沉魚，母子們煢煢孤苦，王社長見憐相助。〔鍾離昧作向王社長白〕如此，倒多虧老丈了。〔王社長白〕這個何足掛齒。〔鍾離昧白〕只是娘娘脱難之時，懷王豈無親付證據？〔衛氏作哭科。唱合〕相離骨肉在難途，有什麼珍奇堪取。無非是血淚模糊，數字遺書，復來相覷。〔作下，持汗衫上。白〕只這便是證物了。〔鍾離昧作再三看科，作看不分明科，作向日照科。白〕果然是懷王嫡孫芈心楚世子，夫人衛氏，還有國寶在此。〔作跪拜科。白〕微臣今日果然訪着也。〔衛氏白〕有勞尊官如此用心。〔鍾離昧作吩咐科。白〕軍校們，快取冠服與夫人、世子更换。〔衆應科，取衣與衛氏、孫心穿戴科。鍾離昧白〕速備轎馬，送夫人、世子去見項將軍。〔衆應科。扮四轎夫擡轎上。鍾離昧向王社長白〕老丈，你十年用心，今日也有不次陞賞了。〔王社長白〕多蒙携帶。〔衛氏、孫心作上轎馬同行科。唱〕

【小石調·玉翦子】拜辭了野店荒區，脱離了厄難困苦，早向那玉殿金宇，不枉伊十載會存孤。〔合〕欣欣共去，不日須知復建楚。〔同下〕

第廿三齣　沛公得輔（家麻韻）

〔扮八少年引張良上。唱〕

【大石角套曲·荼蘼香】膽氣包天大，不道俺怯書生，倒會扶王佐霸。俺何曾挹露更餐霞，俺是個最明恩怨勇爲義，應世豪俠。因此上博浪沙椎下，①打得他百二河山，霎時間波翻浪動，顫巍巍没些撑扎。〔白〕五世公卿俱相韓，强秦吞并最心寒。雖然一擊難符願，打出干戈不得安。小生姓張，名良，表字子房，韓國人氏。世爲卿相，已符五世之昌；幼習韜鈐，未了一生之願。風雲未遂，堪悲報國以無時；狼虎猶存，惟恨剪讐之有待。曩者，千金結客，滄海垂青，十載蓄心，副車中誤。十日之索，險被獲於祖龍；七尺之軀，幾無逃於瘈犬。因而潛踪趙氏，得配静娥；復又托足項君，頗諧管鮑。自謂飄流荒店，暗悲壯士之胸襟；豈料偶步圯橋，復得丈人之指點。黄衣溺履，不妨跪進以三；皓月相期，尚恐奇逢不再。秘書半帙，包天地而有餘；奥語千言，笑孫吴而尚隘。揣摩有獲，如蘇季之得陰符；變化入神，似老聃之作柱史。今聞沙丘有變，始皇已崩。群起英雄，勢更甚於六國；共懲嬴

① 「沙」下，校籤云：「下增襯字『把』字。」

氏，勢難延乎一朝。因此聚集少年，共商可輔。正是：欲將隻手擎天地，更把深心托帝王。〔內作人馬聲科。張良白〕不想信步行來，此間却有人馬之聲，不知是何處軍馬，待俺前去問來。〔作問科。白〕借問軍官，此間是何處兵馬？〔扮軍官上。白〕此乃豐沛起義，劉季人馬。聞得陳人秦嘉，起兵郯地，輔佐景駒爲楚王，屯兵於留，欲往從之，故駐兵於此。〔張良作背科。白〕我聞劉邦生有奇相，在沛邑起兵，深得民心，不知果可有爲否。何不一見，以定去留。〔作轉向軍官科。白〕煩爲通報，説韓國人張良求見。〔軍官應科，虛下，復上科。白〕沛公就請相見哩。〔扮蕭何、曹參、王陵、樊噲引劉邦上。蕭何衆白〕此人足智多謀，主公不可當面錯過了。〔劉邦白〕快請來相見。〔軍官作請科。白〕主公請張爺進見。〔下。張良對八少年白〕爾等在外少待。〔八少年應科，下。張良入見科。劉邦出接科。白〕久聞先生大名，今日方見，深慰渴懷。〔張良白〕久慕沛公威德，今日拜見，實爲萬幸。〔作拜揖科，劉邦作答科，各坐科。張良唱〕

【大石角套曲·雁過南樓】俺幸得龍門聲價，羨明公威德無加。〔劉邦白〕曾聞先生得遇異人，不知此事，乞爲指示。〔張良唱〕敢則是明月橋邊，素書一搭，殷勤指點開愚下。〔劉邦白〕畢竟先生大才，方能有此奇遇。〔張良唱〕説什麽遭遇奇，講什麽才情大，也不過供揣摩將吾啓發。〔劉邦白〕目今天下共起，烽烟日熾，念劉邦不才，頗有此衆。但不知用兵之道，何以爲先，伏祈先生明教。〔張良白〕那用兵呵，〔唱〕

【大石角套曲·好觀音】守正用奇機謀大，論兵法變幻如花，首尾常山勢怎差。須知道用兵家，制勝須多法。〔劉邦白〕先生高見，深得兵家至要，但韜鈐兩字，最難講究，今先生既得異人點指，必有出人意表者，還求先生一一教我。〔張良白〕念張良有何德能，得解此妙。但據我愚見呵，〔唱〕

【大石角套曲・净瓶兒】形勢先須察，變化還如法。雖則是兵不厭詐，也則要馭將休差。兵家，須没漏罅，更要寬嚴並整暇。休驚訝，龍韜虎略妙難誇。〔劉邦作喜科。白〕我自用兵以來，未聞如此高論，今日方洽俺心胸也。〔張良白〕此吾朝夕探索秘要，明公入耳，便有會心，殆天授也。〔唱〕

【又一體】探索功非寡，入耳心偏恰。將情細察，①天授伊家。②〔背科。唱〕休差，應難假，擇木良禽從此下。〔向劉邦科。白〕明公如此威德，我張良雖然不才，欲托帳下，以備顧問。〔劉邦白〕得子房相投，吾復何憂哉。今以子房暫爲麾將便了。〔張良作拜謝科。唱〕先拜答，如魚得水遇難加。〔各作喜科。同下〕

① 「將」上，校籤云：「上增襯字『我』字。」
② 「天」上，校籤云：「上增襯字『是』字。」

第廿四齣　正名復楚（庚青韻）

〔扮十二校尉，執鑾儀上，分侍科。扮黃門官上。唱〕

【仙呂調・點絳唇】瑞靄盈廷，中興堪幸。群相慶，會聚群英，重把雄封定。〔白〕紫殿巍巍百尺高，繽紛殿宇御香飄。始知三户言非謬，定欲亡秦另立朝。下官乃楚王殿下黃門官是也。前日項將軍迎得楚懷王嫡孫芈心，並夫人衛氏到來，公議仍尊世子爲懷王，夫人爲太后，以繫人心。將這府衙，改爲大殿，轅門改爲午門，擇於今日正位，着我安排筵宴，并整肅一切朝儀。你看，好一派興隆氣象也。正是：瓊樓玉宇，箭催漏底之蓮花；珠斗銀河，光照天邊之月色。寒星幾點，旌旂之露尚未乾；禁殿數重，劍珮之聲來甚近。御香縹緲，慶萬井之歡欣；瑞氣氤氳，樂一朝之整肅。金吾衛，千牛衛，拱日衛，嚴雉尾之威儀；羽林軍，控鶴軍，虎賁軍，備豹鎗之儀從。捧雲隊裏，螭頭高立兩芙蓉；拱日班中，象簡低擎雙獬豸。從來不信周公禮，今日方知天子尊。道言未了，衆朝臣來也。

〔下。扮項梁、項籍、范增、鍾離眛、季布、桓楚、于英、雍齒、丁公、灌嬰、吕馬通、虞子期上。同唱〕

【又一體】翊戴功成，同期供靖。天威定，拜舞齊聲，舉義人斯慶。〔項梁白〕俺項梁是也。〔項籍白〕俺項籍是也。〔范增白〕俺范增是也。〔鍾離眛白〕俺鍾離眛是也。〔季布白〕俺季布是也。〔桓楚白〕俺桓楚是也。〔于英白〕俺于英是也。〔雍齒白〕俺雍齒是也。〔丁公白〕俺丁公是也。〔灌嬰白〕俺灌嬰是也。〔呂馬通白〕俺呂馬通是也。〔虞子期白〕俺虞子期是也。〔同白〕今日新主正位，我等在此，恭候朝賀。〔作分侍科。扮四太監、四昭容引芈心上。唱〕

【中呂宮・尾犯序】迅發似雷霆，昨日今朝，伸屈堪驚。雖則是命有天公，也虧伊輔佐賢英。堪慶，新簇簇金堦玉陛，齊臻臻朝儀肅整。〔合〕紅雲裏，閶闔門開，音樂奏天廷。〔轉場坐科。項梁衆作朝賀科。同白〕願吾王，千歲千歲千千歲。〔昭容白〕平身。〔項梁衆白〕千歲。〔起分侍科。芈心白〕寡人楚王芈心，久在風塵，悲失官之不窋；今方正位，符相土之公劉。承項將軍推戴，輔子冲人，頗深慚德之思，幸洽中興之願。今日正位，受各臣朝賀，〔向項梁衆白〕寡人賴衆卿之力，得復楚舊，實乃天地祖宗之默佑。奈寡人年未及冠，幼居民間，國家萬幾，豈能熟諳。還仗衆卿呵，〔唱〕

【又一體】在庭，輔佐冀匡平，助我冲年，周召堪省。還望伊行，夜寐夙興。國政，須要你左扶右弼，索和俺進賢退佞。〔合〕方能彀，君臣相得，咨訪不留停。〔項梁衆白〕主公諄諄告戒，勵精圖治，洵群臣之福也。〔唱〕

【又一體】咸寧，主德實英明，諒我群臣，敢不恭敬。還承望振攝朝綱，撲滅秦兵。〔項梁白〕秦滅六國，楚最無罪，先王入秦不返，天下憐之。今得主公正位，師出有名，可以掃滅强秦，以雪先王之耻了。〔衆同唱〕專等，敢容那如狼似虎，吞俺這湘江蜀嶺。〔合〕方纔得，揚眉吐氣，天宇會朝清。〔芈心白〕這事所關非小，全仗衆卿，奮志興師，報讐雪耻，寡人惟眼望捷旌旂也。〔唱〕

【又一體】須明，夙怨怎忘情，共戴無天，同戈方幸。問彼恃强，今朝怎生。延領，〔望衆科〕竚望你興師問罪，則教彼疲躬奔命。〔合〕纔顯俺，楚方天授，端的最難爭。〔白〕今封項梁爲武信君，總督内外兵馬大元帥。項籍爲兵馬副元帥，前部先鋒。范增爲破秦復楚神策安國軍師。鍾離眛、季布爲都騎將軍。桓楚、于英、丁公、雍齒、灌嬰、吕馬通爲巡哨將軍。虞子期爲軍政官。俱各操練人馬，準備伐秦。以下大小文武各官，俱加一級。王社長護駕有功，着賞黄金千兩，綵緞百端，給與四品冠帶，即送還鄉里。爾衆卿，各宜凛遵，毋違寵命。〔項梁衆作謝恩科。白〕千歲千千歲。〔芈心白〕吩咐即擺慶賀筵宴。〔内侍應科。白〕領旨。〔作徹朝儀科。十二校尉下。四太監作擺宴科。芈心衆入宴科。同唱〕

【中吕宫·大和佛】共舉霞觴薦大廷，簫韶韻疊鳴，興朝氣運。從此倍光明，這龍鳳庖烹，①君臣共悦古無並，春浮蟻緑更椒馨。端的是遠大規模，從此方纔定。〔内侍作斟酒科。同唱〕願國祚如天斯永。〔合〕良辰景，鳴鹿飛鳶，觸處見昇平。〔項梁衆白〕主公建國伊始，氣象便爾光昌，臣等恭獻一觴，願主公萬壽無疆。〔芈心白〕寡人凉德，煢煢在位，何勞衆卿，如此頌祝。〔項梁衆作獻酒科。同唱〕

---

① 「庖」上，校籤云：「上增『美』字。」

【中呂宮・和佛兒】鵷鷺齊擎獻壽觥，九如今可稱。金罍玉斝，仙醲勝蓬瀛，歡獻協群情。〔芈心作飲酒科。衆同唱合〕惟願取，山岳般長壽難增，①山岳般長壽難增。〔芈心白〕内侍，可徹御前佳酒，分賜群臣，願衆卿同斯福禄。〔内侍應科。白〕領旨。〔項梁衆作謝恩科。白〕千歲千千歲。〔内侍作徹酒分賜科。芈心唱〕

【又一體】完補金甌藉衆卿，同將草萊興。一杯春酒，絶勝似絳雪與桃冰，分惠意非輕。〔同唱合〕惟願取，山岳般長壽難增，山岳般長壽難增。②〔芈心白〕從此群臣，各協志同心，以圖報復秦讐便了。〔項梁衆白〕誠如聖諭。〔芈心唱〕

【中呂宮・舞霓裳】願托宗祖在天靈，在天靈，要把强秦去踏平，去踏平。方知恩怨兩分明，卧薪嚐膽古來情，則怕他百二山河風不勁。〔項梁衆白〕主公如此，那怕强秦不滅也。〔同唱合〕伊行的，敢早要指日咸陽開着等。〔項梁衆出坐科。白〕臣等醉酒飽德，敬此告退。〔芈心唱〕

【慶餘】瀟湘雲夢咸聞命，恢復今朝如夢醒，多虧這伊吕功勞侔日星。〔作退朝科。分下〕

---

① 「長」，校籤作「永」。

② 「長」，校籤作「永」。

第三本

第一齣　舉兵應楚（蕭豪韻）

〔扮八齊兵引田榮上。同唱〕

【仙呂宫集曲·甘州歌】【八聲甘州】（首至六句）軍聲浩浩，聽三齊義旅，動地呼呶。臨淄鋭氣，餘勇堪沽不少。當時定霸雄東海，此日田家舊裔苗。〔田榮白〕我，齊將田榮是也。我王田儋，徇地至狄，因殺狄令，自稱齊王。今聞武信君項梁，輔楚國懷王嫡孫，興師伐秦，齊王命我領兵三萬相助。軍士們，就此往會稽去者。〔衆應行科。同唱〕【排歌】（合至末句）軍心奮，士氣豪，同仇願與賦同袍。戈矛舉，旌旆摇，鋤强壯志薄雲霄。〔下。扮八趙兵引張耳、陳餘上。同唱〕

【又一體】輾轉效成勞，喜同心合志，援立功高。兵符雙綰，吴中聲勢相邀。敢將一旅壯前茅，不須回首邯鄲道。〔張耳白〕我張耳是也。〔陳餘白〕我陳餘是也。〔同白〕向與武臣同事楚王陳勝，被秦將章邯所破，楚王被殺，我等奔至趙地，輔佐武臣，又被李良所殺。我二人擊敗李良，求得趙國之後趙歌，輔爲趙王。今聞項梁輔楚，糾兵伐秦，我王特着領兵一萬，前來相助。軍士們，就此趲行。〔衆應行科。同唱〕軍心奮，士氣豪，同仇願與賦同袍。戈矛舉，旌旆摇，鋤强壯志薄雲霄。〔下。扮八魏兵引周市上。同唱〕

【又一體】魏氏舊根苗，幸奉迎五反，推讓堅牢。夷梁氣象，依然往日模描。函關指日把兵交，齊將往日沉冤報。〔周市白〕我周市，略定魏地，諸侯欲輔我爲君，是我再三固辭，迎魏公子寧陵君魏咎於陳，輔佐爲王。今聞項梁，欲興兵伐秦，輔佐楚後，我王令我領兵二萬相助，前赴會稽。軍士們趲行。〔衆應同行科。同唱〕軍心奮，士氣豪，同仇願與賦同袍。戈矛舉，旌旆摇，鋤强壯志薄雲霄。〔下。扮八燕兵引荆喜上。同唱〕

【又一體】燕市把兵招，嘆風寒易水，匕首空勞。悲生馬角，千古傷心痛悼。别推英俊定燕郊，會兵直把秦關鬧。〔荆喜白〕我燕將荆喜是也。吾王韓廣，本爲趙將，略地至燕，燕之豪傑，共尊爲王。今聞楚將項梁，輔懷王孫芈心，在會稽爲王，指日伐秦，奉燕王之命，領兵一萬，前來相助。軍士們，就此趲行去者。〔衆應行科。同唱〕軍心奮，士氣豪，同仇願與賦同袍。戈矛舉，旌旆摇，鋤强壯志薄雲霄。〔下。扮八軍士引項伯、宋義、陳平上。同唱〕

【仙吕宫集曲・雙玉供】【玉胞肚】〔首至合〕秦爲無道，遍中原干戈擾擾。漫誇他百二雄關，怎消停四海波濤。〔項伯白〕吾項伯，乃項梁同祖之弟，一向避居下邳。〔宋義白〕吾姓宋，名義，乃楚國舊將。

〔陳平白〕吾姓陳,名平,乃陽武户牖鄉人。〔同白〕聞楚輔懷王嫡孫芈心,舉兵伐秦,我等聚得義軍二萬,前來相助。你看,那邊又有許多人馬來也。〔八齊兵引田榮,八趙兵引張耳、陳餘,八魏兵引周市,八燕兵引荆喜上,相見科。項伯白〕列公,何處人馬到此?〔田榮白〕吾乃齊將田榮。〔張耳、陳餘白〕吾乃趙將張耳、陳餘。〔周市白〕吾乃魏將周市。〔荆喜白〕吾乃燕將荆喜。〔周白〕聞得楚欲伐秦,我等各領本國人馬,前來相助。請問列位又將何往?〔項伯白〕吾乃項伯。〔宋義白〕吾乃宋義。〔陳平白〕吾乃陳平。〔同白〕吾等亦聚得義軍二萬,欲去相投。〔項伯白〕此間離帥府不遠,同去報名掛號。〔衆應行科。同唱〕

【五供養】(合至末)相逢一笑,喜此日情懷同調。【玉胞肚】(合至末)兵鋒接踵遇荒郊,速向營門把姓氏標。〔作到科。同白〕軍士們暫退。〔衆兵應科,下。扮將官上,見科。白〕列位將軍,到此何事?〔項伯白〕我等各領本處人馬,來見元帥,即煩通報。〔將官白〕少待。〔請科。扮項梁、范增上。分白〕令行山岳動,計定鬼神驚。〔將官禀科。白〕啓元帥,有各處將軍到此求見。〔項梁白〕道吾相迎。〔同出迎見科。項梁白〕原來是賢弟同衆位將軍到此,請進。〔衆作進科。同白〕元帥,軍師在上,末將等參見。〔項梁、范增白〕有禮相還。〔項伯白〕兄長拜揖。〔項梁白〕賢弟少禮。〔各坐科。項梁白〕請問各位尊姓大名,何處到此?〔田榮白〕末將齊國田榮。〔張耳、陳餘白〕末將趙國張耳、陳餘。〔周市白〕末將魏國周市。〔荆喜白〕末將燕國荆喜。〔同白〕各奉王命,領本國人馬,到此會兵。〔項梁白〕這二位又自何來?〔宋義白〕末將宋義,本楚國舊將。〔陳平白〕末將陳平,乃陽武户牖鄉人。〔同白〕我等與項君,共糾得義軍二萬,到此

相投。〔項梁白〕難得衆位將軍如此同心。〔衆同白〕元帥倡義興師，大快人心，我等亦仰仗神威，同舒公憤。〔唱〕

【又一體】人心同悼，共撫膺甘心强暴。怎當他虐焰方張，又無如夙恨難消。聞風傾倒，却便是先聲呼召。〔合〕不辭鞭鐙共追邀，願聽指揮唯遣調。〔項梁白〕大兵齊集，正當西向伐秦，請問軍師，有何神機妙算？〔唱〕

【仙吕宫集曲·解羅袍】【解三醒】（首至四）看兵連燕齊魏趙，更添他奮起英豪。雲屯雨驟齊來到，仗軍師舒虎略運龍韜。【皂羅袍】（合至末）審時度勢，謀高智高。有何妙算，運籌這遭，則把那百二秦關輕輕掃。〔范增白〕我兵屯駐浙西，日費萬金，况此地窄狹，不可以屯兵。現今陳嬰駐扎盱眙，可以截住南陽章邯，元帥奏明主上，疾速會合陳嬰，分兵三路，前後接應，進則可攻，退則可守，那時誅滅西秦，易如反掌。〔唱〕

【又一體】急提防南陽衝要，把狼奔豕突相邀。分兵三路憑驅調，攻和守漫推敲。〔合〕連營絡繹，長蛇勢交。鼓行西向，勢如吹毛，算來兵出盱眙好。〔項梁白〕此議甚妙，明日奏明，即請駕臨盱眙。各路兵馬，暫請城外扎營。項伯賢弟，後堂細叙。列位將軍，暫請館驛安歇，以候令旨。〔田榮衆應科。白〕得令。〔作辭科。同唱〕

【仙吕宫集曲·好有餘】【好姐姐】（首至六）但憑軍中宣召，竭駑駘何堪推棹。厲兵秣馬，西秦恨未

消。還依靠，韜略胸藏多奇妙。【慶餘】（末二句）那怕函關鐵壁牢，反掌之間摧滅了。〔項梁、項伯、范增退出科。分下〕

第二齣　淮陰遇仙（古風韻）

〔扮韓信上。唱〕

【商調引・高陽臺】七尺長軀，千軍猛烈。正群雄角逐之日，拜將封侯，只恐勢孤時失。胸中謾有安邦策，奈飛騰空自無翼。倘一朝，風雲際會，化家爲國。〔白〕固守淮陰日有餘，心存三略六韜書。方當角逐中原日，正是嬴秦失鹿初。小生姓韓，名信，乃韓襄王之裔孫，淮陰世胄是也。自愧才兼文武，慚非伊呂之儔；胸有甲兵，頗讓孫吴之術。室如懸磬，難堪原憲之貧；地無立錐，敢慨史魚之苦。只今烽烟四起之時，虎鬭龍争之日，使韓信乘時一出，料必能唾手封侯，只恐命蹇時乖，且自存心守己。正是：未能鑿井難逢玉，畢竟淘沙始見金。邇日得暇，不免往淮陰城下閑步一回。

〔下。扮黃石公持書，呂望執劍上。唱〕

【雙角・沽美酒帶太平令】【沽美酒】（全）戀功名水上鷗，俏芒鞋塵内走。怎如明月清風隨地有，到頭來消受，又没些兒女擔憂。【太平令】（三至末）爲名的名須成就，爲利的利須常受。我呵，又何强求，苦求。總不如俺不求。呀，笑殺人間銅臭。〔分白〕吾黃石公是也。吾呂望是也。〔黃石公白〕漢運當興，必得良佐，前在圯橋，已授張良秘書，教伊輔佐興王，伐秦滅楚。今有淮陰韓信，亦當助漢。〔同白〕但他命運坎坷，恐失了英雄志氣，爲此吾等前來，授他書、劍，開導於他，使他奮志探書，以助炎劉興起。那邊韓信來也。〔韓信上。白〕行來草色逢春早，望去雲程得路遲。〔黄石公、吕望作見科。白〕傑士稽首。〔韓信白〕二位道者拜揖。二位道者何來？〔吕望白〕小道打從崑崙轉來，在此賣張寶劍。〔韓信白〕此位道者？〔黄石公白〕小道從弱水而來，在此賣些古書。〔韓信白〕劍是什麽劍？〔吕望白〕這是藏心寶劍。〔韓信白〕書是什麽書？〔黄石公白〕九丘八索，兩頭除却。〔韓信白〕書、劍雖奇，俺這裏不用。〔吕望白〕漢子，你説差矣。自古道，世治用文，世亂用武。爲人不識文武，正所謂馬牛而襟裾。豈不聞，學成文武藝，貨與帝王家？〔韓信白〕道者但知其一，未知其二。小生非不識文武，只是方今之世，學文而非用文之時，學武而無用武之地。小生衣食尚且不足，那有青蚨買你書、劍？〔黄石公白〕道友，這漢子也是要用的，只爲缺少青蚨。〔吕望白〕原來如此。傑士，你看青蚨乃是臭污之物，不必説起。你若果用此書、劍，我便即當相贈。〔韓信白〕二位仙長，小生情非故舊，禮未先施，焉敢妄受其賜。吾聞惠非其義，如棄物於溝中，小生雖受清貧，不以溝壑自處。〔黄石公、吕望同白〕豈不聞，寶劍贈與烈士？若用此書、劍，在後果有大進之時，便不負我二人今日了。你聽我道來。〔同唱〕

【正宫·玉芙蓉】英雄起霸圖，四海風塵阻。嘆如今人民，盡遭荼苦。平時輔治光文佐，亂世功成須武屬。〔合〕秦失鹿，看天下共逐。選得高才，那時方表是捷足。〔黄石公贈書科。白〕傑士，受了這

書。〔唱〕

【又一體】牙籤幾萬軸，空貯滿圖書府。聖賢言無非，是錦繡珠玉。先王道德非不可，功烈雖卑取效速。〔合〕秦失鹿，看天下共逐。選得高才，那時方表是捷足。〔呂望贈劍科。白〕傑士，受了這劍。〔唱〕

【又一體】寒光萬丈餘，磨礪先時預。認龍紋不比，尋常鼓鑄。太華爲鍔依天外，殄盡鯨鯢成英武。〔合〕秦失鹿，看天下共逐。選得高才，那時方表是捷足。〔韓信白〕多謝二位仙長。〔唱〕

【又一體】青鋒劍可磨，古史書堪讀。愧鯫生何能，受君誠篤。我韓信呵，倘一朝際會身沾禄，萬感難忘當報復。〔合〕秦失鹿，看天下共逐。選得高才，那時方表是捷足。〔白〕三尺龍泉一卷書，〔黄石公白〕贈君他日好施爲。〔呂望白〕英雄自古難遭遇，〔同白〕管取功成四海知。〔分下〕

第三齣　盱眙會兵（先天韻）

〔扮八小軍、周勃、王陵、夏侯嬰、盧綰、周昌、蕭何、曹參、張良引劉邦上。同唱〕

【中呂宮・馱環着】看旗旛招展，看旗旛招展，鼉鼓轟天。紀律嚴明，士馬無喧，豐沛英雄獨顯。遥望盱眙，南楚舊家聲，霸圖新建。〔劉邦白〕我劉邦，前往景駒處，路遇子房，同見景駒，攻下碭邑，得兵六七千人。不想景駒被項梁所殺，子房勸我助楚。今聞懷王遷都盱眙，爲此特來相會。〔張良白〕懷王乃楚之嫡派，自宜相助於他。〔周勃衆白〕那邊塵頭起處，想是懷王兵馬到也。〔劉邦白〕軍士們，就此迎上前去。〔衆應繞場科。同唱〕遥指處塵飛烟煽，想前路歡迎櫜鞬。〔合〕旗還卷，馬共鞭，忙趕上行旌，興王謀面。〔下。扮八楚兵、桓楚、于英、灌嬰、季布、范增、項籍引項梁上。同唱〕

【又一體】耀軍容組練，耀軍容組練，風舉雲聯。士馬騰驤，保駕西遷，退守前攻兩便。威鎮盱眙，半壁鎖金湯，要途關鍵。〔項梁白〕俺項梁，依着軍師妙算，遷駕盱眙，與陳嬰會兵伐秦。已分派衆將，三路進兵，各路人馬，隨王保駕，前往盱眙進發。大小三軍，就此前進。〔衆應繞場科。同唱〕謹依着軍師明見，把地利多番參遍。〔合〕運謀遠，佈着先，且截住南陽，再圖攻戰。〔八小軍引劉邦衆上。劉邦白〕來者可是懷王遷都盱眙的兵馬麽？ 煩你通稟，説豐沛起義的劉邦，帶領將士人馬，會兵伐秦，在此求見。〔楚兵稟科。 白〕啓元帥，有豐沛起義的劉邦，帶領人馬，前來求見。〔項梁白〕列開旗門，請劉將軍答話。〔衆應，作排隊科。 劉邦、項梁作見科。 劉邦白〕元帥請了。〔項梁白〕劉公請了。〔范增作驚背科。 白〕好一個興王相貌，是我當時誤投之過也。〔項梁白〕聞公芒碭斬蛇，沛縣舉義，四方響應。 前在景駒處，令公與秦交戰，攻下碭邑，可以乘機西向，爲何又棄景駒來此相助？〔唱〕

【中吕宫·剔銀燈】英名的如雷震喧，到處裏聞風欽羨。 前時已把功勳建，正好待乘機席卷。〔合〕何緣，鵬飛暫偃，枉行旌光儀不遠。〔劉邦白〕景駒爲秦嘉所立，其名不正，已爲元帥所誅。 今元帥輔楚之後，名正言順，爲此特來會兵。〔唱〕

【又一體】識時務呼爲俊賢，念楚後家聲非淺。 前旄一指人歡忭，好把那强秦誅剪。〔合〕心鐫，願與周旋，望提携但憑驅遣。〔項梁白〕公知順逆，其志可嘉。 此時主公車駕尚未到來，俟駕到盱眙，即當引見加封。〔劉邦白〕多謝元帥。〔項梁白〕就此率領人馬，一同前去。〔劉邦白〕衆軍士，一同趲路。〔衆應同繞場科。 唱〕

【中吕宫·攤破地錦花】兩軍連，各把那雄才展。 兵勢蔓延，喜今朝共結聲援。 虎賁龍驤，馬驟人喧。〔合〕望中原，一會兒都摇顫。〔同下〕

第四齣　看書抱怨（先天韻）

〔扮韓信持書上。唱〕

【正宮引・瑞鶴仙半】貧苦何年顯，嘆布衣襤褸，壯心難展。英雄遭困厄，問蒼天何事，教人埋怨。〔白〕荆璞未分傳世玉，蛟潭空没夜光珠。試觀古往今來事，多少英雄不遇時。小生昨日在淮陰城下，遇見兩個道者，贈我寶劍一口，古書一帙。他説道是藏心寶劍，我想起來，這劍乃是傷人之物，藏之於心，有甚好處。〔作想科。白〕且住，我韓信差了。他莫不是仙家，却來藏謎試我？這劍乃是刃也，把刃字藏在心内，却不是個忍字？我曉得了，他明明説，教我忍耐之意。他説道這書是九丘八索，乃是天經地緯之書，看他何用。他説九丘八索，兩道除却，我把四個字，除了兩頭，看來却是個兵字，敢是兵書？待我展開一看。呀，我韓信幾乎差了，果然是一本孫武兵書，正當用武之際。〔作看科。白〕那孫武説道：「兵者，是凶具也，不得已而用之。戰者，危事也，不得已而行之。其陣以正爲奇，以奇爲正」。原來這兵法，雖是詭道，造次不離乎正。又説道：「進不得前，退不得後，犄角之勢也。心若朝夕，疾若説誘，進退之機也。戰有必勝，攻有必取，料敵之智也」。看起來

這兵法，不過是柔能制剛，弱能勝强，以逸待勞，能勇能怯之意。我韓信，雖不能文，頗知此理，只惜時不我用。〔唱〕

【黄鐘宫・畫眉序】韜略識淵源，争奈時乖命運邅。守清貧飯甑，屢絶炊烟。何日得隻手擎天，方表是驚人奇彦。〔合〕那時遂我男兒願，人生自有機緣。〔扮高氏上。唱〕

【南吕宫引・小女冠子】更深觀史空勞倦，終不如奴家勤紡善。陡然要遂封侯願，全不想謀生家眷。〔韓信白〕呀，是那個？原來是娘子。你更深夜静，出來何幹？〔高氏白〕更深夜静，燈火尚明，在此做甚麽？〔韓信白〕我在此看書。〔高氏白〕看甚麽書？〔韓信白〕兵書。〔高氏白〕看兵書，可濟得饑麽？〔韓信白〕這個娘子，看書怎麽濟得饑？〔高氏白〕可濟得寒麽？〔韓信白〕那裏濟得寒？〔高氏白〕既濟不得饑，又濟不得寒，看他何用？〔韓信白〕娘子，看他雖濟不得饑寒，我這功名富貴，都在這本書上。此乃目前發身要領，不久當有應驗。〔高氏移燈科。白〕你自去求取富貴，將燈與奴家。〔韓信白〕你拿燈那裏去？〔高氏白〕績麻。〔韓信白〕我要看書。〔高氏白〕我要績麻。〔奪書科。白〕看什麽書？〔韓信白〕我這古書兵法，你奪去怎麽説？〔唱〕

【仙吕宫・八聲甘州】婦人見淺，絮叨叨全没，遠大之言。〔高氏白〕奴家是個婦人家，那曉得遠大之言。〔韓信唱〕我學成文武，運至我才當顯。燈前暫將書劍展，他日須當將相權。〔高氏白〕官人這般狼狽，便要做將相，敢是你心偏了。〔韓信唱合〕豈偏，定須逢發跡之年。〔高氏唱〕

【又一體】田園夫妻消遣，務生涯方得，免受熬煎。〔韓信白〕我不得封侯不罷休。〔高氏唱〕你痴心膽大，平白地指望登天。〔韓信白〕你不要小看了我。〔高氏唱〕只怕你功名富貴緣分淺，〔韓信白〕我却不信。〔高氏唱〕家國無成兩枉然。〔合〕眼前，〔韓信白〕我眼前怎麽說？〔高氏唱〕怎能彀發跡之年？〔韓信唱〕

【又一體】無喧，功當致遠。想洛陽季子，曾受顛連。黑貂裘敝，回來骨肉誰憐？他一朝金印腰下懸，陌路如親不似前。〔合〕料然，豈難逢發跡之年？〔高氏唱〕

【又一體】訛言，我心中自轉。待學他吴起，鐵石心堅。殺妻求將，免不得冤苦青篇。〔韓信白〕你把言語觸傷我麽？〔高氏白〕官人，自古道，夫婦琴瑟，兄弟孔懷，奴家怎敢傷觸你？〔韓信白〕你傷觸我怎麽？〔高氏唱〕官人你後來休道妻不勸，陷陣無過勇者先。〔韓信白〕娘子，再不須你說。〔唱合〕我意堅，定須逢發跡之年。〔白〕男兒有志待時來。〔高氏白〕只恐功名未遂懷。〔韓信白〕萬事不由人計較。〔高氏白〕一生都是命安排。〔韓信白〕你既不容我看書，還我的書來。〔高氏白〕你還我燈，我還你書。〔韓信白〕燈在此。〔高氏拿書科。白〕你拿書去。〔韓信白〕啐。〔高氏白〕啐。〔同下〕

第五齣　復韓得旨（齊微韻）

〔扮蕭何、曹參、樊噲、張良引劉邦上。劉邦唱〕

【越調引·滿宫花】枝借棲，籬且寄。秦失鹿，群雄起。芈家舊業在人心，好與聲援維繫。〔白〕昨承項元帥引見，奏對之時，懷王大悦，即封我爲領兵平西左副軍總帥大將軍，隨行諸將，俱已加封。子房乘機陳奏，楚已立後，韓尚無君，横陽君姬成在諸公子中最賢，求立爲王。懷王着項元帥議定加封，未知消息。〔張良白〕良五世相韓，韓爲秦滅，心甚恨之，博浪之椎，良使之也。〔唱〕

【雙調·下山虎】報韓心事，金石難移。提起强秦恨，教人慘淒。副車貽誤，事與心違，博浪沙中空後悔。冒死奮金椎，那斷梗飄萍宗祀墜。〔合〕空弔若敖鬼，惟願皇天鑒知，一縷韓宗似綫垂。

〔劉邦白〕前在芒碭斬蛇，適遇滄海君，向余言狙擊秦皇一事，又蒙他助俺盔甲、器機、糧草，方得與衆起義。壯哉子房，那滄海君，亦天下奇士也。〔唱〕

【又一體】壯哉當日，狙擊神奇。路斷妖蛇處，相逢令儀。扼腕咨嗟，也教祖龍魄飛，督亢圖終餘利匕。先後兩光輝，他猛烈心胸誰可比。〔合〕還與共經理，陡然念伊，打動烟塵四海迷。〔内白〕旨下。〔扮項梁捧旨上。白〕子房公接旨。〔張良跪科。項梁白〕跪聽宣讀。詔曰：韓爲秦滅，國久無君，今准張良所奏，韓諸公子中，惟横陽君姬成最賢，即封姬成爲韓王，張良爲司徒，西略韓地，往來爲遊兵，鎮守潁川。謝恩。〔張良白〕千歲千千歲。〔起科。劉邦白〕有勞元帥。〔項梁白〕好説。今秦命章邯領兵出函谷，東向伐魏，魏王遣使求救，主上着舊將項它領兵去了。公亦當及早預備，以禦秦師，請了。〔劉邦白〕曉得。〔項梁白〕雪讐伸楚恨，重義復韓宗。〔下。劉邦衆白〕子房公大喜，復韓之志已遂了。〔張良白〕此皆明公與諸君福庇，良暫且告辭。〔劉邦白〕方得良佐，欲謀大事，今一朝辭去，不覺悵然。〔唱〕

【越調・章臺柳】方嗟相遇遲，霎時遠別離。前席欣聞肝膽披，雄圖還仗伊。甫得周旋身又歸，空目送望天涯。〔合〕問此後，更何日親承明誨？〔張良白〕良遇明公，如攀龍附鳳，奈世爲韓臣，不忍忘却故主。今得復韓，大志已遂，俟安定邦基，即來與明公共議大事，望勿傷感。〔唱〕

【又一體】幸我心不灰，今朝志願隨。五世終貞不忍違，還將先業恢。〔白〕良與明公呵，〔唱〕附鳳攀龍自有期，暫辭去莫傷悲。〔合〕須知道，有日裏風雲歡會。〔蕭何衆白〕吾等與足下，方幸得所依歸，今以家國之事，不能强留足下，須索早早回來，休要戀戀故土。〔唱〕

【越調・醉娘子】勢難强伊，情非得已，望行旌及早回。你休將故土羈，粗定家邦須返旆。〔合〕吾儕免使長縈繫。〔張良白〕良此去，故國粗安，即來重聚，何敢使諸君懸望。〔唱〕

【又一體】暫睽違，少集家邦事宜，便當旋無濡滯。告諸君不必傷分袂，此行不久重歡對。〔合〕那時鞭鐙何辭瘁。〔辭科。白〕良此時不能久滯，就此告辭。〔劉邦白〕我等共送一程。〔攜手送出科。唱〕

【有餘情煞】相逢一語深投契，悼岐途握手歔欷。〔白〕子房，是必早早回來。〔唱〕免使我目斷雲山盼着你。〔張良白〕曉得，請。〔衆同白〕請。〔分下〕

第六齣　漂母推食（真文韻）

〔扮漂母上。唱〕

【中吕宫引・菊花新】辛勤蠶事已過旬，漂絮權爲安本分。不願綺羅身，預解寒來之困。〔白〕榖收蠶又熟，衣足食亦足。縣官不下鄉，租税無催促。老身乃淮陰城下一個民婦，從來没個姓名，只因曉得漂絮，人人叫我是漂母。如今蠶事已畢，不免向淮河邊，漂些衣絮，預備寒來之計。〔唱〕

【南吕宫・一江風】向河邊，漂絮爲營運，這苦説不盡。嘆家貧，子幼愚痴，夫婿先亡隕。〔合〕家寒命不辰，家寒命不辰，没個親隣問，只自守閨門訓。〔白〕呀，遠遠望見一個人來了，莫不是盗絮的，待我躲在一邊，看他怎麽。正是：要知心腹事，但聽口中言。〔虚下。扮韓信上。唱〕

【南吕宫引・掛真兒】自嘆魚龍遭圍頓，蒼天何故不教騰雲。昨日今朝，腹中飢餒，泣灑盡英雄偷揾。〔白〕甑空塵積冷晨炊，文武兼通不療飢。運未來時權且守，困龍也有上天時。小生只爲家貧，一身狼狽，妻子尚且怨恨，朋友豈得週全。今日且到淮河邊，釣些魚以充飢腹。我想昔日，孔子失道之時，尚爲釣弋、獵較之事，我韓信，只爲飢寒釣魚，有何不可？罷，罷，倘得一朝風雲際會，休

忘了今日這般遭困。〔唱〕

【南吕宫・一江風】望河濱，遠浪滔滔滚，洗不盡英雄恨。下絲綸，若釣鰲頭，不枉了遭貧困。〔合〕違人不忍論，違人不忍論，心中還自忖，這飢餒難營運。〔漂母上。唱〕

【又一體】是何人，訴出心中忿？〔韓信白〕呀，老母何來？〔漂母白〕漢子。〔唱〕我覷着你多英俊，官人你爲何因，獨釣河邊，没個人來問？〔白〕官人，你莫怪老身多言。〔唱合〕你家居住那村，家居住那村？姓名毋自隱。〔韓信白〕小生姓韓，名信，淮陰人氏。〔漂母白〕老身久聞得淮陰有個韓王孫，敢就是官人麽？〔韓信白〕就是小生。〔漂母唱〕今始識韓信。〔白〕官人，你在此何幹？老身却冲撞了。〔韓信白〕小生只爲飢寒，在此釣魚。〔漂母白〕官人，你敢是不曾吃早飯來？〔韓信白〕不瞞老母説，小生端的没有吃。〔漂母白〕官人，老身雖不成個人家，倘不棄，到我家下，具些粗茶飯，相待何如？〔韓信白〕如此多感老母之德。〔漂母白〕既如此，官人就請行。〔韓信白〕老母先行。〔行科。漂母白〕官人請坐，待我叫小兒出來。〔韓信白〕令郎。〔漂母白〕報道鳳林客，暫入茅茨中。叫小厮，看飯出來，有客在此。〔扮小厮上。唱〕

【雙調・字字雙】聽得娘行叫聲頻，忙進。堂前有客甚寒貧，不認。仔細瞧來不是親，須問。向前施禮假斯文，胡混。〔白〕娘，叫我怎麽？〔漂母白〕今日有客在此，你去看飯來。〔小厮白〕敢是我家親？〔漂母白〕不是。〔小厮白〕敢是我家眷？〔漂母白〕也不是。〔小厮白〕又不是我家親，又不是我家眷，怎麽與他飯吃？〔漂母白〕孩兒，我見他在淮河釣魚，故此留他家來吃飯。〔小廝白〕這等清清白白一個人，叫他吃飯？ 怏怏出去。〔漂母白〕畜生，怎麽這等？〔小廝白〕娘，我曉得了。你在河邊漂絮，他在河邊釣魚，敢是與娘魚水相投了，留他家來吃飯？〔漂母白〕咗，狗畜生，這等無禮，快取飯出來。〔韓信白〕老母，告辭了。〔漂母白〕官人，小廝之言，不要聽他。〔韓信白〕多承老母留飯，豈敢有違，只是受人之辱……〔漂母白〕官人，看老身之面。〔韓信白〕不敢。〔漂母白〕看飯來。〔小廝下，送飯上。白〕娘，飯在此。〔漂母白〕官人請飯。〔韓信白〕多承老母厚情。〔唱〕

【南吕宫·一江風】可羞人，教我進退羞難忍。〔漂母白〕官人，請飯罷。〔韓信唱〕我舉筯多勞頓，〔漂母白〕官人請。〔韓信吐科。唱〕吐還吞。〔小廝白〕娘。〔漂母白〕怎麽？〔小廝白〕想他一世不曾見飯面。〔漂母白〕咗，官人，不要聽他。〔韓信唱〕深感相留，到此難謙遜。〔合〕我何年報母恩，何年報母恩？ 功名難定準。〔漂母白〕不要謝。〔韓信白〕老母，小生倘有榮貴之日呵，〔唱〕願把千金進。〔漂母唱〕

【又一體】意生嗔，怎把甜言哂？〔韓信白〕小生豈敢把甜言相哂？〔漂母唱〕重報何曾問，聽斯因。〔白〕你是個大丈夫，豈不自耻？〔唱〕我哀念你是王孫，爲此一飯相留您。〔合〕行當自立身，行當自立身，一飯何須論，願你早把前程奮。〔白〕留君一飯意慇懃，〔韓信白〕重獲千金報母恩。〔漂母白〕畫虎未成君莫笑，〔韓信白〕安排牙爪始驚人。〔漂母下。小廝白〕你那裏去，在這裏來？〔韓信白〕呀，小官人怎麽説？〔小厮白〕還我錢來。〔韓信白〕呀，甚麽錢？〔小厮白〕吃了我的飯，不還我的錢？〔韓信白〕這是你老母留我。〔小厮白〕你手裏甚麽東西？〔韓信白〕釣魚竿。〔小厮白〕與我罷。〔韓信白〕這是我釣魚傢伙，怎麽與你？〔小厮白〕你先吃我家飯來，這東西不與我，打這狗攮的。〔韓信叫科，下。漂母上，打小厮科。白〕你這小厮，怎麽這等無禮？我留他吃飯。〔小厮白〕娘，不要打。〔又打科。小厮白〕我肚裏也餓了。〔漂母白〕養你這樣畜生。〔小厮下。漂母白〕這畜生，這等無狀，我見他飢餒，與他一飯，他就嗔怒。正是：惟有感恩并積恨，萬年千載不生塵。〔下〕

第七齣　伐魏分兵（魚模韻）

〔扮八秦軍、王離、孟防、韓章、周熊引章邯上。章邯唱〕

【雙調引·桃源憶故人】東來猖獗稱亡楚，應敵機謀暗布。兵出函關何處？先略定中原土。夷梁羽翼當先禦，兩下兵分無誤。〔轉場坐科。白〕韜略胸藏百萬兵，奇謀布就鬼神驚。關前笑指中原路，百二河山隻手擎。吾秦帥章邯是也。丞相趙高，聞項梁擁立楚後，與陳嬰、劉邦合兵，勢甚猖獗，與我商議禦敵之策。我想，魏居中土，乃四爭之地、三秦門户。爲此起了大兵，逕出函關，東向伐魏，以次收楚。聞得魏王求救齊、楚，想他二國必然發兵救應，那時不免首尾受敵。因此先遣司馬欣禦齊，董翳禦楚，却自領大兵在後策應，待兩國兵敗，然後鼓行伐魏。不知他二人此去，勝負何如，已着探子打聽去了，待他來時，便知分曉。〔扮報子上。唱〕

【仙吕宫·不是路】探聽非虛，一騎如飛曉夜驅。〔作下馬科。白〕咱，元帥麾下一個能行探子是也。打聽軍情的實，來此稟報。〔唱〕忙傳鼓，貔貅帳下逕匍匐。〔進見跪科。白〕元帥在上，探事人叩頭。〔章邯白〕探子，你報得那一路軍情？〔探子唱〕探兵符，分明兵到臨淄路。〔章邯白〕那齊兵勝負如何？〔探子唱〕一戰成功話不誣，早伏辜。田王首領看繳取，殘兵歸去，殘兵歸去。〔白〕司馬將軍遇齊王田儋交戰，以詐敗之計，兩路夾攻，斬田儋於馬下，齊兵敗歸本國去了。〔章邯白〕賞你銀牌一面，再去打聽。〔探子叩謝科。白〕多謝元帥。〔作騎馬科下。章邯白〕田儋授首，魏去一救應矣。〔唱〕

【雙調·鎖南枝】田齊氏，早伏誅，怎知司馬佯敗輸。誘引機深，早已喪頭顱。〔合〕敗殘兵，歸故土。走匆匆，一似如脱兔。〔扮報子上。唱〕

【仙吕宫·不是路】急縱征駒，來到關前日未晡。〔作下馬科。白〕咱，元帥麾下一個探事的兒郎便是。元帥着俺打聽楚兵消息，前來稟報。〔唱〕元戎府，軍情密報漫糢糊。〔進見跪科。白〕元帥在上，探子叩頭。〔章邯白〕楚兵消息何如？〔探子唱〕兵交初，項它猛勢難防禦，正在匆忙危急餘。〔章邯白〕便怎麽樣？〔探子唱〕天亡楚，一支兵到將伊堵。〔白〕喜得李由勁兵接應。〔唱〕那項它呵，早身首異處，身首異處。〔白〕爲此董將軍請元帥急速會兵攻魏。〔章邯白〕賞你銀牌一面，再去打聽。〔探子叩謝科。白〕多謝元帥。〔作騎馬科下。章邯白〕項它被誅，又早去了楚國的救應矣。〔唱〕

【雙調·鎖南枝】楚兵退，莫我虞，輿尸畢竟伊自取。轉敗爲功，可知天意巧相扶。〔合〕笑夷梁，聲勢孤。更誰來，將伊助？〔白〕妙嗄，兩路人馬，早把齊、楚殺退，那魏國救援已絶，正好乘勢擒捉魏咎。列位將軍，就此起兵前去。〔衆應繞場科。唱〕

【雙調·五馬江兒水】奇兵分佈，干戈一霎除。運籌有素，決勝無餘，萬里長城正屬吾。平吞究

豫，笑指青徐。試看精兵東下，競旅歡呼，威風到處盡囚俘。〔合〕前茅一指，拉朽摧枯。兵出函關，强如虓虎。〔同下〕

第八齣　胯下受辱（古風韻）

〔扮欺村、別强上。同唱〕

【高大石調·窣地錦襠】淮陰年少總馴良，叵耐韓生忒性剛。今朝必定到街坊，〔合〕要使旁人笑一場。〔同白〕每日街坊走，終朝酒肆眠。若無花共酒，忍餓學登仙。〔欺村白〕兄弟，我叫做王一，你叫做王二。〔別强白〕大哥，你叫王一，我叫王二。〔欺村白〕我和你今日，不要叫王一、王二。〔別强白〕大哥，叫什麼？〔欺村白〕我便叫欺村，你便叫別强。〔別强白〕大哥，你叫欺村，我叫別强。〔欺村白〕正是。兄弟，淮陰市上，只有你我兩個是好漢。〔別强白〕大哥，淮陰市上，還有一個好漢，不說你我。〔欺村白〕兄弟，還有什麼人？〔別强白〕還有一個韓信，他家朝無呼雞之米，夜無喂鼠之糧，只是一身瘦强。〔欺村白〕兄弟，他怎麼瘦强？〔別强白〕他每日背着一口寶劍，在街坊上走來走去，不肯屈志於人。今日我和你，待他來時，奈何他一場便了。〔欺村白〕怎麼奈何他？〔別强白〕待他來時，請他到酒店上去，多逼他幾杯酒喫了，教他醉死了就罷。〔欺村白〕不好。我有一計，等他來時，邀他麵店上去，多買幾碗麵，與他喫了，就是鐵打肚皮，却也漲破了。〔別强白〕我和你出錢，他倒醉飽死了。〔欺村白〕

怎麼好？〔別强白〕也罷。大哥，等他來時，我和你捉住他，只説我曉得你是個假好漢，今日要與你比一個手段，要他在我兩個胯下，鑽過饒他。他若不鑽，憑我怎麼。〔欺村白〕好計，好計。計就月中擒玉兔，謀成日裏捉金烏。兄弟，我和你就去尋他。〔別强白〕走嗄。〔下。扮韓信上。唱〕

【又一體】當今誰肯濟饑貧，一飯難忘漂母恩。封侯拜將志能伸，〔合〕不負從前看顧人。〔白〕受得苦中苦，方爲人上人。適蒙漂母相留一飯，反受了一場嘔氣。如今聞得楚國招賢，遍張文榜，不免前去看取消息。倘有此事，投充一軍，暫脱愁懷，多少是好。〔行科。欺村、別强上。白〕咄，韓信。我見你平昔有志氣，有智量，又有武藝高强，今日要與你比一比手段。〔韓信白〕二位老兄，我韓信平昔又不曾與你相識，又無寃讐，如何要與我比手段？〔別强白〕韓信，今日與你對口也得，跌跤也得，捉鼻酸也得。〔韓信白〕二位，我平昔與你無讐，怎麼與我爭鬭？〔欺村白〕不要閑話。你若捨得性命，把那劍來刺我兩人一劍，我兩人少不得刺你一刀。你若不肯，在我兩人胯下鑽過去，饒你性命。〔韓信白〕你兩個好没來由，怎麼是這等？我韓信輕生就死，不爲難事，只是我不肯刺你這等下人。〔欺村、別强白〕唗，我兩個是下人，難道你是上人？不要閑話，快快鑽過去。〔韓信唱〕

【中呂宫・剔銀燈】你爲人全没些見識，〔欺村、別强白〕你的見識在那裏？〔韓信唱〕没來由難教咱刺你。我一身自有屠龍計，〔欺村、別强白〕屠龍計，屠龍計，快在我胯下鑽過去。〔韓信唱〕却怎奈狂徒無禮。〔合〕强逼，出他胯底，這羞慚如何忍的？〔欺村、別强唱〕

【又一體】你平生自誇能武藝，到如今敢和咱相比？〔韓信白〕我自去了。〔欺村、别强白〕你那裏去？〔唱〕你貪生怕死成何濟，休想我今番饒你。〔合〕除非，出咱胯底，忍羞慚伏輸倒底。〔韓信唱〕

【又一體】嘆時乖教我吞羞忍耻，〔欺村、别强唱〕怯中情笑伊家村鄙。〔韓信唱〕你無端耻辱絶仁義，〔欺村、别强白〕我欺你，存什麽仁義？〔唱〕强誇能誰争豪氣？〔合〕你把頭低，但説着胯底，枉惹得旁人笑你。〔作奪劍科。韓信唱〕

【有結果煞】無端惡氣填胸臆，〔欺村、别强唱〕你賣弄甚英雄武藝，却不道雙拳四手難敵。〔白〕快鑽過去。〔韓信白〕怎麽鑽過去？〔欺村、别强白〕我要你在我胯下鑽過去。〔韓信白〕你既要我出胯下，還我寶劍來。〔别强白〕也罷，我放這劍在公處，憑你自取。〔韓信白〕你且放着。〔欺村、别强白〕淮陰市上大哥，我兩個是好漢，那個還是好漢？〔内白〕你兩個是好漢。〔韓信白〕罷，罷，自古大匠不持斧，大將不鬬手。你兩個既要我鑽過去，擡起足來。〔欺村、别强白〕也罷，我擡起足來，你鑽過去。〔韓信鑽科，拾劍下。欺村、别强白〕好漢，好漢。〔别强白〕人人説韓信是好漢，今日倒在我兩個胯下鑽過去。〔欺村白〕也不是我和你兩個人本事，只是韓信保身爲重，以此忍耐而去了。〔别强白〕大哥，他只是假足吃跌了，我和你不如自回去罷。〔欺村白〕有理，有理。〔分白〕不是冤家不肯休，韓生被我這場羞。從今牌上標名字，天下拳師我是頭。〔下。韓信上。白〕罷了，罷了。正是：命蹇受人欺，時乖鬼弄人。我韓信，今日倒被那兩個惡少辱了一場。我豈不能殺他，只是恐自傷其身。古人云，千金之軀，不死

於盜賊之手。只得忍奈回去罷。〔唱〕

【正宫·錦纏道】把英雄，都付與淮河水流。髮竪睁雙眸，禍來時，教人平白無由。我自志排雲氣冲牛斗，難道與煞無徒惡少成讎？今日且含羞，我胸中自有森羅甲胄，從龍奮九州。〔合〕管教他在車前伏首，記男兒，談笑覓封侯。〔白〕惡事臨身我怎知，無端胯下被人欺。淮河尚有澄清日，豈可人無得運時？〔下〕

第九齣　秦帥失機（東鍾韻）

〔扮英布上。唱〕

【正宮·普天樂】戰争興刀兵動，體昂藏心豪横。如今是得水蛟龍，信憑咱直撞横衝。〔合〕呀，幾年來怕恐，逃生盜賊中。一旦男兒，重整英雄。〔白〕恨氣蟠胸鬱不舒，强秦此日待何如。直須一雪男兒恥，博得功名史上書。俺英布，好端端的一副面孔，犯着强秦法令，一旦被黥，論輸驪山徒長，氣忿不過，逃入江中爲盗。多虧鄱陽令吴芮，道俺是個好男子、大丈夫，立得功，成得事，將女兒配我，使俺將兵擊秦。俺想孤掌難鳴，一旅一師，倒底不是個持久之道，恰好遇見項老將軍，兵渡淮陰，領衆歸其帳下，聽彼指揮。呀，你看那壁項將軍，耀武揚威，殺出營來也。〔下。扮八楚兵、季布、桓楚、于英、項籍引項梁上。同唱〕

【中吕調·朝天子】震春雷炮轟，耀長旗蕩空，人聲馬足把天掀動。深山虎嘯，起蕭蕭北風，驚散他三軍衆。把刀兒礪鋒，馬兒輕控，拍胸拍胸拍拍胸。問秦軍誰當大勇，誰當大勇？覷吾軍頭顱痛，覷吾軍頭顱痛。〔項梁白〕秦將章邯，敗齊兵，破楚陣，圍困魏城。魏王自殺，其弟魏豹逃亡投我，面陳懷王，説秦兵勢大。懷王命俺同劉邦領衆前來禦敵。聞得章邯屯兵東阿，俺命劉邦在後接應。獨提一軍，與章邯那厮會戰。大小三軍，就此殺上前去。〔衆應科。白〕嗄。〔繞場下。扮八秦軍、王離、孟防、韓章、李由、司馬欣、董翳引章邯上。章邯唱〕

【正宫·普天樂】與天家爲梁棟，擁三軍平强横。精神逞拔劍彎弓，逢征戰挫鋭摧鋒。〔同唱合〕呀，楚兵呵便勇，須教一掃空。遠涉疲師，敢當名將威風？〔白〕某秦將章邯是也。自領兵伐魏，斬了齊王田儋、楚將項它，魏王咎自殺，軍聲大振。正在屯兵東阿，養鋭伐楚，不想懷王命項梁、劉邦前來交戰，不但以强制弱，兼之以逸待勞，此番定成大功也。衆將官，就此殺上前去。〔衆應繞場行科。項梁領衆上。白〕唗，兀那章邯，你還不早早受縛，敢大模大樣的前來迎敵。〔唱〕

【中吕調·朝天子】你强秦肆兇，恰臣奸主庸，群英四起兵戈弄。亡魂縱在，似魚游釜中，待烹調佳筵用。〔章邯白〕某乃上國天兵，所向無敵，汝不過湖南一個草寇，怕你不遠拜下風。〔項梁唱〕我猶如活龍，你猶如死蚌，你下風下風下下風。讓江東英雄出衆，英雄出衆。并西秦連雲夢，并西秦連雲夢。〔冲殺科下。章邯與項籍戰上，章邯敗下。李由上，接戰科。項籍作喑啞咤叱科，李由驚科，敗下。司馬欣、董翳上，接戰科，殺科。司馬欣、董翳敗下，項籍追下。季布、桓楚、于英、宋義上。季布白〕阿呀，副將軍單身獨騎，殺入重地，恐怕有失。我等大家須索前去接應。〔衆白〕言之有理，大家前去。〔下。司馬欣、董翳與項籍戰上，殺科。章邯領王離、孟防、韓章、李由上，圍戰科。季布、桓楚、于英、宋義上，接戰科。章邯衆敗下，項籍

領衆追下。章邯領衆敗上。白〕好殺，好殺。好敗，好敗。〔同唱〕

【正宮·普天樂】念平生威名重，到今朝全無用。難招架楚國重瞳，難招架個個英雄。〔章邯白〕項籍勇不可當，楚軍勢盛難敵，若再與戰，敗亡必矣。衆將官，速速奔到定陶，待我用緩兵之計，擒捉這廝便了。〔衆白〕將軍所見極是。〔同唱合〕呀，楚兵呵健勇，須當暫避鋒。且自休兵，異日擒捉蛟龍。〔下。項籍領衆追上。唱〕

【中呂調·朝天子】肯輕輕放鬆，勒追兵急攻，釣將來跛鱉歸吾甕。章邯一旅，待憑余割烹，莫思量將伊縱。〔季布白〕章邯逃走定陶去了。〔項籍白〕分兵三路，前去追趕。〔唱〕如飛的向東，急忙的西控，路通路通路路通。怕不他全軍驚閧，全軍驚閧。急驅兵如山動，急驅兵如山動。〔繞場科。同下〕

第十齣　宵征囑別（庚青韻）

〔扮高氏上。唱〕

【中呂宮引・菊花新】凄涼整日坐愁城，薄命紅顏苦不勝。落寞守貧生，甚日得消悲哽。〔白〕久忘梳掠心，香奩暗塵積。叩齒問蒼天，際遇知何日。奴家自從嫁與韓生之後，他每日只是攻文習武，不知稼穡，那識經營，一心指望功名。家中只賴奴家紡績度日，如何是長久之計？〔扮韓信上。唱〕

【越調引・霜天曉角】如何不幸，狹路逢梟獍。磨折今番乍領，一腔鬱氣難平。怒從心裏生，不能雲路逞。怎教含羞顧影，説甚麽輕爵禄傲公卿。〔進見科。高氏白〕官人，你每常回來歡顔悦色，今日這般煩惱，却是爲何？〔韓信白〕娘子，如今狼烟四起，虎鬭龍争，我到街坊上打聽楚國招兵文榜消息，倘遇豪傑之主，顯我平生學業。不想纔到淮陰市上，被少年惡徒挫辱了一場。〔嘆科。白〕妻嗄，我今日受了這等耻辱，枉爲大丈夫在世。〔高氏白〕官人，生不遇時，且自寧耐。〔韓信白〕娘子，我今意欲前去投充一軍，倘得身榮，洗却今朝羞辱。不知娘子意下如何？〔高氏白〕官人，妾聞禮云，男子始生，懸桑弧，繫蓬矢，以射四方。官人既有安邦之志，奴家不敢相阻。只愁家事蕭條，怎生是好？

〔韓信白〕娘子，謀事在我，成事在天，機會一失，不可再得，斷然要去。娘子，不可阻我。〔唱〕

【仙呂宮・玉嬌枝】胸中自省，藴韜鈐學而未行。遥聞楚有招軍令，衆豪雄紛紛厮應。英多磊落技自呈，封侯萬里人趨競。〔合〕便從今青雲路騰，建功勳奇才獨逞。〔高氏唱〕

【又一體】官人脱穎，試謀猷踴躍此行。雖然空乏嗟瓶罄，治饔飧奴須自領。縫紉紡績養此生，榮歸有日全家慶。〔合〕便從今青雲路騰，建功勳奇才獨逞。〔白〕不識官人，幾時起程？〔韓信白〕軍情緊急，就此前去。〔唱〕

【越調・憶多嬌】學已精，須顯名。如何留戀辜此生，寶劍横磨要使天下平。〔合〕掩袂傷情，掩袂傷情，滿眼滂沱淚傾。〔高氏唱〕

【又一體】君遠行，妾轉驚。夫妻恩重離别輕，休戀天涯愁悶縈。〔合〕掩袂傷情，掩袂傷情，滿眼滂沱淚傾。〔韓信唱〕

【越調・鬬寶蟾】功名斷競，你何須紛紛淚零。定霸圖王韜略成，身叨衣錦榮家庭，門閭改换喜氣盈。〔合〕只記取握手臨岐，道一個富貴無忘此日情。〔高氏唱〕

【又一體】君須細聽，道途中風霜乍經。冷暖須當各自營，休教疾病攖身寧，封侯拜將名自成。〔合〕只記取握手臨岐，道一個富貴無忘此日情。〔扮高母上。唱〕

【仙呂宮・不是路】聽得悲聲，想爲從軍去遠行。〔見科。白〕賢婿。〔韓信白〕原來岳母到來。〔高母白〕我聽得賢婿欲去投軍，果然的麽？〔韓信白〕正是。〔高母白〕賢婿嗄，〔唱〕妻孤另，堪愁門户冷清清。〔韓信唱〕告娘聽，卑人此去幽閨静，陪伴還須母女情。〔高母唱〕桑榆景，百年難保身和命。〔韓信唱〕敢忘欽敬，敢忘欽敬？〔高母白〕賢婿今日登程，贈人以金，不如贈人以言。〔唱〕

【仙呂宫・掉角兒序】嘆郎君匆匆遠行，家庭内乏物斷贈。把欲白情懷試傾，有幾句話言相訂。仗着你熟陰符，通機變，負才技，到軍門，唾手成名。〔合〕叨榮得幸，早定歸程，休薄情。休教你深閨少婦，久嘆凄清。〔韓信白〕不須岳母叮嚀囑咐，小婿一得功名，就回來了。〔唱〕

【又一體】怎不愁家業亂零，怎不嘆枕寒衾冷。只爲着争功奪名，免不得撇他孤另。但此去佐戎行，展宿學，荷天幸，建功勳，踴躍超騰。〔合〕叨榮得幸，早定歸程，非薄情。怎忍教深閨少婦，久嘆凄清。〔白〕就此拜别。〔作拜别科。唱〕

【餘音】一朝分散鸞鳳影，〔高母、高氏唱〕願此去風塵掃净，〔同唱〕衣錦還鄉把家園重再整。〔韓信唱〕

【南呂宫・哭相思】只爲功名離别輕，一回思想一悲哽。〔白〕岳母嗄，〔唱〕只要你家中有事常教省，〔白〕我韓信呵，〔唱〕倘得身榮便整程。〔下。高氏唱〕

【仙呂宫・鷓鴣天半】情痛切，淚交零，未知何日返歸程。〔高母唱〕關山有路終須到，〔白〕兒嗄，〔唱〕不比那東流永入溟。〔下。高氏白〕夫爲封侯别故鄉，妾因分散淚千行。高歌三疊陽關唱，總使猿聞也斷腸。〔下〕

第十一齣　濮陽觀變（蕭豪韻）

〔扮八秦軍、八將官、司馬欣、董翳引章邯上。同唱〕

【黄鐘宫集曲·滴溜神仗】【滴溜子】（首至五）慌張殺，慌張殺，敗兵遠逃。如飛的，如飛的，走回定陶。〔章邯白〕阿呀，好敗也。我章邯自與先帝剪滅六國，戰無不勝，勝無不取，從未遇見敵手，不料一個項籍，殺得我撂甲丢盔，阿呀呀，好敗也。如今别無他法，只得奔往定陶，求取救兵，以復今日之耻。〔扮報子上，報科。白〕爺爺，不好了，項籍、劉邦、宋義三路追趕前來。項梁後面催動大軍，車如流水馬如泉，劍似叢林人似虎。〔章邯白〕再去打探。〔報子應下。章邯白〕衆將官，拔寨速行。〔衆應作行科。同唱〕那堪，後邊兵到。【神仗兒】（六至末）脱離陷阱，又把機蹈。〔合〕心膽戰旆旌摇，心膽戰旆旌摇。〔下。扮四楚軍、雍齒、丁公引宋義上。同唱〕

【又一體】强秦的，强秦的，敗兵遠逃。商量着，商量着，急攻定陶。〔宋義白〕衆將官，章邯走了多遠？〔衆白〕離此不遠，將近趕到。〔宋義白〕章邯嗄，章邯，〔唱〕怎知，後邊兵到。脱離陷阱，又把機蹈。〔同唱合〕將得勝旆旌摇，將得勝旆旌摇。〔繞場追下。扮四楚軍、蕭何、曹參、樊噲、王陵引劉邦上。同

唱〕

【又一體】分追那，分追那，敗兵遠逃。同心去，同心去，共攻定陶。〔劉邦白〕衆將官，一路追來，敵兵不遠，急急趕上前去。〔衆白〕嗄。〔同唱〕我兵，後邊追到。你脱離陷阱，又把機蹈。〔合〕思決勝旆旌搖，思決勝旆旌搖。〔繞場行科，下。扮四楚軍、鍾離昧、季布引項籍上。同唱〕

【又一體】誰容你，誰容你，敗兵遠逃。催軍卒，催軍卒，急攻定陶。〔項籍白〕衆將官，速速催動軍馬，趕殺前去者。〔同唱〕幾路，大兵追到。〔白〕章邯，〔唱〕你脱離陷阱，又把機蹈。〔合〕追敗將旆旌搖，追敗將旆旌搖。〔繞場追下。内作喊殺聲科。項籍追李由上。項籍唱〕

【黄鐘宫集曲·出隊神仗】【出隊子】（首至合）魂通嚇掉，赤緊鋼鞭舉一條。烏騅馬也逞雄豪，戰敗將軍休要跑。【神仗兒】（合至末）逢狹路命難逃，逢狹路命難逃。〔逼住李由科，戰科。李由唱〕

【又一體】魂通嚇掉，斷送將軍命一條。烏騅馬恁逞雄豪，戰敗如今何處跑？〔合〕前數定怎能逃，前數定怎能逃。〔項籍作刺死李由科。扮報子上，報科。白〕報，報，報。章邯敗走定陶，宋將軍追殺去了。司馬欣、董翳敗走濮陽，劉將軍追殺去了。〔項籍白〕再去打探。衆將官，乘勝進取雍丘者。〔衆應繞場下。劉邦領衆追上。同唱〕

【黄鐘宫集曲·歸樓神仗】【歸朝歡】（首至七）兵戈耀，兵戈耀，傾他覆巢，三百里前軍後哨。〔劉邦白〕司馬欣、董翳敗走濮陽，晝夜追趕三百餘里，不見踪影。衆將官，速速追上前去。〔唱〕兵馳驟，兵馳驟，莫把敵饒。【下小樓】(五至六)星飛，將危城急搗。〔蕭何白〕遠追窮寇，已經三百餘里，人困馬乏，前面倘有伏兵，反中敵人之計。依小將愚見，不如暫且屯兵，以觀其變。〔劉邦白〕都騎所言甚是。衆將官，暫且扎營安歇者。〔衆應科。同唱〕【神仗兒】(末二句)須鎮静莫徒勞，須鎮静莫徒勞。〔繞場科。下〕

第十二齣　投軍失望（魚模韻）

〔扮韓信上。唱〕

【越角套曲·鬬鵪鶉】只因俺腹有詩書，越顯得英雄器宇。適當這運有乘除，早夜盼風雲際遇。安排着帝佐王臣，輔助那興龍真主。整頓他地八區，挺拔起天一柱。大丈夫事業臨頭，肯教那光陰過去。〔白〕俺韓信，自從別了妻子，來投楚軍，夜宿曉行，受過了許多風塵之苦。聞得武信君，駐兵定陶，正在用人之際。據着我胸中抱負，那武信君一見，可也定然賞鑒，倘得掌握兵機，不負俺這一番跋涉也。〔唱〕

【越角套曲·紫花兒序】笑則笑龍争虎鬬，只少了一個書生，替你來握那兵符。若教我新參軍務，管情改舊日規模。俺運着機謀，擺出那陣勢精微入畫圖。不須你拔劍逢人怒，則憑俺指點三軍，勝如他勇冠千夫。〔白〕來此已是武信君營門了。嗄，那位將爺在？〔扮軍官上。白〕營門風不透，殺氣雁愁過。嗄，看你斯斯文文，是個讀書人，來此做什麽？〔韓信白〕在下淮陰韓信，求見武信君，煩將爺轉稟一聲。〔軍官作進稟科。白〕營門外面，有淮陰韓信，求見帥爺。〔扮范增、項梁上。范增白〕握髮聲名重，〔項

梁白〕開營號令尊。何人求見，着他進來。〔軍官應科，作引韓信進科。韓信白〕韓信久仰虎威，特來參見。〔揖科。唱〕

【越角套曲・小桃紅】莫怪我經生長揖禮全疏，一向嫌迂腐。〔項梁白〕汝來何意？〔韓信唱〕深曉兵機願相助，念蓬廬，持籌參破陰陽數。俺熟讀陰符秘書，耐不住蓽門蓬户，因此上遠謁破工夫。〔項梁白〕書生口出大言，試把你的本領，説來我聽。〔韓信白〕請問老將軍，還是講天文，還是講地利？還是講兵機，還是講陣法？〔項梁白〕先講天文。〔韓信白〕周天三百六十一度，二十八宿，爲天之綱維，各有性情，各有分野。小生一時，也説不盡，只把目前應驗的事，説與老(將)軍聽罷。〔唱〕

【越角套曲・金蕉葉】人間事天儀早露，看長空星辰列布。行將隕將星影孤，①識天意禍殃默除。〔項梁笑科。白〕書生滿口亂言。嗄，嗄，你猜度我早晚必擒章邯，故爾言之鑿鑿，你且把地利説與我聽。〔韓信唱〕

【越角套曲・調笑令】若説起輿圖，怎模糊，呀，方寸内全付江山社稷圖。〔白〕有生地，有死地，有險地，有衢地，有重地。〔唱〕細端詳，九地孫家著。〔白〕無當天井，無當地竈，無當龍頭。〔唱〕安營寨早辨嬴輸，便今日將軍勝算伺城孤，也須防暗地窺覦。〔項梁白〕益發大言不慚。〔欲起科。范增白〕他的天文、地利，雖無實據，聽他講講兵機，或可採用。〔項梁白〕叫他講。〔韓信白〕大凡用兵，先觀其將，將

① 「隕」，校籤作「見」。「影」，校籤作「隕」。

在謀，不在勇。〔唱〕

【越角套曲・三台印】畢竟是心懷懼，行常恕。把兵形實虛，會轉變在斯須。又不離規矩，循環起伏焉可拘，天淵上下誰測諸。説不盡脱兔驚鴻，還如處女。〔范增白〕那陣勢，便怎麼樣？〔韓信白〕天、地、風、雲、龍、虎、蛇、鳥、休、生、傷、杜、景、死、驚、開，陣法之妙，不可言盡。〔唱〕

【越角套曲・聖藥王】黄帝傳，尚父書，則這些原委未全虛。〔白〕常山之蛇，如循環之無端。魚麗之陣，亦彌縫之罔缺。〔唱〕須自如，須不拘，要相承相接莫教孤，神妙説非迂。〔項梁白〕紙上談兵，我這裏全然用你不着，請罷。〔韓信白〕老將軍既然用不着，也罷，韓信告辭。〔范增白〕老將軍差矣，此人外貌清癯，中有藴蓄，遠遠相投，豈可輕棄？倘他人得之，那時悔之晚矣。〔項梁白〕也罷，既然軍師這樣説，着他做個執戟郎官，俟有實效，再行陞賞。〔韓信作勉强謝科。白〕謝過老將軍。〔范增白〕頓教開心聞妙論，〔項梁白〕不妨洗耳用醇醪。〔同下。韓信白〕咳，我韓信，恁般命苦。〔唱〕

【隨煞】四海縱然寬，那處可容吾。不合讀書，又涉世途。帝典王謨，惹來凄楚。居廊廡，甚日是，我抬頭得自如。〔白〕四海茫茫，此身更無可托，只得暫且住下，再作理會。〔唱〕

【收尾】多應自不知時務，把美玉逢人便沽。是幾時等得個帝王來，得志了酬償今日苦。〔拭淚科。下〕

第十三齣　指鹿爲馬（先天韻）

〔扮趙高上。唱〕

【中吕宫引·四園春】一擔山河在兩肩，指頭能撥半邊天。滿朝隨便就方圓，還恐從吾意不堅。今日朝金殿，方信是誠然。〔白〕舌尖挑斷李斯腰，權勢如今赫一朝。只恐讀書人倔强，略施小計看同寮。我趙高自從腰斬李斯，主上晉我爲中丞相之職，權傾中外，位壓朝班，無令不行，無錢不得。雖則如此，怕的是人多嘴雜，一兩個讀書的，咬文嚼字起來，隄防不及。故此今日，將鹿一隻命人牽到殿前，請主上登殿，傳集文武百官觀看，我説是馬，看衆官説是也不是。正是：欲知心腹事，但聽口中言。那邊文武衆官來也。〔扮四文官、四武官上。同唱〕

【中吕宫引·青玉案】爲官休得招人怨，况仙骨天生軟，儘有丹忱當宁獻。糞也噹噹，癰兒吮吮，操住功名券。〔文武官足恭見趙高科。白〕老丞相，帶漏朝天，勤勞政務，晚輩年紀又輕，官兒又小，反落老丞相之後，惶恐，惶恐。〔趙高白〕前者李斯，説我引誘主上，不使坐殿，遭天之譴。〔文官白〕無爲而治，全賴皋夔稷契。主上有了丞相，那殿，原是不必坐得的了。〔武官白〕極是，極是。〔趙高白〕今日咱家，特請主上坐殿，諸公有本，便當面奏。〔文武官白〕如今中外肅清，萬民樂業，就有本章，也不過頌揚熟套，何須面奏？〔内作喝朝科。趙高白〕諸位肅静，主上登殿也。〔扮四宫官引二世上。二世唱〕

【中吕宫引·繞紅樓】人人都道太平年，何事用親自披宣。〔轉場坐科。唱〕勉强臨朝，不能辭倦，先生休矣衆官聯。〔文武官跪見科。白〕臣等見駕，願主上萬歲。〔宫官白〕有事奏，無事退。〔衆白〕萬萬歲。〔起科。趙高跪奏科。白〕臣趙高，偶得異馬一匹，欲進吾主，求吾主聖鑒。〔二世白〕丞相異馬，必定不同，帶上殿來。〔趙高傳科。扮二司廐官牽鹿上。二世作細看科。白〕丞相誤矣，此乃是鹿。〔趙高白〕吾主誤矣，此實是馬。〔唱〕

【中吕宫·駐馬聽】聽是神仙，馭過蓬萊弱水邊。那汗流紅血，毛列青驄，首號白顛。都不及追風逐電一揚鞭，争認做食萃鳴野賔佳燕。〔合〕不聽臣言，别詢博物，庶可得真詮。〔二世問科。白〕爾等文武百官，出班來認，是馬是鹿，各抒所見。〔衆文官白〕是馬。〔趙高喜科。衆武官白〕是像馬。〔趙高怒科。白〕明明不像馬，怎説像馬？主上面前，説這不明不白的話，該割舌頭。〔武官白〕一個頭，四隻脚，怎麽不是像馬，難道像板凳不成？〔一文官跪奏科。白〕武官不讀詩書，焉識異馬。〔二世白〕你且將此馬異處，細細説來。〔一文官唱〕

【又一體】述古稱先，花有根荄水有源。〔趙高喜科。白〕畢竟讀書人，説話不同，有憑有據。〔一文官唱〕何必種分牝牡，色别驪黄，金作鞍韉。〔白〕臣聞馬種不一，有背上兩角者，出白民之國，名曰紫黄，乘之可三千歲。有似鹿者，價值千金，故衛嗣君云，有千金之馬，無一金之鹿。〔趙高喜科。白〕實乃博物君子。〔一文官白〕今丞相所進之馬，其蹄似鹿。〔趙高不悦科。一文官急科。白〕其蹄，似……似鹿千金馬之蹄。其尾……〔趙高視鹿科。白〕其尾，便怎麽？〔一文官急科。白〕其尾，似……似鹿千金馬之尾。〔唱〕縱然他角生頭上，也值金千，況兼他梅花竟體龍鱗現。〔二世白〕梅花竟體，有何好處？〔一文官白〕凡龍馬，腹下有鱗，此馬身上有花，便與龍鱗一樣，丞相非妄指也。〔唱合〕不信臣言，請回宫内翻校九方傳。〔趙高白〕此人援據精確，非妄奏也。求我主嘉其博學廣記，不次陞擢。〔二世白〕依卿所奏。〔一文官謝恩起科。一武官跪奏科。白〕啓上吾主，此馬來由，臣也知道。〔二世白〕卿試説來。〔一武官白〕此馬之父，乃是背上有角之馬。其母，乃腹下有鱗之馬。只因搭配不均，是以一半像父，一半像母。〔趙高喜科。白〕這官兒，可也乖巧。求吾主嘉其穎悟，不次超陞。〔二世白〕依卿所奏。〔看鹿科。白〕將此異馬，交御馬廄好生喂養。〔司廄官白〕領旨。〔牽鹿下。二世白〕相馬由來大是難，險將異種鹿同看。〔四宫官引退朝科。趙高白〕如今方信文人口，吹氣生香便是蘭。〔笑科。白〕請了。〔衆文武作足恭科。隨下〕

第十四齣　攻城阻諫（江陽韻）

〔扮八楚軍扛雲梯，推衝車引項梁上。白〕壘卵危城值幾何，泰山一壓成虀粉。叵耐將軍不盡心，連朝坐視兵威損。章邯勢窮，逃入孤城，正好攻打，可惱宋義無能，遷延坐守，將養他的疲乏，挫頓俺的軍聲。是我將他叱退，親自帶領人，架上雲梯，放開衝車。〔笑科。白〕多大定陶城，焉有不破之理。衆軍士，齊心奮勇，就此攻城者。〔衆應科，作攻城科。扮八秦軍引章邯上。章邯白〕衆軍士，用灰瓶、砲石，打碎雲梯者。〔楚軍又攻科。章邯白〕衆軍士，用鎖穿鐵鎚，打碎衝車者。〔楚軍同唱〕

【正宫·四邊静】梯兒可把雲端上，頃刻孤城喪。〔秦軍士打碎雲梯科。楚軍唱〕縱是緊隄防，衝車最難擋。〔秦軍打碎衝車科。楚軍唱合〕上梯着傷，放車着忙。〔楚軍着傷科。唱〕緊緊要攻城，頭破血飛颺。〔退下。項梁白〕衆軍士，奮勇攻城，退後者斬首。〔楚軍三次攻城，三次打退科。項梁白〕暫且退軍。〔衆應科，下。章邯白〕衆軍士，楚軍雖退，加意防守。〔衆秦軍應科，下。八楚軍引項梁上，作氣科。白〕衆將官，暫且回營，調攝傷痕。明日調取各營軍馬，不破定陶，勢不干休。〔衆應科，下。項梁怒坐科。白〕阿呀呀，氣死我也。不破定陶，擒章邯，不洩此恨。〔扮韓信上，見科。白〕老將軍在上，小將參見。〔項梁

白〕某家一肚子不快活，你來可作甚？〔韓信白〕老將軍聽稟。〔唱〕

【正宫·雁過燈】把軍機細講，望大度汪洋，耐煩容獻微長。〔項梁白〕有何事體，快説來我聽，只管咬文嚼字。〔韓信唱〕念軍營依城女牆，有人窺，實實虚虚狀。〔白〕大軍久住城下，日漸懈弛，倘被敵人窺見，〔唱合〕猝乘虚，不隄防，黑夜間，誰兵誰將。〔白〕依小將愚見，攻城之事小，隄防之策大。〔唱〕端詳，把我這錦囊，權留在將軍虎帳。〔項梁怒科。白〕呸，我自會稽起兵，所向無敵。〔唱〕

【正宫·四邊静】逢人到處都傳項，鐵膽聞名喪。況是一章邯，孤軍敗殘將。〔合〕笑伊太狂，不知自量。阻亂我軍心，開言帳前講。〔白〕章邯聞吾之名，心膽皆碎，何敢出城劫寨？爾乃何等之人，妄爲籌策，阻我軍心。軍士何在？〔扮二軍士上。項梁白〕與我叉出韓信去者。〔軍士叉出韓信科。韓信白〕分明指與平川路，却把忠言當惡言。〔望天指科。白〕將星之落，原來應在此人。〔下。扮宋義急上，見科。白〕韓信之言極是，將軍爲何不聽？〔唱〕

【正宫·彩旗兒】請把蒭蕘想，機關若指掌。論吾軍懈弛非枉，這奇謀理合上賞。急急諮訪，免賢士心悒怏。如何鹵莽，如何倔强，及早商量，保全萬事都無恙。〔白〕自古戰勝而將驕卒惰者，必敗。況章邯乃秦之名將，善能用兵。果如信言，亡無日矣。〔唱合〕章邯雖則據孤城，未必胸無主張。〔項梁白〕我軍，士識將心，將識士意，怎見得懈弛？請勿復言。〔唱〕

【正宫·四邊静】危城業已歸吾掌，不必將吾抗。枉自費言詞，何曾到心上。〔合〕笑伊恁慌，更無主張。竟自信書生，憑空掉來謊。〔拂袖下。宋義白〕你看他，竟自拂衣而去，如此粗鹵，必爲章邯所算。明日托言往齊，以避此禍便了。〔下〕

第十五齣　項梁被害（齊微韻）

〔扮八秦軍、王離、韓章、周熊、孟防引章邯上。章邯唱〕

【大石調引・陽關引】同志守孤城，兵退心猶悸。頻申號令，重防閑，加護衛。只待救援來，一壯全軍氣。暗思維，持籌枉把精神費。〔白〕城似堅金化不開，敵人何必苦相摧。衆將官。〔衆應科。章邯白〕你小心日夜加防護，上賞同分上將臺。〔衆白〕曉得。〔章邯作登城望科。白〕你看楚營，密密札札，好不兵多將廣也。〔唱〕

【大石調・賽觀音】竈烟濃人聲沸，將俺這城兒密圍。這日夕隄防何濟，〔合〕恐旦晚遭擒損軍威。〔王離白〕元帥放心，你看項梁連勝我軍，旌旗不整，隊伍不齊，一定是將驕卒惰。若今夜悄地出城，劫他營寨。〔唱〕

【大石調・人月圓】同奮勇，悄地摧其鋭。數敗羞慚都湔洗，誰將勝負分贏丠。覰陣勢，三軍不必疑。〔合〕還儲備，辦一輛囚車，載入伊圍。〔白〕倘若天賜其便，擒住項梁，送入西秦，將軍功蓋千古矣。〔衆白〕王將軍所言甚是。〔章邯白〕等待初更以後，銜枚夜走，悄悄劫營便了。〔同下城科，下。扮四

更夫上。唱〕

【大石調·步難行】鑼聲一點齊，燭影暗中微。始信更夫難做，摸不着空酒杯。〔一更夫白〕夥計，你聽麽，中軍帳裏，飲酒作樂呢。〔一更夫白〕他們飲酒，我們也去吃幾杯。〔一更夫白〕使不得，我們住了更聲，查出來，軍法從事。〔一更夫白〕我們一面打更，一面飲酒，萬一吃醉了，遇見查更的殺了，也不曉得痛。〔衆白〕有理，有理。〔打更科。唱合〕破割去這頭皮，叫不醒鶻鶻夢回。〔下。八秦軍悄上，作四下竊聽科。王離、韓章、周熊、孟防上，作暗號知照科。章邯上。白〕你聽，更鼓不明，人聲靜悄，是其時了。〔作吶喊科，下。扮十六楚兵亂奔上。白〕不好了，秦人劫寨來了，快請元帥與衆將出來禦敵。〔作唤科。扮桓楚、于英、項伯、灌嬰作醉態上。唱〕

【又一體】渾身似塊泥，不捨放金杯。却是何人呼唤，將軍帳聲似雷。〔衆白〕秦兵劫寨了，醒醒兒罷。〔桓楚衆作驚科，各尋兵器科。王離、韓章、周熊、孟防領衆殺上，桓楚衆交戰科，下。扮項梁作醉態上。白〕有我在此，秦人怎敢劫寨？〔内作喊殺聲科。衆秦軍趕衆楚人繞場下。項梁驚科。白〕果然秦人劫寨，黑暗之中，不辨東西，如何拒敵？〔作四下張望科。章邯暗上。白〕此是中軍，項梁必然在此。〔作張望科。白〕那邊有一人，待我給他一刀。〔項梁躲科，對殺科。項梁白〕你是何人，入我中軍？〔章邯白〕我章元帥是也，快些納命。〔項梁白〕你項元帥，也不怕你。〔殺下。桓楚衆與王離衆殺上，亂冲科，下。項梁與章邯殺上，章邯刀斬項梁科。章邯白〕項梁已被我殺死也。〔桓楚悄上，搶項梁屍身科。白〕且喜元帥屍身已得，不免送信與副元帥去。〔唱合〕你斷送這頭皮，叫不醒鶤鶤夢回。〔奔下。楚兵將與秦兵將亂殺上，楚兵將亂奔下。章邯白〕楚兵大敗，就此收兵進城。〔衆同應，繞場行科。唱〕

【大石調・金蓮花】從來決勝因奇計，存孤縣破勁圍，更聲未斷凱歌回。弔橋邊，城牆下，樂意齊，〔合〕大伸前日威。〔下〕

第十六齣　收兵治喪（真文韻）

〔扮鍾離眛、季布引范增、項籍上。項籍唱〕

【高宮套曲・端正好】駐兵戈心煩懣，俺這裏駐兵戈，兀自個心煩懣。講甚麽士氣方新，只俺那掛懷的叔父分兵進，勝負呵無音問。〔白〕自在雍丘大破秦軍以後，進取外黄，連日攻打，未能得勝。俺叔父分兵，去取定陶，這兩日不通音問，來知勝負如何，好令人心中悶悶也。〔唱〕

【高宮套曲・滚繡毬】他那裏領貔貅一隊軍，一個個似熊羆勇氣伸。怕甚麽彈丸兒定陶險峻，阻攔俺新楚將叱咤風雲。想俺那叔父呵嫻行陣，讓什麽秦將呵能籌運。這會價奮卒徒疾驅前進，可知道破城邑如入無人。爲甚他迢迢羽驛疏佳信，惹得我客思侵人意緒棼，望捷殷殷。〔扮八楚軍、四將官引劉邦上。白〕未清彗孛開皇統，先落旄頭隕將星。武信君攻打定陶，不意爲章邯所算，身殲軍中。我從濮陽前往救之不及，已經收獲屍身，有桓楚等將護送而來。我恐項副帥生疑，故此先來報信。此間已是軍門，不免徑入。〔作進見科。白〕副帥在上，末將劉邦參見。〔項籍白〕劉將軍，聞你前往定陶協助，今日匆卒到此，却爲何來？〔劉邦白〕副帥，不好了，武信君不聽將士之言，軍中無備，章邯悄地劫營，武信君竟遭毒手。現有桓楚等將，收拾遺骸，護送前來，末將倍道先行，特來報信。〔項籍作大叫科。白〕有這等事？阿呀呀，有這等事？〔作哭倒科。范增白〕將軍不要如此，將軍醒來，將軍醒來。〔項籍作醒科。白〕痛死我也。〔唱〕

【高宮套曲・倘秀才】我指望着功成業穩，怎早則向刀頭命殞。您枉費了教養勤勞十萬分，我枉有千鈞勇，不能轂護天親，只落得如泉淚滚。〔范增白〕武信君不幸被難而死，死者不可復生，將軍且請節哀，料理軍事要緊。〔項籍白〕我自幼年失恃，全虧叔父勤勞撫育，教養成人。今一旦功業未竟，叔父被難而殂，此心如醉，何能已于情乎。〔作大哭科。唱〕

【高宮套曲・伴讀書】喜協志把功勞奮，早不得把襟期問。養育生成恩無盡，蒙恩未報終天恨。由他獨自疆場殞，〔白〕項羽嗄，項羽，〔唱〕您怎生的負義忘親。〔范增白〕爲國捐軀，人臣之大節已盡，武信君可以瞑目九泉矣。現今楚業將成，天下望風歸附，將軍果能繼承先志，恢復疆宇，上祀追封，使武信君享受千年血食，此爲大孝。似此號咷痛哭，何補於死者？止恐軍行失紀，士卒離心，武信君垂成功業，幾廢於將軍之手，則將軍負譴不少耳。〔項籍揮淚科。白〕罷了，罷了。叔父已經身死疆場，俺項羽何敢墜其功業。但殺父之讎，不容不報，從此更振軍威，定欲掃蕩秦軍，手誅賊將，纔洩俺心頭恨也。〔唱〕

【高宮套曲・笑和尚】指麾他百萬軍，一洩俺心頭恨，誅敵將定西秦。手把仇讎殞，承先集大勳。〔白〕軍師。〔范增白〕有。〔項籍唱〕全仗你帳幄裏多幫襯。〔范增白〕謹如尊命。〔扮探子上。白〕報，報，報。〔見科。白〕報上副元帥，章邯盡渡大軍，過河擊趙去了。〔項籍白〕原來章邯盡渡大軍，過河擊趙去了。再去打探。〔探子白〕得令。〔下。項籍白〕章邯嘎，章邯，你便是俺不共戴天之讐也。〔唱〕

【高宮套曲・滾繡毬】您梟獍威使得盡，您劫寨計下得狠。把俺那親叔父沙場血刃，不怕俺楚重瞳蓋世的將軍。俺懷着靡天憤，氣欲伸，不共天要將讐論，那容您走邯鄲更起兵氛。俺這裏八千子弟揚旌旆，只教你億萬兇徒喪魄魂，將没師奔。〔白〕軍師。〔范增白〕有。〔項籍白〕我意於叔父喪葬之後，大起干戈，追往趙地，與章邯决一死戰，軍師意下如何？〔范增白〕將軍暫息雷霆之怒，進兵之事，緩緩商量。〔項籍白〕軍師差矣。〔唱〕

【高宮套曲・朝天子】用軍，這晨，申讐怨兵行迅。即時鉦鼓逐風塵，早把俺雄威振。徒卒勉黽，功成有準。這會價，早教他難逃遁。顯得俺爲叔忘身，一怒定勳。説甚麽暫息却雷霆憤。〔范增白〕將軍急欲報讐，計非不可，特恐章邯未破，根本已虧。不若緩俟須臾，另圖善策。〔項籍白〕軍師請道其詳。〔范增白〕章邯渡河擊趙，敵勢方强，將軍勞兵務遠，成功不易。兵將四出，懷王獨守盱眙，倘有疏虞，如何是好？〔項籍白〕依軍師所見，却是如何？〔范增白〕依增愚見，盱眙不可久居，必須遷都彭城，以爲國本。將軍莫若於喪葬武信君之後，統衆班師，先務遷都，然後再圖進取。則咸陽可破，王業可成，不怕章邯性命，不在將軍掌握中也。〔項籍白〕俺心中急欲報讐，那裏想到王都國本，若非軍

師明教，幾乎失算了。〔唱〕

【高宫套曲·四邊静】俺爲着深讐難忍，但拚個一往無前不顧身。情切行軍，那向王都問。喜得你圖安國本，直教我早把班師允。〔白〕衆將官。〔衆白〕有。〔項籍白〕爾等共聽軍師將令，俟武信君喪葬完畢，伺候班師。〔衆白〕得令。〔扮桓楚上。白〕旋師失却元戎首，敗將歸來副帥營。我桓楚與于英、項伯諸人，擁護武信君遺骸，奔外黄一路而來，喜得已到副帥軍門。令于、項諸人，暫在外廂伺候，待我先去報明。〔作進見科。白〕副元帥在上，末將桓楚謁見。〔項籍白〕聞你擁護武信君遺骸，爲何隻身來見？〔桓楚白〕武信君遺骸已到門首，末將先來通報。〔項籍白〕既叔父到來，不免出營迎接。〔作行科。白〕阿呀，我那叔父嗄，〔唱〕

【煞尾】想你那威風八面排行陣，率領千兵去立勳。你和我，臨别時告語頻。你道是定陶成功不必論，一鼓咸陽待破秦。恁雄壯，襟懷不讓人。更期許，言詞聽得真。只道你凱唱孜孜返大軍，〔白〕那知你今日回來呵，〔唱〕原來是一脉魂靈暗中引。〔白〕阿呀，我那叔父嗄。〔哭下，衆隨下〕

第十七齣　趙使求救（蕭豪韻）

〔扮差官上。唱〕

【仙呂宮・番鼓兒】走遠道，走遠道，爲國任賢勞。⿰鹿危⿸厂⿰鹿危常山，兵臨四郊。劫難誰消，去借荆襄旌纛。〔白〕吾乃趙國差官是也。自楚將張耳、陳餘來趙，輔佐武臣爲王，重興趙國。復因略地幽燕，先王爲燕將所獲，幾乎不免，幸燕將聽厮養卒之言，釋放回來。不意趙臣李良更起兇謀，王爲所弑。張、陳二將，復佐趙歇爲王，同心輔佐，國事稍安。誰想秦將章邯，因在定陶劫寨，斬了項梁，心畏項籍之威，渡河擊趙，火破邯鄲。張、陳二將保王走入鉅鹿，秦圍益急，危在須臾。奉國王之命，差我前往彭城楚王駕下求救，須索走遭也。〔作行科。唱〕思將國保，不憚足下蹊蹺。〔合〕心忙轉覺路途遥，喜彭城軍門已到。〔白〕此間是平西左副軍總帥大將軍帥府，爲何悄無一人，不免擊起鼓來。〔作擊鼓科。扮樊噲上。白〕呔，什麽人在此擊鼓？有何緊急軍情？〔差官白〕將軍在上，我乃趙國差官。因秦將章邯起兵擊趙，攻破邯鄲，我王走入鉅鹿，秦圍甚急，危在須臾，國王差我前來求救，望將軍轉禀帥爺定奪。〔樊噲白〕站在一邊。〔差官白〕是。〔樊噲白〕元帥有請。〔扮四軍士、四將官引劉邦上。劉邦

唱〕

【仙呂宫引・番卜算】都會乍遷喬，未卜興師詔。休兵暫爾脱征袍，着意聽軍報。〔白〕有甚軍情，如此匆遽？〔樊噲白〕有趙國差官，因章邯攻破邯鄲，趙王出走鉅鹿，秦圍益急，危在須臾，特來求救。〔劉邦白〕着他進來。〔樊噲白〕得令。差官那裏？〔差官白〕有。〔樊噲白〕帥爺有令，着你進見，須要小心。〔差官白〕理會得。〔作進見科。白〕帥爺在上，趙國差官叩見。〔劉邦白〕起來。聞得貴國被兵，趙王出走，事勢如何，細細説來。〔差官白〕帥爺聽禀。〔唱〕

【仙呂宫・鍼綫箱】則爲那惡章邯縱横施暴，不隄防都會地邯鄲兵到。只俺小城池那禁得千軍噪，會價城破也蒙塵可弔。便陳餘張耳忠盡效，向那鉅鹿頽垣暫時避逃。〔合〕兵圍繞，存亡危急，眼看着禍不崇朝。〔劉邦白〕趙王如此危困，豈有不救之理。差官暫且轅門伺候，待我奏聞主上，取旨定奪。〔差官白〕多謝元帥。知他有意憐危難，多分重圍解得成。〔下。劉邦白〕衆將帥府理事，祇從隨我入朝。〔衆白〕得令。〔衆將官下。四軍士引劉邦行科。唱〕

【仙呂宫・油核桃】拯灾恤難心勞，整冠鳴玉趨朝，俯伏階前聽金詔。〔合〕興兵去也，早把那鉅鹿城兵氣消。〔白〕此間已是朝門，祇從人等，暫時迴避。〔衆白〕曉得。〔下。劉邦作入朝俯伏科。内白〕丹墀下，俯伏者何人？〔劉邦白〕臣平西左副軍總帥劉邦，有事奏聞。〔内白〕奏來。〔劉邦作奏科。唱〕

【仙呂宫・一機錦】趙國中兵戈擾，城破國主逃，鴛鷺隨從鉅鹿郊。章邯衆未即饒，布羅網密圍了。〔合〕他那裏急切差官，求救殷殷也，望恩准恤鄰交。〔内白〕據劉邦所奏，趙國被兵，既有差官告急，自宜速起三軍，救其灾厄。前項粱攻取定陶，宋義諫其兵驕必敗，果應其言。宋義有先見之明，可充領軍之任，今封宋義爲領兵大元帥，號卿子冠軍。項籍爲副元帥，范增爲軍師，率領該部兵將，速行救趙，毋許遲延。即着劉邦傳旨，欽此，退班。〔劉邦白〕千歲千千歲。〔作退班科。白〕既蒙恩准救趙，不免傳旨衆將，即日興師便了。〔四軍士上，作引行科。唱〕

【有結果煞】九重金殿親傳詔，命元戎恤鄰援趙，則看取他同心協志共成勞。〔下〕

第十八齣　潁川迎主（齊微韻）

〔扮四太監捧衣冠，八軍士執儀仗引張良上。白〕丹心耿耿報先君，幾受艱危志乍伸。亡國餘孤茅土錫，重開金殿揖臣鄰。我張良幸托沛公福庇，得蒙懷王敕旨，許復橫陽君爲韓王，報主之心，可以稍慰。只是橫陽君隱名逃難，未知流寓何方。昨見韓國諸公子，道他隱在潁川，爲此整備禮儀，恭捧衣冠，前往潁川迎駕。軍士們。〔衆白〕有。〔張良白〕隨我前去。〔衆白〕嗄。〔同下。扮二侍女引姬成同夫人上。姬成唱〕

【黄鐘調・瑶臺月】痛遭顛沛，國覆親亡，失所流離，閭閻藏隱，早做了一介民黎。望重興協助無人，懷祖父悲哀怎已。〔白〕當年俊秀美東宫，踪跡文王世子風。視膳問安倫理樂，於今回首作悲風。吾乃姬成，原屬韓邦世子，不幸生不逢時，國爲秦滅，先王被虜入秦，未識歸身何所。吾挈家逃難，居此潁水人家，潛形遁跡，苦度晨昏。宗國舊臣，更無一人相倚，父讐未報，誠是枉生人世也。〔唱〕靦顔在，仇讐世，箕裘事，總休提。端的，偷延弱息，不死何爲。〔夫人白〕聞得楚將項梁尋得懷王嫡孫芈心，輔佐爲王。我國若有一二忠臣，自能恢復先王基業，公子但請開懷，静以待時。〔姬成白〕

夫人有所不知。〔唱〕

【又一體】荆襄故老有留遺，受世禄感恩未已。傷心宗社，早竭忠恢復邦基。〔白〕我國五世相韓之臣，只有張良一個，聞他在博浪沙擊始皇之後，杳無影響。其餘臣子，都是朝秦暮楚之流，國既淪亡，自保身遠去，誰來憂國憂君？〔唱〕復讐人偏遇迍邅，早肥遯不知何地。餘輔弼，難相倚，國亡時，早紛披。行矣，誰將身委，把國維持。〔夫人白〕張良能冒險而擊始皇，此人忠肝義膽，不在項梁之下。今日高飛遠走，定有圖君復國之心，公子不須憂慮。〔姬成白〕事隔多年，竟無音耗，夫人嗄，這事多般絶望了。〔唱〕

【黄鐘調·三煞】歲遠年湮信音稀，生死存亡難逆計。蒼天不肯護忠臣，山隈水澨，定多顛躓。休思復國，莫想開基。〔四太監捧衣冠，八軍士執儀仗引張良上。白〕來此已是潁川。你看，樹陰之下，雙扉終掩，野徑無人。若非長隱之家，那得這般行徑。不免叩起門來。〔作叩門科。白〕裏面有人麽？〔扮蒼頭上。白〕苔徑不曾緣客掃，柴門那得有人敲。是那個？〔張良白〕你去通報，道有舊臣張良，在此求見。〔蒼頭白〕待我通報。〔進，通報科。白〕外面有個官人，他説是舊臣張良，特來求見。〔姬成白〕原來是張良，他是怎樣來的？〔蒼頭白〕他跟着許多人從，擺着執事，捧着蟒袍、玉帶，不知爲何？〔姬成白〕這樣説來，夫人之言，果然應驗了。張良乃我國舊臣，夫人不須迴避。蒼頭，吩咐着他進來。〔蒼頭白〕曉得。那位官人，俺家主吩咐，着你進去。〔張良白〕軍士外廂伺候。〔軍士應科，下。張良白〕內臣隨我進來。〔蒼頭白〕夫人同在外邊，閑人不可進去。〔張良白〕此係內臣，不妨事的。〔蒼頭白〕如此請進。〔四內侍隨張良進見科，張良參拜科。白〕千歲、夫人在上，臣張良叩見，願千歲、夫人，千歲千千歲。〔姬成白〕張相國。〔張良白〕臣有。〔姬成白〕聞你前在博浪沙椎擊始皇，誤中副車之後，始皇大索，杳無影響，今日何由到此？〔張良白〕臣自先王被難之後，急欲報讐，幾經危難，幸蒙天祐，獲保其軀。側身避禍，奮志圖功，得逢沛邑劉季，深相結納。伊爲轉奏懷王，復千歲舊封韓土，寵錫綸音，封臣司徒，輔佐吾王。今奉命前來，特請吾王就國。〔姬成白〕原來相國忠勤，委身爲國，上天垂鑒，有志竟成。使予上承祖武，復有韓邦，感激隆恩，實同再造矣。〔唱〕

【又一體】郊社凌夷悲百世，滿拚着徽猷隕墜。誰知相國憂勤，更延宗系，邦家重理。復讐有日，感德無涯。〔張良白〕微末之勞，何容掛齒。內侍過來，與千歲、夫人更衣者。〔內侍應科，作更衣科。張良白〕軍士那裏？〔軍士上。白〕有。〔張良白〕就此擺齊隊伍，引導千歲、夫人，前往韓國，登基即位。〔軍士白〕得令。〔張良白〕千歲，夫人，就請起程。〔作引導行科。姬成唱〕

【慶餘】多年遁跡離都會，官儀不見，故事難提，誰道今朝重又識。〔同下〕

第十九齣　快意歸鄉（皆來韻）

〔扮二丫鬟引趙静娥上。唱〕

【黄鐘調套曲・凭欄人】繡簾開，倚北窗暫時排解。瞥見個鶯燕和諧，觸起愁懷。望漫漫雲樹彌空，落行行兩淚盈腮。盼王孫在天涯，萍飄梗斷，何方流落，不見歸來。〔白〕不向鸞臺怨白頭，願教夫婿竭忠謀。如何十載稀魚雁，衾枕孤單影獨留。奴家趙氏静娥，乃趙五太公之女也。只因二十年前，有韓國舊臣，姓張，名良，因在博浪椎擊始皇，誤中副車，始皇大索，逃到我家莊上。我父問知始末，道他忠義可嘉，且兼儀表不凡，異日猶當大貴，遂將奴家許配於他。奈他自與奴家結褵之後，整日愁眉不展，一心思想復韓，奴家仰承美意，勸他再去圖功。誰想他一去，至今又是十年，杳無音信，奴家獨守閨門，老父又經去世，孤悽冷落，舉目無親，好令人苦惱也。〔唱〕

【又一體】一盞孤檠影共骸，好光陰兒擔待。想起那忠臣命乖，存没難知也咍。爲邦家委棄身軀，斷情私拋撇裙釵。夢兒見覺後疑猜，天長地濶，魚沉雁杳，没信傳來。〔丫鬟白〕小姐，你聽，鵲噪簷前，聲聲報喜，敢是姐夫將快榮歸了？〔趙静娥白〕丫鬟嗄，〔唱〕

【黄鐘調套曲·賺】着甚痴心，盼望榮歸馬傃快。簷前鵲，得意飛鳴留得個餘音在。餘音在，把離人怨愁都撥着滿懷。一綫情牽那得即劃，郎須不來。枉把相思教人擔害，怎生消解？〔丫鬟白〕你看，花開並蕊，蝶舞成雙，這等祥徵吉兆，豈不是姐夫就要回來？小姐定然恭喜。〔趙静娥白〕蠢丫頭，又來了。〔唱〕

【又一體】惱人的蝶舞花階，一般兒自由更自在。成雙對，教人想起流落孤單客。孤單客，他隻身獨行雲樹外。我對景相思將淚灑，兩下悲哀。會逢知他何日再，且須停待。〔扮四執事引張良上。白〕越國當年將士歸，錦衣繡服到閨帷。名成願遂榮妻子，不負孤恓十載時。來此已是趙五太公門首，祇從叩門。〔執事人作叩門科。丫鬟出問科。白〕是那個？〔執事人白〕是韓國司徒張老爺，就是宅上的贅婿，做官回來了。〔丫鬟白〕原來如此，等着。〔禀科。白〕恭喜小姐，姐夫回來了。〔趙静娥白〕好可惡的妮子，又來取笑了。〔丫鬟白〕丫鬟不敢取笑，果然姐夫回來。〔趙静娥白〕在那裏？〔丫鬟白〕現在門外。〔趙静娥白〕快快迎接進來。〔丫鬟白〕曉得。〔開門科。白〕請老爺進去。〔張良白〕祇從迴避了。〔執事人白〕理會得。〔下。張良作進見科。白〕十載馳驅，有累娘子閨幃獨守。〔趙静娥白〕多年勞瘁，喜得相公衣錦榮歸。〔張良白〕卑人一去不回，娘子何以自遣？〔趙静娥白〕慚愧。〔唱〕

【黄鐘調套曲·美中美】獨坐孤幃裏，只把時光捱。不勝愁牽繫，債誰解。關山盼望，不見片雲飛彩。覺夢漫顛連，存没相驚怪。鴻雁頻來往，書難帶。〔張良白〕卑人一心爲國，所以音問久疏，娘子且休見怪。〔趙静娥白〕這又何怪之有。但不知相公十年在外，何由得遂功名？〔張良白〕卑人自别之後，因始皇搜索甚嚴，不敢出頭露面，隱匿下邳項伯家中。後在圯橋，得遇黄石老人，授我秘書一卷，我遂大悟兵機，深明權變。喜得祖龍已死，索捕稍寬，我便聚集少年人等，尋訪興王，欲遂復韓之志。路遇沛邑劉公，見他相貌出群，深相結納。劉公將我引見懷王，求復公子姬成，懷王准奏，封我司徒之職，輔佐韓王。〔趙静娥白〕原來相公不特身榮華衮，兼之已復韓邦，可敬，可賀。〔唱〕

【又一體】險阻顛危早經過，跋涉遍山海。二十餘年裏，成功大。寸丹使盡，幸得國全君在。不枉撇妻孥，博得榮冠帶。説甚凄凉恨，都丢壞。〔張良白〕卑人入門以來，匆匆話别，未經拜見岳翁。

〔趙静娥白〕不要説起，我家老父呵，〔唱〕

【黄鐘調套曲·大勝樂】飄飄風木，悠悠泉路，早已身登仙界。〔張良白〕怎麽，岳父去世了麽？

〔趙静娥唱〕於今數載，落寞庭幃空在。生離死别，蕭條底事，没興齊來。繡簾凄冷，但將魂夢相捱。

〔張良白〕卑人重蒙岳父青睞，收留於離亂之中，納馬贅婿。誰知我纔得榮歸，岳父早已修文地下，知己云亡，隆恩未報，好感傷人也。〔作揮淚科。趙静娥白〕相公得遂功名，家父可爲有識，兒女叨榮，黄泉瞑目矣，倒也不須傷感。今後相公大勳成就，初志已完，從此長享安榮，妾身可免仳離之嘆。喏，〔唱〕

【又一體】鐘鼓樂晨昏，琴瑟兩和諧。百年老偕，趁韶華好安排。罷賦離鸞，休吟隻鳳，花前月下開懷。把仳離往事，免却將來。〔張良白〕娘子久嘆凄清，今日幸而好合，衽席之私，豈能割捨？只是天下無君，韓國未安磐石，卑人曾與劉公謀議，知他器宇不凡，定爲民主，有心輔佐於他，爲韓國作萬安之計。驪駒重賦，勢不能無，須俟四海肅清，纔保一家歡樂。〔趙静娥白〕丈夫作事，非我婦女所知，這且緩緩商量。今日相公榮歸，正值春光明媚，不免置酒香閨，洗塵宴賞。〔張良白〕生受娘子。〔趙静娥白〕丫鬟，備辦酒餚。〔丫鬟白〕曉得。〔趙静娥唱〕

【慶餘】簷前鵲噪王孫在，花開並蕊，蝶舞成雙，和唱相隨喜宴開。〔張良白〕十年羈旅作孤鴻，〔趙静娥白〕海角天涯夢與同。〔張良白〕春宴乍開閨閣裏，〔趙静娥白〕舊愁都已解東風。〔同下，丫鬟隨下〕

第二十齣　安陽屯軍（皆來韻）

〔扮雍齒、丁公、灌嬰、吕馬通上。同白〕隨他圍甚急，奈我救偏遲。〔雍齒白〕前因秦師圍趙甚急，求救於楚。吾王因封宋義爲冠軍將軍，起兵救趙。理應兼程而進，不知元帥是何主見，偏是恁等慢慢騰騰，每日只行三五十里，即行安寨。却又堅愎拒諫，不容以下將官多口。似這等形景如何是好？只是他是個大元帥，只得由他便了。〔扮八楚軍、桓楚、于英、季布、鍾離昧、虞子期引范增、項籍、宋義上。宋義唱〕

【南吕宫引·大勝樂】元戎凛凛威風大，承恩命職耑閫外。任伊行羽檄頻催，怎奈吾從容安寨。

〔白〕披文握武近君王，立地擎天作棟梁。劍是上方新賜得，有誰違令斬强梁。本帥宋義，主上以俺曾諫武信君出師，有先見之明，封我爲領兵大元帥，號卿子冠軍，率着全部人馬，前去救趙。俺想兵行千里，不戰自勞，且秦趙交鋒，未分勝負，我正可坐觀其變。因此日行三五十里，緩緩而行，其中就裏，豈那些帳下人所能知也。〔唱〕

【南吕宫·賀新郎】妙計安排，豈群人所能分解。緩征途有何妨礙，伊休怪。告急憑他屢屢來，有俺這牢籠計在。〔合〕免猜度，非尷尬，肯教跋涉軍勞憊，先坐視誰興敗。〔白〕不免下令軍中，令他們緩緩而行便了。〔作下令科。白〕大小三軍。〔衆應科。宋義白〕緩緩前進者。〔衆應科，作緩行科。項籍作不悦科，對范增背科。白〕是何道理？〔范增白〕好生不解。〔衆遶場行科。同唱〕

【南呂宫・三學士】路遠師行緩最該，敢秦師如虎如豺。登山涉水休忙去，那三十里軍行自古來。〔合〕莫問析骸兼食子，人雖困吾自在。〔宋義白〕來此甚麽地方了？〔楚軍白〕安陽了。〔宋義白〕就此扎營，明日再行。〔軍士應，作安營科，下。項籍作惱科。白〕這時候，便要安營。〔作向宋義科。白〕現今秦圍鉅鹿甚急，趙幾莫存，今彼來求救於我，若疾引兵渡河，我擊其外，趙應其内，破秦必矣。不知元帥却逗遛不進，是何主見？〔唱〕

【南呂宫・貨郎兒】可不是救人的救心先懈，可不是乘機的將機失壞。爲什麽行偏甚緩，可甚的逗遛安寨？〔合〕急安寨，急安寨，除非是元戎自解。好不解，好不解，則教俺莽項羽幾番氣塞。〔宋義白〕將軍如何知道，夫搏牛之蝱，不可以破蝨。今秦攻趙，戰勝，則兵疲，我乘其敝而攻之。不勝，則我引兵鼓行而西，更可破矣。此兵不勞而坐觀成敗也。〔唱〕

【南呂宫・纏枝花】這機鈐如淵海，敗與成旁觀在。決勝幃中須有策，諒將軍那得解。〔白〕夫披堅執鋭，我洵不如將軍。若至坐運籌策，將軍焉能如我？〔唱〕伊休得，不自揣，論謀將還是吾才。〔合〕越俎應知須獲咎，從今後開口莫教太快。〔作不顧科，下令科。白〕大小三軍，將校聽者。從今後，三

軍中有猛如虎，狠如羊，其貪如狼，强不奉令者，皆斬。〔衆應科。宋義唱〕

【南吕宫·香遍滿】虎羊般客，軍中令嚴早自裁。莫要粗豪心不改，犯着須知法不貸。〔項籍作暗怒科。范增作向宋義科。白〕元帥籌算如此，又有這般軍令，增欲觀元帥之後效矣。〔宋義白〕本帥自有勝算。〔唱〕勝謀久已諧，〔合〕相勸莫浪猜，這後效終須在。〔下。項籍衆將作不悦科，同下〕

第廿一齣　軍士苦雨（歌戈韻）

〔扮二十四楚軍上，叫苦科。白〕我等衆軍士，好苦也。〔同唱〕

【商調集曲·山羊嵌五更】【山坡羊】（首至四）將賺我，履危遭禍，又把俺半途抛挫。似這般，渾無適從。倒把俺，往日雄心墮。〔同白〕我等乃宋元帥麾下衆楚軍是也。只因秦兵圍趙，求救於楚，懷王念宋元帥有先機之見，令其領兵救趙，理應疾趨鉅鹿，以解趙困，我等也得奮勇疆場，圖個陞賞。乃自出兵以來，擔延不進，屯兵安陽，終日飲酒。正是：將軍醉未醒，軍士苦誰知。可不苦殺吾們了。〔唱〕【五更轉】（六至九）縱是你，一身兒，没飢渴。也須念軍中將士，有甚餱糧裹。〔白〕如今我等糧草不繼，食不充飢，將來體瘦形消，筋疲身軟，如何與人對壘？免不得俱要做沙場之鬼了。〔作悲科。同唱〕【山坡羊】（八至末）少不得體瘦形衰，支撐不過。〔合〕能波，向疆場受折磨。知麽，葬青鋒可若何。

〔扮雷公、電母、風伯、雨師上，作繞場科，作大雨科，下。衆軍士作苦雨科。白〕這番更是苦也。〔同唱〕

【商調集曲·山羊轉五更】【山坡羊】（首至七）命和時恁般坎坷，雨淋淋怎生存坐？總教吾日夜悲涼，不支持兩字飢寒。〔同白〕從前腹中飢餓，已是日不聊生，今又遭此一場大雨，身處泥濘之中，連夜間也不得安睡了。〔同唱〕苦也囉，令人悲恨多，泥中打攪誰曾過。〔作咒罵科。白〕都是宋義這奸賊，怕去打仗，教我們如此。似這等奸賊，老天也教他不得好死。〔扮四風神上，作佈風科，下。衆軍士作寒冷科。白〕你看老天陡起寒風，教我渾身打顫，今日不是餓死，就是凍死了。〔作互相哭科。扮項籍悄上，作竊聽科。衆軍士同白〕好冷嗄。〔同唱〕【五更轉】（五至末）颯颯寒風，教吾難躲。透征衣，侵肌骨，渾如刀割。〔白〕記得當初，我等隨武信君渡江出征，何等快樂。今日遭逢這等元帥，受此饑寒，我想不如大家逃回江東，以安舊業，也免得受苦。〔唱合〕逍遥河上須由我，竟返江東，把這灾危來脱。〔項籍聽作驚科。白〕不料軍心一變至此。〔作見科。白〕爾等方纔之言，我已句句聽得。只是爾等，皆係忠義之士，休得生此離心，以敗國家大事。俺項籍必與爾等作主。〔衆軍士見，作驚慌叩首科。白〕小人們不曾説什麽，求將軍饒恕。〔項籍白〕爾等休要驚慌，也不須抵賴，待俺見了那厮，自有道理。〔唱〕

【商調集曲·梧葉襯紅花】【梧葉兒】（首至三）眼看軍情誤，怎教還讓他，况且是夙恨滿心窩。〔内白〕元帥回營了。〔項籍聽問科。白〕元帥往那裏去，此時回來？〔衆軍士白〕他差他兒子宋襄去相齊國，親身送去，想是此時回營了。〔項籍作驚科。白〕有這等事？這厮安此異心，必有謀楚之意，俺决不與他干休也。〔唱〕【水紅花】（五至末）把軍期恁蹉跎，反與田齊甚瓜葛。〔内作喧嘩飲酒科。衆軍士白〕將軍請聽，他那里高會飲酒，好不有興哩。〔項籍聽，作怒科。白〕如此誤事匹夫，怎做得元帥？待我明日去問他，進兵便罷，若仍推諉，也教他認認俺項將軍的手段。〔唱〕教俺心中如火，怎任你消夜酌青螺。

〔合〕看伊明日是如何也囉。〔怒下。一軍士白〕項將軍素性剛暴，這一番相見，怕要反目哩。〔衆軍士白〕我們只靜聽消息便了。正是：關門推出窗前月，一任梅花自主張。〔同下〕

第廿二齣　矯殺宋義（車遮韻）

〔扮二將官扶宋義上。宋義白〕父爲楚將子官齊，聲援相通誰敢詆？共羨吾人長夜樂，宿酲猶在怎征西？我宋義昨晚遣子宋襄相齊，親身送至無鹽，三更後方纔回營。竊喜私心已遂，不覺又與親隨將士，在帳中歡呼暢飲，樂了半宵。叵耐不做美的老天，忽降大雨，只恐那些將士有怨咨之意，因此宿酒未醒，便來陞帳，以探動靜。〔將官白〕元帥令出如山，誰敢私有怨言？〔宋義作笑科。白〕我也是這等想。倘有犯者，即將他軍令從事便了。〔扮項籍作怒容上。唱〕

【雙角套曲·新水令】怒冲冲，教俺那火性掩不迭。見那個總戎人終朝醉也，忒把俺同寮看得怯，因此上拚死和饒舌。〔作直進帳科。宋義見作驚科。項籍唱〕可不道妄自尊些，只俺這項爺爺猛似虎，狠如羊偏難惹。〔宋義白〕將軍請坐，不知有何軍情見教？〔項籍白〕諸將奮勇，急欲攻秦。今天寒大雨，士卒凍餒，你偏獨自飲酒高會，是何道理？〔宋義白〕這些須小事，將軍何勞盛怒？〔項籍白〕呀，呸。〔唱〕

【雙角套曲·駐馬聽】軍士呵凍餒堪嗟，不由俺怒髮冲冠請命也。〔宋義白〕秦兵方鋭，當之不可，不如因其敗而攻之，此係萬全之策，你那里知道？〔項籍作冷笑科。白〕痴漢嗄，痴漢。夫秦强趙弱，人所共知，以弱敵强，焉得秦敝？且武信君新敗，楚王坐不安席，今盡起境内之兵，以屬將軍，非專欲救趙，實欲假此破秦，以雪前恨，國家安危，在此一舉。你乃不恤士卒，終日酣醉，我恐新建弱楚，送於汝手也。〔唱〕這般迂拙，只供你杯翻箸倒逞豪奢，眼見把重興弱楚運來絶。則你那宿酲未解兀自難寧帖，可不把旁人齒笑折。〔指劍科。唱〕俺請個不克己的先生和伊説。〔宋義白〕我已有令在先，有强不奉令者，斬。你今故犯吾令，理應斬首，姑看楚王之面，恕過初次，再休多講。左右，與我趕出去。〔項籍作怒科。白〕嗄，誰敢，誰敢？今日一不做，二不休也。〔作揪宋義科。宋義白〕反了，反了。〔項籍唱〕

【雙角套曲・喬牌兒】則你這腌臢的令那些，還敢喳喳的把腔揑。現放着俺鑌洲鐵，怎容你肆儀秦那樣舌？〔項籍白〕大小將官聽者。〔内應科。白〕嗄。〔項籍急白〕宋義謀反，令子宋襄去相齊國，結爲聲援，故而留兵不進，意在吞我西楚。俺今日奉懷王密旨，手斬叛賊，爾等各安本營，不得擅動。〔内應科。白〕吾等情願聽令。〔宋義作跪求科。白〕願將軍略霽虎威，容吾少辯。〔項籍白〕呀，呸。你還辯什麽，你還辯什麽？〔唱〕

【雙角套曲・雁兒落】俺這裏新將鳳旨挾，你可也早把愁雲結。可不道信陵君出世傑，有什麽晉鄙的軍符節。〔宋義白〕將軍倘肯見恕，嗣後軍令悉聽將軍便了。〔項籍白〕這厮越發胡説了，俺奉旨討賊，豈有輕放之理？〔唱〕

【雙角套曲·得勝令】呀，可不道兩虎難同穴，況且是敕旨怎違也？〔宋義白〕既有密旨，何不與我一看，死也甘心。〔項籍唱〕俺皇宣須不假，只是這御筆親題誰敢泄？〔宋義哭科。白〕可不屈殺我宋義了。〔項籍唱〕既如今理屈情折，有甚冤難決？怎向俺粗莽的爺爺，思量求饒赦。〔作斬宋義科。宋義下。扮八楚軍、桓楚、于英、季布、英布、雍齒、丁公、灌嬰、吕馬通、鍾離昧上，拜伏科。同白〕首立楚後者，將軍家也。今將軍誅此叛逆，正合人心，願推將軍爲假上將軍，我等共聽號令。〔項籍白〕俺殺宋義，原出事不得已，安敢望衆將共推？〔唱〕

【雙角套曲·荆山玉】怎勞你平白地把俺來，把俺來相推也。〔衆白〕軍中不可一日無主，願將軍勿却。〔項籍白〕既承列位相推，俺項籍權總元帥便了。只是趙圍已急，不可少緩，爲今之計，急須渡河策應。英布、吕馬通，過來聽令。〔英布、吕馬通應科。項籍白〕令爾二將，把挨近大小船隻，齊集河下，以便明日渡河。〔唱〕你與俺架浮梁把波濤全涉，怎懼那滔滔的横溝險是天教設，伊索也緊過者。〔英布、吕馬通應科。白〕得令。〔下。項籍白〕桓楚聽令。〔桓楚應科。項籍白〕令你帶領五百名飛騎，星夜趕至齊境，將那宋襄呵，〔唱〕

【雙角套曲·竹枝歌】付青萍休教蓦地遮，免不得除根又留些萌蘖。可不道似平王當日個，殺這尚和奢。惹得個白波烟捲鄢與郢，却悔着當初未把伍員絶。那些，都是俺殷鑒須尊也。〔桓楚應科。白〕得令。〔下。項籍白〕大小三軍，聽吾號令。〔衆應科。白〕嗄。〔項籍唱〕

【雙角套曲·水仙子】你與俺礪兵秣馬將謀協，你與俺造飯埋鍋趁着曉月斜，你與俺急流競渡休把霜風怯，方見你是英雄建些功業。〔衆作應科。白〕元帥軍令，我等謹遵。〔項籍笑科。唱〕殺奸臣憑俺豪俠，這令兒撼岳摇山，問伊誰將咱違也，可不道膽豪强便得旌旗捷。〔白〕明日五鼓造飯，拔營進兵便了。〔衆應科。白〕得令。〔同下〕

第廿三齣　破釜沉舟（魚模韻）

〔扮英布、吕馬通上。同白〕生平慷慨習陰符，秉鉞臨戎出節都。男兒三十不得志，空作昂藏一丈夫。昨日項元帥殺了宋義，權總元戎，令我二人拘集左近船隻，渡兵救趙。今已拘集得大船三十號，小船五十號，前去繳令。又奉元帥之命，使我二人率本部人馬，先行渡到彼岸伺候，其餘各營將士，分作五隊，挨次渡河。這番計較，端的與宋義大不相同了。道言未了，你看元帥遠遠的來也。〔作唤科。白〕衆舟子走動。〔扮八舟子撑船上。英布、吕馬通白〕小心伺候元帥登舟。〔舟子慶科。白〕曉得。〔英布、吕馬通下。扮八楚軍引項籍上。唱〕

【平調套曲·木蘭花】浪滔滔，來到了桃花渡。則見那高檣畫鷁，如雲般簇。〔衆楚軍白〕請元帥登舟。〔項籍唱〕俺身呵早從這一葉烟波出没，又則見旌旗招颭，映着汀長天暮。〔作登舟科。項籍白〕舟子們，將俺這四面紗窗掛起，待俺觀水景者。〔舟子應科，作掛窗科。項籍白〕呀，你看這水呵，〔唱〕

【又一體】白茫茫，萬里烟光素。一似俺英雄氣概，没些塵土。〔衆楚軍白〕啓元帥，好大水。〔項籍白〕你道是水，俺倒悟着了。〔衆楚軍白〕元帥悟着甚來？〔項籍唱〕你看那後波方起前波住，顯着那興亡隆替，從來有數。〔英布、吕馬通上，作接項籍科。舟子白〕請元帥登岸。〔項籍衆作上岸科，登高坐科。項籍白〕吩咐衆稍水，速渡各營，逐隊過河。〔舟子應科。白〕嗄。〔作撑船下。項籍唱〕

【平調套曲・于飛樂】將後軍，逐隊隊共濟樓艫，休得稍遲延把俺期誤。須見俺同舟須共濟，飲馬事全孚。則這汀蓼灘蘆，全軍呵一霎把溝逾。〔扮雍齒、丁公領八楚軍乘船科，八舟子作撑科上。項籍作望科。白〕你看雍齒等衆，又早過河來也。〔唱〕

【又一體】看一隊，早進發不覺須臾，望旌旗水面平鋪。波光含野日，舟影聚浮菰。〔雍齒、丁公衆作到岸科，登岸科。衆舟子下。項籍、雍齒、丁公衆同唱〕一盎春瀦，頻來往一片帆孤。〔雍齒衆下。扮灌嬰、季布領八楚軍乘船科，八舟子作撑科上。項籍作望科。白〕灌嬰、季布又早來也。〔唱〕

【平調套曲・青玉案】喜得東風助，萬艦千檣鯨鯢舞。則見他冒浪衝波疾似弩，敢則是嘔嘔軋軋，驚散了浮鷗翔鷺。〔灌嬰衆作到岸科，登岸科。八舟子下。項籍、灌嬰衆同唱〕搗海排山，直恁雄威巨。〔灌嬰衆下。扮范增、鍾離眛領八楚軍乘船科，八舟子撑科上。項籍作望科。白〕那廂隱隱，敢是俺軍師也？〔唱〕

【平調套曲・糖多令】則見那横遮着遠洲蘆，齊登着隔岸桴。隨波上下一簇泛糢糊，共逞長風有甚閒擔阻？〔范增衆作到岸科，登岸科。八舟子下。項籍、范增衆同唱〕看偏舟將棹鼓也囉。〔范增衆下。扮于英領八楚軍乘船科，八舟子作撑科上。項籍望科。白〕那廂又是一隊人馬來也。〔唱〕

【又一體】看鴻飛驀把巨波逐，又愁他什麽險有無。漫言天塹最難逾，也不過一霎來飛渡。〔于英衆作到岸科，登岸科。八舟子下。項籍、于英衆同唱〕今日個纔見俺中流柱也囉。〔于英衆下。扮桓楚領八楚軍乘船科，八舟子撑科上。項籍作望科。白〕這後隊來得越快也。〔唱〕

【又一體】迅疾妙難摹，如飛洵不誣。一朝盡濟已無餘，端的天方授大楚。〔桓楚衆作到岸科，登岸科。八舟子下。桓楚作繳令科。白〕昨日奉令，飛追宋襄，已將逆子斬首，特來繳令。〔項籍白〕有勞將軍了。〔項籍、桓楚同唱〕則笑他一家兒空跋扈也囉。〔桓楚衆下。英布、吕馬通同白〕後軍五隊俱已渡河，請令定奪。〔項籍白〕俺此番渡河救趙，倘然不勝，有何面目復渡此河也？也罷，英布、吕馬通，聽令。〔英布、吕馬通應科。白〕嗄。〔項籍白〕你與俺將所有釜甑盡行打碎，所有船隻盡皆鑿沉河底，不許存留。〔英布、吕馬通應科。白〕得令。〔下。內作指揮衆軍破釜沉舟科。項籍唱〕

【平調套曲·牧羊關】非是俺恁强暴，先斷了俺歸途，教聲聲都怨着吾。也只爲置死方生，軍誌非誣。因此上沉舟教勇往，破釜鼓兵徒。須教他一戰解秦困，先修報捷書。〔英布、吕馬通上，作繳令科。白〕末將等已將舟船沉底，釜甑打破了，特來繳令。〔項籍作笑科。白〕妙嗄，妙嗄。〔唱〕

【又一體】已絶了思歸念，齊齊的願效軀。〔白〕英布、吕馬通，過來。〔英布、吕馬通應科。項梁白〕你與俺傳令五營四哨，今日發兵破秦，只許携帶三日行糧，各要奮勇争先。有退後者，斬。〔唱〕各争功退怯須誅，都則要一鼓當先，要和俺軍令不虚。〔英布、吕馬通應科。白〕得令。〔作分向兩場門傳科。白〕五營四哨聽者，元帥有令，今日發兵破秦，只許携帶三日糧草，各要奮勇争先。有退怯者，斬。〔內應科。

白〕吾等願從元帥决一死戰。〔項籍聽，作大笑科。白〕將士一心，章邯不足破也。〔唱〕則聽得人人甘死戰，個個願前驅。則準着開壘壓秦卒，同將危趙扶。〔同下〕

第廿四齣　九敗章邯（江陽韻）

〔扮八秦軍引章邯上。章邯唱〕

【仙吕宫·風入松】身爲大將氣昂昂，怕什麽楚兵擾攘。沉舟破釜將咱向，要把俺秦兵厮抗。〔合〕則問你當時項梁，可不枉折了那豪强。〔白〕適纔探子報來，説楚將項籍斬了主將宋義，引兵渡河，破釜沉舟，軍中止持三日糧草，要與俺决一死戰。我已分派王離、涉間、蘇角、孟防、韓章、李遇、章平、周熊、王官等九員上將，在九處埋伏，輪流引戰，俟引入重地，然後四面圍困，殺他個片甲不留，方見俺的武藝。我想項籍那厮，雖然驍勇，不怕他走上天去。正是：計就月中擒玉兔，謀成日裏捉金烏。大小三軍，就此迎上前去。〔衆應科，呐喊繞場下。扮八諸侯上。同唱〕

【又一體】同來鉅鹿把威揚，解趙困還生觀望。恐難抵敵秦家將，因此上尚安營帳。〔同白〕我等乃各國諸侯是也。聞趙國被困，領兵前來解圍，又以秦軍方鋭，未敢即與對敵。今聞楚國項元帥，破釜沉舟，欲與章邯决一死戰。我想章邯乃秦國有名之將，且又兵多將廣，項元帥雖然英勇，怕難必勝。事已至此，也難挽回了，我等且從山壁高險之處，以觀兩國勝負便了。〔作同上高處科。唱合〕

覷勝負袖手在旁，只見那陣頭上殺氣長。〔項籍與章邯戰上科。項籍白〕殺叔之讐，今日方遇，快快獻上頭來，免你項將軍動手。〔章邯白〕唗，項籍，你休誇大口。可知俺章將軍乃秦國上將，戰無不勝，攻無不克，斬上將之頭，如探囊取物，何況你那項梁？你還不斂跡悔禍，又敢自來送死。〔唱〕

【仙呂宫・急三鎗】快下馬，休得把，殘生廝送葬。便是你知進退，可去自思量。〔項籍怒科。白〕唗，快放馬過來。〔唱〕今日個，量着俺，難輕放。〔合〕敢把你血頭顱，掛在鞍橋上。〔戰科，章邯敗下。扮孟防冲上，接戰科。項籍擒孟防作摔死科，追下。衆諸侯作稱讚科。白〕好一個項元帥也。〔唱〕

【仙呂宫・風入松】擒人過馬不匆忙，這勇猛有誰能擋？摔成肉餅魂飄蕩，似黑煞從天廝降。〔合〕方悟得取上將〔由〕（猶）如探囊，章邯呵魂早飛揚。〔項籍追章邯上，戰科。章邯白〕項籍，你在陣前，膽敢摔死吾那上將，俺章將軍決不與你干休也。〔作戰科，章邯敗下。王離冲上，接戰科。項籍擒王離，作對劈兩半科。項籍追下。衆諸侯作讚嘆科。白〕項元帥，果然好驍勇也。〔唱〕

【又一體】如熊似虎號難當，擒兩將没多半晌。一人生劈分爲兩，隨手倒没些勉强。〔合〕好一似紙糊人一扯便傷，稀奇事却在疆場。〔項籍與章平戰上，作鞭打章平科，章平敗下。章邯上，接戰科。章邯白〕鞭傷吾子，氣死我也。〔唱〕

【仙呂宫・急三鎗】你怎敢，傷吾子，教悒快。顯得你威風大，世無雙。可不道，霎時的，便淪喪。〔合〕方曉得章爺爺，鋭氣正難防。〔項籍白〕章邯休得多講，喫你項爺爺一鎗。〔作戰科，章邯敗下，項籍追

下。衆諸侯作讚嘆科。白〕你看他神勇，果難敵也。〔唱〕

【仙呂宮·風入松】好一似羊群一虎衆倉惶，辦得個披靡四向。鋼鞭似雪銀光亮，纔手起教人魄喪。〔合〕則見他一綹烟敗逃落荒，一邊價緊加鞭趕得匆忙。〔扮四秦軍引蘇角上。白〕不想項籍連傷三將，緊追元帥去了。俺蘇角在此埋伏，只得迎上前去，擒他便了。衆將官，作速迎上者。〔衆應科，繞場科。蘇角唱〕

【仙呂宮·急三鎗】他把俺，秦家將，如泥醬。教人怒從心，滿胸膛。敢則要，急追去，將威仗。〔合〕也教他逢敵手，免得再持强。〔項籍追章邯戰上科。蘇角作截戰科。章邯下。項籍作鎗挑蘇角科，追下。衆諸侯作稱讚科。白〕這員秦將，又被他挑下馬來，秦兵早膽碎也。〔唱〕

【仙呂宮·風入松】神龍掉尾掂長鎗，舞梨花那人早喪。衝來撞去精神旺，這殺氣倒有千來丈。〔合〕則見那鮮紅血淋漓一腔，腥腥氣透山旁。〔章邯敗上。白〕罷了，罷了。不料這厮恁般驍勇，連傷我數員大將，殺得俺大敗虧輸。如今正遇李遇在那里厮殺，我想李遇乃秦國一員猛將，必能取勝，俺因此策馬前來，歇息片時，再去助陣。只是今日呵，〔唱〕

【仙呂宮·急三鎗】他把俺，掩殺得，恁悽愴。怎説道，勝敗事平常。索拚個，死和活，將彼向。〔合〕可不道將軍的，難免陣前傷。〔項籍作戰李遇上科。章邯作助戰科，章邯、李遇敗下，項籍追下。衆諸侯作嘆科。白〕你看二將只有招架之功，並無還手之力，畢竟還戰項元帥不下也。〔唱〕

【仙呂宮・風入松】將軍鋭氣尚難量，剩招架着甚痛癢。一邊價翻波鼓浪鯨鯢樣，一邊價似鬭敗雙鶏被創。〔合〕倒不如馬前拜降，强支撐枉心慌。〔内作吶喊殺科。章邯上。白〕可惱嗄，可惱。適纔李遇又被這厮殺敗。如今正逢韓章，真是横逢對手了，這輸贏未可定也。〔扮報子急報科。白〕報，元帥，不好了，韓將軍又被項籍沖下馬來，一鎗刺死了。〔章邯作驚科。白〕有這等事？〔項籍内喊科。白〕章邯，快留下頭來。〔章邯、報子作驚慌科，奔下。項籍追上。周熊内白〕項籍，休傷吾家元帥，俺周熊來也。〔項籍作回顧科。白〕敢送死的快來。〔扮周熊沖上，作戰科。項籍作喑啞叱喊科，周熊諕掉下馬科，起作急奔下。項籍作大笑科。白〕這樣不禁諕的小將，也來與項元帥對壘，可笑嗄，可笑。〔唱〕

【仙呂宮・急三鎗】似這等，不禁諕，無名將。也要來掉怒臂，學螳螂。可不要，笑煞人，腹都脹。

〔白〕我如今急趕章邯去便了。〔唱合〕却不道去捉賊，要擒王。〔作追下。衆諸侯作驚異科。白〕這一聲，好驚異人也。〔唱〕

【仙呂宮・風入松】摇天震地把聲揚，喝倒了不周峰嶂。古來更没人能倣，或者是哼哈二將。

〔合〕俺股栗今番在旁，幾乎的震倒危牆。〔章邯作驚慌科，疾上。白〕不好了，不好了。〔唱〕

【仙呂宮・急三鎗】他是個，勇猛漢，我難當。忙策馬，抖絲韁。〔白〕如今項籍，他緊緊追來，逃往那里去的好？〔内作喊科。章邯唱〕只看他，疾如電，漸將趕上。〔合〕無如奈，學逃荒。〔急奔下。衆諸侯作笑科。白〕你看章邯，走頭無路，好生可笑人也。〔唱〕

【仙吕宫・風入松】看他形狀恁慌張，再支架渾無氣量。問伊昔日將威仗，今日個因何厮喪。〔合〕怎不教心揚意揚，則見那項元帥匹馬騰驤。〔項籍追涉間上，戰科。涉間滿場遊鬭科，奔下，項籍追下。衆諸侯作讚嘆科。白〕你看項元帥，連戰數將，精神愈壯，端的好奇勇也。〔唱〕

【又一體】英雄倒處有鋒鋩，好一似天人下降。一個是左支右架難違抗，一個是赤緊的心難饒放。〔合〕敢則是未交手心裏先慌，顧不得方對馬便驚慌。〔扮王官上。白〕可憐，可憐。八員秦將，都被項籍殺得七零八落，單單剩得我王官一人，就是出馬，也不過找零而已，料不是項籍對手。〔唱〕

【仙吕宫・急三鎗】我想那，八上將，都難逃網。何況區區，最平常。因此上，暫退後，免得來厮葬。〔白〕我想三十六着，走爲上着，不如逃命去的好。〔唱合〕逃命外，甚商量？〔項籍作内喝科。白〕秦將中有甚好漢，快些出來，與項將軍比個雌雄。〔王官作謊倒科，疾掙起，扒下科。衆諸侯作笑科。白〕此人謂聞風而倒也。〔唱〕

【仙吕宫・風入松】深秋衰草被嚴霜，早萎落偃風不爽。骨酥筋軟㑳傻樣，聞聲倒捷如應響。〔合〕伊誰敢更抵鋼鎗，管一地裏盡遭殃。〔項籍上科。白〕秦兵被俺連勝九陣，章邯不知逃往那裏去了，只得再行追上。〔扮八楚軍引桓楚、于英、季布、英布、雍齒、丁公、灌嬰、吕馬通上，接見科。白〕元帥匹馬如風，小將等跟隨不上，以故俱遲在後。因恐元帥身入重地，特特趕來接應。〔項籍白〕列位有所不知，秦兵被俺連敗九陣，如今章邯不知逃往那里去了，俺正欲追趕，又得列位到來，大家尋捉這厮便了。

〔衆白〕元帥虎威，真乃天假，此楚國之福也。〔衆諸侯白〕項元帥，請少駐馬。〔作下壁同拜科。白〕元帥真神勇也。我等在此壁上觀看已久，見元帥一朝九勝，手斬數將，世所罕有。吾等列國諸侯，惟有同心敬服，願聽元帥指揮，共滅强秦便了。〔項籍白〕有勞列位君侯過獎，請同到營中，再叙片時。〔衆諸侯白〕願從。〔扮張耳、陳餘上。分白〕一朝九勝真奇勇，倏忽圍開建大功。〔作見科。白〕趙王以將軍立解重圍，心甚感激，特遣小將等前來迎接將軍入城。〔項籍白〕有勞費心了。俟進城後，即遣將官往彭城告捷便了。〔繞場行科。同唱〕

【又一體】排山搗海勢全張，這九勝功勞無兩。破秦安趙謀何壯，也虧得斬宋義略無退讓。〔合〕方信得建奇勳丈夫自當，怎能彀長雌伏中路兩徬徨。〔同下〕

第四本

第一齣　閲報加封（江陽韻）

〔扮四文官、四武官上。同白〕楚雖三户必亡秦，積怨由來恨未伸。今日欣看飛羽檄，彭城王氣一時新。我等懷王駕下文武官員是也。今有副元帥項籍，奏來報捷本章，主上登殿披閲，在此伺候。〔扮四太監、四宮官引懷王上。懷王唱〕

【黄鐘調・瑶臺月】奮基新創，南楚家聲，名襲前王。碧雲飄緲，最傷心積恨咸陽。聽啼鵑望帝悲魂，叫夜月空餘哀響。今日個臨丹陛，襲冠裳。宫扇影，御爐香。思量，念遥遥的華胄，教我猛地凄凉。〔轉場坐科。衆文武官朝見科。白〕我主在上，臣等朝見，願我主千歲。〔宫官白〕平身。〔衆文武官白〕千千歲。〔分侍科。懷王白〕朔風吹恨滿天涯，重見瀟湘舊楚家。渺渺河山千載痛，幾回西望白雲遮。寡人舊楚王嫡孫，蒙武信君項梁輔我爲君，因先王入秦不返，人心悲戀，爲此欲蒙舊德，仍號懷王。不幸武信君被秦將章邯劫營殺害，項籍治喪回軍，遷都彭城。因章邯困趙，遣宋

義爲大元帥，加封卿子冠軍，項籍爲副元帥，范增爲軍師，領本部兵將前去救趙。一向教我放心不下。〔唱〕

【又一體】西秦如虎又如狼，剪六國邦家頓喪。嘆流氛餘焰，到今朝特自飛殃。遍中原招動風波，猶倚却兵雄勢壯。怎把他炎威熄，洪波攩。猶支吾，效螳蜋。堪仗，喜捷音飛到，教我頓把眉放。〔白〕今聞項籍有報捷本章，爲此陞殿披覽。内侍們，捷書到來，即便呈上。〔内侍白〕領旨。〔扮劉邦捧本上。白〕劉邦待試安邦策，項羽欣着獻捷書。我劉邦留此輔治，今有項籍本章到來，不免啓奏。〔作進跪奏科。白〕臣劉邦見駕，今有副元帥報捷本章，特地呈覽。〔懷王白〕取上來。〔太監取本送上科。宫官白〕平身。〔劉邦白〕千千歲。〔起侍科。懷王覽本科。白〕臣項籍奏聞，宋義領兵坐守安陽，逗遛不進，又遣子宋襄相齊，籍聞軍中怨言，恐衆解體，即將劍斬，以安軍心，衆推爲假上將軍。〔作沉吟科。白〕原來宋義不忠，理宜誅斬。〔唱〕

【黄鐘調·三煞】他綰領兵符任疆場，何事怡情竟自放。那冠軍名號正非輕，一味的貔貅坐擁，養安牙帳。誅夷自取，情罪應當。〔又看本，作喜科。白〕妙嗄。項籍破釜沉舟，持三日糧，大破章邯，九戰九勝，遂解趙圍，現今屯兵漳南。難得項籍建此大功。〔唱〕

【又一體】破釜沉舟聲勢壯，聽叱咤如雷震蕩。看他草偃風靡，直教那秦兵膽喪，孤城無恙。真個是英風少二，壯志無雙。〔白〕項籍如此英勇，深爲可嘉，即封爲破秦大元帥，便宜行事，速令飛報傳

旨。〔劉邦白〕領旨。〔懷王白〕内侍們，擺駕回宫。〔内侍應科。懷王出座科。唱〕

【慶餘】急煎煎如漏網，聽函關指日降，這的是楚室重興一棟梁。〔分下〕

第二齣　楚宮慈訓（庚青韻）

〔扮四宮女引衛氏上。衛氏唱〕

【黃鐘調套曲・憑欄人】仗群英，把舊時宮幃再整，免孤單母子飄零。欲燼殘燈，乍流輝焰起光騰，幸陽和黍谷春生。大廈頹，兀自强支撐，可惜那擎天柱折，問興衰消息，恍如踐履層冰。〔坐科。白〕金枝玉葉下芳菲，廿載孤孀賦式微。今日楚宮依舊否，中興未卜是和非。妾身衛氏，乃懷王芈心之母。蒙項梁等推戴，得復楚業，子襲祖稱，身叨國后，可謂中興有望。只惜項梁遇害，忠心輔佐者無人。雖有項籍、劉邦，他二人剛柔不一，勢相逕庭。〔作憂科。白〕則怕這楚國，終久不保。〔唱〕

【又一體】一姓由來難再勁，早則似一縷荒烟孤冷。誰是那爲國忠良，剛剩下劉項參差互競。看將來情異剛柔，不同爐鎔炭寒冰。只怕水火交争，碔砆亂玉，那時節朝權倒置，難保中興。〔白〕今日聞吾兒登殿，閱什麽軍報，已着太監去請，候朝退之時，問明是何軍情，好教他任人之道。想這時候，應該退朝了。〔扮四太監引懷王上。唱〕

【黃鐘調套曲・賺】甫罷朝堂，急叩宮門母后省。〔白〕方纔退朝，聞母后宣召，特來拜見。〔作到進拜見科。白〕母后在上，兒臣拜見。〔衛氏白〕吾兒罷了。今日坐朝，閱何軍報？〔各坐科。懷王白〕母后容禀。〔唱〕問軍機，一天驚喜容兒禀。容兒禀，不比尋常羽檄閒陳請。〔白〕今有副元帥項籍本章到來，道元帥宋義，不救趙困，坐守安陽，又遣子相齊。〔唱〕他坐視孤城不救拯，却私附齊廷。險些兒離散軍心多變儆，〔白〕虧殺那項籍呵，〔唱〕劍誅違命。〔衛氏作驚科。白〕怎麽説，項籍將宋義殺了？〔懷王白〕正是。〔衛氏白〕呀。〔唱〕

【又一體】驀然聽説堪驚，不由我心頭半晌如痴掙。思量起，畢竟無君方把雄心逞。雄心逞，則他那腰懸秋水劍空横。把帳内元戎來威併，意氣相淩。他胸懷則待和盤兒相折證，忍不住憂心如病。〔懷王白〕那宋義有誤軍機，自取誅滅。項籍能整肅軍威，亦是權宜之計。〔衛氏白〕那宋義是奉命親封元帥，就使坐失軍機，亦應奏明正罪。他却竟自殺了，這不見他無君之心麽？〔唱〕

【黄鐘調套曲·美中美】雖是軍機重，怎把朝綱摒？那卿子冠軍號，親承命。敢肆誅夷，自附詞嚴義正。却不道閫外有專司，一應當承禀。敢道朝中敕，不及將軍令？〔懷王白〕他雖擅殺宋義，却難得他破釜沉舟，大破章邯，救了趙困，亦屬英勇可嘉。〔衛氏白〕他雖有救趙之功，若論他擅殺宋義，就將功折罪，猶是輕典。〔唱〕

【又一體】他效力疆場職應當，應把功勳掙。若論功和罪，差相稱。高低輕重，應把權衡細證。休要昧機宜，反與添威柄。未審絲綸下，有甚新除命？〔懷王白〕他已衆推爲假上將軍，兒臣念其功

高，已封爲破秦大元帥，代了宋義。〔衛氏白〕這一加封，他更心高氣傲，將來恐益肆狂暴，不可不防。〔唱〕

【黃鐘調套曲・大勝樂】則怕他頻添氣焰，心驕意傲，縱却咆哮劣性。仗着那膺符專閫，敢待要任他百般馳騁，飛揚跋扈，任着他不羈胸臆，壓倒群英。莫認做邦家梁棟，還怕是惡煞灾星。〔懷王白〕兒臣也慮及於此，只是無人可任。雖有劉邦，凡事俱遜讓於他，恐不能獨當大事。〔衛氏白〕我素聞劉邦寬仁愛下，豁達好施，使此人職專征伐，決能安輯地方，撫養黎庶，將來倒是可任之人。凡事與他計議，庶可有濟。〔唱〕

【又一體】他素號寬仁，不比那烈焰飛騰。他可也俯育生靈，謹臣度奠朝廷。則他砥柱中流，風波緊急，扶我危傾。則把這殘宗墜緒，同邀天幸。〔懷王白〕母后之訓，兒臣謹記。〔衛氏白〕今日朝政多勞，且去安息，容日再爲徐議。〔懷王應科。白〕兒臣知道。〔各起科。衛氏唱〕

【慶餘】非關宮府干朝政，念河山草創，母子孤單，須索要杜漸防微仔細評。〔下〕

第三齣　閹門行賄（魚模韻）

〔扮司馬欣上。唱〕

【越調·花兒】軍情怎誤，等得心焦，把何言回覆。只得着意用工夫，〔合〕着家兄去別尋個道路。

〔白〕小將司馬欣，奉章元帥將令，命我將楚軍勢盛、我軍屢敗之事，奏聞請救。星夜來到咸陽，求見丞相趙高代爲啓奏，誰知他竟不以爲事。尋思無計，只得請出他親近之人，求他通個信息，或奏，或不奏，好回覆元帥去。來此已是，門上那位爺在？〔扮小內侍上。唱〕

【越調·一匹布】大丞相，內相做。丞相家人，便該太府。道婆仍舊是道姑，〔合〕我內侍權充大叔。〔白〕咱家丞相府內，小內侍便是。只因咱公公做了丞相，連咱們也分外風光。不知什麼人在此，待咱去看來。〔作見科。白〕原來又是這官兒。〔司馬欣白〕太府爺，請了。〔小內侍白〕你這官兒好不知理。丞相爺教你伺候着，你只管嘮哩嘮叨，驚動咱家做什麼？〔司馬欣作陪笑科。白〕小官怎敢驚動太府爺？只爲軍情緊急，若遲誤了，是要問斬的，故此求太府爺代小官通融通融。〔小內侍白〕你説軍情緊急，我們丞相爺的朝政，比你的軍情還緊急哩。走開罷，干絲忽喇的，誰與你通融？〔司馬欣白〕太府爺，要些人事，這個容易。〔作出銀科。白〕些須薄禮，望乞笑納。〔小内侍作接科。白〕這是多少，就是這一點子麼？〔司馬欣作添科。白〕還有在這裏。〔小内侍白〕也罷，看銀子分上，實告訴你罷。今日丞相爺引誘萬歲爺出郊打圍，此時尚未起駕，待送過駕，即便回府。你在外面悄悄候着，有什麼信兒，我即通你知道。〔司馬欣作謝科。白〕多謝太府爺。〔小内侍白〕日後不可忘了我的大情。〔司馬欣白〕小官怎敢。〔内作喝導科。小内侍白〕丞相爺下朝了，快些躲避。〔分下。扮四棍頭引趙高上。唱〕

【越調·丞相賢】東鄰首把寺人書，創見由來不自吾。朝中唯諾尊元輔，〔合〕有誰如，不惜捐軀將身腐。〔作行到科。小内侍上，接科。四棍頭下。趙高坐科。白〕我趙高自殺了李斯，位居丞相，因恐衆心不服，前在朝堂之上指鹿爲馬，以試衆論。那些文武官員，也有直言是鹿的，也有附和是馬的。被我將那些直言的一個個，擺佈的殺的殺了，發的發了。這些時，却無一人敢違拗我了。〔唱〕

【越調·鬬寶蟾】朝端有伊吕，緘口盈廷，孰更支吾。社鼠城狐，當場鹿馬訛呼。同趨，更誰人敢把些兒露？〔合〕仗馬無聲食倍芻，牢籠一計，網盡珊瑚。〔白〕今日主上無事，問我何以行樂，我想宫中都是些熟套，莫若郊外行圍，最可散心。你道我是何主意，一則博主上之歡，二則不叫他空閒下了，理論朝政。這大小事體，益發歸吾掌握了。〔唱〕

【越調·梅花酒】緑野平鋪，鵰翎滿注。當年陳寶飛翔處，休問起霸王符。〔合〕把君心特地蠱，由他破工夫。宵旰晏如，這朝權有誰付？〔白〕且喜主上准奏，帶了鷹犬、武士，已自去了。我送駕而回，未知相府更有何事。〔小内侍禀科。白〕啓爺，元帥章邯差官已伺候兩日了，請爺的示下。〔趙高作沉吟科。白〕那差官麼？〔小内侍白〕是。〔趙高白〕我已知道了，再着他伺候兩三日，怎麼這等性急？〔小内侍白〕理會得。〔趙高白〕諸般頑意兒，都預備下了麼？〔小内侍白〕都在内庭伺候。〔趙高白〕隨我進來。〔同下〕

第四齣　聞變驚痞（齊微韻）

〔扮四内侍上。唱〕

【小石角·天上謡】各自鎖愁眉，只爲闗心事。聽喧傳闗外消息，嘆軍營日望旌旗。奈奸人意向遲遲，多般蒙蔽，全然不理，事在顛危。你我呵空切報君心，那取回天計。〔白〕我等秦宫内監是也。元帥章邯兵敗，屢次請救，可恨趙高這厮並不奏聞，倘楚兵進逼，豈不誤了國家大事？〔一内侍白〕那邊衆姐姐們來了，大家一同商議。〔扮四宫女上。唱〕

【小石角·花心動】閒來竊聽，聽闗外聲聲，訛言亂沸。未知近來，勝負軍情，畢竟怎生就裏。深宫何處知詳細，也不免心頭牽繫。但有人，問他一聲端的。〔作見科。白〕原來列位公公在此。〔四内侍白〕原來衆位姐姐到來。列位姐姐，可知道外邊消息麽？〔四宫女白〕我們在深宫内院，如何得知，正要請問。〔四内侍白〕列位嗄，聞得元帥章邯，初次劫營，殺了楚將項梁，却怕項籍之勇，過河伐趙，被楚兵連敗九陣，現屯兵棘原，屢次飛報請救，趙高並不奏聞，這事如何是好？〔四宫女白〕趙高誤國，萬歲寵信，誰敢多言？我們倒有一個主意在此。〔四内侍白〕列位姐姐，計將安出？〔四宫女白〕今日趙高引誘萬歲去出獵，待圍罷回宫，燕、趙二貴人必來接駕。我們將章邯的事悄悄訴説，萬歲聽見，必然驚問，那時一一訴明，不怕不把這誤國的奸賊問罪。〔四内侍白〕如此甚好。〔内白〕駕到。〔衆白〕萬歲回來了，你我切莫忘記。〔扮四太監引二世上科。扮燕、趙二貴人上接科。白〕臣妾接駕，願吾主萬歲。〔二世扶起科。白〕二貴人少禮。〔二貴人白〕萬萬歲。〔二世坐，二貴人侍坐科。二貴人白〕萬歲今日之圍，樂否？〔二世白〕二位貴人，孤家今日呵，〔唱〕

【小石角·伊州衮】六龍馭，組甲耀雲旗，緩轡玉驄嘶。聯罔絡阜，星羅萬馬高低。青雀韓盧，發蹤只聽令令。奮鷹揚，看勁翮摩天，一翅飛來草正稀。〔白〕那時圍場之上，好洒落也。〔唱〕

【又一體】控琱弓，月輪滿，扣鵰翎，絃上催。萬點星飛，仔見他，灑雨血風毛交墜。鳥驚獸駭，從容攬轡回旋。這回兒，辨得個寶燈齊敲，凱唱聲聲碧雲裏。〔白〕此時身子倦乏，宫人們，預備夜宴，好作通宵之樂，孤且歇息片時。〔衆應科。白〕奴婢知道。〔二世入帳歇息科。衆内侍、宫女作手勢科。同向燕、趙二貴人低白〕二位娘娘，可知近日外邊消息麽？〔二貴人白〕外邊有什麽消息？〔衆内侍、宫女白〕娘娘悄言，聞得外邊人説，章邯伐趙，被楚兵連敗九陣，折兵三十萬，楚兵不日過關，這事却如何是好？〔二貴人白〕有這等事？〔二世起，作聽科，出帳驚問科。白〕爾等何事，大驚小怪？〔衆内侍、宫女作叩頭哭訴科。白〕萬歲爺，恕奴婢死罪。〔二世白〕起來講。〔衆内侍、宫女起科。白〕今天下諸侯十分變亂，章邯大敗九陣，折兵三十萬，秦地不久爲楚所奪，奴婢等死無葬身地矣。〔唱〕

【小石角・秋蓮曲】風聲異，事全非，遍滿兵戈地。閫外太支離，九陣落便宜。楚兵將到好撐持，早心膽都驚碎。（二世作大驚科。白）不料時事如此，爾等何由得知消息？（衆内侍、宫女白）章邯屢次飛報請救，内外無一人不知，惟萬歲爺被趙高蒙蔽，無人敢説。伏望早發大兵，遣將征討，免致生靈塗炭。（唱）

【又一體】擔干係，敢胡爲，任意多蒙蔽。闗外羽書飛，一字有誰提。大兵及早救燃眉，應免得遭顛沛。（二世白）趙高如此誤事，速傳旨着他來見。（二貴人白）事已至此，何在今夜。主公行獵辛苦，今夜且飲宴解乏，明日再問趙高不遲。（二世白）二貴人愛孤如此，但便宜了趙高這厮。（二貴人扶二世科。唱）

【尾聲】朝來行獵多勞悴，軍情隔夜何曾廢。且歡飲酌金巵，拚沉沉玉山頽。（同下）

第五齣　誑奏移禍（皆來韻）

〔扮趙高上。唱〕

【中呂宮・太平令】釀成禍胎，誰與漏泄風聲大？〔合〕幸仗宮中巧擔待，辦取機關暗害。〔白〕昨日萬歲行圍而歸，宮中內侍將章邯九敗之事，默地悚動，萬歲大怒，便要召我入宮問罪，幸得燕、趙二貴人誘去飲宴。今日宮內有信到來，我思得一計，不待召命，先自入宮，面見之時，隨機應變，將這禍胎移在章邯身上，豈不干净？你看，那邊萬歲早到也。〔扮二世上。唱〕

【中呂宮引・柳梢青】軍機干礙，教人怎寧耐？縱使他乖，怎免得爰書科派？〔趙高跪接科。白〕臣趙高見駕。〔二世白〕趙高，你來得正好。汝爲丞相，事無大小皆汝執掌。今章邯九敗於楚，屢次飛報請救，爾何不奏我知道？尚自終日在面前欺誑，該當何罪？〔趙高作免冠叩首科。白〕望陛下恕臣死罪，臣雖備員丞相，却係內豎，只管理得內事，侍奉陛下，坐享太平。〔唱〕

【中呂宮集曲・剔銀燈集】【剔銀燈】（首一句）臣雖則叨列鼎台，【永團圓】（二至三）臣則是備輿儓。臣則是躡足珠櫳外，【朱奴兒】（第四句）臣則是金鎖內糞掃閒階。【泣秦娥】（七至八）臣則是，侍奉太平承歡愛，臣則是娛君王聖懷。【引駕行】（三至四）臣則是宸遊宴飲巧安排，這宮廷事無敢休懈。〔白〕若征討賊寇，却在大元帥章邯等職掌，臣一人豈能兼管？〔唱〕【尾犯序】（第六句）軍旅命臣怎敢胡猜，【錦腰兒】（第三句）正是庖人祝尸怎相代？〔白〕如今陛下，只消遣人追問章邯等敗軍之罪，另遣大將征討，自然無事。那外邊聲勢，不過是傳説之辭，何足以縈聖慮？〔唱〕【山漁燈】（六至七）干軍紀他罪有應該，那風聞且須放開。〔白〕若説屢次請救，章邯並無隻字到來。主公，〔唱〕【雁過聲】（末二句）何必聽他採摭將臣怪，落得好事一天愁悶來。〔二世白〕我亦如此想來，孤任卿家甚重，如何肯忍心蒙蔽。於卿家無罪，冠帶起來。〔趙高白〕謝主隆恩。〔冠帶起科。二世白〕卿家，即遣親信人頒詔前去，問章邯敗軍之罪。〔趙高白〕臣啓陛下，章邯久專閫外，略無寸功，喪師起釁，法當處死。另選大將代掌征伐，庶爲便益。〔唱〕

【中呂宮集曲·尾錦纏】【尾犯序】（首至合）伊行，不想奮駑駘，久綰軍符，惹起風霾。萬死何辭，三尺猶在。心裁，俺天險河山錦繡，莫愁他鴟張癬疥，【錦纏道】（九至末）儘多虎將材。〔合〕籌勝算斷難恩貸，須速把元戎重遣喚歸來。〔二世白〕卿姪騎將趙常，乃心腹之人，即令爲使，召回章邯問罪。〔趙高白〕領旨。〔二世下。趙高白〕虧我一番誑奏，將主公哄信。這都是章邯的差官打通左右近侍，纔起此一番波浪。這一回去，定將他差官處死。〔作發狠科。下〕

第六齣　抗詔拘使（真文韻）

〔扮司馬欣疾上。唱〕

【南呂宮・金錢花】幾番告救無門，無門，反教惹火燒身，燒身，險些一命也難存。〔白〕事不關心，關心者亂。可恨趙高那廝，按捺軍情，多方蒙蔽。這幾日宫内有些風聞，欲將他問罪，他反誣奏，移禍於我家元帥。又疑我打通左右近侍，要將我處死。幸得小内侍送信，急急潛逃，日夜趲行五百里，三日之間，已離棘原不遠了。快些報知元帥，早爲之計。〔唱合〕忙準備，暗中人。似脱網，運遊鯤。〔疾行下。扮四秦軍、董翳、陳豨、章熊、周平、王官、孟防引章邯上。章邯唱〕

【南呂宮引・步蟾宫】身經百戰名何損，詎近日交鋒遭窘。盼咸陽，望救殆如焚，何事羈遲音信？〔白〕百戰功勳一旦拋，初生犢子正咆哮。羽書飛去無消息，刁斗空驚徹夜敲。本帥章邯，前因困趙，與楚兵大戰數陣，多有折傷，已着司馬欣請救，至今半月有餘，怎還不見到來？〔司馬欣疾上。唱〕

【南呂宮・本宫賺】轉叩軍門，急到營中話事因。〔白〕此間已是，不免竟入。〔進見科。白〕元帥，不好了。〔章邯衆作驚科。白〕司馬將軍回來了，爲何這等驚慌？〔司馬欣白〕末將自到咸陽，可恨趙高那廝，〔唱〕把軍機隱，九重無路把情陳。〔章邯白〕這便怎處，後來呢？〔司馬欣白〕後來主上風聞，怒責於他。〔唱〕他却負君恩，朦朧一味窮辭遁，嫁禍無端惡口噴。〔白〕他説元帥失誤軍機，併欲處死，末將幸得賄通内侍，悄地送信前來，方能逃脱。〔唱〕望留神，飛來禍事多般准，願叨明訓，願叨明訓。〔章邯白〕如此説來，趙高那廝必不與我干休，這却怎麼處？〔唱〕

【南吕宫·太師引】聽伊言，煩惱縈方寸，一天愁眉頭暗顰。嘆奸賊無端起釁，漫近前丞相生嗔。儘他行含沙影趁，管甚麽壯楚嬴秦。〔合〕惹得個灰心斷魂，空教我，牢騷滿肚紛紜。〔司馬欣白〕據末將看來，趙高用事於中，下無可爲者。今戰勝，高嫉吾功，不勝，不免於死，願元帥早爲熟計。〔唱〕

【又一體】由來將相須和順，方免得中外疵痕。怎奈他機心難問，空教咱掣肘徒勤。居勝負全無憑準，都不免多凶招吝。〔合〕識時務知機哲人，莫待到，臨時枉自酸辛。〔章邯白〕内有權奸，外有勁敵，兩難之地，如何區處？〔唱〕

【又一體】愁腸縈繞千千陣，倒做了孤處難存。一回首蕭牆憂孕，更看他逼處强隣。何處是栖鵶借穩，難覓個一枝安頓。〔合〕百忙裏私心自捫，好一似，浮槎漂泊江濱。〔董翳白〕趙高心計叵測，一言之間，李斯夷滅。今若差官到來，聽之，則斷然不保，拒之，則猶可圖存。請元帥思之，休要俱

遭毒手。〔唱〕

【又一體】東門黃犬空餘恨，思往事猶自銷魂。尺紙强如鋒刃，漫信他辣手通神。怎一夥相隨齏粉，難算作同歌輿殯。〔合〕燃眉計無須再論，待留取昂藏，别建功勳。〔内白〕旨意下。〔衆白〕果然有使命來了。〔章邯白〕且聽來旨，再作道理。〔扮趙常捧旨上。白〕閫外將軍令，朝中天子宣。〔章邯衆迎進科。趙常宣旨科。白〕聖旨已到，跪。〔章邯衆跪科。趙常白〕聽宣讀。詔曰：征討之權，皆出於天子。閫外之寄，實在於元戎。爾章邯統兵征伐，喪師辱命，差員奏事，未有旨降，輒敢私回，上下之分，殊爲乖謬。今着騎將趙常，繫頸來見，順命不違，尚有酌處，如復矯抗，罪不容誅。惟詔奉行，欽哉，謝恩。〔章邯衆作起科。章邯揪住趙常作怒科。白〕我等披堅執鋭，親冒矢石，與楚九戰，晝夜不眠。今屢次差人奏事，趙高蒙蔽不奏，反來問罪，與其隨使命而赴死，不若斬使命而雪恨。〔作拔劍欲斬科。唱〕

【南呂宫・柰子花】貔貅帳鐵甲憂勤，腐閹豎抵死相吞。欺心敢把君王混，棟梁摧折無問。〔合〕狐群，敢依着中官親近。〔董翳衆攔阻科。白〕元帥不可，若斬使命，實爲抗詔。不若將趙常拘留在此，再聽朝中動静。〔唱〕

【又一體】詔旨雖是難遵，莫教顯背絲綸。遲回且自權時忍，再探取朝中音問。〔合〕因循，這其間須知分寸。〔章邯作沉吟科。扮將官上。白〕啓元帥，趙國陳餘差人下書。〔章邯白〕且將這厮拘留後營。着下書人進來。〔將官應科，下。秦軍帶趙常下。將官領下書人上，見科。白〕元帥在上，趙國差人叩見，陳將軍有書呈上。〔章邯白〕取上來。〔將官取書送，章邯接看科。章邯白〕且在後營伺候。〔下書人應，下。章邯白〕原來陳將軍亦恐趙高暗害，欲我與諸侯連兵，自稱王號，但不知投往何處去爲上？〔唱〕

【南呂宮・東甌令】英雄見，議超群，各自稱王謀最穩。怕只怕連兵與國難憑信，想何處堪投奔？〔合〕是誰依靠可相親，這向背須當慎。〔陳豨白〕别國新建，志多狐疑，惟楚兵强將勇，威勢大振。雖大國諸侯，亦肘膝而見，他日滅秦者，必楚也。公當歸楚，不失封王之位。〔唱〕

【又一體】諸侯勢，共齒唇，楚國方張威令狠。他時定把崤函進，着眼分明認。〔合〕若還納款去相因，管取封侯印。〔章邯白〕吾昔殺項梁，與楚有世讐，楚人豈肯容我。〔唱〕

【南呂宮・金蓮子】漫評論，悔殺當時多讐釁。怕未必，肯延留意勤。〔合〕倘若有差池，倒教我進退兩無門。〔陳豨白〕元帥勿憂，吾聞成大事者，不念舊怨。我今往見項籍，陳説成敗，定教他開誠迎接。〔唱〕

【又一體】英雄氣量江海吞，況成敗於今可指陳。吾今去，乘機好闖筍。〔合〕管教他前讐不記半毫分。〔章邯作謝科。白〕若得如此，吾之願也。試往説之，吾專候好音矣。〔陳豨作辭科。白〕謹領台命，就此前去。〔唱〕

【尚按節拍煞】全憑舌劍剛三寸，〔司馬欣、董翳唱〕好消息洗耳静聞，〔章邯唱〕專等旌麾趨後塵。

〔分下〕

第七齣　陳豨説羽（尤侯韻）

〔扮四楚軍、項伯、虞子期、鍾離眛、范增引項籍上。唱〕

【黄鐘宫引·西地錦】殺氣縱横牛斗，大權掌握中收。敢欺新主方年幼，斬却宋義之頭。〔白〕一怒威生不可測，蛟龍攪水河翻決。提劍殺人聲勢雄，滿身都濺鮮紅血。某家自從殺了宋義，九敗章邯，差人到懷王處報捷，他倒不怪某家殺宋義的不是，説功勞大，膽量好，封爲破秦大元帥，便宜行事。今章邯駐軍棘原，我兵屯扎漳南，屢次交戰，都被某殺得大敗。俺想章邯這匹夫呵，〔唱〕

【黄鐘宫集曲·黄龍捧燈月】【降黄龍】〔首至四〕私把營偷，將詭計奸謀，害吾親叔。〔白〕俺若擒住了這匹夫呵，〔唱〕親將首割，碎把屍分，骨斷筋抽。【燈月交輝】〔五至末句〕潑深深似海冤讎，澆幾點亡魂血酒。〔合〕方把俺，滿腔中腌臢罷休。〔扮將官上稟科。白〕有秦使陳豨求見。〔項籍白〕什麽秦使？捉住斬了就是。〔范增白〕陳豨求見，必是爲章邯作説客，待其見時，如有不合，再斬未遲。〔項籍白〕既然如此，着他進見。〔將官白〕理會得。〔下，帶陳豨上報名科。陳豨進見科。將官下。陳豨白〕末將屢拜下風，因銜主帥之命，不避斧鉞，一覩虎威。〔項籍白〕汝來何意？〔陳豨白〕特來作説客。〔項籍白〕陳豨，

你量量你自己，再作説客。〔陳豨唱〕

【黄鐘宫集曲・三段催】【三段子】（首至四）不鬪利口，不用他蘇張一流。將身細籌，愧無才如何説遊。【鮑老催】（二至末）只爲天心逼得機緣湊，人心權與天將就。雖然拙，雖是愚，難辭醜。〔項籍怒科。白〕章邯困久，不來納命。〔陳豨唱〕章邯謹厚爲君壽，全軍將獻求君受。〔白〕章將軍勞苦三年，身經百戰，屢被趙高讒害。今拘留秦使，欲斬之以從將軍，共圖王業，令豨上見。〔項籍大怒拍案科。白〕章邯殺吾季父，正欲得其首，以爲溺器，豈容歸降？〔拔劍科。陳豨笑科。唱合〕試長劍，誰眉皺？〔項籍白〕陳豨，你死在頃刻，還這般冷笑，敢笑吾這劍不利？〔陳豨白〕末將憂愁不了，那得功夫冷笑。〔唱〕

【黄鐘宫集曲・三老節節高】【三段子】（首至四）心兒暗愁，那章邯誰家好投？〔范增點首作意科。陳豨唱〕心中正憂，我陳某無人可求。【鮑老催】（二至七）寬懷大量何能覯，赤心要賣無人售。將前想，往後看，心窮究，伊行作孽難寬宥。【節節高】（合至末）秦邦今已無可留，他邦有罪難容受。〔白〕章邯殺將軍季父，各爲其主，如今退無所往，進無所歸，正所謂自作孽，猶可違，天作孽，不可活。〔項籍白〕自作孽，不可活。〔陳豨白〕非也。章邯窮守孤城，一劫營而兵威大振，非不勇也。殺將軍季父，去楚家之大將，滅秦家之勁敵，非不忠也。於今困於讒間，知秦之無可爲，似將軍之仁慈，知楚之必當霸，非不識興亡，明理亂也。而將軍不用，此乃天之作孽耳。〔范增白〕章邯之降，果出於至誠乎？〔陳豨白〕章邯之望救於項將軍，如嬰兒之望父母。〔范增向項籍科。白〕將軍。〔唱〕

【黄鐘宫集曲·鮑老節】【鮑老催】（首至六）念秦家自茅，逐忠良反向外投，休思舊惡念舊讎。他放着三軍衆，六國分，能争鬭。〔白〕章邯擁三軍之衆，勢能與我一戰，放着六國之後，亦且到處可投。今誠心降我，此天之所以賜將軍也。倘拒而不受，〔唱〕【節節高】（七至末）他别投他國思援救，挽弓拍馬將弦扣。〔合〕秦亡一將不爲奇，吾添一敵乘軍後。〔項籍點首科。白〕罷了，既然如此，准他降就是了。〔唱〕

【黄鐘宫集曲·雙聲滴】【雙聲子】（首至六）權將就，權將就，忍着氣將降受。誰還又，誰還又，苦死的爲寇讎。【滴溜子】（七至末）剛纔不曾想透，憐伊實意求，無難寬宥。快唤他來，不須反覆。〔陳豨謝科。唱〕

【黄鐘宫集曲·滴溜神仗】【滴溜子】（首至五）承明諭，承明諭，一言便收。傾心腹，傾心腹，更無所愁。只今便當回覆。〔白〕只是一件，章邯懼將軍之威，如何敢信？〔唱〕【神仗兒】（六至末）他若遲疑不定，道是相誘。〔合〕還得要預先籌，還得要預先籌。〔項籍白〕大丈夫心如青天白日，一言既出，駟馬難追。〔取箭折科。白〕倘有相害之心，有如此箭。〔陳豨接箭謝科。白〕多謝將軍。〔唱〕

【三句兒煞】心如白日人知否，喜今朝如逢白晝，待把你盛德這般回來剖。〔項籍白〕新功可立，舊恨不留。〔陳豨白〕三軍易得，一將難求。〔分下〕

第八齣　斬使歸楚（江陽韻）

〔扮四秦軍、司馬欣、董翳引章邯上。章邯唱〕

【正宮引·破陣子】功大怎歸故里，讎多莫去他邦。百戰曾經兹已矣，負國忘家亦可傷，身世事蒼茫。〔白〕前日陳豨勸我拘留天使，自向楚營去説項籍。咳，俺想項籍與我深讎積恨，那里肯允我投降？〔唱〕

【正宮·白練序】沉吟半晌，那得登時宿怨忘。雖然是，唇翻波浪涌長江，笑懸河無足道，還則怕海樣冤讎入骨傷。〔司馬欣白〕項籍若是不准，我等率領大軍，投歸别國。〔章邯唱合〕還思想，這無根少蒂，終歸飄蕩。〔陳豨持折箭上。白〕喜憑三寸舌，救得滿營安。〔見科。章邯白〕陳將軍，你回來了，項籍准降不准？〔陳豨白〕准降。〔章邯白〕難道他忘了前讎麽？〔陳豨白〕將軍聽稟。〔唱〕

【正宮·玉芙蓉】他先前怒孔彰，我細把機關講。那通前徹後，左右邊廂。説得他英雄自己低頭想，頃刻消完恨一腔。〔章邯喜白〕難得將軍，善於語言。〔司馬欣、董翳白〕項籍雖然准降，只恐范增多謀，誘我歸楚，因而致害，反中其計。〔陳豨唱合〕休疑妄，是非將我誑。説分明，曾申盟誓向蒼蒼。

〔白〕項籍准降之後，陳豨也恐其中有詐，婉言挑逗。項籍説道，大丈夫心如青天白日，一言既出，駟馬難追。折箭爲誓，道倘有相害之心，有如此箭。〔章邯白〕既然如此，速斬趙常，就便獻與項籍。〔陳豨應下，作斬趙常，獻首級科。章邯白〕傳令大小三軍，就此歸楚。〔司馬欣、董翳傳科。白〕大小三軍，大將軍有令，即刻拔營歸楚。〔扮八秦軍、八將官上，繞場行科。唱〕

【正宮·福馬郎】鳥擇深林魚脱網，男兒非鹵莽。爲仔爲朝堂上，奸回無賴，逐向他邦。看一路旆旌揚，〔合〕嬴秦帥入了楚江鄉。〔陳豨白〕已到楚營，軍士暫屯洹水，我輩隨將軍入營。〔衆兵將應下。扮項伯上。白〕來者莫非秦帥章將軍麽？〔章邯白〕在下正是。〔項伯請科。扮八楚兵、桓楚、于英、鍾離眜、范增引項籍上。項伯領章邯進見科。章邯跪白〕末將章邯，萬死一生，得投麾下。〔唱〕

【正宮·錦纏道】嘆淪亡，不能回那長安墳壞。撇家屬把國恩忘，好羞慚，這丈夫軀體昂藏。〔白〕只以趙高用事，讒間日興，將末將家眷拘禁，下詔問罪，逼迫不過，仰托將軍，只恨章邯從前的不是。〔唱〕一不合抗天兵長鎗短鎗，二不合傷老將身亡命亡。萬死竟奚償，甘碎切淩遲不枉。〔項籍白〕既已歸命於我，從前之事，不必再提。將軍請起。〔章邯唱〕平生自惹殃，〔合〕多謝你寬洪海量。〔起科。唱〕願從今，奮勇報興王。〔司馬欣、董翳參見科。項籍白〕嬴秦不道，天人共憤。爾等自此以後，忠心報效，勿生異心。〔唱〕

【正宮·刷子序】則爾等自家主張，一心合意，無用倉皇。同滅强秦，不愁紫綬金章。〔章邯衆謝科。項籍看科。唱〕端詳，看一例秋鷹爲健，怕不你同奮秋霜。〔合〕則等個烈建吾朝，不教伊空向疆場。〔向范增白〕章將軍歸順於我，秦已無人，乘他此時呵，〔唱〕

【正宫·普天樂】國無人軍新喪，朝中惟有群奸黨。驅軍士殺過衡漳，博一個我武爲揚。把百二秦關蕩，策烏騅駿馬飲他黄河浪。硬把他江山來搶，硬把他朝堂來掌。〔合〕教他萬千秋，個個逢人説項。〔范增白〕兵久在外，勞費正多，秦尚富强，未可輕敵，且懷王移都彭城，未定基業。依范增愚見，不若先定根本，休養兵馬，然後兩路出兵，使秦首尾不能相顧，方爲長策。〔唱〕

【正宫·雁過沙】這壁士氣一時揚，那壁前後費商量。短刀長戟把關中向，兵家法度不可恁鹵莽。且彭城將息士卒壯，〔合〕精神滿足越勇往。〔項籍白〕軍師言之有理。〔唱〕

【不絶令煞】吾功已是無人上，且賦歸來再細商，〔白〕衆位將軍，〔唱〕同到彭城去邀上賞。〔同下〕

第九齣　彭城小聚（蕭豪韻）

（扮四侍女引呂雉、呂嬃上。呂雉唱）

【商調引·折梧桐】晴捲珠簾，並蒂花開好。（呂嬃唱）風弄連枝，艷傍粧臺小。（呂雉唱）還問名花，（呂嬃唱）因甚堦前繞。（同唱）莫不因人，團聚光陰少。（轉場坐科。呂雉白）見夫的的有奇才，（呂嬃白）配偶由天不用媒。（呂雉白）暫且金堦博榮貴，（呂嬃白）此時正好早朝回。姐姐，項籍與姐夫，一樣爲懷王重用，如何他同宋義出兵，姐夫却好端端坐在家裏？（呂雉白）妹妹有所不知。（唱）

【商調·梧桐葉】國粗安，危難保。跋扈情形不可料，羈留闕下防横暴。（白）如今聽得項籍殺了宋義，封做正元帥。（呂嬃白）正是。（呂雉唱）那凛烈威風，越振當朝。少不得一片忠誠佐有道，（合）鎮日價籌的是邊庭報。（呂嬃白）妹子常聽得你妹夫説，姐夫寬仁大度，深爲懷王所信。（唱）

【商調·梧桐樹】寬洪氣識超，百爾都傾倒。義帝推誠，只爲心腸好。中原争鬪何時了？月裏姮娥，愁看奸雄奡。秦苑成灰，怕的强悍人煬竈，（合）靠這擎天一柱終嫌少。（呂雉白）妹子所慮，却也不差。據我看來，你姐夫和妹丈呵，（唱）

【商調・金梧桐】輸人不是謙，出衆非關傲。同著胸襟，各有英雄妙。榮華此日臻，富貴他年兆。秦楚存亡，無用關懷抱。〔合〕憑伊遇合膺封誥。〔呂嬃白〕姐姐，你妹夫一個粗魯漢子，比姐夫什麼來。姐夫呵，〔唱〕

【商調・喜梧桐】蛟龍趁海潮，定不終池沼。看鳳目共龍眉，不是個尋常貌。縱是那光鋩權且此間韜，終久的冠當朝，才德把群英罩。〔合〕妹夫呵，怎能怎能不惹旁人笑？〔呂雉白〕妹子太謙了，妹夫粗中有細，爹爹當日相他，必是一路諸侯。〔唱〕

【商調・繫梧桐】瀟洒懷，瑰奇貌。凜凜丈夫身，定有日誇榮耀。你的你的運來，金泥封詔。一對門楣，怎見得那邊高？姊妹談心，可言伊粗糙。〔合〕知他是怎的，怎的將親照料。〔呂嬃白〕據姐姐這般説來，你妹夫或者還有出頭日子。只是項羽即日班師，恐怕又要打點出兵，攻取咸陽。姐夫和妹丈，都要受疆場之險。〔唱〕

【商調・哭梧桐】疆場苦戰争，望遠心焦躁。寂寞空閨，愁老人年少。何時盼得佳音到，尋思淚珠掉。〔合〕人未去早把精神耗。〔呂雉白〕妹子，説那裏話來。〔唱〕

【商調・梧葉兒】休過慮，不用焦，榮貴盼英豪。龍乘浪，鶴舞霄。〔合〕守株人，有幾個功名顯耀？〔内白〕老爺下朝了。〔呂嬃白〕姐夫下朝了。〔起科。扮八軍士引樊噲、劉邦上，作到科，軍士下。劉邦白〕襟丈，請裏面坐。〔進科，同見科。劉邦白〕恰好姨夫人也來在此，至親團聚，也是件難得的事。請

坐。〔同坐科。呂雉、呂嬃白〕項元帥幾時回軍？〔劉邦白〕離彭城不遠了。嗄，襟丈，〔唱〕

【商調・簇御林】我和你晨趨殿，晚下朝，博團圞昏共朝。姻親不斷將門造，如今須索共把咸陽掃。〔合〕好心焦，閨人寂寞，鞭鐙望輕敲。〔樊噲白〕大丈夫當垂名萬世，那出征何在言下。況你近日又收得柴武、靳歙等許多將佐，正好早早建功立業。〔唱〕

【又一體】闖厮殺，興便豪，恰將余心癢撓。今朝正好開懷抱，勸閨中兩姊妹開顏笑。〔白〕襟丈，你備下好酒，我與你痛飲一番者。〔唱合〕樂陶陶，降旗一幅，不向酒筵標。〔劉邦白〕請到後堂小酌。

〔樊噲喜對呂嬃科。唱〕

【尚遶梁煞】別離不必耽煩惱，再消閒英雄便老，〔白〕那厮殺的時節呵，〔唱〕砍斷人頭問誰把命討。〔同下〕

第十齣　分取咸陽（先天韻）

〔扮項籍上。白〕馬嘶芳草隴雲晴，萬里山河掌内擎。借問征西人識否，稱王稱帝在東征。前日帶領降將章邯等拜見懷王，懷王大喜，大排筵宴，犒賞諸將，封我爲魯公，連那劉邦也封了沛公。昨日我聽着范增的話説，二世無道，寵用趙高，天人共憤，理當征討，但須分兵二路，使秦人首尾不能相顧。懷王説兩路分兵，究竟誰該東去，誰該西去，着我與劉邦當殿拈鬮，我拈着東，劉邦拈着西。懷王説道，先到咸陽者爲君，後到咸陽者爲臣。嗄，嗄，我想劉邦，勇不如我，兵將不如我，不用説，一定是我先到了。〔唱〕

【仙吕宫・皂羅袍】咱家稱孤南面，把長城萬里，輕輕席捲。向劉邦誰後是誰先，金階敢不山呼見。〔合〕阿房宫院，朝飛瑞烟。渭南畿甸，荒凉暮原。俺則仗着嘶風千里烏騅健。〔白〕但不知軍師，必要我與劉季結爲兄弟，是個什麽意思。他乃好爲奇計之人，待劉季來，與他結爲兄弟便了。〔下。扮四楚軍、四將官引劉邦行科上。劉邦唱〕

【仙吕宫・望吾鄉】細想蒼天，生吾未偶然，鬮拈兩路征西便。況仁聲遠播仁風扇，敢不用鏖兵戰？〔白〕昨日與項籍殿前拈鬮，他東我西，懷王旨意説，先到咸陽者爲君。我想天無二日，民無二王，但願早早破秦，去其苛政，以遂民生足矣。今日項羽約我到他處相見，只得前去。〔同行科。劉邦唱合〕惟期得，静烽烟，早遂那生民願。〔作行到科。扮四將官引項籍上。相見科。劉邦白〕辱承台召，不知有何見教？〔項籍白〕無事也不相請，只因你我二人，同奉懷王之命，分取咸陽，必須聯成一體，兩下方有照應，意欲結爲兄弟，再行起兵。〔唱〕

【仙呂宫・玉胞肚】只爲兵家權變，畢竟一條心方可保全。但唇存齒不愁寒，效雁陣斷復還聯。〔合〕休言弟後只應讓兄先，奮勇争功陣要似率然。〔劉邦白〕過蒙相愛，正合愚意。〔唱〕

【仙呂宫・五供養】深蒙見憐，願效同胞，骨肉相連。知君如左孺，定不效龐涓。共香焚一炷烟，向蒼帝表丹忱一片。〔合〕待把咸陽取，共把祖龍鞭，鞭却殘刑虐政萬方便。〔項籍白〕既承見允，便當結拜。只是兄弟之分，還是以德，還是賭勇？〔劉邦白〕叙年庚罷。〔項籍白〕叙年庚，不用説，你是哥了。過來，排香案。〔將官排香案科。劉邦、項籍結拜科。同唱〕

【仙呂宫・傍粧臺】銘心言，莫教辜却這爐烟。但逢難，須相救，遇指使、莫遲延。〔劉邦唱〕願取得秦歸楚，便省得征和戰。〔同唱合〕稱兄弟，情意綿，〔起科。唱〕東西兩路各揚鞭。〔項籍白〕懷王之約，先入關者爲君，若是我兄弟先入了關呵，〔唱〕

【仙呂宫・嘉慶子】威名赫奕傳近遠，中外稱臣萬歲前，只恐凝旒冠冕。〔合〕兄和弟，難過遣，兄

只好問誰先。〔劉邦白〕有約在先，如何敢負？〔唱〕

【仙吕宫·園林好】入咸陽前言在先，稱臣子連兄不免。只願你功勳早建，〔合〕又怎敢抗皇宣，又怎敢抗皇宣？〔白〕吾弟先入咸陽，我不稱臣，便是欺君了。〔項籍白〕咳，那懷王原説，安定天下之後，安置他一個閒散之地，爲養老之所，他怎麽算得個君？〔唱〕

【仙吕宫·川撥棹】相懸遠，帝王身須自勉。你怎説他是皇宣，你怎説他是皇宣，道吾曾低頭殿前。〔劉邦背科。白〕嗄，原來他竟懷了此意。〔項籍唱合〕掙君王我上前，占江山你上前。〔劉邦轉科。白〕所言極是。軍務匆匆，就此告辭。〔唱〕

【情未斷煞】教場中將兵練，不違兄弟致纏綿。〔項籍唱〕則待你駐扎關門聽敕宣。〔揖科。分下〕

第十一齣　虞姬傷別（齊微韻）

〔扮二侍女引虞姬上。虞姬唱〕

【羽調引·喜相逢】光陰難繫，愁人怎不悲啼。又分離去也，又增憔悴。〔白〕不是無端淚不收，英雄別自有風流。劍光一去思秋水，爲妾封侯與妾愁。妾身虞姬，雖居巾幗之中，不作兒女子之態，只以兒夫激昂慷慨，不免感動窈窕幽情。前日將軍班師回朝，正喜夫妻團聚，今日又要攻取咸陽。適在前廳會客，好待進來，收拾起身也。〔唱〕

【羽調集曲·花覆紅娘子】【四季花】（首至五）拾掇舊征衣，鎧如銀袍堆錦，玉帶週圍。熊羆，天生將材偏是奇。【紅娘子】（合至末）英雄氣，渾忘別離，不解我孤單味。〔淚科。白〕似這等戰爭不息呵，〔唱〕

【羽調集曲·花叢道和】【四時花】（首至六）方開口，又鎖眉，何日安然榮貴。〔白〕將軍呵，〔唱〕把刀鎗劍戟險危，權當翠繞珠圍。烏騅，【道和】（三至四句）將人去奪錦回，引芳心緊相隨。【勝如花】（六至八）一絲魂夢依馬尾，千點淚暗濡羅幃。恨有誰知，【四季花】（十二至末句）則落得長思短憶。將心按住，免得他刻刻時時驚悸。〔扮項籍上。白〕帝王豈復論兄弟，巾幗何常無丈夫。〔見科。白〕嗄，美人，如何面帶淚痕？〔虞姬白〕妾因將軍屢次出征，未有寧日，心中懸念，不覓傷感。〔項籍白〕美人差矣，某以拔山之勇，蓋世之雄，有不戰，戰必勝，何須掛念。〔虞姬白〕將軍之勇，妾所深知。只一件呵，〔唱〕

【羽調集曲·慶豐安樂歌】【慶時豐】（首至三）戰酣人下追風騎，雲岑雨暗少追陪。你酒樽劍匣手中携，【安樂神】（第四句）我殘脂冷粉心兒碎。【排歌】（合至末句）開王業，創帝基，深知兒女態全非。朝臨陣，暮守闈，可憐夫婦夢魂岐。〔項籍白〕嗄，美人，我豈不願夫妻厮守。奈行軍之際，人喊馬嘶，恐怕驚謊了美人，所以不敢携帶着去。〔虞姬白〕這却無妨。〔唱〕

【羽調集曲·馬鞍帶皂羅】【馬鞍兒】（首至四）千軍萬馬何須畏，還瞻得丈夫威。征袍親自拂塵灰，斟佳釀略籌中饋。【皂羅袍】（合至末）不須朝朝懸望，魚書恨希。時時作戀，葵心暗悲。相從倒是從長計。〔項籍白〕固知美人是女中丈夫，只這幾句話，說得我心花都開滿了。自此以後，某與美人，可以終身不離也。〔虞姬白〕多謝將軍。〔唱〕

【羽調集曲·豐樂鄉】【豐樂神】（首至三）望夫不來遠相憶，不如直入貔貅隊。雙雙錦鴛常作對，【大勝樂】（第五句）驚心也勝孤眠味。【望吾卿】（合至末）咸陽破，衣錦歸，早蔭妻房貴。〔項籍白〕破了咸陽，你就是現成的王后了。某明日就從東路進兵。嗄，嗄，美人嗄，少不得你也要起身了。〔虞姬唱〕

【凝行雲煞】恩情呵同天地，自此無時得暫離，將軍呵莫道閨人膽量微。〔項籍携虞姬手科。白〕竚看男兒軍氣揚，〔笑科。白〕携家入陣又何妨。〔虞姬白〕借君寶劍朝爲鏡，錦繡旌旗試曉粧。〔下〕

第十二齣　王德薦賢（真文韻）

〔扮四弓兵引王德上。王德唱〕

【仙呂宮・六么令】陽和有信，布春風遠邇傳聞，喜看雨露一時新。除虐政，降仁恩，〔合〕聖朝開國根基穩，聖朝開國根基穩。〔白〕下官高陽縣令王德是也。聞得沛公劉邦，奉懷王之命，由西路來取咸陽，不妄殺一人，不妄取一物，耕者在野，行者在市，遠近相安，望風歸附。今大兵將到，下官只得保護百姓，出城遠迎。衆弓兵，就此迎上前去。〔弓兵應，繞場行科。同唱〕

【又一體】天開景運，把仁慈一改嬴秦，敢辭拜倒向營門。欣降雨，喜瞻雲，〔合〕后來爰救蒼生窘，后來爰救蒼生窘。〔下。扮八楚軍、項伯、周勃、王陵、樊噲引劉邦上。同唱〕

【又一體】聲聞遠近，獻城池不阻關津，刃無點血下西秦。師旅行，義安民，〔合〕自來不殺留根本，自來不殺留根本。〔劉邦白〕天道本好生，王者不嗜殺。以仁邀衆心，何城不可拔。自與項羽分兵征進，體上帝愛民之意，廣平生寬大之懷，安撫地方，衆百姓望風歸附。早過了昌邑，又來到高陽地面，聞得邑令王德愛護百姓，率衆迎降，相見之時，用好言慰之。〔行科。唱〕

【又一體】名邦大郡，拙催科撫字辛勤，廉明公正與民親。相見晚，禮殷懃，（同唱合）禮賢下士爲根本，禮賢下士爲根本。（四弓兵引王德上，跪科。白）高陽縣令王德，迎接君侯入城。（劉邦白）賢令知時達務，深爲可喜，請起，即煩引導進城者。（王德白）得令。（作引行科。白）已到縣衙。（劉邦衆作下馬科。軍士下。項伯、周勃、王陵、樊噲引劉邦作進坐科。王德參見科。劉邦白）好一位慈善邑令。賢令既納降款，何不同去伐秦，早晚得以共議軍情？（王德白）君侯容稟。（唱）

【中呂宮・駐馬聽】地瘠民貧，百姓頻年苦暴秦。見耕無牛種，織鮮蠶桑，零落居民。剛盼着君侯賜給雨和雲，暢好把塡溝枯骨重新潤。（合）怎忍從軍，憑他凍餒三月不知春。（白）此處有一賢士，姓酈，名食其。（唱）

【又一體】落魄家貧，深抱雄才迥不群。他學通河岳，才吐虹霓，氣動星文。（劉邦白）此人有多大年紀？（王德唱）比較那太公尚自髮華新，差不多侯生一樣堆霜鬢。（劉邦白）此人平日舉止若何？（王德唱）一向沉淪，惟耽麯蘗將就過冬春。（白）此人貧［平］日好飲酒高歌，不拘小節，邑中人皆呼爲狂士。據敝縣看來，不過因秦家殘虐，焚書坑儒，托之酒狂，自逃世外。（唱）

【又一體】他鎮日昏昏，腹有藏書免被焚。若欣逢明主，得展鴻猷，易醒微醺。自古道一朝天子一朝臣，少不得山林隱逸同時奮。（合）爲語賢君，英材畢竟不是困風塵。（劉邦喜科。白）既然有此賢士，煩賢令引進，吾當重用。（王德白）謹遵台命。（唱）

【又一體】介紹情殷，接引名賢代此身。不負君侯青眼，酈子青毡，盛世青雲。不管他水邊籬落更山村，則教他逢湯佐武歸堯舜。〔揖科。白〕卑縣就此尋得酈生來見。〔唱合〕你暫駐三軍，斯人一到管當席間珍。〔劉邦白〕足見賢令相愛之深，我在此專等便了。〔王德白〕自昔明珠不暗投，〔劉邦白〕恤民愛士仰賢侯。〔項伯、周勃白〕蒼生共切雲霓望，〔王陵、樊噲白〕又把三秦物望收。〔分下〕

第十三齣　濯足慢士（魚模韻）

〔扮酈食其上。唱〕

【仙呂調套曲·村裏迓鼓】說不盡腹中經緯，都做了麯中麯中旨趣。朦朧白眼，醉時光、乾坤另覷。有甚麽俗懷世情，俗懷世情，逢杯入手，早自屏除。只俺這飲興兒豪，飲興兒豪，鯨熬吞吸，一瀉千壺。落得個猖狂態，將人慢侮。〔白〕不幸生離亂，懷才未遇時。且將儀狄酒，聊解不平思。小生姓酈，名食其，高陽人也。胸藏萬卷，腹蘊千箱。文武經猷，自幼已誇獨步；治平事業，至今未見施爲。只緣無道嬴秦，焚書坑儒，爲此隱身下里，聊作監門。借麯蘖以藏身，故作沉酣之態；聽世人之指摘，徇他狂士之稱。正是：興王不作，傑士潛形。不遇知音，只好狂歌嘯傲，了此一生也。〔唱〕

【仙呂調套曲·元和令】不逢時聊退處，肯因時勢誤。懷藏美玉漫求沽，席珍應可許。如何暗裏欲投珠，隱衡門得自如。〔白〕近聞沛邑劉季，奉楚王之命，領兵伐秦，昨日已到高陽，駐兵城邑。此人豁達大度，器宇不凡，小生有志從戎，但苦無人汲引，未識機緣何似，遇合何期也？〔唱〕

【仙呂調套曲·上馬嬌】才八斗，學五車，際遇急相需。若得遭逢英傑主，施謀略奠寰區。〔扮王德上。白〕衡泌每多君子隱，鹽梅應佐治平人。來此已是酈生門首，酈先生在家麽？〔酈食其白〕是那個？〔作見科。白〕原來是本邑父母到來，不識有何見教？〔王德白〕小弟久慕吾兄才學，已在劉沛公處薦舉，特來邀請，到彼相見。〔酈食其白〕多感盛情，但聞沛公不好儒術，輕慢於人，曾置儒冠於溲溺之中，恣具嘲笑。吾等謹守先儒，豈屑爲其所慢？〔唱〕

【仙吕調套曲·勝葫蘆】他道孔孟詩書半是迂，輕文學薄吾儒，溲溺儒冠將人侮。縱然相見，登門晉接，還怕禮文疏。〔王德白〕沛公豁達大度，儘足容人，鑒察賢愚，心存别識。昨日耳聞先生大名，已覺喜形望外，相見之際，自然以禮相迎，斷不以倨傲慢待先生也。〔酈食其白〕吾亦久聞其名，願與相見。〔王德白〕如此就請同行。〔酈食其白〕老父母請。〔王德白〕請。〔酈食其白〕從軍喜遂平生願，建績應看韜略伸。〔下。扮二軍士、二侍女引劉邦上。白〕故作輕疏態，聊觀藴藉人。昨日高陽令薦舉狂生酈食其，道他學識兼優，能知治亂興衰之運。已令前去相邀，今日必來見我，不免令二女子濯足，踞牀相見，看他器量如何。軍士。〔軍士白〕有。〔劉邦白〕外廂伺候，有王縣令帶酈生到來，可令王縣令迴避，着酈生進來相見。〔軍士白〕得令。〔下。劉邦白〕侍女們，與我濯起足來。〔二女子白〕曉得。〔作濯足科。王德引酈食其上。王德白〕此間已是縣衙，門上有人麽？〔軍士上。白〕是那個？〔王德白〕煩你通報，道高陽令王德，帶領酈生來見。〔軍士白〕沛公有令，縣尊暫且迴避，酈生裏邊相見。〔王德白〕如此失陪了。〔酈食其白〕請。〔王德下。酈食其白〕看他將王令遣開，獨留我裏邊相見，想必整冠出迓，禮貌

相加，不免教他取得陳留，以報今日知遇之情，有何不可。〔唱〕

【又一體】俠烈經生兩念孚，隆禮貌敬師儒，束帶矜莊相對語。情投義合，將功厮報，一郡獻輿圖。〔軍士白〕主公着你進見，爲何在此自言自語？〔酈食其白〕怎怎麽着我進見？〔軍士白〕不着你，倒請你不成？〔酈食其白〕不好，又作故態了。〔沉吟科。白〕也罷，既來之，則安之。且去看他情况何如，再作計較。〔軍士白〕隨我來。〔酈食其白〕曉得。〔作進科。軍士白〕那裏濯足的便是主公，你自去見來。〔下。酈食其白〕在他矮簷下，怎敢不低頭。〔作見揖科。劉邦白〕你可就是酈生？〔酈食其白〕然也。〔劉邦白〕你一介寒微，前來見我，有何見解？〔酈食其白〕足下今日之意，還是助秦，還是攻秦？〔劉邦白〕好，好一個迂儒。你想天下久困於秦，正欲安民除暴，那有助秦之理？〔酈食其白〕足下既欲伐秦，是爲義舉。古來起義之師，必須收服人心，以爲根本，豈宜倨慢長者，先絶士人之望？〔唱〕

【仙吕調套曲·後庭花】有心將功業圖，伐强秦興義舉。草野雖微賤，應思感有孚。德爲輿，儀文作輔，衆歸依如父母。怎則將長者侮，怎則將學士阻？早教人頌《碩鼠》，走郊原將去汝。〔劉邦白〕多蒙明教，使劉邦聞所未聞，待我整冠束帶，與先生陪禮。〔作輟洗穿衣科。白〕女侍迴避了。〔二女子白〕曉得。〔下。劉邦白〕賢士請上坐，適纔多多有罪，望乞休怪。〔酈食其白〕語言衝撞，尚望涵容。〔劉邦白〕足徵雅愛。〔酈食其白〕不敢。〔劉邦白〕聞得先生避亂逃秦，隱身麯蘖。天下興亡之故，想當洞悉於胸，還祈見教一番。〔酈食其白〕那六國呵，〔唱〕

【仙呂調套曲・青歌兒】顛覆顛覆自取，喪失喪失輿圖，只爲當年計慮疏。兵馬相逐，縱約先辜。救火加薪，割地誠愚。地盡無餘，國削城孤。勢盡身殂，社稷丘墟。〔劉邦白〕如此説來，六國之滅，乃六國自取，非關秦家之故。〔酈食其白〕春秋五霸，猶假仁義爲名，豈有殘暴不仁，能得天下之理。秦自商鞅，窮地脉，制法令，一以殘刻使民，後世因之，無非暴政，特因六國自取其亡，秦政因而定鼎。然而焚書坑儒，滅絶道義，築長城，起阿房，役使其民，使天下不堪勞苦，此所以開今日之亂也。〔唱〕施殘逞暴，極兇窮狠。工作無停，使民勞困。魚雀求生，鸇獺來時早逃奔。人怨憤，誰甘輾轉死溝渠，早則把危亡速。〔劉邦作大喜科。白〕先生所論，透徹興亡道理，實乃不刊之言，劉邦得聞謦欬，萬千之幸。但不知今日伐秦，當以何者爲先，伏乞先生明教。〔酈食其白〕明公舉糾合之衆，統散亂之兵，爲數不過十萬，便欲徑入咸陽，坐困秦軍，此所謂驅羊以入虎口者也。〔唱〕

【仙呂調套曲・寄生草】崤函地，險有餘，秦關百二人驚怖。縱然億萬心離去，兵强士悍從來慕。如何十萬乍降軍，思量直入咸陽路。〔劉邦白〕如此却怎麽樣？〔酈食其白〕陳留一郡，四通八達，正當天下之衝，城中糧草甚多，可以屯軍養士。依我愚見，莫若先取陳留，然後乘機去破關中，乃爲上策。〔劉邦白〕陳留地險糧多，攻之焉能就破？〔酈食其白〕陳留太守陳同，與我相好，待我前去説他，覘其心意。他若肯降，我便與彼同來。他若不肯投降呵，〔唱〕

【又一體】麾師旅，勞卒徒，三通鼓罷攻城去。六關圍遶軍威佈，多謀傑士從中助。早將郡守送刀頭，須教闔郡人降附。〔劉邦白〕若得先生相助，陳留已在掌握中矣。且請後帳少談，明日再往陳留遊説。〔酈食其白〕食其初入軍中，未有功績，願請今晚便行，明日收服陳留，再行細叙。〔劉邦白〕何必如此奮往？〔酈食其白〕事不宜遲，明公静候好音。倘若晚間無信，連夜起兵，前去攻城便了。〔唱〕

【賺煞】這機謀，休擔誤，急速去將他探取。倘得相從志願孚，話投機速獻降書。待黄昏信息全無，郡守應知心未許。將軍用武，兵威遥助，中宵還看破闉闍。〔劉邦白〕謹如台命。〔酈食其白〕就此告辭。三寸舌鋒降守將，一番簧鼓取陳留。〔下。劉邦白〕酈生此去，未知如何，不免吩咐軍士，預備攻城。正是：簧鼓那如兵鼓勝，劍鋒還比舌鋒優。〔下〕

第十四齣　攻得陳留（江陽韻）

〔扮十六軍民引陳同上。陳同唱〕

【正宮引·三疊引】朱幡皂蓋坐黄堂，一點丹心未喪。世亂暗兵氛，馬革應將屍葬。〔白〕休言國事亂如麻，食禄恩叨纂組加。縱未逢迎施暴政，豈無節烈報皇家。下官姓陳，名同，蒙始皇簡任，現授陳留郡守之職。下車以來，咨訪賢士，體恤民瘼，方將大展才猷，做個賢能太守。不料兵荒四起，鄰郡離心，楚寇臨城，紛紛降附。下官有個好友酈食其，他自負才高，道天下不足平治，屢勸下官背棄朝廷，興兵舉事。這也不過狂生之論。下官身受秦恩，豈肯别存他意。現今楚懷王命沛公劉邦領兵，從西路進取咸陽，一路收降郡邑，前朝已抵高陽。聞高陽令，迎接沛公入城去了，不時要到陳留。須索早爲防備，因此點撥軍民，登城守護。衆軍民，〔軍民白〕有。〔陳同白〕聽我吩咐。〔軍民白〕嗄。〔陳同唱〕

【正宮·一撮棹】兵戈攘，郊原亂欃槍。旌旗舉，齊心衛金湯。登堞雉，東西各分防。〔軍民白〕四望寂静無人，看來楚軍尚遠。〔陳同白〕防他倉卒到來，須要小心巡邏。〔軍民白〕曉得。〔陳同唱〕聽鉦鼓，喜得在遐方。安排定，先期保屏障。〔合〕管取俺，一郡得安康。〔扮酈食其上。白〕掌中早握陳留郡，舌上先開不戰功。城上的，報與太守老爺，道有故人酈食其在此要見。〔軍士白〕站着。稟上太爺，城下有一秀士，自稱故人酈食其要見。〔陳同白〕酈生乃我好友，軍士，開了城門，請他進見。〔軍士白〕得令。〔作下城開城放進科。陳同下城相見科。陳同白〕離亂之中，難得故人光降。〔酈食其白〕因聞楚軍將至，特來進獻良謀。〔陳同白〕故人到此，自能解散敵兵，消除民困。且請敝衙敘話，靜聽機謀。〔酈食其白〕當得。〔陳同白〕衆軍民，〔軍民白〕有。〔陳同白〕爾等分路巡查，小心防守。倘有兵馬前來，報我知道。〔軍民白〕得令。〔陳同白〕酈兄請。〔酈食其白〕太守請。〔陳同白〕安民靜聽孫吴計，解甲應看旦夕中。〔下。軍士白〕太爺吩咐，我等須要小心防守。〔衆同白〕就此分頭前去，走嗄。〔下。扮八楚軍、王陵、樊噲、柴武、靳歙引劉邦上。同唱〕

【越調·水底魚兒】煞是荒唐，如何不見降。舌鋒難仗，兵威那可當。〔劉邦白〕酈生去説陳同，約定晚間無信，領兵前來取城，外攻内應。今已二更時分，陳留未見投降，只得要去攻城了。衆將官，〔衆白〕有。〔劉邦白〕就此悄悄往陳留去者。〔衆白〕得令。〔作行科。同唱〕悄然勇壯，暗中行路忙。敵樓在望，〔合〕早將威武揚，早將威武揚。〔劉邦白〕就此放砲攻城。〔衆白〕得令。〔作放砲吶喊攻城科，下。扮十六軍民上。同唱〕

【又一體】鼓角齊揚，敵兵來得忙。砲聲雄壯，近城人恐惶。雷奔雷響，震天威勢張。怎生抵攛，〔合〕一心同禦防，一心同禦防。〔酈食其提首級上。白〕太守陳同，不知天命，欲禦楚軍，被我刺死在此。爾軍民欲保性命，快快隨我開城，迎接沛公，免遭屠戮之慘。〔衆軍民白〕我等聞得沛公寬仁愛下，情願共去開城迎接。〔酈食其白〕既如此，就去開城。〔衆白〕得令。〔作開城科。同唱〕

【又一體】逆命應亡，陳同身受殃。沛公名望，久聞天下揚。得親瞻仰，素願今始償。早迎兵仗，〔合〕奠安這一方，奠安這一方。〔衆引劉邦上，作欲攻城科。酈食其白〕楚軍不必攻城，我已刺死陳同，率衆前來，迎接元帥入城。〔劉邦白〕原來先生已殺陳同，得此一郡。待我將先生功績表奏懷王，封爲廣野君便了。〔酈食其白〕多謝元帥提拔之恩。〔劉邦白〕衆將官，就此入城。〔衆白〕嗄。〔作進城科。同唱〕

【又一體】一矢無傷，陳留今已降。計謀堪仗，那矜兵卒强。士民迎向，早登歡樂場。入關誰抗，〔合〕定爲關内王，定爲關内王。〔同下〕

第十五齣　爲國忘家 (齊微韻)

〔扮張良上。唱〕

【仙呂宮・步步嬌】國事差安家門喜，慮遠心難已。冰山那可依，楚國君臣，沐猴冠履。〔合〕終久懼傾危，乘時早定安邦計。〔白〕吾自復韓以後，心事雖完，只恐楚王未必成終，竟欲輔佐沛公，爲韓國久長之計。今聞懷王，命魯公、沛公兩路分兵，進取咸陽，先入者爲王。我將此事啓過韓王，假以略地爲名，去見沛公，料他必定留我從軍。不免試展黃石機謀，輔他先入咸陽，以爲興王之地。待我辭別娘子，就此起程。娘子那裏？〔扮趙静娥上。唱〕

【又一體】衾枕微温人慵起，日照重幃裏。催妝乍拂衣，對鏡徐窺，整容纔已。〔合〕朝罷報郎回，相呼饒有歡欣意。〔見科。白〕官人爲何如此歡喜？〔張良白〕因聞沛公奉命西征，意欲前去輔他，以保韓國。〔唱〕

【仙呂宮・江兒水】素願今堪遂，陰符用有期。西征建績興王起，荒亂從兹漸平已。河山一統歸圖會，六國齊分疆理。〔合〕定主安民，試展胸中經濟。〔趙静娥白〕相公差矣。〔唱〕

【又一體】爲國嘗艱瘁，更番履險危。逃亡博浪遭傾否，十載離家棄魚水。君安國復身榮貴，幸得歸來故里。〔合〕怎捨朝廊，反佐征西謀議。〔張良白〕娘子，你那裏曉得。〔唱〕

【仙呂宮・解三酲】想當年難中逃避，復韓國仗有伊誰。途中幸得風雲會，遇劉季情投意遂。慇懃轉奏金鑾下，玉詔頒來茅土隨。〔合〕臣心慰，全憑鼎力，得奠邦畿。〔趙静娥白〕既有沛公相助，韓國已可無虞。相公結好沛公，自蒙推愛，何須遠涉艱危，更作別離之感。〔唱〕

【又一體】既與韓重蒙德義，這國事便足相依。劉公討伐功成遂，想恩澤定無隆替。音書暗結金蘭好，君國何愁壘卵危。〔合〕甘勞瘁，咸陽遠涉，更欲何爲。〔張良白〕懷王非有作爲之人，天下斷難長保。現今沛公、魯公，分路進取咸陽，約定先入者爲王。魯公兵勢强勇，萬一先入咸陽，俺韓國便有覆亡之患了。〔唱〕

【仙呂宮・豆葉黄】被隆恩輔翼，得復韓基。聽强猛争功奪爵，獨王咸陽之地。仁賢失位，更誰可依。看覆敗不移朝夕，看覆敗不移朝夕。〔合〕建國勳勞，徒費心機。〔趙静娥唱〕

【又一體】你通權達變，早失先機。道沛魯弱强非等，不向重瞳厮倚。項家功遂，我國漸危。你怎不先期結納，你怎不先期結納。〔合〕把這家邦，暗裏扶持。〔張良白〕娘子，你道項羽可以依靠的麽？　喏，〔唱〕

【仙呂宮・忒忒令】便虎狼兇殘似伊，他却也背仁忘義。只把暴强自逞，思將霸啓，軍民輩任誅

夷。〔合〕同儕列，多猜忌，難作邦家庇。〔趙静娥唱〕

【又一體】那魯公原來恁的，狼虎性如何交契？ 怕道兵强勢勇，還將國圮，擇賢主去相依。〔合〕爲百世、安邦計，〔白〕但不知那沛公呵，〔唱〕果能彀不負東君意。〔張良白〕那沛公呵，〔唱〕

【仙吕宫・沉醉東風】性仁慈民心所歸，量容人豁達不羈，更龍顔貌實奇。 觀其所爲，真天授將膺帝位。〔合〕終將鼎移，須安萬黎，重興六國，康寧可期。〔趙静娥白〕官人素能知人，若得賢主輔之，使我韓國久存，不負五世相韓之舊。 妾雖婦人，與有榮幸也。〔唱〕

【又一體】盡忠懷將君護持，作屏藩河山誓期，儘勤勞履險危。 家門久離，抛妻子寧嗟委棄。〔合〕施謀設機，匡王定基，功名遠大，丹青永垂。〔張良白〕難得娘子如此向義，卑人此去，輔他一入咸陽，便當辭歸故國，協輔吾君，與娘子永諧連理也。〔唱〕

【仙吕宫・桃紅菊】入咸陽成功有期，早相辭忙歸梓里。 竭志把邦國輔理，竭志把邦國輔理，〔白〕那時卑人與娘子呵，〔唱合〕樂得個百年唱隨。〔趙静娥白〕相公盡心爲國，妾所願也。 别離有限，歡樂無窮，惟有眼望旌旗，静聽消息而已。〔唱〕

【又一體】豈學他沾襟别離，但臨期將言贈你。 若得個功成願遂，若得個功成願遂，〔合〕休繫戀榮華不歸。〔張良白〕這倒不消娘子囑咐。〔趙静娥白〕就此備辦行裝，伺候相公起程。〔張良白〕有勞娘子。〔唱〕

【情未斷煞】爲抒忠忘身瘁，〔趙静娥唱〕撇子抛妻走孤恓，〔同唱〕只等待功業完時歡樂回。〔同下〕

第十六齣　略地從軍　（真文韻）

〔扮八楚軍、薛歐、陳沛、王陵、盧綰、樊噲、酈食其、曹參、蕭何引劉邦上。劉邦唱〕

【雙調引・鎖柳烟】戰勝移營，宜陽前進。一路壺漿迎問，直到函關廝近。偶憶多謀，傑士偏難相覿。〔白〕陳留一郡，幸酈生内應，不戰而降。一路前來，韓邦在望，當日子房歸韓之時，曾言後會有期。如何軍臨境上，子房不見前來？〔酈食其白〕張良得明公福庇，得復韓後，遂其大志，他乃明達之士，斷無不來之理。〔内作喧嚷科。樊噲白〕何處人馬，在此喧嚷？〔内白〕韓國張司徒略地至此。你們軍馬何來，擅行入境？〔樊噲白〕既是張司徒，你去傳説，有奉命西征劉沛公在此。〔内白〕待我稟與司徒。〔扮張良上。白〕原來沛公兵馬到來，有失遠迎。〔樊噲白〕沛公正然思念，不意此處相逢，就請先生隨我進營相見。〔張良白〕有勞引導。〔作進見科。劉邦白〕原來子房到此。〔張良白〕聞得明公過此，特假略地爲名，前來進謁。〔劉邦白〕子房真是信人，今日相逢，慰我飢渴。不識先生，别來何似？〔張良白〕明公聽啓。〔唱〕

【雙調・柳梢青】蒙庇復有韓邦，更將先業振。輔新君治理斯民，服勤勉黽。喜傲倖見閭閻安樂，愧幸得無歉臣分。〔合〕國事羈身，緬想音容，每縈方寸。〔白〕聞明公一路兵行，秋毫無犯，所過郡縣，望風歸附，此誠王者之師。建業成勳，在此一舉矣。〔劉邦白〕慚愧。〔唱〕

【又一體】承乏統領行軍，遠從西地奔。幸民心久叛嬴秦，降旗早引。麾指處更無羈滯，破竹勢乘機而進。〔合〕喜到韓邦，得接音容，慰吾方寸。〔張良白〕微生有何才德，敢勞明公如此記念。〔劉邦白〕先生智足謀多，劉邦素所佩服。別離之感，固有獨鍾，得侍之後，尚祈不惜艱難，暫留帳幄。〔張良白〕良既委質事韓，職事在身，未敢從命。〔劉邦白〕先生萬勿推辭，但借先生伐秦一行，得入咸陽，便當送歸本國，決不羈留也。〔唱〕

【雙調·四塊金】相屈佐軍，親把機謀運。決勝有期，先向咸陽進。朝來幸破秦，夕聽回韓郡。暫爾離君，諒無不允。〔合〕更休論，爲家邦先辭勞頓。〔張良白〕既蒙明公見愛，良又何敢推辭？但經請命而來，未獲回朝覆命，望明公遣人知會韓王，纔好從命。〔唱〕

【又一體】承命見留，心幸相親迎。何得固辭，不把功名奮。但因未面君，那敢忘臣分。一使相聞，得蒙應允。〔合〕願從軍，任艱勞更抒誠悃。〔劉邦白〕謹如尊命。〔張良白〕足感明公厚意。〔劉邦白〕吾與魯公，分兵進取，彼强我弱，勢不相侔。未知何計，得以先入咸陽，願先生明以教我。〔張良白〕勝殘去暴，必假仁義之師。魯公東路伐秦，大肆殺戮，所過地方，火飛血涌，毒勝於秦，兵勢雖强，不可恃也。〔唱〕

【雙調・金字令】除殘伐暴，仁義須爲本。行兇嗜殺，焉得民心順？固壘深溝，惟憂顛隕。兵行時日稽緩，軍聲自損，雄威枉道叱風雲。難得建奇勳，却教步後塵。〔白〕明公寬仁厚德，屬望於人，咸陽百姓俱願沛公先入關中，安民定亂，此必勝之機。佇看武關早過，郡縣歸降，一鼓成功，更無阻隔也。〔唱合〕德被三秦，人望吾君，征鐃一鼓功勞穩。〔劉邦白〕吾得子房輔佐，不愁不早入咸陽也。吩咐後帳擺酒，與子房接風。明日遣使通報韓王，起兵前進。〔樊噲白〕得令。〔劉邦唱〕

【雙調・清江引】陰符妙計親承問，勝暴非行陣。〔張良唱〕强弱總休虞，先急抒民困，〔劉邦唱合〕喜得俺夢叶飛熊今有準。〔白〕久思哲士幸相逢，〔張良白〕黄石書中計不窮。〔衆將官白〕試問咸陽誰作主，〔同白〕風雲會合早成功。〔同下〕

第十七齣　托病召黨（齊微韻）

〔扮小内侍引趙高病裝上。趙高唱〕

【中吕宫·麻婆子】勢權勢權獨自掌，陰凝命脉衰。士馬士馬臨境上，金行木氣虧。憂愁抑鬱敗肝脾，胡思亂想壞心地。〔合〕病到十分矣，急切望良醫。〔白〕咱家終日蒙蔽二世，只道楚兵不足爲憂，竟把章邯逼反，去投項羽。誰知懷王命劉邦領兵前進，一路郡縣迎降，已經殺入武關。有左右近臣奏知二世，道咱家誤國欺君，宣召入宫，要行問罪，咱家只得托病不朝，暫避其威。已遣心腹去請姪婿咸陽令閻樂前來，意欲與他圖謀大事，怎麼此時尚未到來？〔内白〕聖旨下。〔小内侍白〕聖旨下了。〔趙高作驚科。白〕怎麼又有旨意到來，這事怎了，這事怎了？〔唱〕

【中吕宫·駐雲飛】魄喪魂飛，一紙書催絶命期。二竪膏肓裏，針砭難容矣。嗏。心膽早成灰，求全無計。〔小内侍白〕公公枉有掀天手段，原來一些機變也没有。依我主意，還是裝起病來，看他詔旨如何，再作計較。〔趙高白〕言之有理。〔作伏桌科。扮大太監捧旨上。白〕丞相趙高，快來接旨。〔小内侍出見科。白〕丞相卧病，不能行動，請公公裏邊宣旨。〔大太監白〕怎麼病到這般？也罷，待我進去。

〔作進内科。白〕丞相如何一病至此？〔趙高白〕委實不能起動，望看往常情分，將旨意讀與我聽罷。〔大太監白〕你好大情分，聽我念來。奉旨，趙高身爲丞相，兵臨城下，尚爾卧病不起。前日朦朧妄奏，屈殺李斯。嫉功妬能，逼反章邯。災民亂國，罪不容誅。着即來朝，面行奏覆。欽此。〔趙高作伏桌叩頭科。白〕萬歲。〔大太監白〕旨意如此，就請丞相入宫奏覆。〔趙高白〕此中罪案，自當入宫辯論。但此時跬步不能，斷難面聖，望祈回宫轉奏，道趙高病體稍愈，即便入宫奏明。〔大太監白〕主上盛怒之際，只怕未必允從。〔趙高白〕全賴大哥護庇。〔大太監白〕也罷，我去覆奏，看你造化如何。玉陛趨蹌完使命，天心喜怒卜臨時。〔下。小内侍白〕欽差去了。〔趙高白〕欽差去了，我也好了。〔唱〕數語支吾，如服回生劑，〔白〕我恨只恨呵，〔唱〕扁鵲盧醫到得遲。〔扮閻樂疾上科。白〕叔丈一聲叫，姪婿忙來到。不是顧親情，只爲圖榮耀。自家咸陽縣令閻樂的便是。我家丞相叔丈唤我，不知何事，急急前來。此間已是，不免逕入。〔見科。白〕叔丈老爹在上，姪婿孩兒拜揖。〔趙高白〕請坐。〔閻樂坐科。白〕叔丈呼唤，有何差遣？〔趙高白〕姪婿，你還不知道麽？〔閻樂白〕姪婿孩兒不知。〔趙高白〕現在楚兵已過武關，主上道我蒙蔽聖聽，要問個大大的罪名哩。〔唱〕

【中吕宫・越恁好】甲兵臨境，甲兵臨境，歸罪到樞機。章邯李相，將往事又重提。道咱當國把君欺，嫉功多忌。〔合〕須知，這禍事也非輕細。堪悲，俺九族也難逃避。〔閻樂白〕怎麽要滅起九族來？不但叔丈有殺身之禍，就是姪婿孩兒，也有些洗不乾净了，這便如何是好？〔趙高白〕我有一計在此，不知姪婿肯行與否？〔閻樂白〕我等都是就死之人，苟有生路，如何不去？叔丈快快説來。〔趙高白〕你去點齊甲士，只説有賊在宫，發兵擒捉。先把宫墻圍住，然後乘勢入宫，將二世誅滅了，豈不是好？〔閻樂作喜科。白〕好嗄，誅滅了二世，這江山就是叔丈掌管了。〔趙高白〕我一個内侍，如何坐得朝廷？聞得公子子嬰爲人仁厚，作事端恭，輔他爲君，却符人望。〔唱〕

【中吕宫·攤破地錦花】六龍飛，但博個人心喜。道一個輔佐得宜，消除這罪孽名兒。建樹勳高，罷任堪期。〔合〕作福威，看操縱任吾輩。〔閻樂白〕誅滅二世，輔佐子嬰，將我輩弑君之罪，倒做了開國之功，妙計，妙計，妙計。只是叔丈得意專權，這榮華富貴，也要分些與姪婿孩兒纔好。〔趙高白〕這個自然。事不宜遲，怕有禍事到來，快些行事要緊。〔閻樂白〕如此告辭了。計成覆海翻天勢，暫作無君犯上人。〔下。趙高白〕閻樂此去，我的大病已好八分。只消一副絶命湯，斬關奪門，推陳致新，消却胸中痞塊，便是十分全愈了。正是：心病還將心藥治，醫生須向意中求。〔下〕

第十八齣　弒主易君（庚青韻）

〔扮二内侍、二宫女、燕趙二貴人引二世上。二世唱〕

【商調·山坡羊】被貂璫，專權奸政。受欺蒙，徇私偏聽。到今日，兵臨國危。悔當初，錯把人親幸。〔白〕孤家不合寵任趙高，受他蒙蔽，以致政事拋慌，刀兵四起。李相屈死刑曹，章邯逼降楚國，弄得政權失掌，將相全無。現在楚兵殺過武關，眼看將臨城下。已曾兩次宣召趙高入宫處分，奈他自知有罪，托病不朝。滿朝臣子，皆其黨類，孤家倒覺無奈於他。〔作頓足科。白〕咳，奸璫誤國，一至於此，令人好痛恨也。如今内無禦敵之將，外無援救之兵，社稷江山，如何能保？〔唱〕敵勢淩，難將威武攖，行軍絶少孫吴令。郡邑離心，更誰援拯？〔合〕金城，應看旦夕傾。陰靈，須知不可憑。〔燕、趙二貴人白〕萬歲且免愁煩，楚兵雖過武關，尚有嶢關阻攩。萬歲宣召天下勤王人馬，前來策應，還可有濟也。〔唱〕

【商調·水紅花】關津重疊路難行，阻戈兵，羈留邊境。勤王士馬急相徵，衆奔騰，軍威堪整。早早驅回楚將，鼠竄各逃生。〔合〕社稷保無傾，也囉。〔二世白〕貴人有所不知，我家自先帝併吞六

國，不立其後。如今各國擅自稱王，郡縣依先歸附，更有何人奉我秦朝號令？〔唱〕

【商調・山坡羊】七雄争，先皇革命。罷分封，一人兼併。滅六國，民心怨咨，乘吾衰，誰把新君定？勢已成，同將王號稱，誰來奔走遵秦令？衆叛人離，有威難整。〔合〕金城，應看旦夕傾。陰靈，須知不可憑。〔燕、趙二貴人白〕各國雖然離叛，我秦沃野千里，奮擊百萬，國富兵强。先皇能取天下於六國方强之日，我主豈不能定江山於六王乍出之時？只須出榜招賢，倘得一二忠勇之士，率領强兵，去與楚營决勝，彼勞我逸，自當一戰而摧鋭進之軍也。〔唱〕

【商調・水紅花】當年六國競連衡，藉强兵，終遷周鼎。今朝不改舊池城，集群生，猶多强猛。但得奇才統衆，破敵奏功成。〔合〕社稷保無傾，也囉。〔二世白〕此計甚妙，不免傳旨出去，依議而行。〔内作吶喊科。白〕有大賊在宫，快些擒住。〔二世白〕何處發喊？内侍們，快去打聽。〔内侍白〕領旨。〔下。扮八家將引閻樂上。同白〕大賊入宫作亂，快快擒拿。〔扮四守衛上，見科。白〕賊在那裏？〔閻樂白〕賊入深宫，你們職居守衛，爲何尚自不知？軍士們，與我綁了。〔家將白〕得令。〔作綁守衛科。守衛白〕皇宫禁地，安得有賊人在内？你這厮帶兵擅入，一定是作亂了。〔閻樂白〕休得胡言。軍士，與我斬了。〔軍士白〕得令。〔作斬守衛科。閻樂白〕就此入宫。〔衆白〕嗄。〔作入宫科。扮八内侍執器械上。白〕這是皇宫内院，何敢帶兵擅入？〔閻樂白〕吾奉丞相鈞旨，特來擒賊，誰敢阻攔？〔内侍白〕反了。〔作攔阻科，殺科。衆家將格殺六内侍科。二内侍奔下，閻樂率衆追下。二内侍奔上科。白〕虧咱跑得快，留却殘生在。趙高遣人作亂，不免奏與萬歲爺知道。〔作進見科。白〕萬歲爺，不好了。〔二世白〕怎麽樣？〔內侍白〕趙高遣人作亂，殺入宮中來了。〔二世白〕有這等事？這奸賊，罪通於天了。〔內作吶喊科。內侍白〕兵已入宮，萬歲爺快些防備。〔二世白〕取劍過來。〔內侍白〕領旨。〔作取劍二世佩科。閻樂領家將上。家將白〕啓爺，已到望夷宮了。〔閻樂白〕就此進去。〔家將白〕嗄。〔作進科。二世白〕爾是何人？領兵直入深宮，主何意見？〔閻樂白〕吾乃咸陽縣令閻樂，奉丞相鈞令，特來問罪。〔二世白〕我有何罪？〔閻樂白〕足下矯恣横暴，誅斬太甚，神人共怒，諸侯皆叛。丞相道，足下若不早早讓位，這社稷江山，就不能保守了。故此遣我入宮問罪，令足下自行裁决。〔二世白〕丞相現在那裏，可得一見麽？〔閻樂白〕丞相道，大義滅君，不忍相見了。〔二世白〕既如此，望以吾言，轉致丞相。願得一郡爲王，不知可否？〔閻樂白〕不可。〔二世白〕願爲萬户侯。〔閻樂白〕也不可。〔二世白〕願與妻子爲黔首，列於諸公子。〔閻樂白〕總是一個不可。〔二世作怒科。白〕這是一定要我的性命了。趙高嗄趙高，你好狠也。〔唱〕

【商調·滿園春】逆倫理，紊常經。忘名分，任胡行。憑他梟獍兇殘性，難敵你，難敵你，險毒呵心情。將天地盡翻傾。〔閻樂白〕不必多言，速請自决，免失君王體統。〔二世白〕我乃堂堂天子，豈肯落人之手？〔作拔劍科。唱合〕坐江山不成，罪先靈不輕。一舉吴鈎，一舉吴鈎，鋒鋩過處，早服他亂國之刑。〔自刎科。燕、趙二貴人作撫屍科。白〕阿呀，萬歲嗄。〔唱〕

【商調·索兒序】玉山一旦崩，鮮血淹龍頸。逆豎釁謀，豺虎兇狂性，狐群狗黨亂天經。〔白〕阿呀，趙高你那禽獸嗄，〔唱〕我把你食肉抽筋恨不勝。〔閻樂白〕要死就死，丞相不是你們罵的。〔燕、趙二貴人白〕閻樂嗄閻樂，〔唱〕我看你刳心剖腹親承領。〔閻樂作怒科。白〕休得胡言，看刀。〔燕、趙二貴人唱〕休把青鋒污娉婷。〔白〕我二人呵，〔唱合〕隨萬乘，黄泉路上一同行。〔作撞死科，下。扮趙高上。白〕除却心頭病，來將國事持。方纔孩子們報道，二世已經自刎，爲此前來，看其虚實。〔作見科。閻樂白〕恭喜叔丈，大事完畢了。〔趙高白〕有勞了。〔閻樂白〕好説。〔趙高白〕二世自刎，吾一家可以無慮了。傳令百官，就輔子嬰爲君，去了帝號，仍與列國稱王。令他齋戒三日，然後登基嗣位。〔衆白〕好極，好極。〔趙高白〕且將二世屍骸，擡往宜春苑内，用黔首埋葬。傳我號令，輔佐新君。〔閻樂衆白〕領鈞旨。〔作擡二世屍首同下。趙高笑科。白〕哈，哈，略施小計，將潑天大禍一旦消除。從此輔佐新君，更把威權執掌，榮華到底，歡樂無窮，可不快活人也。〔作大笑科。白〕不免回家，聚集百官，做個慶賀筵席。正是：亂國奸倫謀已遂，天長地久樂無窮。〔下〕

第十九齣　三世戮奸（齊微韻）

〔扮二內侍引子嬰上。子嬰唱〕

【越調集曲·桃花山】【小桃紅】（首至八）奸邪跋扈，國亂君危，教俺難安睡也。〔白〕俺想趙高那賊，引誘二世皇兄終日宴樂，荒廢國政，及至楚兵臨城。趙賊却又假托卧病，與賊黨閻樂商議，聲言寇已入城，竟行弒逆之事。似這等天翻地覆呵，〔唱〕寸斷肝腸把禍罹，此恨有誰知？只得將天告，自嗟吁，左右渾無計也，因此上静掩齋宫托修禊。〔白〕他如今傳示百官，令俺嗣位，却又教俺齋戒三日，然後登位。俺想這賊，險惡至此，料俺也不能免其毒手，因此心生一計，假言有疾，不能告祭。那賊見吾不出，必然前來請我，已傳集韓覃、李畢前來，爲暗中擒斬之計。〔唱〕【下山虎】（合至末）席上成擒易，討賊何疑，不共天讐須是伊。〔扮韓覃、李畢上。白〕君王方卧疾，召將欲何爲？來此已是齋宫，不免通稟。那位公公在此？〔一內侍應科。白〕是那個？〔見科。白〕原來是韓、李二位將軍到了，待咱家奏知主上。〔韓覃、李畢白〕有勞公公了。〔內侍向子嬰白〕啓知吾主，韓覃、李畢在宫外候旨。〔子嬰白〕就令他進來。〔內侍應科。白〕領旨。〔內侍作出科。白〕主上令二位進見哩。〔韓覃、李畢作進見科。白〕臣韓覃、李畢叩見，不知相召，有何使令？〔子嬰白〕二卿素有忠心，俺有一事，意欲用爾，不知爾等果能了此大事否？〔韓罩、李畢白〕吾主苟有用臣之處，死亦何辭。〔子嬰白〕丞相趙高，大逆不道，人所共知。今恐群臣謀誅，佯以大義輔我爲君，使我齋戒三日，見廟受璽。我想二世皇帝含恨在天，俺與此賊誓不共生，豈肯便爾臨祚。〔唱〕

【越調集曲・江神心】【江頭送別】（首至七句）伊行地，行弒逆，人人共知。俺今日，便君臨，怎忘斯罪？〔白〕俺今日稱疾不往，原欲誘伊來請，就勢圖之。〔唱〕除奸方可爲秦帝。〔白〕你二人可伏甲兵在齋宮之外，待其來時，共起殺之，以雪二世之恨，也是爾等臣子大義。〔唱〕【江神子】（第三句）伏齋宮戈甲休遲，【繫人心】（合至末）斬奸邪，絕禍危。〔白〕只是休要漏洩了。〔唱〕漏洩須防，休教畫虎成讖。〔韓罩、李畢白〕臣等小心行事便了。〔子嬰白〕如此快去。〔韓罩、李畢應科。子嬰白〕計就日中擒玉兔，〔韓罩、李畢白〕謀成日裏捉金烏。〔分下。扮趙高上。唱〕

【越調集曲・山下遇多嬌】【下山虎】（首至合）喜威權日重，輔佐功垂，誰敢論吾罪？〔白〕俺趙高，因二世召我問罪，禍在不測，是以托病不朝。因與姪婿閻樂私商，爲預先下手之計，竟將二世弒了。又恐人言不服，只得輔子嬰爲帝。我想子嬰居心仁厚，必無害吾之意。〔唱〕新君弱可欺，扶他正位，感吾恩私。〔白〕若非吾趙高除了二世，子嬰如何得爲天子？今朝平地登天，可知都是我趙高之力。如今聞他有疾，只得前去問安，可知預先結納得好，後來便好行事哩。〔唱〕他驀地登天事可知，俺更是殷勤能預計，後籠須教今日基。〔作笑科。白〕只須教他上了俺這道兒，則怕又要身不由己了。〔唱〕

【憶多嬌】（合至末）我再把權移，再把權移，妙策從來少遺。〔作到科。白〕言語之間，已到齋宫了。〔作看科。白〕爲何宫門之外寂静無人？不免逕進。〔韓覃上。白〕丞相何往？〔趙高白〕聞新君有疾，特來問安。〔韓覃白〕此非二世宫門，不勞丞相來往。〔趙高怒科。白〕新君乃吾所立，你這厮休得胡説。〔韓覃白〕弑君逆賊，人所共誅，乃敢假托問疾，直入齋宫。軍士何在？〔扮八軍士引李畢上，作扭趙高科。趙高作慌科。白〕閻樂何在？〔李畢作殺趙高科，趙高下。扮閻樂領八家將上。韓覃、李畢領衆戰科，作殺死閻樂、衆家將科。二内侍引子嬰上。韓覃白〕趙高已斬，亂黨閻樂並助惡各家將，俱皆授首。〔子嬰白〕今日方舒俺胸中之恨也。〔唱〕

【越調集曲・憶鶯兒】【憶多嬌】（首至合）悲望夷，禍太奇。今朝誅賊天網恢，方纔舒俺胸中氣。〔白〕趙高雖戮，惡黨尚多，就令韓覃、李畢率兵，夷其三族，不得漏網一人。〔韓覃、李畢應科。白〕領旨。〔下。扮八文武官上。白〕逆黨已誅。現今楚兵圍困嶢關，求援日急。國家不可一日無君，就請吾主正位，以繫人心，然後發兵救援，請旨定奪。〔子嬰白〕速令耿沛、朱蒯領兵五萬，協助韓榮，不得有誤。其餘軍機，俟登位後再議。〔衆文武應科。子嬰唱〕【黄鶯兒】（四至末）援兵怎遲，人心自維，這番諭旨均須記。〔衆文武白〕主上聖旨，臣等敢不謹遵？〔子嬰白〕還有一事，卿等可傳諭光禄卿，速備祭儀，將趙賊首級祭告二世皇兄。〔唱合〕罪攸歸，先靈祭告，免使尚含悲。〔衆文武白〕領旨。〔子嬰白〕國法豈能容舊賊，〔衆文武白〕群臣方欲覩新猷。〔分下〕

第二十齣　襲取嶢關（蕭豪韻）

〔扮八軍士引王陵、周苛、靳歙、樊噲上。同唱〕

【仙吕調·點絳唇】共逞雄驍，貔貅虎豹將關遶。成局先操，策應來須早。〔分白〕吾乃王陵是也。吾乃周苛是也。吾乃靳歙是也。吾乃樊噲是也。〔王陵白〕吾等兵臨嶢關，叵耐守將韓榮，恃固不降，因使酈食其入關往見，以千金賄通韓榮，令其歸順。那韓榮雖不應降，却又終日飲酒作樂，不理軍事。軍師張良因獻計於沛公，令蔣歐、陳沛領數十名毅勇軍士，假扮樵夫，暗藏火器，於小路偷過嶢關，以放火爲號，今已三日。昨聞秦輔子嬰爲君，號爲三世皇帝，遣將耿沛、朱蒯二人領兵五萬，協助韓榮。張軍師又令我等大張旗幟，鼓譟前進，乘其遠來勞頓，與决一戰，不難摧其鋭氣。衆將官，就此前去。〔衆應科。白〕嗄。〔作同行科。唱〕

【正宮·四邊静】等閒欲把奇勳表，妙計安排好。兩下取嶢關，火光堪爲號。〔合〕關兒縱高，關兒那牢。救援任伊來，攻打須難保。〔軍士禀科。白〕已到關前了。〔樊噲白〕就此攻打。〔衆應科，作攻關科。扮八秦軍引耿沛、朱蒯上。白〕楚將休得攻城，你耿將軍、朱將軍來也。〔作開關冲殺科，對戰下。扮八樵夫引薛歐、陳沛樵裝上。分白〕吾乃薛歐是也。吾乃陳沛是也。〔薛歐白〕前日奉軍師將令，着我等改扮樵裝，偷過關後埋伏，以放火爲號，兩下取關。今聞關前厮殺之聲，必是我軍前來攻關了。陳將軍，就此放起火來。〔陳沛白〕事不宜遲，衆將校，就此放火。〔衆應科，作放火科。唱〕

【又一體】和雲帶霧迷山墺，直把關門照。一炬顯精神，似田單火牛妙。〔合〕千山令燋，雙扉早燒。則見火鴉飛，教伊膽先掉。〔下。王陵、周苛、靳歙、樊噲與耿沛、朱蒯戰上，殺科。一秦卒上報科。白〕不好了，關後火起，關門已被楚將破了。〔耿沛、朱蒯作慌科。王陵殺死耿沛，樊噲殺死朱蒯科，下。八楚軍趕八秦軍上，遶場下。扮韓榮疾上。唱〕

【中吕宫・紅繡鞋】忽聞遍地哀號，哀號，烟飛直上青霄，青霄。猛火烈，楚軍驍。關隘失，命難逃。〔白〕楚兵前來取關，耿沛、朱蒯俱被殺死，此關已爲楚破，不免逃往咸陽，報與新主，好作準備。〔唱合〕教準備，計爲高。〔疾奔下。薛歐、陳沛領衆軍士上。薛歐白〕韓榮棄關逃走，我等開關，迎接大軍進城。〔作開城迎接科。樊噲、王陵、周苛、靳歙上，作見科。薛歐、陳沛白〕韓榮棄關逃走了。〔王陵白〕大軍就此進關。〔衆應科。同唱〕

【正宫・四邊静】雄關頃刻屬吾曹，軍令摇山岳。撲火靖蒼生，安民須及早。〔合〕奇謀似操，奇勳立標。共過紫雲峰，同向咸陽道。〔樊噲白〕此關已得，須令人前往沛公營中報捷。〔王陵白〕就煩靳將軍一行，請沛公入關，指日好破咸陽。〔靳歙應科。白〕得令。〔分下〕

第廿一齣　子嬰拜降（蕭豪韻）

〔扮孚畢捧玉璽，韓榮捧符節，子嬰以組繫頸上。子嬰唱〕

【雙調・孝順歌】悲國事，一旦消，〔作視頸上組悲科。唱〕輕羅繫頸淚痕交。〔白〕阿呀，始皇帝嗄，〔淚科。唱〕你雄風曾幾日，國祚便難牢。你怎知幼子悲號，却匍匐郊原，好一似梗斷篷倒。〔孚畢、韓榮唱合〕爲救群生，怎免迎郊？〔子嬰白〕嶢關失守，大將盡戮，守帥韓榮車騎逃歸，使我驚慌無措。上大夫孚畢勸我救此一城生靈，暫屈迎降，庶免夷族之禍。爲此繫頸以組，封皇帝符璽，親至軹道，面降沛公。我想爲天子的，豈有寄人簷下之理，只是事到如今，也身不自由了。〔作淚科。白〕但不知沛公如何待我，好生畏懼人也。〔唱〕

【又一體】前進發，教吾心又焦，生死從今爲人操。自審這根苗，都是俺父兄從前造。恃什麼險阻咸崤，到得今朝，相逢怕寂寥。〔孚畢、韓榮唱合〕相對悽愴，雨淚橫交。〔孚畢白〕臣聞沛公，長者必不見害，主上但請放心。〔唱〕

【又一體】伊仁厚，不用焦，相待須知總不薄。封侯可操券，致邑還非小。那時節列土分茅，敢把你秦國遺封，重新再造。〔合〕但請前行，莫更憂勞。〔子嬰白〕孤在位未久，此去縱不見害，這秦國江山，輕輕送在吾手了。〔作哭科。唱〕

【又一體】未久位，禍便遭，江山一旦親手拋。心腸還寸割，此恨何時了。目斷魂消，拜道降王，被人恥笑。〔孚畢、韓榮唱合〕對泣楚囚，早應魂飄。〔下。扮八楚軍、薛歐、陳沛、王陵、周苛、盧綰、夏侯嬰、樊噲、周昌引劉邦上。劉邦唱〕

【雙調·清江引】入關便王有成酌，已把嶢關掃。破竹勢争全，霸上軍威浩。〔合〕眼見得，破咸陽將功表。〔白〕昨仗張子房妙策，襲得嶢關，迤逦行來，已到霸上了。大小三軍，就此圍向長安者。〔衆應科。白〕嗄。〔作遶場行科。唱〕

【又一體】長安指日將兵統，大捷旌旗報。天助建奇勳，戡亂基方肇。〔合〕眼見得，縛秦王威非小。〔孚畢、韓榮引子嬰上，跪科。孚畢白〕秦王子嬰，捧獻皇帝符璽拜降，願將軍俯准。〔楚軍作禀科。白〕秦王子嬰，在軍前跪降。〔劉邦作下馬扶子嬰科。白〕秦君請起。〔子嬰白〕孤惟不德，不能守先人之社稷，使將軍跋涉西征。今願獻上皇帝符璽，以安萬民，願將軍收納。〔孚畢、韓榮作進符璽科，劉邦作受科。白〕既然拜降，俺豈不知撫恤？待俺奏知懷王，今暫以屬吏，待詔旨到來，應遷何地，再作區處。孚畢，韓榮，仍令侍奉便了。〔子嬰作謝科。白〕多謝將軍。〔劉邦唱〕

【商調·荷葉鋪水面】符和璽，齊獻郊，軍門繫組降猶妙。俺須是報捷向金堦，輸順將伊表。你静待雲封，恩綸非小。〔子嬰唱合〕敬謝將軍，結草銜環難報。〔同孚畢、韓榮下。樊噲衆白〕秦王暴虐，罪不容誅，明公何故縱之？〔劉邦白〕始懷王遣我西征之意，原以我能寬容，况且其人已降，殺之不祥。〔唱〕

【又一體】寬容去，降怎梟，降人已是蒙恩少。怎便肆雄威，一地先全掃。〔白〕况且秦君暴虐，不過始皇、二世，子嬰在位方四十餘日，安得歸罪於他？〔唱〕殘暴非伊，豈得視爲同惡，〔合〕聊與偷生，將捷先歸報。〔衆白〕明公高見，吾等不及也。〔劉邦白〕就此進城，安撫百姓。〔衆應科。白〕嗄。〔作進城科。同唱〕

【商調・三捧鼓】鉦鳴鼓震軍聲浩，共看無犯秋毫也。旌彩飄，戰馬嘶高，喜長安來到。却把弓櫜，〔合〕壺漿簞食頻勞也。躋躋盈郊，同望恩褒。〔同下〕

第廿二齣　收秦圖籍（家麻韻）

〔扮二將官上。分白〕有令收圖籍，無暇取玉金。〔同白〕吾等乃都騎將軍，蕭何麾下將官便是。可笑我家都騎，自進咸陽，放着金銀財帛毫無所取，單單令人去搜求秦國各處圖籍。令我二人，在此收管，好生納悶。〔一將官白〕這圖籍吃不得，穿不得，又用不得，却要他何用？敢我家都騎，是文昌會裏出身的？〔一將官白〕這是怎麼講？〔一將官白〕敬惜字紙。〔内作爭取金銀財帛科，二將官作聽科。一將官白〕你聽，各處將官俱爭取金帛財物，你我單單收些圖籍，好生晦氣。〔一將官白〕多多收些，將來好賣爛紙。〔一將官白〕爛紙能值錢幾何？〔扮八兵將持金銀上。二將官問科。白〕沛公有令，秋毫不犯，你們這許多金銀，是那裏來的？〔衆將官白〕都向秦府庫中取來的。〔遶場科，下。二將官作羡慕科。白〕同是軍將，他們偏偏如此有福。〔扮八將官持財物上。二將官問科。白〕沛公有令，秋毫不犯，你們這些財物，是那裏來的？〔八將官白〕都是人家送我們的。〔遶場急下。二將官作嘆氣科。白〕罷了，罷了，命該如此，偏偏遇着這個都騎。〔扮四兵將捧圖籍上。白〕各處圖籍，都搜求來了，交與你們查收。我們乘勢也去取些財物，不枉這出兵一次，請了。〔下。二將官白〕圖籍全到，你我請出蕭都騎來，問他要這

圖籍何用。〔作請科。白〕都騎有請。〔扮蕭何上。唱〕

【越角套曲・鬭鵪鶉】疾忙的獨取圖書，財和帛值甚搜刮。集黄卷相府高衙，檢殘編軍營暫扎。這不是俺蕭何恁附清流，也則爲助劉王存些故法。〔二將官作稟科。白〕相府圖籍，都已收來。〔蕭何唱〕收可查，備轉達。這是俺獨出心裁，入關來安排先下。①〔作取看科。白〕有此圖籍，天下不難定也。〔唱〕

【越角套曲・紫花兒序】一個個户口分明，多寡非差。一處處水際山涯，那些形勝，排列如花。堪嘉，指掌般同忘遠遐。從此呵屯兵伏甲，决勝幃中，更没波查。〔二將官白〕都騎見此圖籍，十分歡喜，敢有甚用處麼？〔蕭何白〕你們那裏知道，這是户口册，得此便知秦朝三十六郡户口多少了。〔唱〕

【越角套曲・小桃紅】俺不是徒收史册顯豪華，博個名閒雅，也則爲雞鳴狗吠知多寡。〔白〕一有了此册呵，〔唱〕索由咱，稽查聚散須難假。敢則是指分如畫，衣袽馭朽，憂恤普民家。〔二將官白〕這許多圖籍，敢都是户口册麼？〔蕭何白〕這是錢糧目數，得此可知秦朝國課多少了。〔唱〕

【越角套曲・寨兒令】穀和鏟，用怎乏，歲徵舊額敢相差。也教他雞犬桑麻，雲鋤雨耙，畎畝静争譁。早是俺自今朝成法先拿，判度支有甚虛花。俺敢要從今量出入，歲杪計天家。咱因此上收圖籍莫驚誇。〔白〕還有各國疆域輿圖，得此可以知天下地勢形勝了。〔唱〕

---

① 「安排」，校籤作「此着」。

【越角套曲・金蕉葉】知郡國伊誰易拔，曉山川何方險狹。從今後決勝由咱，更何勞米堆沙畫。〔二將官白〕都騎收取圖籍，原來爲天下大計，我等魯夫，那裏知道。〔蕭何白〕我將這圖籍呵，〔唱〕

【越角套曲・禿厮兒】與君王講求怎差，妙指點那慮方遐，靜中制勝稱豪俠。肯教那劍鋒霜，長藏匣，須知道建業堪誇。〔白〕諸將皆爭取秦宫財帛，爾等爲我獨收此圖籍，能無怨言？今每人各與白金百兩，細布十匹，不枉你二人今日之勞也。〔唱〕

【越角套曲・聖藥王】勞可嘉，賞有加，區區白鏹付伊家。你與俺典絳紗，守籤牙，暫均勞逸坐春衙，受重賞分非誇。〔作付銀、布科。二將官作謝科。白〕多謝都騎。〔蕭何唱〕

【越角套曲・三台印】區區物聊相答，伊行地心須恰，更何勞謝承絮刮〔聒〕。休見他搜金帛動盈箱匣，①只俺這殘書數笈，此中妙理已難誇，其中妙用更無加。因此上索取頻頻，倩伊守下。②〔二將官白〕都騎苦心，我等都已領略了。〔蕭何笑科。唱〕

【收尾】黄金糞土誰懸掛，這圖書偏難問價。治理樂無加，端的是一字千金語非假。〔分下〕

---

① 「見」，校籤作「羡」。

② 「倩」，校籤作「付」。

第廿三齣　貪安受諫（歌戈韻）

〔扮薛歐、陳沛上。同唱〕

【中呂宫引・青玉案】雄威恁到關中大，這功德誰居左？〔扮王陵、靳歙上。同唱〕事業成湯拯飢渴，關曾燒絶，國宜屬我。〔扮盧綰、夏侯嬰上。同唱〕共把功勳賀，降王受璽成奇貨。〔扮周昌、樊噲上。同唱〕金甲猙〔狻〕猊今暫脱，緩轡遊宫事較可。〔扮曹參、張良上。同唱〕慘淡春城，山雲離合，罩着那十里阿房閣。〔分白〕吾乃薛歐是也。吾乃陳沛是也。吾乃王陵是也。吾乃靳歙是也。吾乃盧綰是也。吾乃夏侯嬰是也。吾乃周昌是也。吾乃樊噲是也。吾乃曹參是也。吾乃張良是也。〔曹參白〕昨日沛公在霸上，受了子嬰符璽，緩轡入城。今日欲觀秦氏宫殿，并視一切府庫，只得在此伺侯。〔扮劉邦上。白〕喜入咸陽，秋毫無犯，民皆安堵。今日率衆前往秦朝，遍閲宫殿，并視一切府庫。諸將官，就此同去。〔衆應科，作行科。同唱〕

【中呂宫・尾犯序】宫闕望巍峨，輪奐仍前，寂静因何。也則因作政昏淫，頻起干戈。樓閣，則落得棲鴉來往，敢早是陰雲淡薄。〔薛歐衆白〕早來到秦宫門首也。〔唱合〕早見那，朱門半啓人影正無多。〔劉邦衆作進科。扮八内侍上，跪迎科。劉邦白〕爾等可爲我前導。〔内侍白〕是。〔作指科。白〕這是正殿，那是配殿。〔劉邦白〕好壯麗宫殿也。〔唱〕

【又一體】許多，金碧向庭羅。勢揭青霄，軒舉天摩。獸吐雙鐶，畫静光和。較可，好一似蓬瀛仙去，却爲甚金珠身裹。〔合〕更兼是，銅壺蓮漏水滴尚成波。〔八内侍白〕這是十二宫，那是二十四院。〔劉邦白〕蘭房椒室，瓊樓玉宇，好生華美也。〔唱〕

【又一體】心頗，蘭麝襲人多。室欲藏春，半垂珠箔。處處亭臺，翠掩藤蘿。規模大，三五步珠宫蕊院，百千間椒房麝閣。〔合〕恍疑是，嫦娥欲下隔銀河。〔作喜悦科。扮十六宫娥上，跪迎科。白〕宫娥等恭迎。〔劉邦作大喜科。唱〕

【又一體】嬌娥，明艷直難摩。敢歌罷霓裳，羞怯還多。早令人見欲魂消，暗地吟哦。〔内侍白〕此是寢殿了。〔劉邦作入坐科，見陳設、寶玩科，問科。唱〕奇貨，却甚的縱横滿室，直待要琳瑯一座。〔内侍白〕這是所取各國寶玩，俱歸於此。〔劉邦白〕不意秦家富貴，竟至如此。〔唱合〕伊能富，却教安樂又忘窩。〔作視寶玩愛科。唱〕

【中吕宫・石榴花】珍奇直恁列周羅，欣光彩照人多。〔作看宫女愛科。唱〕臨風嬝娜自鳴珂，秋波暗動意如何。好一似海棠新雨怯凌波，逗芳心春櫻一顆。〔作背科。白〕如此奇麗，豈可委而不顧，不免就在宫中居住便了。〔唱〕俺敢要，再還嘗去逶迤，怎當他花能解語殢心窩。〔作向衆科。白〕我欲居

此，以安人心，且使諸侯無争奪之意。不知衆位將軍以爲何如？〔唱〕

【中吕宫・好事近】免又動干戈，暫住此間較可。則見他千般佳麗，春回輦路花朵。敢則是一勞永逸，便相居，有甚須拋躲。〔合〕况且王關中舊約非虚，敢早是住秦宫請之由我。〔樊噲白〕明公欲有天下耶，將爲富家翁耶？凡此奢靡之事，皆秦之所以亡天下者，而明公因欲襲之，臣竊以爲不可。願明公急還軍霸上方是。〔劉邦白〕懷王之約，入關便王，此皆爲我有之物，何爲不可？〔唱〕

【中吕宫・古輪臺】約無那，關中不是暫經過，居宫待命應憑我。這金珠堆垛，羅綺長拖，生受些微須合。偏是你識遠愁多，千般絮聒。〔作不悦科。張良白〕秦爲無道，故使明公得至此地。臣聞爲天下除殘者，且宜縞素爲資。今始入秦，便樂其奢，所謂以暴代暴，保無有議於後者乎？又聞良藥苦口益於病，忠言逆耳益於行，願聽噲言，益莫大焉。〔劉邦作回意科。唱〕忠言良藥怎由他，俺也是慾心似火，把從前大計一地都訛。〔作向衆科。白〕孤一時不明，幾陷不義，幸賴諸公相諫，得救前失。〔陳沛白〕足見明公從諫如流。〔劉邦作麾内侍、宫娥科。白〕爾等且退。〔内侍衆下。劉邦白〕將府庫宫門盡行封鎖，一應供給仍照舊遞進。〔陳沛衆作應科。劉邦唱〕静掩珠宫，斜封寶藏，這番較妥。〔合〕只是冷透翠和羅，蟾蜍個，凄凉不動廣寒波。〔白〕就此整頓軍馬，回軍霸上。〔陳沛衆白〕明公如此，實天下之福也。〔作同行科。衆唱〕

【慶餘】春宫長晝深深鎖，野燕斜飛過薜蘿，今日呵鎮陝威名世足多。〔同下〕

第廿四齣　約法三章（江陽韻）

（扮十六父老上。同唱）

【正宮·玉芙蓉】倒懸望不違，弊政除尤仗。喜伊行仁厚，頻獻壺漿。只見軍皆安戢無違抗，民盡寧居心不慌。（白）衆位請了。（一父老白）沛公入關以來，寬仁厚德，安撫軍民，我等百姓，皆安堵如常。如今封鎖府庫，緊閉宫門，軍還霸上去了，好一個不貪不淫的沛公嗄。（衆父老白）那沛公，寔在是個好人。（一父老白）今日聞得下令，要我父老們前去相見，不知有何命令，只索大家前去。（衆白）待相見之時，自然知道了。大家走嗄。（唱合）須同往，向軍前拜仰。過荒城，早來霸上漢營旁。（一父老白）已到軍門了。（扮樊噲上。白）昨掛將軍令，今邀父老來。（作見科。樊噲白）衆父老，沛公在軍帳等候已久了。（衆父老白）就煩將軍通稟一聲。（樊噲白）住着。（下。扮八楚軍、八將官引劉邦上，轉場坐科。劉邦白）仗策於今西入秦，鎖宫封庫更還軍。從兹威業隆天表，百二山河定自新。孤家劉邦，已破咸陽，生降子嬰。前日懷王有約，先入關者王之。想俺既以入關，豈有負約之理，這也不在話下。只是秦國新破，恐百姓尚有顧望，因傳諭國中，令父老進見，與之約法三章，令其安堵，方是招撫之理。

令父老進來。〔樊噲應科，出科。白〕沛公令衆父老進見。〔衆父老應科，進見科。白〕明公在上，衆父老叩見。〔劉邦白〕父老們免禮。〔衆父老起科。劉邦白〕聽吾道來。〔唱〕

【又一體】只因秦政荒，萬姓悲淪喪。況禍人苛法，猛虎般傷。因此提師問罪將基創，派旅除殘把義揚。〔衆父老白〕自明公入關以來，我等無不共仰仁風。今日親聽公言，洵是父母一般了。〔劉邦白〕衆父老，爾等都有父母妻子，皆願相聚平安。今秦家法度，誹謗者誅族，偶語者棄市。人人自危，朝夕不保。我因起兵叩關，除此虐政，爲爾等舒此宿禍。各宜靜守舊業，勿生疑懼。〔唱合〕休觀望，自安閭巷。觀四民，力田孝悌莫教忘。〔白〕前吾起兵西來，懷王與諸侯相約，先入關者王之。我今先破咸陽，生降子嬰，當王此地。特傳爾衆父老到來，與爾等約法三章，悉除去秦朝苛法。〔唱〕

【又一體】吾應王此方，舊命須堪仗。與群群相約，法有三章。〔衆父老白〕但願沛公君此，我等可爲兆民有慶了。只是約法三章，不知是那三樣？〔劉邦白〕殺人者死，傷人及盜抵罪。〔唱〕刑書欲向通衢榜，苛政須教一旦忘。〔合〕細評講，簡明非誑。從今後，禍民之法盡淪亡。〔衆父老作謝科。白〕多蒙明公如此憂恤，吾等百姓，今方知有生理也。〔劉邦白〕我已將此意傳示鄉邑去了。〔唱〕

【又一體】頻將此諭張，鄉邑齊傳講。道寬和新政，一地光昌。雲霓莫作當年望，漿食無勞此日忙。〔合〕民心暢，齊齊共仰。儘皆安，憑教農士和工商。〔扮十六百姓担酒、牽羊上。同唱〕

【正宮·劃鍬兒】同聞新令恩光蕩，弔民伐罪似成湯。敢齊擎酒羊，詣伊軍帳。〔一百姓白〕沛公除了從前苛政，約法三章，遍示遠近，我等感其深仁厚德，特備了這些羊酒，前來奉獻。來此已是軍門，不免徑進。〔作同進叩見科。白〕爺爺在上，衆百姓叩頭。〔劉邦白〕爾等何來，到吾軍帳？〔衆百姓白〕吾等因爺爺除了秦朝苛政，約法三章，極感深仁厚德，特備了這羊酒呵，〔唱合〕齊將壽上，見吾里黨。共酌兕觥，前來瞻仰。〔劉邦白〕吾軍儲頗多，足堪自贍，何勞爾等費心，還是擡回去的是。〔衆父老作跪求科。白〕明公若不收納，豈不枉費了他們一番敬心。況且區區羊酒，所費無多，還求明公收納，留爲犒軍之用。〔唱〕

【又一體】公堂稱祝原非妄，相却翻將民意傷。願明公受將，將軍犒賞。〔合〕也是他負暄愚戇，敬心堪諒。叩乞明公，把情度量。〔劉邦白〕既是衆父老苦求，左右，收了衆百姓的羊酒。〔軍士應科，作收羊酒科。衆作叩謝科。白〕多謝爺爺。〔劉邦白〕有勞爾等，容日到軍門領賞，回去罷。〔衆應科。白〕多謝爺爺。〔劉邦白〕作上要知除民苦，獻葵索自見心歡。〔引衆兵將下。扮二十四老少男婦上，見科。白〕我們送的羊酒，那爺爺可曾收了？〔衆百姓白〕沛公堅執不受，虧了衆伯伯苦苦哀求，方纔受了，容日還教我等領賞哩。〔衆老少男婦白〕好一位仁德沛公，他若得了天下，我們就復見天日了。〔衆百姓白〕我們何不禱告天地，保佑他指日爲君？〔衆父老白〕你們倒有此心，就此大家拜禱起來嗄。〔作齊跪拜禱告科。唱〕

【正宮・彩旗兒】一炷心香上，蒼天齊共仰。願沛公關中先王，立開基宇宙職掌。德滿衢巷，願默佑群民望。方顯得天從人向，免又重生波浪。望乞三光，鑒兹禱祝情非妄。〔白〕我們禱祝已完，不免大家回去便了。〔唱〕欣然各自散歸家，樂業安居歡暢。〔下〕

第五本

第一齣　絳闕傳宣（蕭豪韻）

〔扮鄧、辛、張、陶、龐、劉、苟、畢八天君執器械上，跳舞科。扮朱雀、玄武、青龍、白虎四神各執器械上，合舞一回科。舞畢，分侍科。扮九曜星官、北斗星官、四仙官，千里眼、順風耳、四宮官，執節扇引玉皇大帝上。玉皇大帝唱〕

【仙呂入雙角·新水令】蘊苞符，萬化荷鈞陶，覷循環一輪飛掉。① 非是俺爐錘多樣式，②須知道栽植問根苗。③ 劫火蒸燒，④重將這閻浮造。〔轉場陞高座，坐科。衆朝見科。白〕玉帝在上，臣等朝見。

---

① 「掉」，校籤作「耀」。

② 「非是俺爐錘多樣式」，校籤作「蓋非關培覆出有意」。

③ 「栽植問根苗」，校籤作「栽傾彼自招」。

④ 「蒸燒」，校籤作「干遭」。

〔宮官白〕平身。〔衆起科。白〕聖壽無疆。〔分侍科。玉皇大帝白〕平臨霄漢鑒無私，無始以來造化奇。滄海桑田俱莫問，須知天運暗中移。吾玉皇大帝是也。道原一氣，化理三才。賦品彙以流行，肇群生而資始。潛移健步，走日月兩丸，疊就晦明寒暑；獨運乾綱，操陰陽二字，遞成治亂興衰。帝升王降，只道人世間，局局翻新；否去泰來，那知天庭上，盤盤打算。正是：創成一代興王業，費盡三霄上帝心。念自姬德運終，嬴氛閏統，亦千百年來，治亂一大關鍵。奈他剪滅六國，肆行暴虐，嚴刑苛法，坑儒焚書，大爲無道。天下紛紛，黎民遭難，深爲可憫。〔衆白〕前玉帝已遣赤帝子下凡，定亂安民，不知何日方成一統？〔同唱〕

【仙吕入雙角·步步嬌】問取流氛何時掃，塵世陽和照。他膺符下九霄，須順天心，速鋤强暴。〔合〕拭目看興王，幾時便把昇平告。〔玉皇大帝白〕沙丘告變，二世更肆荒淫，今被趙高所弑，子嬰已拜降軹道，赤帝子先入咸陽，應如約爲君。怎奈項籍負約，此正干戈方起也。〔唱〕

【仙吕入雙角·雁兒落】不提防重瞳枉自尊，他便待負了懷王約。亂紛紛疆場多戰争，惡狠狠劉項干戈鬧。〔衆白〕項籍乃烏龍下降，玉帝遣他擾亂秦家天下，以歸炎運。今負約相争，赤帝子非他敵手，還求上帝保護。〔唱〕

【仙呂入雙角・沉醉東風】念炎劉天心眷着，扇仁風三秦歡召。① 奈桀驁楚重瞳，天心未曉，乾擔着一番焦躁。〔合〕天關撼倒，喑嗚氣豪。怕孽龍難制，穩不住驚天怒濤。〔玉皇大帝白〕天之所與，人不能奪，但恐急難中，墮了志氣，吾今自有道理。傳上元天官聽旨。〔一仙官應科。白〕領旨。〔傳科。白〕玉帝有旨，宣上元天官上殿。〔玉皇大帝唱〕

【仙呂入雙角・得勝令】呀，怎聽他扛鼎肆咆哮，怎聽他蓋世逞英豪。俺則待縛定鯤鵬翅，俺則待彌天鐵網拋。堅牢，把大漢金甌造。週遭，衆天星休厭勞。〔扮上元天官上。白〕權衡司天上，福祉錫人間。吾乃上元天官是也。玉帝宣召，特來朝見。〔進見科。白〕臣上元天官見駕，願玉帝聖壽無疆。〔玉皇大帝白〕天官聽者，今赤帝子下凡，定亂安民，與楚爭鋒，倘有急難，在天星神隨爾調遣救護。〔天官白〕領玉旨。〔唱〕

【仙呂入雙角・忒忒令】將赤帝真符共保，把列宿隨時驅調。非徒佐命誇星昴，周天度盡蕭曹。〔合〕俺敕旨遵，謹奉行，只聽他音耗。〔下。玉皇大帝白〕傳中元地官聽旨。〔一仙官應科。白〕領旨。〔傳科。白〕玉帝有旨，宣中元地官上殿。〔玉皇大帝唱〕

【仙呂入雙角・沽美酒】爲炎劉興運遥，爲炎劉興運遥。爲真命緊相招，暗裏機關處處包。休

---

① 「三秦歡召」，校籤作「三章法約」。

言天聽高，猛擡頭巨眼昭。①〔扮中元地官上。白〕地界神祇長，天庭位望尊。吾中元地官是也。玉帝宣召，特來朝見。〔進見科。白〕臣中元地官見駕，願玉帝聖壽無疆。〔玉皇大帝白〕地官聽者，今赤帝子下凡，滅楚興漢，須宜救護，倘有危難，在地神祇任爾調用。〔地官白〕領玉旨。〔唱〕

【仙吕入雙角·好姐姐】兵交，天人共勞，建漢業情殷蒼昊。叮嚀天語，成命敢違抝？〔合〕功同效，百靈呵護威聲浩，且把天機暗裏韜。〔下。玉皇大帝白〕傳下元水官聽旨。〔一仙官應科。白〕領旨。〔傳科。白〕玉帝有旨，傳下元水官上殿。〔玉皇大帝唱〕

【仙吕入雙角·川撥棹】嘆秦氛烈焰燒，莽重瞳勢更饒。捲起波濤，濁浪滔滔。四海呶呶，幾費和調。更憂他王孫痛悼，葬江魚堪懊惱。〔扮下元水官上。白〕逢時堪解厄，到處可消灾。吾乃下元水官是也。玉帝宣召，特來朝見。〔進見科。白〕臣下元水官見駕，願玉帝聖壽無疆。〔玉皇大帝白〕水官聽者，赤帝子下凡，應成一統，今楚漢争鋒，倘有急困，在江海諸神聽爾差使。還有義帝芈心，乃楚國嫡派，將來被逼彬州，在江遇弑。念他爲君仁厚，可令江神搭救，同掌水府。〔水官白〕領玉旨。〔唱〕

【仙吕入雙角·園林好】奠狂瀾風波頓消，喜朝宗江河路遥。覷一葉扁舟孤棹，〔合〕忙救取在驚濤，忙救取在驚濤。〔下。玉皇大帝白〕北斗星官聽旨。〔北斗星君應科。白〕聖壽。〔玉皇大帝白〕項籍乃

①「巨眼」，校籤作「明鑒」。

烏龍下凡，遣他擾亂秦朝天下，若能順天知命，不負入關之約，尚可保爲一路諸侯。今他逆天行事，强暴異常，到處屠戮，過惡多端，難以枚舉。〔唱〕

【仙吕入雙角・太平令】早違了關中誓約，咸陽内一炬灰燋。覷軍民如同菅草，罄南山難書伊惡。您呵，索把他福銷、算銷。莫教他心高、氣高。呀，聽烏江一聲悲悼。〔白〕可將他壽算減損，烏江盡命。〔北斗星君白〕領玉旨。〔唱〕

【仙吕入雙角・川撥棹】九重表，謹欽承敕旨交。辦乘除紀算推敲，辦乘除紀算推敲。嘆人間灾祥自招，〔合〕到頭來究莫饒，到頭來究莫饒。〔下。玉皇大帝白〕傳東嶽聽旨。〔一仙官傳科。白〕玉帝有旨，宣東嶽上殿。〔扮東嶽大帝上。白〕彰癉有權憑岱嶽，報施不爽驗天心。吾東嶽大帝是也。玉皇宣召，特來朝見。〔進見科。白〕臣東嶽見駕，願玉帝聖壽無疆。〔玉皇大帝白〕秦政、二世，相繼無道，皆有逢君之人。將其助惡首犯，俟赤帝子將定鼎之時，爾東嶽將各犯，當殿問明定罪，分發十殿閻君，按罪施刑。〔唱〕

【仙吕入雙角・梅花酒】呀聽城狐社鼠嘷，肆奸謀作鴟鴞。當日個意氣驕，空餘下罪千條。俺鏡空懸則把奸膽照，怎容伊逞凶暴，少不得一椿椿從心拷。〔東嶽大帝白〕領玉旨。〔唱〕

【仙吕入雙角・錦衣香】仔聽得驪山坑，哀聲噪，望夷宫，冤魂叫。落得黄犬凄凉，齋宫傷悼。問伊何事把君要，空餘舊蹟，惡狀昭昭。俺權衡細校，用不來當時圈套。〔合〕則俺這東嶽天齊處，難容

煬竈。枉自有當庭鹿馬，多般機巧。〔下。玉皇大帝白〕只此一遍傳宣，楚漢春秋之案，將完結矣。〔唱〕

【仙呂入雙角・收江南】呀。看劉項興亡在這遭，笑秦鹿奔馳枉用勞，①干戈滿地任喧囂。俺機關暗裏操，機關暗裏操，一任他陣雲深處把兵鏖。〔衆白〕上帝仁愛，福善禍淫，今此一番吩咐，深見至公無私。〔唱〕

【仙呂入雙角・漿水令】問禾黍秋風蔓草，嘆阿房灰飛炬飄。楚氛迭起更雄豪，喑嗚叱咤，山岳潛搖。三秦地，分占了，鴻門虎視稱尊號。〔合〕沛公的，沛公的，幾番落套。天仁愛，天仁愛，早眷顧在青霄。〔玉皇大帝下高座科。白〕衆神已領敕旨，暗中保護，不日烏龍運盡，佇看漢業鼎新也。〔唱〕

【仙呂入雙角・清江引】天心眷顧無時了，强弱何須料。楚運盡烏江，漢室新基造。②則這興亡事，俺天宮特地安排早。〔下。衆神君串舞一回科。下〕

---

① 「秦鹿」，校籤作「逐鹿」。

② 「新基造」，校籤作「興金卯」。

第二齣　議攻函谷（江陽韻）

〔扮司馬欣、董翳、章邯、范增引項籍上。項籍唱〕

【中呂宮·粉孩兒】天生吾，猛重瞳今無兩。恁掀天揭地，男兒粗莽。殺人心性誰敢當，過江東九戰收降。〔合〕賽山君吞啖群羊，好憑吾直衝橫撞。〔白〕俺項籍，自洹水收降秦將，封章邯爲雍王，司馬欣、董翳爲左右先行，起兵東征，所到地方，弱者威服，强者屠戮，因此在這河北一帶地方，威聲大震。〔唱〕

【中呂宮·紅芍藥】威凛凛，雷動驚忙，全憑我剪弱鋤强。看馬到功收有誰抗，但聞名魄飛魂喪。雄兵百萬雨驟狂，羡沿途捷旌飄蕩。〔合〕趁兵威攻取咸陽，算百二山河吾掌。〔白〕只是人馬衆多，糧草不足，日行不過一二十里，將工夫擔誤。今聞沛公已入咸陽，此去函關不遠，不知沛公可容入否？軍師必有善策。〔范增白〕此到函谷，看他是開關迎進，還是閉關不納。〔項籍白〕他若開關迎進，怎生區處？〔范增白〕他若開關迎進，兵到咸陽，遣人四下打探，尋他的罪過，即時除之。〔唱〕

【中呂宮·耍孩兒】便是他權時能遜讓，一到關中地，莫停留養虎貽殃。思量，四下兒、暗地將伊訪。但得他、一點行無狀，〔合〕那時兒休輕放。〔項籍白〕若是閉關不納，又如何計較？〔范增白〕他若閉關不納，遣將攻破，兵到咸陽，即時擒住，問他抗兵之罪，斬首示衆。〔唱〕

【中呂宮·會河陽】無事游移，不費商量，兵鋒一舉進咸陽。伊行，着甚支吾，與吾抵當，會須看俘囚樣。〔合〕問他，據關中將誰抗？看俺，進關中登時王。〔章邯衆白〕軍師妙算，沛公料不能逃，縱有手下兵將，聞沛公授首，懼元帥英勇，一定逃散。那時元帥爲君，末將等俱受恩榮了。〔唱〕

【中呂宮·縷縷金】誠妙算，有誰當，便開基建業，早稱王。際遇風雲會，咸蒙寵貺，名鐫鐘鼎勒旂常。〔合〕君臣盡歡暢，君臣盡歡暢。〔項籍作喜科。白〕全仗軍師與衆位將軍匡助。傳令軍中，即刻起兵前進。〔唱〕

【中呂宮·越恁好】速傳軍令，速傳軍令，拔寨整戎行。齊心用命，人奮勇馬騰驤，全憑一鼓下咸陽。且到關前探望，〔合〕開關，早直進也有誰讓？閉關，早打破也有誰擋？〔章邯傳科。白〕元帥有令，大小三軍，就此起兵前進。〔內應科。扮八楚軍、八將官上，繞場行科。同唱〕

【中呂宮·紅繡鞋】旌旗風捲飛揚，飛揚，干戈耀日凝霜，凝霜。鷹奮迅，虎猖狂。傾鐵壁，下金湯。〔合〕看指日，破咸陽。〔同下〕

第三齣　夜坑降卒（尤侯韻）

〔扮八秦將、八秦卒上。同唱〕

【雙調・鎖南枝】拋故土，返向讐，悔聽叛賊將人售。辜負舊君恩，枉自把生偷。〔合〕細思量，好含羞，悔當時，空蒙垢。〔同白〕我等俱係秦邦將卒。可恨章邯、司馬欣、董翳三個叛賊，一個個受了秦朝大恩，他怕死貪生，竟背主投楚，陷害我等也做了叛賊。父、母、妻、子，俱在咸陽，相見無日。〔作恨科。白〕這都是這三個叛賊，弄得我們有家難奔了。〔唱〕

【又一體】凝望眼，空掉頭，幾回西向淚暗流。老少見無期，俯仰盡堪憂。〔合〕好家園，怎生投，只落得，頻回首。〔扮項籍悄上，作聽科。一將官白〕指望投在楚營，比在秦安逸，誰知這項羽強暴異常，殺人如同斬草，每日有性命之憂，如何是好？〔唱〕

【又一體】凶悍性，實可憂，殺人似草何曾有。比似在秦營，畢竟賦同仇。〔合〕到如今，復何求，空餘得，雙眉縐。〔一將官白〕這都是章邯引誘，錯投了項羽。今聞沛公寬仁愛下，不喜殺伐，又先入關，定爲天下之主，我們入關以後各自投他便了。〔唱〕

【又一體】何須慮，不用愁，沛公仁愛誰與儔。先已入關中，天下應歸劉。〔合〕算將來，好歸休，孰如他，多寬厚。〔内打二更科。衆白〕夜已二鼓了，各自定鋪宿歇，且到進關，再作計議。〔同下。項籍白〕這還了得，英布何在？〔扮英布應科上。白〕枕戈以待旦，坐甲代安眠。〔作見科。白〕末將英布參見，元帥有何吩咐？〔項籍白〕俺適纔夜行，聞秦降卒呵，〔唱〕

【仙吕宫·不是路】衆語啾啾，共道當初悔暗投。〔英布白〕他待怎麽？〔項籍唱〕單則守，關中各自把身抽。〔英布白〕要往何處去？〔項籍白〕他道沛公寬仁，入關之後，俱投他處。〔唱〕去扶劉，機關早已安排就，好教人怒向心生不自由。〔白〕這等無義之衆，留之反爲我害，速領我兵三十萬，乘彼睡熟，盡行誅之，止留章邯、司馬欣、董翳三人，我在此候信。〔唱〕軍機授，乘伊夢裏無門走，網須休漏，網須休漏。〔英布白〕得令。〔下。項籍白〕英布已去，那秦卒在夢寐之中怎生逃脱？不免上高處一望。〔作上高處科，坐科。内作喊殺科。扮二十四秦卒奔上。英布領二十四楚軍上，趕殺科，作殺死降卒科，下。項籍作大笑科。白〕殺得好爽快也。〔唱〕

【仙吕宫·玉胞肚】斷腰絶脰，血淋漓成渠水流。遍營中中夜呼號，霎時間腥風吹透。〔合〕則俺便是森羅鐵案不容留，判到三更一筆勾。〔扮章邯、司馬欣、董翳上，作跪求科。白〕元帥饒命。〔項籍下高處，扶起科。白〕三位將軍休恐，吾今夜私行，偶聞爾帳下兵將欲謀畔去，吾故坑之，以除後患。〔唱〕

【又一體】殃由伊搆，非關吾懷疑記讐。猛潛聞帳下嗟呀，致驚起夜半戈矛。〔合〕告君無事漫含愁，同看功勳指日收。〔章邯、司馬欣、董翳謝罪科。白〕末將等稽查不至，反勞動元帥，末將等知罪。〔項籍白〕人藏其心，誰能測度，三位將軍何罪？各歸本帳宿歇，明日進叩函關。〔章邯等白〕是，多謝元帥。〔分下〕

第四齣　二將遵令（真文韻）

〔扮薛歐、陳沛上。分白〕奉令守函關，軍機不等閒。只愁兵百萬，壓倒勢如山。吾陳沛是也。吾薛歐是也。〔同白〕吾等乃函關守將，恐魯公平定河北，必進關中，爲此奉沛公之命，在此把守。〔薛歐白〕聞他將次到來，只得上城把守。〔陳沛白〕魯公兵將多我十倍，況他英勇異常，只恐難以拒敵。〔薛歐白〕這却怎麽處？〔扮陸賈疾上。唱〕

【越調·水底魚兒】一騎如雲，不辭曉夜勤。軍機就裏，〔合〕説與守關人，説與守關人。〔作到科。白〕沛公有令。〔進見科。薛歐、陳沛白〕原來是陸大夫，此來爲着何事？〔陸賈白〕沛公因魯公勢大，恐二位不能保關，反招其怒。張軍師令我前來，上城與他答話。〔薛歐、陳沛白〕我二人正然無策，得大夫此來，大事濟矣。魯公兵到不遠，就此同上關去，請。〔同下。扮八楚軍引英布上。同唱〕

【又一體】欲王西秦，崤函險莫論。相機行事，〔合〕且去叩關門，且去叩關門。〔白〕俺英布奉魯公之令，打聽函關開閉，如閉城不納，即令攻打，魯公大隊隨後接應。軍士們，看關門開閉如何。〔軍士應，作看科，禀科。白〕啓爺，關門緊閉。〔英布白〕就此攻城。〔衆應，作欲攻城科。內白〕休得動手，有話面講。〔英布白〕軍士們，且住着。〔陸賈、薛歐、陳沛上城科。薛歐白〕來者何處人馬？〔英布白〕魯公人馬，奉令取城。〔陸賈白〕魯公安在？〔英布白〕那不是魯公來也。〔扮八楚軍、章邯、司馬欣、董翳、范增引項籍上。項籍唱〕

【越調·鬭黑麻】眼望咸陽，教人怒嗔。看指揮如意，鼓動三軍。憑妙算，賽如神，叱咤一聲喝斷魂。〔作到科。白〕爲何按兵不動？〔英布白〕沛公着人在城上，有話面稟。〔項籍白〕閃開了。〔衆應科。項籍向關科。陸賈白〕魯公請了。〔項籍白〕關上的聽者，我與沛公，約爲兄弟，今日爲何閉關不納？〔唱合〕誓言共聞，塤篪誼親。何事今朝，何事今朝，吾來閉門？〔陸賈白〕啓上明公，沛公遣將拒關，非敢拒楚，實防秦盜耳。〔唱〕

【越調·蠻牌令】翹首望行塵，何敢抗三軍？特防他寇至，謹守自情真。更除此別無他意，俺可也覿面披陳。〔白〕明公大兵至此，迎接不暇，安敢閉門不納？〔唱合〕須知是，專爲君，閉關不納，孰敢云云。〔項籍白〕既如此，還不失兄弟之義，快些開關。〔陸賈白〕軍士們，開關。〔陸賈、薛歐、陳沛同下城科，下。扮二軍士上，開關科。項籍白〕後隊人馬，緩緩而進。〔衆應同進關科。同唱〕

【越調·江神子】齊將隊伍分，控雕鞍馬驟駪駪。無勞矢石紛紜，韜戈緩騎進西秦。〔合〕今日裏何嫌何釁？〔陸賈、薛歐、陳沛上，接見科。白〕末將等迎接明公。〔項籍白〕守城將士，不須遠送。〔陸賈衆應科。白〕是。〔陸賈白〕我先去報與沛公知道。〔同下。項籍白〕他開關放人，那閉關不納之計，用不着

了。〔范增白〕好個奸滑的沛公也。〔唱〕

【越調·山虎兒】他却也早見機，料難拒吾軍，一味的假意殷勤。甜話兒莫當真，畢竟和伊不兩存。〔白〕閉關之計，雖然不用，那探聽一事要緊。〔唱合〕他深謀叵測，機心忒隱，及早除之，方爲安穩。〔項籍白〕這個自然，探子聽令。〔扮探子上。白〕潛踪專密探，健步號能行。啓爺，有何吩咐？〔項籍白〕速去咸陽，將沛公入關以後之事，一一打聽明白，不得有誤。〔探子白〕得令。〔下。范增白〕衆軍士，就此往鴻雁川駐扎者。〔衆應繞場科。下〕

第五齣　驚聞擔慮（齊微韻）

〔扮子嬰同妃姬氏上。子嬰唱〕

【商調引・逍遥樂】百世箕裘墜，靦面迎降羞傀儡，〔姬氏唱〕空餘亡國凄凉味。〔合唱〕幾番回首，榮華春夢，血淚空揮。〔子嬰白〕我子嬰，不幸被奸閹誤國，强我爲君，正天怒人怨之時，怎生支架？四十餘日，軹道出降，承沛公仁德，不即殺害，以屬吏聽旨，此莫大之恩也。〔唱〕

【商調・集賢賓】身如斷梗風浪催，似空裏絲飛，飄蕩虛懸一縷危。賴仁慈不把梏摧，權時屬吏，頓一點陽和恩沛。〔合〕傷瑣尾，尚餘得數聲安慰。〔姬氏白〕主公嗣位未久，秦民愛戴，自可邀天之幸。〔唱〕

【商調・鶯啼序】空巢雖值顛危，自問究何虧。嘆臨朝幾日施爲，有何不赦情罪。况慈祥澤在民生，料不至天心厭懟。〔合〕堪相慰，諒無妨一綫孤微。〔子嬰白〕只恐項籍兵到，那時未必相安。只盼懷王旨意早到，就有安身之地了。〔唱〕

【商調・囀林鶯】窮林驚鳥何處棲，盼恩綸一紙陽回。餘生得丐沾恩庇，眼空穿望斷雲霓。神

魂驚悸，則怕的重瞳凶悖。〔合〕但逢伊，堪憐你我，未必兩相宜。〔姬氏白〕有沛公護庇，料也無事。〔唱〕

【商調·黃鶯兒】無事鎖雙眉，事如天且自隨，算來劉項應無異。仁風護持，凶星退移，仗他寬厚還堪庇。〔合〕莫須疑，一般受命，何事縱雄威。〔子嬰白〕那項籍強暴異常，聞他東征以來，攻城屠郡，殺人如草。前坑降卒三十餘萬，慘毒至此，安能容我？〔唱〕

【商調·簇御林】他雄心逞，虐焰飛，聽風聲深慘淒。草菅人命同兒戲，但值遇難迴避。〔合〕快休提，狼餐虎噬，兀自肯饒伊。〔扮內侍疾上。唱〕

【商調·本調賺】事到臨期，速把軍情報主知。〔作見科。白〕主公，不好了。〔子嬰、姬氏白〕怎麼樣？〔內侍唱〕人聲沸，傳言楚衆駐郊畿。〔姬氏白〕那函關，難道沛公無人把守麽？〔內侍唱〕怎支持，有令先把函關啓。〔子嬰白〕楚兵如今現在那裏？〔內侍唱〕鴻雁川前急鼓鼙。〔子嬰白〕那項籍在也不在？〔內侍唱〕軍營裏，拔山扛鼎人堪畏，教人心悸，教人心悸。〔子嬰作驚慌科。白〕那項籍現在鴻雁川麽？〔內侍白〕正是。〔子嬰白〕諕死我也，驚死我也。〔作驚倒科。姬氏哭叫科。白〕主公蘇醒。〔子嬰作漸醒科。白〕吾命休矣。〔唱〕

【商調·梧葉兒】光陰促，日已西，誰與挽斜暉？更無語，空淚垂。〔合〕暗神痴，叫一聲今番休矣。〔姬氏作安慰科。白〕死生有命，主公不必驚慌。〔唱〕

【商調·山坡羊】死和生憑天位置，吉和凶誰人逆計。縱然是讐深怨重，也還思，冤報須尋對。〔白〕從前虐政，皆先朝奸相所爲，主公素稱仁厚，决不至死於非命。〔唱〕種禍機，都緣先世貽，從來天道難容昧。天佑仁慈，保無灾晦。〔子嬰作不語科，姬氏作急哭科。白〕看主公如此光景，好悽愴人也。〔唱合〕低回，榮華劫底灰。傷悲，命如朝露危。〔白〕主公休得如此，保重身體要緊。〔作寬解科。白〕主公驚壞。内侍，與我扶主公進去。〔作同扶子嬰科。下〕

第六齣　雁川問報（皆來韻）

〔扮四楚軍引項籍上。項籍白〕直進函關莫敢違，沛公却也早知機。軍師自有深謀在，專聽伊家是與非。〔轉場陞高座坐科。白〕大軍已進關中，在這鴻雁川駐扎。聞得沛公還軍霸上，未住秦宮，這還情有可恕。只是軍師着我打探沛公近日行爲，好設計除之，這也是他爲我之意。已着探子去了多時，怎的還不見報來？〔扮探子執旗上。唱〕

【越角套曲·看花回】影飄颻一騎飛來，俺潛踪躡跡穿營寨。一件件，一樁樁，都也明白。賽一本繪圖兒，腹中拴帶。〔白〕俺魯公元帥帳下，一個能行探子是也。奉元帥之令，訪問沛公動静，打探明白，不免報與元帥知道。〔作進見科。白〕爺爺在上，探子叩頭。〔項籍白〕探子，你回來了，打探沛公之事怎樣？喘息定了，細細説上來。〔探子起科。白〕爺爺容稟。〔唱〕

【越角套曲·綿搭絮】自從關外，則他自從關外，一路兒可也並無妨礙。似雨票風牌，早過了嶢關天險咸陽界，秋毫兒莫犯了衆民財。早把他那秦君的組解，軹亭前拜倒塵埃。〔項籍白〕子嬰拜降，怎樣發放，可曾收了符璽？〔探子唱〕

【又一體】聽得他虛文禮待，聽得他軟語顔開。聽得他將伊權時屬吏，聽得他一些兒不曾加害。聽得他把螭紐鳳篆，殷勤收貯。聽得他待噓枯潤槁，疏縱無猜。聽得他把一封章奏達上彭境，聽得他專等恩綸飛下早與安排。〔項籍白〕符璽他竟敢收了？子嬰他竟敢放了？秦民可感激他麽？〔探子白〕那秦民呵，〔唱〕

【越角套曲・青山口】但見他安居樂業無驚駭，慰雲霓傒后來。那農夫們犂雨耕雲多自在，市廛上坐賈行商無遷改。敢則是四民安堵，驚不着婦女嬰孩。止不過幾句兒通情話，那些人早無難也無灾。〔項籍白〕他敢是有什麽曉諭？〔探子唱〕幾樁事大開特開，早洗了他腥世界，向刀山地獄躋春臺。你道他該也不該，那秦民懷也不懷。爺爺呵則他這法三章把人心買，一似那醍醐灌溉，膏雨輕篩。〔項籍白〕他可曾入秦宫院？〔探子唱〕

【越角套曲・聖藥王】他他他則待入寶山，把碎瓊瑶，踏遍崑岡界。遊月殿，把錦嫦娥，分行綴玉堦，遍遊覽瑶館瓊臺。〔項籍白〕他見了這些宫院與寶物、美女，可也貪愛麽？〔探子白〕那沛公呵，〔唱〕

【越角套曲・慶元貞】則將這印封兒印封兒到處的重重蓋，説什麽如花似玉俏金釵，一任他玉樹交柯眼倦開。你道乖，也麽乖，把高牙霸上擡。〔項籍白〕他如今現在霸上，作何勾當？〔探子白〕他每日與蕭何、張良等，别無他事。〔唱〕

【越角套曲・古竹馬】守着那圖書幾册，似螢窗咿唔細揣，伏着案翻去翻來。無非是地賦丁差，圏共點逐名排。烟火興衰，國賦資財，添減勾裁。更留心是沿途關塞，山河襟帶，逗引藏埋。似一個拾斷簡的書生書生的疏解。〔項籍白〕他原來如此。〔探子白〕正是，小人探得明白，特來回報。〔項籍白〕你倒也精細，賞你一罈酒，一腔羊，一月不打差。〔探子叩謝科。白〕多謝爺爺。〔項籍下高座科，下。探子出科。唱〕

【煞尾】俺伏路隅，脚步裏帶着隱身牌。傍營壕，耳邊厢常把風聞採。這一回探軍情，教俺費盡心，准備着卧翻羊，把酬勞的筵宴擺。〔下〕

第七齣 觀象扭天（先天韻）

〔扮項伯、范增同行上。范增唱〕

【黃鐘調合套·醉花陰】玉露沉沉碧天遠，看淺淡銀河如練，把八方分定了坎和乾。不須得頻察璣璇，將指撥渾天轉。可爲甚眼向半空穿，單則卜紫微光把天道闡。〔白〕昨日魯公聞報，悉知沛公所行所爲。嗄，賢公，沛公甚爲可慮嗄。〔項伯白〕怎見得沛公可慮？〔范增白〕沛公入關中，財物不取，婦女不幸，與民約法三章，安撫百姓，邀買人心，其志不小。我以此放心不下，特邀賢公到高埠之處，共觀星象，以決成敗。嗄，賢公，久仰你的天文，明白得緊嗄。〔項伯白〕某幼年曾遇韓國一友，他說爲將之道，必須曉得天文地理，因此曾讀是書。〔唱〕

【黃鐘調合套·畫眉序】略自識星躔，判別荊揚冀幽兗。曉箕風吹萬，畢雨連綿。說機祥縱有成書，欠講究總無成見。〔合〕正思乘暇求明誨，喜今日恰逢其便。〔范增白〕賢公，太謙了。這天文呵，〔唱〕

【黃鐘調合套·喜遷鶯】雖則守前人成憲，雖則守前人成憲，監羲和細測週天。難言，他則是暗隨運轉，隱照君王把度數躔。假如俺楚受禪，少不得沛公軍星光偃蹇。則準備獨霸中原，則準備獨霸中原。〔同上高處立科。項伯白〕那鴻雁川寨中，殺氣彌空，將星甚旺，想應在魯公了。〔范增看科。項伯唱〕

【黃鐘調合套·畫眉序】殺氣上摩天，烈焰滔滔似烘染。主軍威壯盛，子弟心堅。〔范增搖頭不語科。項伯指科。唱〕將星輝點點榆錢，光鋩照一營都遍。〔范增低頭長吁科。項伯唱合〕怎低頭不語長吁氣，這就裏機關非淺。〔范增白〕賢公有所不知。〔唱〕

【黃鐘調合套·出隊子】休説那英風成片，我則怕衆軍心難久聯。便是那將星呵，五緯未珠連。你看他你看他氣吐些時化了烟。〔項伯白〕據這等説來，敢天心不在魯公身上？〔范增唱〕怎曉得老天他位置英雄在那一邊。①〔項伯望科。白〕軍師，你看霸上，帝星明朗，綿綿迭現，耿耿悠長，莫非應在沛公身上？〔范增望科。項伯唱〕

【黃鐘調合套·滴溜子】恁紫氣綿綿，半空蕩衍。更紅光奕奕，照他近遠。看來氤氳一片。〔合〕祥飄靄靄烟，天街自舒展。莫是斯人，膺着帝眷。〔范增嘆科。白〕昔日徐州天子氣，今宵霸上帝星明。沛公果不可測矣。〔唱〕

【黃鐘調合套·刮地風】嗳呀俺則道昔日徐州雲氣鮮，無非是捏虛話隨口訛傳。到今日帝星晃耀分

---

①「位置」，校籤作「栽培」。

明見，可怎生般用力周旋，把苦心兒挽過蒼天。〔白〕魯公不知呵，〔唱〕還則説挣江山有他那英雄勇健，誰知道兆興亡老天公早已心偏。〔項伯白〕天道杳渺恍惚，難以預知，軍師何必如此着急？〔范增唱〕雖則是虚幻形，杳渺談，猝難分辨。怕幸中言詞偏偶然，你則看鴻雁川氣色相懸。〔天井下五色雲捧龍形科。項伯白〕軍師，你看五色雲中，隱隱一龍，張牙舞爪。〔范增看科。項伯唱〕

【黄鐘調合套·滴滴金】彩雲堆五色凝成片，駭目驚心真是鮮，看飛龍張牙舞爪雲中串。若把這奇觀，當新話演，也不信雲龍恁顯，破着費工夫看不倦。〔合〕同把此情，大家細研。〔范增白〕賢公，你、你、你説這嘉祥，却是爲誰而現？〔唱〕

【黄鐘調合套·四門子】你説這嘉祥是爲何人現，嘉祥是爲何人現，印證咱識早見偏。你看他祥光照得雲霞變，尾和頭偏蜿蜒。還王我後邊，還輸他占先。眼模糊，傷心人暮年。可憐余目欲穿，淚又連，運機謀心腸頻轉。〔天井收五色雲捧龍形科。項伯白〕軍師，這是不用説了。〔唱〕

【黄鐘調合套·鮑老催】這邊那邊，人爲争及天意懸，彩雲捧將龍宛然。明明是他合興，吾將敗，空争戰。蛙喧井底窺天遠，深慚識解卑還淺。〔合〕還祈明示休辭倦。〔范增白〕你、你、你、你的天象，亦已得其彷佛矣。只是吾既委身事楚，雖使天心有在，亦惟竭忠盡謀，死而後已。況昔日申包胥説道，天定固能勝人，人定亦可勝天。〔唱〕

【黄鐘調合套·古水仙子】破破破，破忠義堅。敢敢敢，敢石立波心流不轉。滴滴滴，滴血花兒洒作奇謀。定定定，定把那敵人輕剪。敗敗敗，敗和成任彼天。我我我，我丹忱早晚勤獻。把把把，把一代興亡扛一肩。覷覷覷，覷龍蟠虎踞關雙扇。〔白〕萬一盡忠而死呵，〔唱〕死死死，死向那泉壤下恨胥捐。〔項伯白〕軍師忠誠如此，必有回天之力。〔唱〕

【黄鐘調合套·雙聲子】宏猷展，宏猷展，早勝得他人遠。丹心獻，丹心獻，應拗得青天轉。功早建，共奮勉。〔合〕亡秦霸楚，萬古名傳。〔范增白〕賢公，今日之事，惟公與我知之，萬不可播之於外。〔項伯白〕這個自然。〔范增唱〕

【隨煞】指望觀星共消遣。〔項伯白〕夜已深了，我們回去罷。〔范增唱〕只今宵莫想安眠。〔下高處，作欲跌科。唱〕你看我比上來時雙足軟。①〔項伯扶科。白〕軍師，好生走。〔范增嘆科。同下〕

---

① 「上來」，校籤作「上山」。

第八齣　得書議劫（庚青韻）

〔扮章邯、司馬欣、董翳、鍾離昧上。同唱〕

【仙呂調・點絳唇】大事垂成，非同僥倖。稱名正，坐擁雄兵，指日膺天命。〔同白〕隻身開創帝王基，正是飛龍整馭時。直待入關受符璽，方知擇主是男兒。今日魯公陞帳，聚集兵將議事，我等向前聽令。〔分侍科。扮四楚軍引項籍上。項籍唱〕

【中呂宮・好事近】稱帝問誰能，要甚懷王封贈。千般奸獪，管教變作畫餅。〔轉場坐科。白〕此身自是天生獨，怒把生靈肆荼毒。沛公不聞叱咤聲，欲借懷王來屈伏。昨日探子報道，沛公入關，絲毫不犯，要遵懷之約，先入關者爲君。〔唱〕全然不想，要爲君也得威風稱。〔白〕待我整頓人馬，前去擒他，教他空指望一場，關中還是我得。〔唱合〕教伊行倚恃冰山，當不起將軍鐵鐙。〔衆白〕明公所言甚是。〔唱〕

【又一體】非輕，帝主是天生，試問這威名誰並。難道頻年征戰，讓虛詞假義制勝。〔白〕沛公假仁假義，邀買人心，明公怕他則甚。〔唱〕問仁慈何似，可能如、人舉千斤鼎？〔合〕跨征鞍兵入關中，管心虛酒食相迎。〔項籍大笑科。白〕諸公所見，與孤略同。〔扮將官上，禀科。白〕有沛公左司馬曹無傷，差人下書。〔項籍白〕着他進見。〔將官應下，帶軍士持書上。軍士跪科。白〕小人奉司馬之命，特呈書奉上公爺。〔楚軍士接書，送項籍拆看科。唱〕

【中吕宫·千秋歲】謹開呈，近日關中事，一一的縷陳明鏡。約法三章，約法三章，感動的，比户都誇明聖。〔合〕倉封鎖、無争競，宫封閉、胥安静。大志思吞併，願英雄千歲，鑒此葵誠。〔項籍白〕賞來人十兩銀子。〔軍士謝科。白〕謝爺賞。〔項籍白〕書中所説，我一一知道了。回去拜上司馬，説事定之後，必有重報。〔軍士白〕曉得。〔下。項籍白〕速請軍師。〔軍士應，請科。白〕請軍師帳前議事。〔扮范增上，項伯隨上，見科。項籍白〕軍師請坐。〔范增白〕有坐。〔讓項伯科。白〕叔父請坐。〔項伯白〕有坐。〔各坐科。項籍白〕適纔沛公左司馬曹無傷有書與我，道沛公那厮呵，〔唱〕

【中吕宫·駐雲飛】竟敢欺凌，道我後到關中莫與争。顯把奸心逞，假把君言禀。〔怒科。唱〕嗏。甚的與吾衡，居然違命。問罪興師，方適如焚性。〔合〕專待軍師一語行。〔范增白〕如此看來，沛公之志不小。吾夜觀天象，見雲氣五彩，結成龍形，罩住霸上，此乃天子之氣。〔向項伯科。白〕嗄，賢公，昨日也是看見的嗄。〔項伯唯諾科。范增唱〕

【又一體】雲結龍形，王氣爲吾禍不輕。〔白〕縱使沛公此時斂手讓我，終久亦必爲伊所奪。〔唱〕他勢迫權藏影，力足終兼併。嗏。〔白〕若就此時滅之，易如反掌耳。〔唱〕抗拒又何能，片時而定。養虎深林，終肆炰烋性。〔合〕疾整雄師一旅行。〔白〕某有一計，明公今夜三更時候，整頓人馬，分兵兩路，殺奔霸上，擒住沛公殺了，以絶後患。〔項伯吐舌科。范增唱〕

【中吕宫·剔銀燈】三更後紛馳大兵，好共歹不留餘剩。休教異日恣强横，要斬草除根乾净。〔項伯起，背科，復坐科。范增唱合〕全坑，軍機最緊，到得那禍臨頭空勞猛省。〔項籍白〕此計甚妙。衆將官，〔唱〕

【又一體】不是我今朝寡情，恨沛公與吾争勝。懷王話説爲憑定，待要我稱臣遵令。〔合〕相應，同遭滅頂，問那個合爲君贏吾便請。〔衆白〕兩路兵去，不怕不殺他個乾净。明公暫歇，我輩整頓兵馬便了。〔衆同下。項伯白〕了不得，此計一行，玉石俱焚。沛公營内有吾友子房，倘若斬盡殺絶，何以對古今良友？罷，罷，修書一封，送與子房，教他速避就是了。〔作想科。白〕不好，不好，兩家俱有伏路軍校，去人不的，反惹出事來。我只得傍晚親走一遭也。〔下〕

第九齣　孫氏入宮（真文韻）

〔扮二宮女引衛氏上。唱〕

【雙調引・賀聖朝】已拚草野沉淪，暮年又入宮門。自憐白髮一時新，操持付釵裙。〔白〕妾身衛氏，懷王之母。因懷王年已弱冠，後宮未有賢媛，前命内侍遍選民間女子，以爲續姓之人。内中孫氏，看他容貌端莊，似有福氣，但不知是何等樣人家。今日召他來細問，如果出自名門，便可擇吉成禮。〔扮内侍引孫氏上。唱〕

【雙調引・醉落魄】天涯弱息孤寒運，斷蓬入鬢。如何偏把宮闈進，步向階茵。一步一傷神。〔進見行禮科。白〕臣女見駕，願娘娘千歲千千歲。〔衛氏白〕起來。聽你聲音，不像彭城人口氣。〔孫氏白〕老娘娘聽稟。〔唱〕

【雙調集曲・風雲會四朝元】【四朝元】（首至十一句）家山何郡，三湘九澤濱。〔衛氏白〕嗄，你是我楚國人，如何却在此住？〔孫氏唱〕遭逢離亂，故國虀粉，可憐離亂身。只雙雙母子，只雙雙母子，幾度風霜，幾次關津，奔到彭城，方纔安頓。〔衛氏白〕嗄，原來你隨着母親避難到此，你母親呢？〔孫氏哭科。唱〕【駐雲飛】（四至六）現放窮途櫬，嗏，難返故鄉魂。【一江風】（五至八）秋水黄昏，則聽悲鳴近。〔衛氏白〕可憐，可憐，你母親也死了。爾父何名，可曾出仕？〔孫氏唱〕聽説道家嚴秉國鈞，平生抱忠憤。【朝元令】（合至末）説不盡秦關楚澤，來來往往，可憐身殞，可憐身殞。〔白〕臣女父名孫軼，做過楚國太宰。〔衛氏白〕嗄。〔携孫氏手科。白〕你就是孫太宰的女兒。〔淚科。白〕你父如今在那裏？〔孫氏白〕臣女年幼，不知就裏，只聽得母親説，秦始皇擄着楚王入秦，我父保着楚國娘娘與世子出奔。〔衛氏哭科。唱〕

【又一體】顛連吾分，傷心憶老臣。累爾合家撇散，母子羈困。〔白〕我兒，你父親當日，身送我母子至淮浦安置，隨去打探老大王信息，并不曾提起家中有你母子。〔唱〕他撇下女嬌娃西向秦，你飄流在此，你飄流在此，剩得隻影單身，哭向孤墳。且喜今朝，與吾相近。〔白〕這也是天意，使爾父未竭之忠，教爾代盡。使我母子未加之惠，向你頻施。〔唱〕莫是天憐憫，嗏，涉盡苦和辛。纔得與爾相逢，打聽忠良信。可憐你親顔未得親，他家室少音問。〔孫氏哭科。衛氏唱〕想起新愁舊恨，重重疊疊，斷腸千寸，斷腸千寸。〔白〕罷，我今主張，册汝爲懷王正宫。汝父忠君愛國，自應有賢孝有福之女。我楚國祖宗，乃是文王之師，或者應運而興，繼秦爲帝，汝當享福無窮。〔唱〕

【雙調集曲·孝南枝】【孝順歌】（首至七）天心定，不在人，楚雖三户必滅秦。占易定乾坤，陰教在閨門。吾生苦辛，願爾夫妻，祥符景運。〔孫氏謝科。衛氏白〕只一件，懷王年幼，一向困守田間，不解惕勵憂勤，持盈保泰。〔唱〕【鎖南枝】（四至末）你要警戒雞鳴，不失爲恭順。〔合〕思我恩，善事君，恩爾親，職須盡。〔孫氏唱〕

【又一體】承恩命，伴至尊，鳩居鵲巢遷木新。巾櫛侍晨昏，願得聽慈訓。有不到恕無知，遇疑難定相問。〔合〕歎失教，無母親，幼年輕，入宮闈。〔衛氏白〕内侍，吩咐選擇吉辰，爲主上册封娘娘者。〔内侍應科。孫氏唱〕

【慶餘】天涯逢主重相認。〔衛氏唱〕蔦和蘿一條根本。〔衛氏白〕我兒，隨我進來。〔同唱〕掖庭淚洒倍歡欣。〔同下〕

第十齣　停兵設計（東鍾韻）

〔場内起更，打一更科。扮項伯急上。白〕一緣白練星河耿，匹馬如飛踏清冷。亂草荒原新戰場，颯颯寒風吹月影。我項伯聽見軍師范增之計，恐怕好友張良遇害，黄昏時候，走到霸上，送一信與他，他苦死要我見見沛公。咳，沛公將入關苦情，細細告訴於我，要我在魯公前，把他心事剖白剖白，又與我結爲婚姻。我臨行時囑咐他，明日親到魯公營中，大家説破，他已應允。正是：受人之托，必當終〔忠〕人之事。起更時候了，急速回去者。〔下。内打二更科。扮范增、項籍上。項籍聽打更科。白〕一下，二下，二更了。〔向内問科。白〕衆將官，可曾齊集劫寨人馬？〔内白〕項老將軍未到。〔范增驚科。白〕嗄，老將軍那裏去了？〔扮丁公上。白〕項老將軍，黄昏時候乘馬出營，要向東去，被小將攔住。老將軍説，奉令打聽軍情，走得甚緊。〔范增白〕明公不必動兵了，老將軍此去呵，〔唱〕

【正宫·刷子序】一定把機關漏風，一聲霹靂，驚醒魚龍。便鈴摘枚銜，此行定是無功。〔項籍白〕項伯是我一家，他那裏倒爲别人？軍師多疑了。〔范增唱〕華宗，他乃是真誠古道，布丹忱偏受牢籠。〔合〕君試想去恁匆匆，甚關情昏夜相從？〔項伯上，見科。項籍白〕你往那裏去了？〔項伯白〕吾有故友

張良，在沛公營內，恐今晚動兵於他不便，送個信與他，教他迴避迴避。〔唱〕

【正宮・玉芙蓉】兵戈最凶，忍忘交游重。〔范增嘆科。項伯唱〕網開他一面，恕我愚兄。則護着嚴霜莫把芝蘭動，烈火休將美玉烘。〔項籍白〕他如今可走了麽？〔項伯唱合〕安危共，兩君臣感痛。〔范增嘆科。白〕咳，沛公也知道了。〔項伯唱〕厰營門，何曾鸚鵡避樊籠。〔范增白〕罷了，罷了。〔項伯白〕怎麽不罷？那劉季並無別意，遣將拒關，不過欲防秦盜，並非拒楚。寶物女子，封鎖不動，子嬰亦不發放，不過等待魯公。〔范增白〕這話是誰説的？〔項伯白〕張良親口告訴我的。〔項籍點頭科。內打三更科。項伯白〕我想起來，若不是沛公入關，我等焉能兵不血刃，容容易易到此？他乃是有功的人。〔唱〕

【正宮・錦纏道】叙軍功，那些兒是劉家漏空。守金玉待重瞳，閉函關，是則他精細無窮。他則怕賦東山還生毒蜂，他則待占易象飛到真龍。〔指范增科。唱〕妙計把伊攻，怕只怕諸侯盡恐，慫尤漫捕風。〔合〕論事理如何服衆，再休提，劫寨月朦朧。〔白〕劫寨不劫寨，我也不管，只是我一人，斷斷不去的。〔項籍白〕依這樣説，劉季似無大罪了。〔項伯白〕他明日要來謝罪，公可從容相待，庶不失大義。〔范增白〕他明日果然來麽？〔項伯白〕必定來的。〔范增白〕這却還好。〔項籍白〕怎麽樣？〔范增白〕吾所以勸明公殺劉季者，以其入關，絲毫不犯，約法三章，其志實欲取天下，若不早除，後爲大患。〔項籍白〕事已泄漏，如何殺他？〔內打四更科。范增白〕某有一計，可殺沛公。〔唱〕

【南呂宮・大迓鼓】鴻門宴會中，責他三罪，理屈詞窮。即時拔劍將伊斬，餐刀何在碟盤豐。

〔合〕酒醴干戈，難辨吉凶。〔白〕此爲上計。〔項籍白〕上計不行，怎麽？〔范增白〕某又有一計。〔項籍白〕又有一計？〔范增唱〕

【又一體】埋兵錦帳中，酒筵張設，設就牢籠。吾將玉玦頻頻舉，嘉賓權爾試烹龍。〔合〕伏得奇兵，休想放鬆。〔白〕此爲中計。〔項籍白〕中計不行，奈何？〔范增白〕某又有一計。〔項籍白〕計，計，計。〔范增唱〕

【又一體】如泉酒百鍾，俟伊沉醉，語少嫌恭。便尋破綻事争鋒，貪杯應悔不英雄。〔合〕仗劍誅之，管甚弟兄。〔内打五更科。范增白〕此爲下計。〔項籍白〕下計不行，如何？〔范增白〕臣又有一計。〔項籍白〕計，計，計。〔范增白〕沛公必與張良同來謝罪，此人能言善辯，明公出令，禁止張良，不許開口，如開口劍下斬之。〔項籍白〕知道了。〔范增白〕臣又有一計。〔項籍白〕又有一計。〔范增白〕可令丁公、雍齒把守鴻門，只許一君、一臣進見，不准多帶閒人。〔項籍白〕就是這樣。〔范增白〕臣又有一計。〔項籍白〕軍師的計太多了。〔范增唱〕

【又一體】條條計不窮，吐心嘔血，獻與明公。〔項籍白〕記不得了。明日着陳平接見沛公，軍師的計，再領教罷。〔下。范增白〕你看主公竟自去了。〔唱〕我這裏語言不曾畢，他一齊都付與東風。〔合〕俟到明朝，再議定從。〔内住更科。范增白〕咳，天都明了，絮絮叨叨，怪不得主公厭煩。〔笑科，下。項伯作指點科。白〕咳，亞父嗄，越老越毒，何苦，何苦。〔下〕

第十一齣　鴻門闖宴（皆來韻）

（扮陳平上。白）旌旗隊隊陣門開，曲奏鐃歌震地哀。願作陰雲護龍足，天衢飛到又飛回。我陳平領項王之命，迎接沛公鴻門會宴。亞父巧計，欲加害於沛公。少間看沛公光景，如果寬仁重義，實係聖君，少不得設法救他出關去。正是：良禽擇木棲，良臣擇主事。（下。扮張良、漢王上。漢王白）嗄，軍師，項伯教我鴻門謝罪，還是去也不去？（張良白）不去，則項王生疑。去，則恐墮范增之計。臣願與樊將軍，保駕前往。（漢王白）樊噲何在？（內應科。白）來了。（扮樊噲上。唱）

【仙呂調・點絳唇】落落襟懷，些些氣魄。粗何礙，一代人才，誰不聞樊噲。（白）主公叫俺，有何事體？（漢王白）你與我帶二千人馬，隨往鴻門，聽取不時之變。（樊噲白）要那二千人馬何用？（唱）

【中呂宫・石榴花】你個二千兵馬救誰來，直恁的早安排。（白）那項羽，夜坑秦卒三十餘萬。（唱）稀罕着漢兵一旅此間埋。（漢王白）你要帶多少兵去？（樊噲白）一個也不要。（唱）則俺一人做了護身牌。腔子裏些些有點膽量揣，立鴻門主難奪客。（合）憑咱壯，憑咱粗，憑咱駃，管情消却一天災。（漢王白）既然如此，大家就此前去。（同作上馬科。漢王白）明知虎穴在深山，（張良白）步向巖邊又樹間。

〔樊噲白〕放膽不妨將虎暴，〔同白〕紫微常有吉雲環。〔同下。陳平上。白〕沛公此時該來了嗄。〔作望科。樊噲、張良、漢王上。張良白〕此間就是魯公營寨，主公請略待一待，臣去通報。〔同下馬科。漢王白〕你看刀鎗密密，戈戟森森，好不怕人也。〔張良作進見科。陳平白〕原來張軍師。〔張良白〕原來陳護軍。〔揖科。陳平白〕主公到了不曾？〔張良白〕現在營門外。〔陳平白〕陳平意欲先謁，望乞軍師引進。〔張良白〕勞動護軍了。〔同作出見科。張良白〕陳護軍拜謁主公。〔漢王白〕久仰護軍有經緯天地之才，燮理陰陽之學，今日相見，足慰平生。〔陳平白〕陳平有何德能，蒙主公過獎。〔叩拜科，漢王扶起科。陳平白〕主公真乃仁德之君也。今日陳平，當救主公之難，日後好隨主公駕下。〔漢王白〕若得護軍相助，乃天賜奇珍也。相煩通報魯公，以便進見。〔陳平白〕領命。〔下。扮項籍上。白〕烈烈旌旗拂紫烟，森森戈戟耀青天。等閒一怒驚天地，況是興戎向几筵。今日沛公要來謝罪，怎麽還不見到？〔陳平上。白〕沛公到已多時。〔項籍白〕着他進來。〔陳平出科。白〕魯公有令，請主公進見。〔扮丁公、雍齒上，作把門科。樊噲、張良、漢王欲進科。丁公白〕大王有令，只許一君、一臣進去，不許多帶閒人。〔雍齒白〕大王有令，禁止張良開口說話，違者即斬。〔樊噲白〕嗄，這等嚴緊。〔張良作取筆寫本科，隨漢王進科。樊噲作四下張望，不見着急科，下。漢王進見科。項籍白〕沛公，久別了。〔漢王白〕魯公請上，待劉邦拜見。〔項籍白〕沛公少禮。〔同行禮科，坐科。張良跪科。項籍問科。白〕階下俯伏者何人？〔陳平白〕進本的。〔項籍白〕取上來。〔陳平取科。項籍看科。白〕臣若開口，恐遭劍下誅。〔項籍白〕恕卿無罪。〔張良白〕願大王千歲千千歲。

〔項籍白〕汝是何人？〔張良白〕臣韓國借士張良。〔項籍白〕且住，亞父之計，不許他開言。〔陳平白〕天子無戲言。〔項籍白〕這也罷了。沛公，你有三大罪，你可知道？〔漢王白〕小臣不知，請魯公明講一番。〔項籍白〕你把守函關，不放吾入，罪之一也。秦王子嬰，來降不殺，故放歸秦，罪之二也。緊封府庫，鎖禁宮門，邀買民心，罪之三也。〔張良白〕張良啓大王知道，沛公有五德於大王，並無三罪。〔項籍白〕那有什麽五德？〔張良白〕函關者，秦之要路，令人把守，隄防秦盜，以待大王，德之一也。子嬰來降，沛公不敢擅殺，待大王同决其罪，德之二也。去暴秦苛政，爲大王恤民，德之三也。今秦百姓，皆言一臣尚然如此恤民，不知爲君怎樣寬洪廣大，揚大王之美名，德之四也。禁封府庫，待大王到來，奉獻大王麾下，德之五也。大王休聽細人之言，有傷兄弟之雅。〔項籍白〕那裏什麽細人，就是你家左司馬曹無傷，挑唆是非。罷，罷，罷，講開了，大家丢開手，吩咐排宴。〔照常讓坐科。樊噲上，張望不見作悄聽科。内奏細樂。項籍讓酒科。白〕沛公請酒。〔漢王白〕魯公請。〔樊噲白〕這聲息好像飲酒也。〔唱〕

【又一體】仔聽悠揚笛管韻和諧，同宴樂美開懷。我心兒中陡地起疑猜，怕君臣早綁縛向營堦。他笑吟吟自將喜酒篩，便呼號不傳門外。〔合〕空焦躁，抓耳朵又撓腮。〔白〕待我搶進門去。〔又住科。唱〕冲天怒發又延挨。〔扮范增上，侍立科，低問科。白〕沛公三罪，可曾認？〔項籍大聲白〕説明白了。〔范增舉玉玦科。項籍看科。白〕計。〔范增又舉玉玦科。項籍白〕計，計，計。〔不動科。張良白〕亞父起禍了，待我唤樊噲保駕。〔范增白〕啓上主公，筵前無以爲樂，請令項莊舞劍。項莊將軍何在？〔内白〕有。〔扮項莊上。白〕項莊舞劍意何在，意在手刃生蛟龍。〔項伯上。白〕我有一劍皚如雪，何勿掣出當其鋒。啓大王，某與項莊，一同舞劍。〔范增白〕舞單不舞雙。〔項籍白〕舞雙不舞單。〔同舞科。張良出科，丁公、雍齒阻科。張良白〕奉沛公將令，取咸陽玉璽，獻與大王。〔出見樊噲科。白〕主公有難，快些進去。〔丁公、雍齒阻科，樊噲打倒丁公、雍齒科，闖進科。項莊、項伯收劍科。樊噲唱〕

【中呂宫集曲·榴花好】【石榴花】（首至三）登時觸惱俺這丈夫懷，憑甲仗綺筵埋，一拳一脚陣門開。〔怒立科。項籍白〕爾是何人？〔樊噲白〕臣是樊噲。〔項籍白〕到此何幹？〔樊噲白〕聞知大王爺爺在此飲宴，特來討賞。〔項籍白〕叫陳平取一斗酒，一肩生彘，與他吃。〔陳平取付科。樊噲吃科。唱〕【好事近】（四至末）我則把斗酒雄篩，生肉嚼來。這威風，咄咄人稱怪。〔合〕竪雙眉虎眼雙睁，乾一斗酒豪仍在。〔項籍白〕壯哉樊噲，問他可還能飲酒。〔樊噲嗔目科。白〕臣死且不惜，巵酒安足辭？〔范增白〕大王今日又不在此厮殺，要這帶甲將軍何用？令他轅門外去纔是。〔樊噲白〕老亞父，有你站處，就有我立處。〔唱〕

【又一體】杯盤羅列你緊緊傍春臺，不許俺立空階。使你那千般巧計百般乖，須曉得兩主仁懷，兩君意諧。莽臣鄰，便立刻何妨礙。〔白〕你叫俺去，俺偏不去。〔唱合〕甲鮮明聊壯軍威，心磊落没些尷尬。〔范增白〕大王，取大觥來，敬沛公三大觥，大王飲七小杯，凑成十全之數。〔項籍白〕老亞父，你説了半日話，只這一句中聽。陳平，取大觥來，奉敬沛公。〔漢王白〕小臣量窄，不能飲。〔范增白〕沛公能飲的。〔張良白〕其實不能飲。〔樊噲白〕老亞父，大王滄海之量你不勸，樊噲溝渠之量你不給。那見得是忠於君，慈於衆？〔唱〕

【中吕宫集曲·石榴燈】【石榴花】（首至四）大王海量你不把酒杯篩，筵席畔任呶咍。問你個忠君愛主見何乖，阻一天豪興你的罪應該。〔項籍白〕是嗄，沛公不能飲，孤能飲。孤飲大觥，沛公飲小杯。〔范增白〕沛公能飲，大王不能飲。〔項籍白〕呸，飲酒什麽大事，嘮哩嘮叨。你老人家且一邊去，等孤家飲完了酒，再來獻計何如。〔樊噲唱〕【剔銀燈】（三至末）散筵席多少計策，虧聖主多般擔待。〔范增視樊噲不走科。樊噲唱合〕延挨，須招見怪。〔白〕幸虧是大王仁慈，若是我樊噲呵，〔唱〕便將伊逐、博樽前眼開。〔項籍大飲科。白〕乾。〔連飲科。范增嘆科。白〕有范增而不用，天意使然也。項莊將軍，隨我來。〔范增、項莊下。項籍醉睡科。張良白〕項大王醉了。〔樊噲白〕主公走罷。〔漢王白〕如何不別而去？〔張良白〕護軍善爲之辭。〔起科。樊噲唱〕

【又一體】我雙睛閃爍奪了劍光白，拚縱飲向金階。不關鐵膽從來大，却也全憑鐵甲護得主人灾。〔漢王揖陳平科。樊噲唱〕仗伊家援俺苦厄，從此去各安關隘。〔合〕安排，調和鼎鼐，待賢臣宰出鴻門寨來。〔同下。項籍醒科。白〕陳平，送酒與沛公。〔陳平白〕沛公已去了。〔項籍白〕怎麽去了？〔陳平白〕他不勝杯酌，因此去了。〔項籍白〕他怎麽不別而去？可惱，可惱。〔陳平白〕大王請息怒，他不敢驚動大王起居，所以不别而去。〔項籍白〕去了也就罷了。自是英雄不等閒，傷人肯在几筵間。〔陳平白〕饒伊且自歸營去，一怒須崩霸上山。〔分下〕

第十二齣　毁玉搆爨（寒山韻）

〔扮張良捧白璧，樊噲捧玉斗上。張良唱〕

【仙吕宫·步步嬌】脱却鴻門安然返，文武分屏翰。資財敢吝慳，白璧雙雙，光芒璀燦。〔合〕爲謝放生還，機謀不聽謀臣范。〔白〕昨日沛公鴻門謝罪，老亞父三番五次，從中搆釁，托賴天心眷注，坐虎口，安若泰山。酒筵未畢，逃席而回，恐怕項王見怪，命俺二人持白璧一雙，獻與項王，玉斗一隻，獻與亞父。來此已是項王營門，不免徑入。正是：內府不妨藏外府，豢龍他日再屠龍。〔下。扮二小軍引項籍上，坐科。項籍唱〕

【仙吕宫·桂枝香】虎威誰犯，猶疑堪嘆。問他霸上君公，可值得重瞳一盼。〔張良、樊噲上，跪科。同白〕臣張良、樊噲，叩見大王，願大王千歲千千歲。〔項籍白〕張良，你主人那裏去了？〔唱〕怎將吾小看，將吾小看。便道是匆匆一飯，直恁的縶維難挽。〔張良白〕我主人不勝杯酌，伏求大王原鑒。〔項籍唱合〕甚相關，我這裏玉觥頻頻酌，他金杯能幾乾？〔白〕你主人，敢是惱我？〔張良白〕我主人托賴護庇，感激不違，如何敢惱大王？〔項籍白〕敢是疑我？〔張良白〕大王肝膽照人，如青天白日，我主人怎忍

生疑？實在不勝杯酌，又不敢驚動大王起居。〔唱〕

【又一體】幸親慈範，毫無疑難。一來微量溝渠，二要殺細人讒間。〔項籍白〕你主人殺了曹無傷麼？〔張良白〕是。〔唱〕把金蘭譜翻，金蘭譜翻。險被言詞譎誑，拆得至交心散。〔白〕如今殺了曹無傷，以謝大王寬宥之恩，謹命張良賫白璧一雙，奉獻大王麾下；玉斗一隻，奉獻亞父足下。〔唱〕這玉何難，表大王美德無瑕璧，千秋盟不寒。〔項籍白〕罷了，既然你二人遠遠送來白璧一雙，我且收下。那玉斗，你親自送與老亞父去。〔張良白〕是。〔扮范增上。唱〕

【高宮・端正好】錦囊收，華筵散，生生地放虎歸山。到頭來後悔噬臍晚，翹首朝天嘆。〔作見張良科。白〕嗄，張軍師，沛公那裏去了？〔張良白〕老亞父，沛公回霸上去了。〔見樊噲科。白〕樊將軍，沛公那裏去了？〔樊噲白〕老亞父，沛公回霸上去了。〔范增唱〕

【仙呂宮・滾繡毬】眼巴巴望得來，眼睁睁輕放還。勸夸父羲輪枉趕，向齊王錦瑟空彈。可憐我獻的謀是若多，他聽的人不耐煩。誤軍機蟻浮酒盞，輸棋着劫失連環。眼見得拿雲攫霧蒼龍起，鳴日栖梧彩鳳翻。放他去霸上安閒。〔回看項籍科。白〕主公，那桌兒上，白森森的是什麼東西？〔項籍白〕這白璧一雙，是沛公獻與我的。〔范增嘆科。白〕殺了沛公，天下之大，那一件不是主公的？如今却希罕這一雙白璧。〔唱〕

【仙呂宮・叨叨令】則望你舉行那郊兒祀兒，陳琮璧青青黃黃的燦。端坐住朝兒闕兒，聽趨蹌琳琳瑯瑯的慢。分剖些圭兒璧兒，把公侯繽繽紛紛的散。不料你心兒意兒，醉懵騰悠悠揚揚的看。兀的不惱痛殺人也麼哥，兀的不惱痛殺人也麼哥。枉獻我籌兒策兒，用機謀殷殷勤勤的諫。〔項籍白〕亞父，難道這白璧，收他不得？〔范增白〕事已如此，主公收也得，不收也得。〔唱〕

【仙呂宮・滾繡毬】不收他也便休，待收他也汗顏。甚的是珙球輝燦，比什麼鼎鑄神奸。你若是禱甘霖撇下河，你若是祀神祇也供上壇。則怕的盛衰分兵戈滿眼，那時節弟兄們玉帛摧殘。我這裏淚花洒去無非血，濺向那白玉中間頃刻斑。兀的不鏤碎心肝。〔樊噲白〕老亞父，我主人沛公，多多上覆你。這是玉斗一隻，奉獻足下。〔范增白〕禁聲。〔唱〕

【仙呂宮・倘秀才】則恨我緣慳分慳，恰遇着時艱運艱。不用得費盡心機把這幕客干，抱千愁心不快，收一斗意難安。〔拱張良科。唱〕我對你應須色赧。〔項籍白〕人家好意思送你東西，你放下那副嘴臉。〔范增白〕主公，你道是好意思，〔唱〕

【仙呂宮・滾繡毬】一來是把我羞，二來是把我安。〔項籍白〕他又羞你什麼？〔范增唱〕恁羞吾主臣冰炭，恁羞吾有機謀枉自超凡。〔項籍白〕你有什麼好處，他又值得安你？〔范增唱〕恁安我待無聲學反舌，恁安我坐參謀權閉關。且受用晨昏早晚，把一樽美酒開顏。我金人有口封緘好，玉斗何須取次看。〔拔劍擊碎玉斗科。唱〕怎當得一擊珊珊。〔項籍白〕老亞父，某雖不喜讀書，但聞仲尼，不爲已甚，其交也以道，其接也以禮，却之却之爲不恭。你若大年紀，這樣火星亂爆，一點涵養也没有。〔張良白〕

亞父心中不快，倒是我不合唐突了。〔范增白〕軍師，休這等説，〔唱〕

【仙呂宮·倘秀才】吐不出肝腸寸丹，禁不住言詞侃侃。火發心頭赤面顔，也識隆儀交以道，怎當拙性素來頑。這莽撞如今悔晚。〔項籍白〕可是你如今也後悔了。張良，你回去告訴沛公説，那秦王子嬰，是一定要送來與我的。〔范增白〕正是。〔唱〕

【煞尾】子嬰一個誰希罕，但則爲，楚君臣舊恨漫。〔白〕昨日軍師説的，待魯公同定其罪。〔唱〕待魯公定其案，牽着俘露着袒。教諸侯，聽見生嚴憚，免得又惹起了争端把面皮反。〔張良白〕大王、亞父放心，張良回去，即稟知沛公，着人將子嬰送來，斷不敢違拗。〔項籍白〕送着來，免得兩下失了和氣。〔張良白〕是。〔跪科。樊噲同白〕臣等告辭。〔項籍白〕有禮嗄，纔是爲臣的道理，難得，難得。〔張良白〕慈顔好覯温如玉。〔樊噲白〕老亞父，老手難調辣似薑，請了。〔下。項籍白〕亞父，你請歇一歇，把那肝氣平一平，火降一降，有什麽好計，再獻一兩條。〔下。范增白〕咳，你看大王一味托大，全不把沛公放在心上，這却怎麽處？〔下〕

第十三齣　報韓掘墓（東鍾韻）

〔扮鍾離昧上。唱〕

【仙呂宮引·胡搗練】興楚業，費心胸，常將忠直忤君公。明曉鑒臨原有屬，要將人事奪天工。

〔白〕明珠已暗投，暗裏光難滅。還將不夜輝，直逼中天月。吾鍾離昧，自聘請范增，滿望魯公可以有爲，不想魯公自入咸陽之後，殘酷異常，不從他諫勸，坑降卒，殺子嬰，秦民雖未盡屠，宗室已遭殘戮，似此爲民荼毒，如何悦服人心？況有劉氏，約法三章，一仁一暴，兩兩相形，所以故秦百姓，咸望沛公早王關中，以爲民主。前鴻門宴一計，沛公幸免，這也罷了，亞父又因關中之地形勝所關，若被沛公占據，魯公大事去矣，奏令項伯前往彭城請旨，求立魯公。又慮沛公，上應星讖，下順民情，兼之先入咸陽，料想懷王未必就肯負約。他昨又設下一計，教魯公去問故秦府庫錢糧，俟沛公不能應對，誣他侵盜入己，借此除之。料沛公今日必親來回答，他要另肆舌鋒，乘機進斬，只怕張良足智多謀，未必上此圈套。咳，亞父嗄，你明知天意歸劉氏，却假人謀陷沛公。〔下。扮張良上。唱〕

【仙呂宮引·紫蘇兒】陰謀屢屢將人中，險心人深堪驚悚。因機就計術偏工，看將謀士如兒弄。

〔白〕可笑范增那厮，一心謀害沛公，項羽聽信其言，遣使前來，問取故秦帑藏，他意中便要平空起釁，架罪我家。那知我張子房早已算定在此，因機就計，勸他發掘始皇陵寢。一則沛公得保無虞，二則韓讐可以發洩，三則使魯公聲名狼藉，自絶於人。民心堅向沛公，異日可圖大事。十全之道，都在些須小計之中。范增嗄范增，我笑你使盡心機，枉做下一場話柄也。沛公正在倉皇無措，我將此計説明，安慰定了，一身一騎，獨自前來。此間已是楚營，待我先見范增。門上將爺那裏？〔扮門官上。白〕棨戟門前司號令，旌旗隊裏作傳宣。〔見科。白〕原來是張參謀，失敬了，軍師有請。〔范增上。白〕聞道營門喧客至，喜他沛郡有人來。〔門官白〕啓軍師，有沛公部下張良來見。〔范增白〕可是他君臣同至，還是他獨自前來？〔門官白〕是他獨自前來。〔范增白〕這厮又覺着了，也罷，相見之時，自有分曉。請他進來。〔門官應科。白〕請參謀進見。〔張良進見科。白〕軍師在上，張良拜揖。〔范增白〕豈敢。不識子房光降，有何見諭？〔張良白〕特因府庫錢糧之事，要求帶見魯公。〔范增白〕沛公爲何不到？〔張良白〕沛公軍務未遑，不克親來覆命。府庫錢糧之事，良所熟知，只求帶見魯公，自有話説。〔范增白〕你自有話説？嗄，嗄，待我請魯公出來，須要説得明白纔好。主公有請。〔扮項籍上。白〕秦家饒富久傳名，金玉珍奇府藏盈。豈得於今嗟空匱，且將監守問分明。〔范增白〕沛公獨遣張良到此，府藏之事，明公必須着落在他身上。倘有一語支吾，再令沛公親來登覆，不可輕聽言詞，被他狡混。〔項籍白〕這個自然，不須諄囑。张良那里？〔张良白〕臣在此。〔項籍白〕沛公日來可好？〔張良白〕沛公托庇粗安，因軍務羈身，不獲親來覆命，特遣臣到此。一則恭候近安，一則呈明府庫錢糧簿籍空虛之故。〔項籍白〕沛公既遣你到此，這府庫錢糧，就要着落在你身上了。現存何處，細細説來，如有一語支吾，看劍伺候。〔張良白〕明公聽禀。〔唱〕

【仙呂宫集曲・桂花襲袍香】【桂枝香】（首至四）孝昭作俑，多財饒用。積貯世世相仍，當日價豐盈誰共。【四季花】（四至合）於中，驪山阿閣糜費窮。〔項籍白〕秦自孝昭王積累，直到始皇，收羅六國奇寶，盡歸府藏。這驪山、阿房工程，所費有幾？〔張良白〕工役之費，未及十分之五。〔項籍白〕那餘剩的呢？〔張良唱〕剩餘盡隨黄土封，偶人般相供奉。〔項籍白〕難道始皇身死之後，尚貪財寶？即使殉葬塚内，何至如此之多？〔張良唱〕【皂羅袍】（五至八）秦家丘塚，與衆不同。泉流山聳，寶物盡充。〔項籍白〕若果如此，豈不是以有用之財，置之無用之地了？〔張良白〕正是。〔項籍白〕張良，你見得確麽？〔張良白〕此事秦朝百官人人知曉。明公不信良言，但請啓塋一驗，如有半句虚誑，情甘萬死。〔唱〕【桂枝香】（十至末）講甚麽口説難憑據，但請去開塋問祖龍。〔項籍白〕既如此，待我差人啓掘始皇墳墓。張良，你若有半句誑言，連你沛公，一同問罪。〔張良白〕當得。〔項籍白〕軍師。〔范增白〕有。〔項籍白〕張良道，秦家寶貨都在始皇墓中，你與我帶領人夫，速行啓掘。果有金銀財物，取來充餉，倘若没有，將沛公與張良，一同問罪。〔范增白〕始皇墓中，不過陳設平日玩好之物，如何有金銀財寶？此皆張良欺詐之言，明公不宜輕信。〔張良白〕軍師，你豈不聞，始皇爲塚，斂天下奇異，生殉宫人，傾遠方奇寶於塚中，爲江、海、川、瀆及列山喬嶽之形。以沙棠、沉檀爲舟楫，金銀爲鳧雁，以琉璃、雜寶爲龜魚，又於海中作玉象、鯨魚銜火珠爲星，以代膏燭。種種裝點，何一非金玉珠寶？只論其中呵，〔唱〕

【仙吕宫集曲·春歸雙羅袖】【桂枝香】（首至七）峰巒高迴，波流濛傾。非關土木之工，都是金珠環拱。看鱗潛羽翔，鱗潛羽翔，松垂栢聳。【香羅帶】（五至六）鎔成三品，刻就瑶瓊。【醉扶歸】（三至四）曾傾府藏飾幽宫，更有人傳聞。〔白〕現在驪山一帶居民，都道始皇墓上，夜來彩光焕發，四照通紅。如非金銀之氣藴積於中，何以致此？〔唱〕【皂羅袍】（五至六）陸離光怪，寶光氣冲。【桂枝香】（十至末）五夜精華露，觀瞻衆目同。〔項籍白〕軍師，聽張良所言，確有憑據。不如先去掘墳，俟彼所言不應，然後問罪於他。〔范增白〕始皇雖然無道，曾爲天下之君，豈可無故開其墳墓？況掘墳取寶，乃盗賊所爲，此乃張良計陷明公，望勿被他蒙蔽。〔唱〕

【仙吕宫集曲·桂皂傍粧臺】【桂枝香】（首至四）皇家陵塚，那堪摇動？便嬴秦罪惡無窮，身死已安丘壠。【皂羅袍】（七至八）寧貪財寶，開他窆封，【傍粧臺】（末句）仁君切勿受欺蒙。〔項籍白〕軍師説那裏話來，當日伍員爲報父讎，尚然掘墓鞭屍，不顧君臣名分，後世都稱伍員之賢，那個道他不是？如今始皇無道，併吞六國，殺我懷王，比當年平王屈殺伍奢之罪，何啻十倍？我家世爲楚將，又非秦國之臣，今日掘墓鞭屍，爲六國君臣一洩靡天之恨，有何不可？〔唱〕

【仙吕宫集曲·桂坡羊】【桂枝香】（首至八）寃深恨重，懷王可痛。和他六國先君，個個死亡接踵。

便嬴家族誅，嬴家族誅，無過是流灾及衆，不容寬縱。【山坡羊】（合至末）元凶，寧教免厥躬。難容，掘墓逞我胸。〔范增白〕明公雖如此言，范增不敢從命。〔項籍白〕軍師不去，我便另着人去。不免掘倒驪山，燒殘阿房，那時纔出我心頭怒氣也。張良，隨我進來。〔張良白〕曉得。〔隨下。范增白〕我教魯公將秦邦府庫錢糧，着落沛公身上，原想從中陷害於他。不想魯公聽信張良，又去發掘始皇之墓，饕貪財寶，敗壞聲名。咳，老天嗄，老天嗄，你一心保護沛公，爲何容我范增來投項羽？心謀枉使，事業無成。〔作頓足科。白〕阿呸，事在人爲，什麽天心天意，不免另設一計，定要謀害沛公，扶佐項氏。仗着我回天有計，那愁他大事無成。〔下〕

第十四齣　堅執如約（家麻韻）

〔扮四文官上。白〕干戈未定國偏安，翼輔聊抒一寸丹。〔扮四武官上。白〕戡伐功歸羆虎將，英雄自古薄朝官。〔同白〕吾等乃懷王駕下文武官是也。我王陞殿，在此伺候。〔分侍科。扮二太監、二宫官引懷王上。懷王唱〕

【黄鐘調·瑶臺月】鼓鐘奏罷，歡樂聲中，憂慮頻加。好逑窈窕，道内助雖然德合堪誇。思中原鹿逐誰人，正討伐勤勞士馬。旌旗舉，重關跨。郊原外，亂如麻。休誇，關雎麟趾，化國爲家。〔轉場坐科。文武官朝見科。白〕臣等朝見，願吾王千歲千千歲。〔宫官白〕平身。〔衆白〕千歲。〔分侍科。懷王白〕崤函捷報久無傳，雲樹蒼茫望遠天。宫闈枉饒連理樂，憂思常在鼓鐃邊。孤家承母后懿旨，選擇孫太宰之女，册爲正宫，喜得太姒徽音，已有好逑淑女。只是劉、項二卿，分頭前去攻秦，數日以來，竟無音信。吾曾有約在前，先入關者，許作咸陽之主。爲何捷報杳然，好令人放心不下。〔文武官奏科。白〕臣等風聞，魯公、沛公兩路並入咸陽，千歲静聽好音，不日自有奏章來到。〔懷王白〕卿等打聽兩路入關，音信如何？〔文武官白〕臣等聞得沛公先入咸陽，子嬰迎降，兵到之時，秋毫無犯，封鎖府庫，安撫閭閻，與民約法三章，百姓如親父母。後來魯公繼至，大肆凶殘，矯殺降王子嬰，發掘始皇墳墓，誅夷百姓，焚燬阿房。現在民受其殃，但願沛公早作關中之主。〔懷王白〕若果如此，沛公先入咸陽，自應作鎮秦邦，西土黎民，可稱有主也。〔唱〕

【又一體】岐雍百姓久無家，早受盡暴刑酷法。喜三章堪守，到此時德政初誇。道强梁大逞雄威，教黎庶猶多驚詫，佇看着茅土錫，河山假。親仁君，靖諠譁。休詑，這便是先入的明約，預定的功加。〔扮司馬上。白〕職在中樞嚴武備，導他邊使覲天顏。啓千歲，有魯公差官項伯，有事奏聞。〔懷王白〕宣上殿來。〔司馬白〕領旨。千歲有旨，宣項伯上殿。〔内白〕領旨。〔扮項伯上，朝見科。白〕臣項伯見駕，願吾王千歲千千歲。〔懷王白〕魯公兵馬，曾否已入咸陽？〔項伯白〕兩路兵馬俱入咸陽。項籍遣臣先來報捷。〔懷王白〕是那路先入關來？〔項伯白〕劉邦兵馬先臨城下，收降秦王，早入咸陽。〔懷王白〕既是劉邦先入咸陽，不免叙功定爵便了。〔項伯白〕項籍自知後入秦關，但恐秦地兵强勢悍，劉邦柔懦，難以坐鎮關中。特遣微臣，上奏千歲，願得稍假威權，屏藩西土。〔懷王白〕信者，人君之大寶。孤家有約在前，先入者爲王，若又更張，是失信於天下也。〔唱〕

【黄鐘調·三煞】我口誓綸音早宣達，大信昭彰天以下。入關先後定勳庸，今日個分圭錫爵，那容欺詐。河山執掌，舊約無差。〔項伯白〕臣聞王者以義制事，不拘小信。沛公先入咸陽，若不遣王關中，是爲失信。倘若遣王關中，將來衆叛人離，流爲後患，則是所失尤多。以臣所見，沛公爲人軟弱，嫚駡輕儒，斷難威服西秦之衆。項籍英勇有爲，人民畏憚，可以坐定强藩，保全邊土。還望吾王，俯從所請。〔懷王白〕王言爲命，豈容反覆無常？爾去傳語魯公，道舊約斷乎不爽。〔唱〕

【又一體】出納王言臣庶法，爵賞事相關最大，那容得反覆無常。早把個威權暫假，且休閒話。但自去傳宣詔旨，道一個舊約無差。〔項伯白〕領旨。〔下。懷王白〕誰知項籍恃功而驕，竟欲背棄舊約，自王關中。這般舉動，大有無君之心。孤雖不允其奏，只怕後來還有變更。不免入奏母后，籌議一番。〔唱〕

【慶餘】平秦定亂功休話，初聞報捷，早欲争封，將重君輕慮轉加。〔作退朝科。分下〕

第十五齣　陰謀遷蜀（車遮韻）

〔扮項籍上。唱〕

【黄鐘調套曲·憑欄人】志豪奢，險關中定然王者。金殿上恩義重疊，權勢堪挾。看飛章直達鳳城，取欽依不費周折。業已成意全愜，封功錫爵。偏勞思議，位號難協。〔白〕我欲自王關中，已遣叔父項伯前往彭城請旨，料想懷王記念我家援立之功，畏我目今威勢，自然依奏准行。這倒不消慮得，只是沛公先入咸陽，懷王舊約，應教坐鎮關中。我既負約爲君，他的封號委實有些難定，不免請軍師出來，計議一番。軍師那裏？〔扮范增上。白〕未能斂德收人望，且與參謀定國都。〔見科。白〕明公呼唤范增，有何見諭？〔項籍白〕軍師請坐。〔范增白〕有坐。〔坐科。項籍白〕吾今請命懷王，欲王關中，不久旨意到來，便須定位封功。只是那沛公呵，〔唱〕

【又一體】昔日懷王詔旨説，是誰先將秦滅。裂土地咸陽封者，他便早登雉堞。計功勳超出吾儕，王關中士論維協。俺只把約誓拋撇，身居險要，將他屏逐，何處封耶？〔范增白〕不特沛公一人，就是從軍諸將，人人建立功勳，個個希冀爵賞，俱須斟酌而行。〔項籍白〕這倒無妨。〔唱〕

【黄鐘調套曲·賺】叙績何難，胙土分茅酬勳業。增官爵，享受榮華人歡悦。人歡悦，分頭坐鎮屏藩設。進秩陞階朝廊列，無足慮也。玉殿封功傳詔歇，早教安帖。〔范增白〕諸將既加封，那沛公不過再加一等，隆其位號，也就是了，有何難處？〔項籍白〕軍師有所不知。〔唱〕

【又一體】不關禄位無别，王秦未得怎心愜。分封處，那能更把咸陽裂。咸陽裂，愁伊逞强興斧鉞。地險憑依將肘掣，儘是饒舌。怎生將他早慰藉，免教心結。〔范增白〕明公既王關中，沛公自當分封他郡。臣觀巴蜀之地，山川險阻，道路崎嶇廣大，不減關中，而地方艱苦，可以處置沛公。〔項籍白〕巴蜀雖係秦之罪地，但沛公手下謀士最多，强將不少，若在川中訓練兵馬，遶道入秦，只怕咸陽之地有些難保。〔唱〕

【黄鐘調套曲·美中美】勢壓西周境，兵向嶢關閲。訓練三軍勇，恣猖獗。貔貅氣壯，一鼓便侵宫闕。誰與阻征鐃，三陜關山越。怕道金湯殞，咸陽滅。〔范增白〕雍、塞爲川陜門户，沛公分封巴蜀之後，再封章邯、司馬欣、董翳爲三秦王，阻住關中之路，使彼南無所進，東無所歸，便當老死漢中矣。〔項籍白〕好妙計，好妙計。〔唱〕

【又一體】雍塞高奴犬牙封，川陜路中截。棧道行人斷，歸途絶。環山帶水，看取關津重疊。憑險振雄風，枉自稱豪傑。老死三巴地，終爲客。〔白〕沛公既有安頓，諸將依次分封，且俟懷王命下，便好即位封功，作起一番事業也。〔唱〕

【黄鐘調套曲·大勝樂】身膺王命，關中雄鎮。北面俯臨同列，符銅券鐵。計爵叙功差别，兩行委珮，遵依號令，各供臣節。白旄黄鉞，這番纔顯英傑。〔范增背白〕魯公欲鎮關中，尚無位號，待我趁此進言，舉薦張良，令其酌議，就中謀害於他便了。〔轉科。白〕明公即位封功，大興事業，諸事已備，只是還少一樁。〔項籍白〕是那一樁？〔范增白〕明公登位之後，還是仍號魯公，還是另加尊號？〔項籍白〕我倒忘記了，位號不可不加，還望軍師籌定。〔唱〕

【又一體】王覲列群公，嵩祝效三疊。舊稱未協，怎將鈞令昭揭。降敕宣麻，銜頭署尾，尊卑定有分别。望長才計議，早早更迭。〔范增白〕位號必須度德量功，準今酌古，待增另薦一博古通今之士，明公與之酌議，萬無不妥。〔項籍白〕是那個？〔范增白〕就是張良。〔項籍白〕果然張良，博通今古，軍師可謂舉得其人。〔范增白〕張良博覽群書，古來位號，洞悉胸中，但恐不肯實言，有意揶揄，明公須當細省。〔項籍白〕明日傳他詢問，若使有合於吾，便從其議。倘有半句相欺，即時斬首，軍師與我從旁參議。〔范增白〕領命。〔項籍唱〕

【慶餘】稱名定號符勳烈，追隆古往，昭示遐邇，基業於今已就也。〔下。范增白〕被我略施小計，舉薦張良，計擬尊號。魯公令我，從旁參議，待他議定之時，只消幾句貶詞，激惱魯公，那時斬却張良，斷了沛公手足，不怕沛公不老死川中了。正是：三閭放後懷王虜，百里行時虞國亡。〔下〕

第十六齣　背約稱霸（齊微韻）

〔扮張良上。白〕博古通今謦擅場，帝王稱號細商量。子房那解疑難事，自保身名有智囊。昨日魯公欲上尊號，軍師薦我博古通今，令我擬議，此乃范增毒計，謀害於我。我想正名上號，魯公不免猜疑，范增必來譏間，莫若將古來帝王位號，依次數來，隨他自己揀擇，這就無害於事了。說話之間，魯公來也。〔扮范增、項籍上。項籍作怒科。白〕可惱嗄可惱，不想懷王忘記俺叔父的功勞，說甚麼有約在前，只許沛公獨王關中。嗳，你便如此說，難道我拔山舉鼎的項羽，倒屈伏於你不成？〔張良白〕明公何須着惱，懷王原屬公家所輔，又無征討之功，今日豈能專主？俺沛公自料功卑勢薄，斷斷不敢居此封號的。〔項籍白〕張良。〔張良白〕有。〔項籍白〕吾欲自王關中，未有位號，聞你通今博古，於我定一稱呼，務須斟酌停妥，免教貽笑於人。〔張良白〕古來尊號，各有不同，良請一一詳言，恭候明公選擇。〔唱〕

【中呂宮・駐雲飛】易姓開基，舉號稱徽古不齊。德行誰堪比，功績徐爲擬。嗏。斟酌貴相宜，憑君去取。草莽微臣，何敢參同異。〔合〕只索把古帝今王細細推。〔項籍白〕你且細細說來。〔張良白〕

明公聽啓。〔唱〕

【又一體】古昔堪稽，天地人皇位禄齊。傳紹羲皇世，黄帝唐虞繼。嗏。端拱化群黎，平章德美。揖讓傳賢，天下稱爲帝。〔合〕這的是五帝三王政教垂。〔項籍白〕帝王之世，不事干戈，名號雖尊，有些不穩。〔張良白〕五帝之後，又有三王。〔項籍白〕那三王是怎樣底？〔張良白〕那三王麽，〔唱〕

【又一體】事業昭垂，文命隨刊定四維。滅夏成湯世，伐紂周王繼。嗏。誅暴着戎衣，天人咸喜。尚德尊賢，作事敦仁義。〔合〕他那裏樂奏成功位號宜。〔項籍白〕湯、武以征誅而得天下，今我討伐暴秦，事功相類，王號便屬可稱。但不知三王以下，更有何號？〔張良白〕三王以下更有五霸，春秋之世，齊桓、晉文、秦穆、宋襄、楚莊是也。這五霸呵，〔唱〕

【又一體】雄長華夷，誅討權衡獨自持。歃血衣裳會，一怒諸侯畏。嗏。仁義假名兒，服强興委。殺伐張時，饒有凌人勢。〔合〕説不盡去暴除殘天下威。〔項籍白〕不道霸者所爲，恰好與吾相合，只是五霸，不過一國諸侯，我若沿習其名，反爲不雅。張良，你道如何？〔張良白〕悉聽明公主裁，微臣不敢妄議。〔項籍白〕也罷，我行霸者之事，而有王者之功，自合兼稱霸王。我生於楚國，自淮以北，地屬西偏，不免令群臣草詔，稱我爲西楚霸王，豈不是好？〔唱〕

【中吕宫・會河陽】責實循名，兩下相宜。還將西楚重根基。無疑，草詔傳書，教人共知，這國號多威勢。〔合〕功勳，紹湯武商周世。名稱，把齊晉桓文繼。〔張良白〕霸王徽稱，威重名實咸宜，微臣拜賀。〔范增白〕張良住者。明公在上，張良狡獪之徒，不可聽信，明公尚須裁酌。〔項籍白〕軍師有何異議？〔范增白〕王號可稱，霸號斷乎不可。古云，大霸不過五年，小霸不過三年。喏。〔唱〕

【中吕宫·越恁好】晉强齊弱，晉强齊弱，能有幾年期？桓稱霸首，不數載失威儀。晉侯雖則比孫兒，却也時隆時替。〔合〕須知，這霸號也非尊貴。〔白〕張良呵，〔唱〕因何，尋覆轍也將君戲？〔項籍白〕霸號係我自家選擇，不須歸罪張良。五霸雖則享年不永，我稱霸王，自有分别，何須計較於他？名號已定，軍師不必多言，明日陞殿，大封功臣，分遣諸侯，各歸本土。〔唱〕

【中吕宫·喜漁燈】尊稱不必勞籌議，名定矣。陞金殿詰旦惟宜，整威肅儀。錫茅胙土將功計，兵和將敕令榮歸。〔合〕應知，王言不悔，旨傳宣莫余敢違。〔范增白〕懷王現在彭城，如何處置？〔項籍白〕我既稱王號，不免尊他爲義帝，遷都郴州，諸事不尊號令，使他坐擁虛器，徒享尊名便了。〔范增白〕悉聽尊裁。〔項籍白〕張良引古，不敢自專，謙退之衷，深堪可嘉，着即重加賞賚。〔張良作謝科。白〕千歲。〔項籍白〕軍師，就與我草定詔書，明日即位之時，宣行天下。〔范增白〕領旨。〔項籍唱〕

【意不盡】正名定位心謀遂，〔張良唱〕從此關中霸啓。〔范增唱〕因名見志，〔同唱〕要什麼帝業王猷漫與期。〔同下〕

第十七齣　夜宴傳花（尤侯韻）

〔扮四宮女、紫雲、碧玉引虞姬上。唱〕

【小石調・漁燈兒】不向着貔貅隊暫擁衾裯，不向着鴛鴦夢細數更籌，不向着鼓角聲中寫百憂。〔合〕這會價閑聽宮漏，飲春醪整夜綢繆。〔白〕自作英雄婦，追隨帳幄中。欣看功業就，談笑向深宮。妾身自與魯公，一路從征，關山跋涉，行路艱難，戰鼓頻敲，憂思百結。正是：紅顏不諳風霜苦，彩袖空餘血淚痕。喜得兵馬雄壯，關津無阻，旌旗指處，不日成功。凱唱孜孜，直到咸陽宮裏；雄威赳赳，來從函谷關中。魯公勢壓群臣，妾身喜登樂國。聞他欲王咸陽，懷王不允，已與軍師計議，自稱西楚霸王，明日封功受賀。此乃夫尊妻貴，妾身與有恩榮，不免整齊夜宴，預賀登基。宮娥。〔宮女應科。虞姬白〕擺宴伺候。〔宮女白〕曉得。〔扮二宮官引項籍上。項籍唱〕

【小石調・錦漁燈】説甚麼背約誓的銅符不受，也須知取榮華不向人求，俺這裏獨霸關中已定謀。〔合〕到明朝，開殿閣覲公侯。〔宮官白〕啓千歲，已到中宮門首。〔項籍白〕就此徑入。〔作入科，虞姬接科。虞姬白〕臣妾虞姬見駕。〔項籍白〕美人請起。〔虞姬白〕聞大王改號稱王，臣妾不勝欣幸，預備酒筵，敬與大王賀喜。〔項籍白〕有勞美人費心。〔作擺宴科。虞姬遞酒科。項籍白〕美人坐下。〔虞姬白〕領旨。〔作坐科。紫雲、碧玉遞酒科。虞姬、項籍同作飲科。同唱〕

【小石調·錦上花】昔日裏備武修，今日裏夙願酬。衣裁龍袞冕垂旒，除却了羈旅愁，消受了秉燭遊。紅顔隊裏泛黄流，〔合〕只索要一飲盡金甌。〔紫雲、碧玉斟酒科。項籍白〕好酒。〔虞姬白〕大王，滿飲此杯。〔唱〕

【小石調·錦前拍】果然的良宵好酒，助歡樂壺觴獻酬。看明月清風景幽，把玉液、瓊漿泛滿甌。〔合〕誰肯教，對紅粧不醉休。〔項籍飲科。白〕美人如此慇懃，孤家自合開懷暢飲。只是悶酒難當，還須行個酒令纔好。〔虞姬白〕恭候大王起令。〔項籍白〕就是傳花擊鼓罷。〔虞姬白〕甚好。紫雲。〔紫雲白〕有。〔虞姬白〕你去白玉瓶中，將五色牡丹採取一枝，送與大王。〔紫雲白〕領旨。〔下。虞姬白〕碧玉。〔碧玉白〕有。〔虞姬白〕你去孔雀瓶後面，擊鼓起來。〔碧玉白〕領旨。〔紫雲作取花上遞項籍科。內擊鼓科，傳花至項籍住鼓科。虞姬白〕大王飲酒。〔項籍白〕該是我飲。〔紫雲斟酒，項籍飲科。飲畢，照前傳花作三及項籍飲酒科。白〕倒是我得采三次了。〔虞姬白〕大王連得采三次，賤妾滿敬三杯。〔唱〕

【小石調·錦中拍】説不盡功成業收，但偃息戈矛，願國祚天長地久。道今日歡欣纔奏，借嬌媚花枝酢酬。舉益算金樽進酒，鼓聲傳不因不由。早把仙醪，頻頻獻壽。〔合〕欣錫爵賀添籌。〔項籍白〕説得有理。美人，也該慶賀一杯。〔虞姬白〕賤妾與大王同飲。〔項籍白〕我與美人同飲。〔虞姬白〕斟

酒來。〔紫雲、碧玉斟酒科。項籍、虞姬飲科。同唱〕

【小石調·錦後拍】不讓他，泛瑤池渡瀛洲，宴會蟠桃樂無休。這歡娱少有，這歡娱少有，服袞冕功名得就。坐宫闈，花月對樽甌，酌香醴更携紅袖。〔合〕説不盡人生樂事今夜覯。〔項籍白〕酒已彀了。美人，我與你安歇罷。〔虞姬白〕宫娥，徹了筵席者。〔宫女白〕領旨。〔作徹席科。項籍唱〕

【慶餘】趨中旨趣今全有，〔虞姬白〕好風光堪稱不負，〔衆同唱〕只要得富貴榮華直到頭。〔下〕

第十八齣　聽封衆憤（寒山韻）

〔扮薛歐、陳沛、柴武、靳歙、周昌、周勃、王陵、夏侯嬰、樊噲、殷蓋、陸賈、酈食其、蕭何、曹參上。同唱〕

【高大石調・雙勸酒】旋坤轉乾，絲綸堪慢。盟河誓山，功勞休按。但逞他勢權强悍，〔合〕據關中政令徐頒。〔樊噲白〕魯公背約，自稱西楚霸王，今日陞殿受賀，大封功臣，俺家沛公奉詔前去了。列位將軍。〔衆白〕將軍。〔樊噲白〕我們大家猜擬猜擬，看他授何封號。〔衆白〕封號定是王位，但不知分藩之地，美惡如何。〔樊噲白〕他若封一美地，我們同往。如若地方不好，大家殺將起來，奪回關中之地，以還舊約，豈不是好？〔衆白〕此時敢待散朝，且俟沛公回來，自知分曉。〔扮四將官引劉邦作怒容上。唱〕

【又一體】當初入關，孰先誰晏。今朝作藩，非秦而漢。不是他有心磨難，〔合〕怎分封蜀道多艱。

〔進科。衆見科。白〕沛公大喜了？〔劉邦白〕不要説起。項羽封我漢王，建藩南鄭。却封章邯爲雍王，都廢丘。司馬欣爲塞王，都櫟陽。董翳爲翟王，都高奴。我想南鄭路途險阻，棧道崎嶇，此去已無歸路，又兼有三秦王，阻住關中，前無所進，後無所歸，直欲使我老死漢中也。〔唱〕

【高大石調・兩頭蠻】崎嶇爲患，南北東西隔萬山。更爲難，封建三秦相羈絆。瞻應寒，進退無門勞顧盼。登天道路艱，應教老此間。怎出連雲棧，他把毒計安。吾作席上膰，枉將他符命綰。〔衆作怒科。白〕巴蜀乃秦之罪地，明公先入咸陽，却使左遷於此，此必范增之計，謀害明公。若使就藩，枉爲所陷，不如大家糾聚人馬，與霸王決一死戰，奪取關中，以復懷王之約。〔樊噲白〕列位果有此心，吾願爲先鋒，一同殺往。〔衆白〕如此甚好。〔同唱〕

【高大石調·望粧臺】軍中一噪靖凶頑，奮勇應將舊約還。何須蜀途，跋涉盡艱難。〔合〕强暴剗，基業挽，岐豐險處控秦關。〔劉邦作怒科。白〕他既不仁，我亦不義。衆將官，與我速整人馬，就此殺往鴻門，以决勝負。〔衆白〕得令。〔曹參、陸賈、酈食其、蕭何白〕明公且請息怒。〔劉邦白〕爾等有何高見？〔曹參衆白〕吾王聽啓。〔唱〕

【高大石調·吴織錦】領卒徒且自歸藩，休將憤怒失機關，一誤應知欲悔晚。〔劉邦白〕項羽處我漢中之地，意欲老死吾身。吾今起兵和他厮殺，勝則復王關中，敗則無過一死，死固非吾所懼，何悔之有？〔蕭何衆白〕漢中雖惡，却勝於死。南鄭之地，外有崇山峻嶺，疊險重關，吾王坐鎮其中，屯兵養武，以圖後舉。霸王雖有百萬之師，不能覷我疆土，此正天險之地，假手吾王，吾王便當欣然領命，指日啓行。倘若遲延，未免又生更變。楚兵正强，吾王豈能與之相抗？〔唱〕争持勢難，漫興師慮傾翻，送死何如老蜀山，憑仗層巖天險設，養兵威將勢挽，應知勳業興於漢。〔合〕成功後日看，根基此地安，速去莫教更長奸。〔劉邦白〕非列位之言，幾乎誤了大事。衆將官，就此速整人馬，向川進發。〔衆白〕得令。〔同唱〕

【墜飛塵煞】連雲地險休驚嘆，養兵威崚嶒勢綰，待看取漢業興隆起蜀藩。〔同下〕

第十九齣　求計脱禍（支思韻）

〔扮張良上。白〕拖刀毒計有千般，一度相逢一膽寒。脱禍又來求妙策，得教就國便心寬。前日項王封各國諸侯並隨征將士，以范增爲丞相，實封亞父。那亞父以漢王是個火命，旗幟都尚赤色，漢中乃西方金地，金一得火，必成大器，因私奏項王，欲留漢王，不令歸國。漢王聞之，不勝驚懼，遣人問我脱身之策。我想陳平在鴻門會上，大有爲漢之意，不免到陳平宅上，與彼商議。〔行科。白〕正是：異策須從高士議，奇謀管教建功多。來此已是陳君門首，門上有人麽？〔扮門官上。白〕宰相家人官七品，孟嘗佳客履三千。是那位？〔作見科。白〕原來是張爺到了。〔張良白〕相煩通報一聲。〔門官白〕請少待。〔作請科。白〕都尉有請。〔扮陳平上。白〕天命須有在，人謀索是多。〔門官禀科。白〕啓爺，張爺到了。〔陳平白〕道吾相迎。〔門官白〕家爺出迎。〔陳平作見張良揖科。陳平白〕蓽門圭竇，得迓高軒，實深萬幸。〔張良白〕久思把晤，饑渴實深，且有求教之處，幸恕唐突。〔陳平白〕請坐。〔張良白〕有坐。〔門官作獻茶科。茶畢科。陳平白〕迴避了。〔門官白〕是。〔下。陳平白〕適纔尊兄所言求教二字，得非爲漢王未歸國乎？〔張良白〕既在洞鑒，良亦何敢隱瞞。俺想項王呵，〔唱〕

【正宮集曲·芙蓉樂】【玉芙蓉】（首至合）狐埋樹怎滋，令出旋生貳。漢王呵似履冰蹈尾，憂懼難辭。春前狂雨愁花事，秋老嚴霜損翠枝。〔白〕項王所封諸侯王，俱已歸國，惟以亞父之讒，獨留漢王。漢王不勝疑懼，特令良前來問計。願尊兄呵，〔唱〕【普天樂】（合至末）將嘉謀轉施，願回天設計，莫吝些兒。〔陳平白〕尊兄何出此言？我陳平敢不竭智周全，以赴漢王之命？况且漢王先入咸陽，本宜即王，項王背約，以漢中易關中，已爲明封暗貶。今又以亞父之譖，拘留不遣，其意可知了。〔唱〕

【正宮集曲·普天帶芙蓉】【普天樂】（首至七）背初盟心難恃，又拘留機先示，信讒言莫辨雄雌。那機關何用沉思。直教縛了鵾鵬翅，相守污泥教難肆，更何容驀地相咨。〔白〕我陳平亦明知此事，只是一時無下手之處。况且亞父足智多謀。〔唱〕【玉芙蓉】（合至末）伊行是，千般放恣。在幃中，項王信用恩無二。〔張良白〕漢王亦慮及此，所以遣良來者，欲求尊兄一計耳。〔唱〕

【正宮集曲·芙蓉燈】【玉芙蓉】（首至七）君才重鼎鼐，妙計須相賜。念魚游釜底，悲苦何辭。况且垂青舊日先蒙賜，怎到得解厄今朝術不支。光陰駛，則仗你暗地培滋，【剔銀燈】（末一句）這重任伊行索仔。〔陳平白〕不瞞尊兄説，我陳平久有歸附沛公之意，怎奈無機可乘。今待我想一妙計，以爲進身之地。〔張良白〕得兄如此，便是漢王之福了。〔陳平作想科。白〕有了。我想項王已封諸侯，未曾致命懷王，雖尊爲義帝，却令遷駕郴州。聞得懷王心中不欲，以此尚在彭城擔擱。我明日奏聞項王，以臣封臣，恐天下有些不服，急須致命懷王，並保舉范增，去逼義帝遷都。那時少了范增，這事就容易了。〔唱〕

【正宮集曲・四時八種花】【小桃紅】（首至二）先説破伊心事，好待把機關試。【月上海棠】（第三句）敢將他羽翼，埒賺分時。【紅芍藥】（八至九）非是俺葉葉枝枝，好教他俯首無詞。〔白〕況且項王，以義帝未即遷郴，心中甚是不悦。俺此言一入，豈有不從之理。〔唱〕【石榴花】（五至合）擬開金鎖暗投匙，也是俺費機謀千番籌思。〔白〕項王逼義帝遷都，已有建都彭城之意。俺明日若乘機勸其遷都彭城，不怕項王不准也。〔唱〕【水紅花】（二至三）管教他喜孜孜，將兵南次。【玉芙蓉】（四至合）彭城歸旆期難俟，則落得逼駕遷都用自師。〔白〕却留了這長安，以待漢王，豈不是釜底抽薪之策？〔唱〕【梅花塘】（五至六）長安春色，留待暫相資。念吾私，【水仙子】（末一句）翻雲覆雨，還藉你高明鑒之。〔張良喜科。白〕尊兄此策，直是擒龍伏虎，張良豈能及一。〔陳平唱〕

【正宮集曲・四邊芙蓉】【四邊静】（首至六）鯢鯨從此歸江汜，則教他上鈎貪香餌。敢早把西京，虚左般相俟。〔白〕只是范增去後，却要漢王親見項王，陳説苦情。只説各路諸侯俱已還國，歸省父母，大王獨留臣，臣不知何日得見臣父，泣涕俱下。那時，我陳平自有道理。〔張良白〕謹遵台命。〔陳平唱〕我情先至，伊情怎止？【玉芙蓉】（末一句）管教返桐封，没些擔擱自今兹。〔張良白〕受教多多，我張良就以尊意回覆漢王便了。〔陳平白〕如此甚好。〔張良白〕告辭了。〔陳平白〕請了。〔作送科。張良白〕今朝預定牢籠計，〔陳平白〕後日管教脱禍危。〔分下〕

第二十齣　征途私嘆（車遮韻）

〔扮四楚軍、桓楚、于英引范增上，作同行科。范增唱〕

【高大石角套曲·吴音子】君命親承，等閒又别咸陽也。則見那前溪流水，舟横古渡送盡南歸客。則落得暗地傷神，回首宫闕。自憶孤忠，今朝猶自淚凝血。〔白〕我范增徒有千般妙計，都爲他人暗阻，好生惱恨人也。〔唱〕

【又一體】奇謀獻，早已是如冰雪。早知道恁般無用，倒不如金人兀自三緘舌。〔桓楚、于英白〕亞父奉命去逼義帝遷都，也是一樁重任，却如何恁般嘆恨？〔范增白〕二位將軍，你那裏知道。我因劉季入關，秋毫無犯，且封鎖府庫，約法三章，所志不小。因屢勸大王，就近除之，以絶後患，不想俱被張良解脱。〔唱〕好教俺獨對斜陽，怨着誰者。〔桓楚、于英白〕張良解脱，也不過各爲其主，亞父何故恨他？〔范增唱〕非是俺惱恨聲聲，也則怕大事從今去也。〔白〕就是前日，大王封劉季爲漢王，置之漢中。令章邯、司馬欣、董翳分守三秦，阻其東歸之路。乃不知他是火命，得金必成大器，我因暗諫大王，不令歸國，留在咸陽，用計除之，也是事不得已也。〔唱〕

【高大石角套曲・兩同心】可不道器現光華，火防明滅。忍教鑄禹鼎先成，燎原勢烘天誰惹。這其間，一霎機關，有何藏決。〔白〕不想陳平，昨日又奏義帝逗留彭城，不還郴地，非才望素著者逼勒還都，事斷不可。因又保奏我范增與二位將軍前去，此乃陷我於不義也。〔唱〕這不義名兒怎雪，向誰訴説？〔桓楚、于英白〕亞父既知如此，何不面奏大王，辭了此行？〔范增白〕君命已出，義不敢辭。〔唱〕俺則爲簡書可畏遠辿征，上雕鞍勉披星月。〔作嘆科。唱〕嘆年衰，越水登山，没些安貼。〔白〕只是我起身之際，還留下緊要三事，倘得大王依計而行，這事還可挽回。〔桓楚、于英白〕不知亞父留下的，是那三事？〔范增唱〕

【高大石角套曲・梅梢月】俺不是箱錦囊青，勦襲的、兵誌從前遺説。也不是逆耳良言，向着驪龍，項下披鱗性拙。俺則爲補牢未晚亡羊後，把前事、從新救也。則願的那君王、言從計聽，休再教忘了玉玦。〔白〕一不可離了咸陽。〔桓楚、于英白〕却是爲何？〔范增唱〕

【又一體】可不道百二河山事業，怎生倒、撇了輕輕去也。〔白〕况且咸陽，自古建都之地，沃野千里，帶甲百萬，爲天府之國。周惟失了西都，所以久弱。今大王既掩而有之，豈可輕捨？〔唱〕表裏山河，虎踞龍蟠，帶礪從來天設。况且是函關紫氣從前望，多管把興王運接。那名都索自固守，莫教暫捨。〔白〕二當重用韓信。〔桓楚、于英白〕這却又是爲何？〔范增唱〕

【高大石角套曲・洞仙歌】他熟着龍韜虎略，是一個英雄客，拜將登壇人怎惹。〔白〕那韓信乃大將之才，他日遇時，必能縱橫天下。大王若不能用，必宜殺之，以消後患。〔唱〕雖則是偉略堪資，還當知出境堪虞，倒不如早付霜鋒，絶却將來禍也。〔白〕三則不使漢王歸國，待吾回來，再作區處。〔唱〕

【又一體】休教歸國，暫作羈棲客，機彀從茲暗中設。免得争端又起，戰禍方興，則鑑那放虎歸山計拙。因此上、再三諫君王，留在關中，將伊軍攝。〔桓楚、于英白〕亞父所慮，皆爲國爲君，足見公忠，大王豈有不依之理。但恐爲張良、劉季所惑，枉費你一片心機也。〔范增作嘆科。唱〕

【尾聲】枉費機謀誰咎也，都則怕惑讒言定將臍囓。〔桓楚、于英白〕此間離彭城尚遠，不免趲行則個。〔作行科。范增唱〕俺則待露宿風餐前去者。〔同下〕

第廿一齣　佯哭釋疑（庚青韻）

〔扮二值殿將軍上，分侍科。扮張良、韓信、陳平、鍾離眛上。同唱〕

【中呂宮引·青玉案】鐘鳴漏滴朝儀整，看雉扇遥相映，齊向天墀鵷鷺並。御烟一縷，祥光萬頃，直把紅雲等。〔分白〕俺張良是也。俺韓信是也。俺陳平是也。俺鍾離眛是也。〔同白〕今日大王陞殿，我等只得在此伺候。〔作分侍科。扮四太監、四宮官引項籍上。項籍唱〕

【中呂宮引·遶紅樓】政令從兹我獨行，便是俺粗莽的克把功成。則見那蹌蹌群僚，鞠躬秉命，方見俺威武事非輕。〔轉場坐科。白〕孤家項籍。前日陳平密奏，義帝逗留彭城，不即還都，殊不合理。因推亞父，年高望重，命他帶了桓楚、于英，前到彭城，催逼義帝遷郴。亞父必不負我，自能了此一事，這也不在話下。今因漢王劉邦，有本奏聞，欲歸豐沛，迎取家小。孤恐漢王有詐，爲此陞殿，試他誠否。內侍。〔太監應科。項籍白〕即宣漢王劉邦上殿。〔太監白〕領旨。〔作宣科。白〕主上有旨，宣漢王上殿。〔扮漢王上。白〕已負入關約，旋尊義帝名。項王聽信范增之讒，諸侯盡已歸國，單留我在關，不知何意。昨幸陳平，教我上本，搬取家小，他同張良從中用計，希圖脱禍。今聞宣召，只得前去朝見。〔作朝見科。白〕臣漢王劉邦見駕，願大王千歲千千歲。〔項籍白〕卿前有本，欲回豐沛，迎取家小。雖是人子孝思之道，但恐非其本意，或因孤留卿不遣，故有此奏。〔漢王白〕陛下呵，〔唱〕

【中呂宮集曲・石榴燈】【石榴花】（首至四）臣只爲嚴親衰老苦伶仃，恩罔極敢忘情。烏私自古人皆省，念臣敢把虛脾逞。〔白〕臣父年老，無人侍奉，臣已懷歸日久，只因陛下新即大位，未敢冒瀆。今見諸侯還國，皆得省視父母，獨臣留在咸陽，不知何日得見老父，每念及此，深自痛心。〔作哭科。唱〕【剔銀燈】（三至末）堪悲嚴親遠隻影，雙鬢白依閭空等。〔合〕頻驚，風燭難明，他有子渾如未生。〔張良奏科。白〕臣張良，啓奏陛下。那漢王雖有思親之意，願陛下休要令其搬取。不如獨遣歸國，陛下代漢王迎取太公，並家小爲質，庶漢王不生二心，否則漢王去將不返矣。〔唱〕

【中呂宮集曲・尾芙蓉】【尾犯序】（首至六）伊志任哀鳴，今須莫教、脱兔揚鷹。不若令伊、束身褒境，質椿靈。從此後怎敢背盟，守茅封前來稟命。【玉芙蓉】（合至末）君王省，恩明義定。免教人、却將背約口中稱。〔項籍白〕我留漢王，正恐他有異心哩。〔陳平奏科。白〕臣陳平，啓奏陛下。適纔張良所奏，深合機宜。況陛下既封漢王，天下盡知，豈可復留，以失大信。不如從良所請，庶爲兩便。〔唱〕

【中呂宮集曲・駐馬近】【駐馬聽】（首至合）須釋疑情，就國歸川理自應。却將那桑榆日暮，白髮之親，上邦質定。管教他從今萬里把心傾，疑猜兩地皆堪證。【好事近】（合至末）也教知大信無虧，願吾王准奏施行。〔項籍白〕二卿之奏，深合孤心。着漢王即日赴川，不許停留，所有家小，孤自遣人迎取便

了。〔唱〕

【中呂宫集曲・駐馬聽鶯兒】【駐馬聽】（首至六）暫取西行，剗的懷歸索禁聲。則願你屏藩無忝，漢地安居，更把恩承。〔劉邦作佯哭不謝恩科。項籍白〕卿家不必悲傷，卿今第往褒中，就爾封國。待孤家建都彭城之後，將卿父太公從容接取，好生供給養贍，管教卿父相安，不失你報親之意便了。〔唱〕一般兒五鼎與三牲，要知道雲山雖隔非孤另。【黄鶯兒】（合至末）伊須聽，免星横淚眼，哀苦不勝情。〔漢王作叩謝科。白〕陛下如此大恩，臣雖死不敢忘也。〔唱〕

【中呂宫集曲・駐馬輪臺】【駐馬聽】（首至四）仰荷生成，雨露恩光受不輕。微臣呵褒中待罪，則把你鳳篆龍書，長長拜命。【古輪臺】（十四至末句）可不道身蒙榮幸，〔作淚科。白〕只是臣父呵，〔唱合〕可憐他望子不勝情。却怎知忠孝等，從來兩字難相並。〔項籍白〕卿可即日起身便了。〔鍾離眛白〕臣鍾離眛，啓奏陛下。亞父臨行三事，言猶在耳，陛下如何忘却了？〔唱〕

【中呂宫集曲・駐馬颭江風】【駐馬聽】（首至七）語在人行，怎便相忘事莫惺。可知道歸山之虎，則怕將來，反嚙堪驚。願陛下好將前令暫收停，須防他蛟龍得水將違命。説什麽作質有瓜藤，【一江風】（末一句）索不如羈留堪慶。〔項籍白〕他有老小質在彭城，已有拘束，又何羈留漢王，使孤失信天下。〔唱〕

【中呂宫集曲・駐馬鎗】【駐馬聽】（首至合）怎敢相争，質以蕭同膽已傾。從今休要，鼓舌摇唇，聚訟盈廷。從來大信索教明，怎偏要拘他曲説將咱證。〔白〕漢王過來。〔漢王應科。白〕臣在。〔項籍白〕

卿只歸國，孤豈肯聽衆人之言，使卿長在關中。〔漢王白〕千歲。〔項籍唱〕【急三鎗】〔四至末〕你須是、守帶礪，毋負命。〔合〕免伊行終日價、阻卿行。〔漢王白〕領旨。〔項籍白〕張良乃漢王舊人，可仍隨漢王前去。〔張良白〕千歲。〔作退朝科，分下。韓信弔場科。白〕漢王入川，不帶家小，正中其計。他日以思歸之心，奮鷹揚之勇，吾輩俱爲所虜矣，豈不可嘆。正是：哲謀惜已成畫餅，國禍誰教似决川。〔作嘆科。下〕

第廿二齣　初逼遷都（蕭豪韻）

〔扮二内侍、二宮女引孫妃上。孫妃唱〕

【南呂宮・宜春令】執箕箒，恩榮好，備椒房琴和瑟調。俺豈是學來賢媛，月出鷄鳴頻頻告。也則爲感伊行振拔泥塗，擎受這王妃名號。〔白〕妾身孫氏，乃故太宰孫軼之女。向隨母氏避難彭城，依託姨母家度日，不幸母氏云亡，孤身無靠，自問貧賤終身，豈能復輝前世。不意入選楚宮，偶提家世，遽蒙國后之垂青，遂備中宮之下陳，又荷懷王念我先人，愈加寵幸。正是：君恩天樣大，妾感海般深。這也不在話下，只是妾身父親，久無消息，未卜存亡，母氏又已歸泉，徒深浩嘆，兀的不傷感人也。〔唱合〕好教我心傷，爲念萱椿，罔極難報。〔扮二内侍引懷王上。懷王唱〕

【南呂宮・太師引】念跋扈没些計較，①君臣義全然撇掉。〔孫妃作出接科。白〕臣妾迎接陛下。〔懷王唱〕驀似嬌鶯聲巧，〔作携手進科。懷王唱〕一同携手念卿嬌。〔作嘆科，坐科。唱〕惱恨奸雄心狡，逼勒我遷都怎了。〔孫妃白〕陛下今日進宮，爲甚龍顔不悦？〔懷王白〕妃子，你那裏知道。寡人只因項籍背

① 「没些」，校籤云：「『没』字旁加『×』號，『些』字點去。」

約無君，破秦之後自稱西楚霸王，遥尊我爲義帝。如今却遣范增、桓楚、于英前來逼我遷都彬州，留下這彭城與那項籍建都，豈不是天翻地覆，教寡人亦無可如何也。〔唱合〕寡人是怎不着惱，好没法心裏焦勞。〔孫妃白〕那項籍既是陛下臣子，如何以臣封君，又來逼勒遷都，好没分曉也。〔唱〕

【南呂宫・宜春令】冠和履，倒置了，分和名伊怎不曉。恁般相迫，索是無君心已表。不道他建功績繼業桓文，倒做了遷夏社强梁羿奡。〔合〕聞言，忽地教吾，小鹿心頭跳。①〔懷王白〕寡人原約，先入關者王之，今劉邦先入咸陽，降了子嬰，如約當以劉邦爲秦都之主。那料那項籍呵，〔唱〕

【南呂宫・太師引】恃勇猛先負約，在秦地居然稱號。擅是分符列爵，把劉季驀地遷褒。似恁無端强暴，好教我暗裏魂消。〔合〕却將那狼牙虎爪，區御駕遠涉荒郊。〔孫妃白〕項籍既是如此悖逆，陛下何不將其罪惡宣示中外，合兵討之，以整朝綱，豈不是好？〔唱〕

【南呂宫・宜春令】將伊罪，中外標，合雄兵齊齊向着。乾綱須整，休自委靡令人笑。要知道共快人天，免得要心徒煩惱。〔合〕陛下呵，請思之，後患方多，此事難了。〔懷王白〕方今諸侯王皆項籍新封，如何肯聽寡人調遣？〔唱〕

【南呂宫・太師引】這進退須自曉，諸侯册皆非吾草。索自由伊封表，應知盡是彼臣寮。②義憤

① 「頭」，校籤云：「『頭』字點去。」
② 「是」，校籤云：「點去。」

有誰應詔，愈速禍吾須預料。〔合〕徒然的畫虎空描，反類狗事更堪焦。〔孫妃白〕依陛下如此說來，這遷都是不能已了。〔唱〕

【南呂宮・宜春令】君何懦，臣太狡，反不如守村居倒没這遭。傷心時事，〔作淚科。唱〕珠淚怎禁腮前掉。贅瘤樣守位君王，似墮落寒淵冰窖。〔合〕堪悲，孤主從今，没些依託〔靠〕。〔懷王作嘆科。唱〕

【南呂宮・太師引】則教我愁不了，怎禁那精神消耗。則這冠裳顛倒，淚珠兀自染宫袍。①〔白〕寡人已令范增諸人暫就金亭館驛，容日再議。今且與妃子同到母后宫中，一同妥商便了。〔唱〕遇這時艱須命造，②向母后同叩慈教。〔合〕空相向頻恁傷悼，索不如議一個去住爲高。〔孫氏白〕陛下之言，正合如此。〔懷王白〕就到母后宫中去便了。〔懷王唱〕

【尚按節拍煞】將情去向萱親表，〔孫氏唱〕共商量怎抑雄豪，〔同唱〕也則爲事到頭來徒自焦。〔同下〕

---

① 「兀自」，校籤作「濕」。

② 「須」，校籤云：「點去。」

第廿三齣　棧道苦險（東鍾韻）

〔扮十六漢兵、薛歐、陳沛、柴武、靳歙、周昌、周勃、王陵、夏侯嬰、樊噲、周苛、酈食其、曹參、張良、蕭何引漢王上，同行科。同唱〕

【高大石調·武陵花】海闊天空，一任飛翔鳥出籠。看斜陽相照處，早離却賺人闒隴。只是這千峰疊翠勢穹窿，羊腸鳥道韁難控。則教俺提起伊行事，心裏怎相容。〔漢王白〕自入峽山驛大路，竟往褒中，見那安平、扶風等處，道路還覺平坦易行，豈知入了這迷魂寨、清風閣，便這般險阻異常。但不知此去棧道，還有幾許路程？〔張良白〕此處地名鳳州，不遠就是棧道了。〔漢王白〕素聞棧道險峻，衆將官，就此緩緩前去。〔衆應，同行科。同唱〕高岡千仞樹陰濃，一綫泉通，背殘日浮梁動。〔張良白〕此間已是連雲棧了，請車駕緩緩而行。〔衆作緩行科。同唱〕棧號連雲勢忒凶，勢忒凶，攀藤附葛心教恐。〔衆作行走艱辛科。同唱〕山名斷魂，澗猶落魄，好教人恨叢。〔作嘆科。白〕如此險峻，怎生行走？〔張良白〕衆軍士，必須挣扎前往，過了這八百里，便可入川了。〔衆軍士作挣扎行科，作跌仆科，叫苦科。同唱合〕兀的不苦殺人也麽哥，崎嶇路窮。則見那孤雲飛度遠山峰，人隔層霄暗霧中。〔衆軍士作怒科。白〕

我等過此險路，倘若有人在此把守，今生是再不能生回的了。我們父、母、妻、子，俱在關中，不知何日方得見面。〔作哭科。白〕啓大王，我等與其死在川中，不如殺回，與霸王决一死戰，也得歸屍故土。〔作呐喊科，張良作攔阻科。白〕爾等休得鹵莽，若到川中，猶可圖歸，設竟反攻，决無生理了。勸爾等不如勉强前去的好。〔衆軍士作行科。同唱〕

【又一體】暫向川中，索自悽惶心事同。休得返戈返旆，如羊投虎，授首霜鋒。倒不如暫且努志御晚風，暫且努志御晚風，愁人相對愁還共。已負從前約，教我恨填胸。〔漢王白〕怪不得他們動怒。我奉懷王約，先入關者王之，誰想那厮，聽了讒言，背了前約，遷我到這險峻去處。又着章邯等三人分王三秦，阻我東路。我想入褒之後，騰雲也難飛過了。〔唱〕東歸無路淚縱横，失盡從前英勇。可不道雁斷衡陽，飛不度前峰。却教俺遠涉危途就僻封，就僻封，與其抑鬱西偏委實的不若東。〔白〕此際三秦新封，尚未有備，倒不如從了衆人之願，領兵東去便了。〔衆兵將白〕大王之言，深合衆心。〔各作呐喊科。白〕殺回去，快快殺回去。〔蕭何作急下馬跪科。白〕大王不可信衆人一時火發之言，誤了大事。褒中雖小，亦足以王，况且西南静僻，大王招兵買馬，訓練戰士，霸王烏得禁之？那時人馬强壯，一鼓而東，方出萬全。今霸王尚在長安，我若倒戈相向，彼必率領三秦，與我對壘，勢如壓卵，豈能取勝？〔唱合〕意通融，勸伊雌伏暫相從。好把空山度，免教軍聲洶涌。况且這水疊山重，就是俺褒中屏障隆。〔漢王白〕卿家所見極是，怎奈衆軍士何？〔蕭何白〕大王呵，〔唱〕

【高大石調・拗茶蘼】時勢欠通融，冲天翮今還難動，伊不過斷腸猿嘯巴山迴。把不住闕鄉淚雨臨風，怎只要龍光便射斗牛宮。逞着你豪襟俠抱，一般的、和伊打鬨。可怎的魚服白龍，也須防漁父遇窮。倒不如暫守偏安，遵晦養待用。則索要穿雲過岫齊控馬，辛和苦聊保重。〔白〕若非勢實不可，臣亦東人，豈獨願西行哉？〔唱合〕臣豈獨心不同，一樣的念鄉閭，今番懵懂，也只爲没些破綻。畫虎難成，思量越驚恐。〔漢王白〕若非卿言，幾誤了大事。衆軍士聽者，嗣此以後，有再言東歸者，即斬以徇。〔衆應科，作勉强行科。同唱〕

【高大石調・窣地錦襠】旗橫落日蜀山紅，人擁殘雲馬跡空。千番辛苦向褒中，〔合〕則落得共怨强梁背約封。〔衆作艱辛行科。同下〕

第廿四齣　三官傳旨（江陽韻）

〔扮八雲童執雲旗，八神將、八仙官引上元天官、中元地官、下元水官上。三官同唱〕

【中呂調套曲·粉蝶兒】寰海蒼蒼，奉皇宣同來天上，俺半空中職掌興亡。則得把法雨慈雲，金言玉語，頻頻施講。也則爲劣人兒恁會持强，則得把赤帝呵顯神靈暗中保障。〔分白〕吾乃上元天官是也。吾乃中元地官是也。吾乃下元水官是也。〔同白〕分司造化，實爲解厄之神；普降慈祥，用顯扶危之異。躬承帝命，分諭諸天，心憫人寰，綏安兩大。前奉玉旨，着吾神等調遣天、地、山、川、江、海諸神，前來聽旨，好教他俱向南贍部洲，保佑赤帝子隨時顯異，救其災難，脱其禍危，使他不至爲烏龍所困，後來得成一統。又道楚王芈心，將次被項王所害，他乃水府神祇，恐他迷了本性，只得令九江之神，救其歸位。待衆神到來，將玉旨一一傳示，令其遵依行事便了。〔同唱〕

【中呂調套曲·醉春風】一邊價心鬱鬱守着褒中，一邊價慘悽悽悲生江上。愁雲萬里暗縱横，繞着俺慈腸怎放。放。則待要暗裏維持，空中相佑，齊把這綸音共仰。〔扮火神、風神、霧神、五穀神、山神、川神、江神、龍神上，參見科。同白〕小神等參見，願大帝聖壽。〔三官白〕諸神免禮。〔衆神白〕聖壽。〔作分侍科。

同白〕小神等適承大帝見召，不知有何法旨？〔上元天官白〕火德星君聽旨。〔火神白〕嗄。〔上元天官白〕只因赤帝子先入咸陽，烏龍負約，改封褒地。今入川之後，張良辭漢歸韓，欲燒絶棧道，尊神可在空中暗助，使他得成妙計。〔唱〕

【中呂調套曲·迎仙客】則願你向烈焰神威放，把聖火急相幫。則教他紅葉千山千山的那樣，可不道萬劫一齊灰，頓教那峰紫天黄，抵多少怒氣吞荒，觸倒了不周峰嶂。〔火神白〕領法旨。〔上元天官白〕風神、霧神聽旨。〔風神、霧神白〕嗄。〔上元天官白〕日後烏龍大破彭城，赤帝子爲其所困，尊神可前去搭救，急起風沙黄霧，使他脱離此厄。〔唱〕

【中呂調套曲·石榴花】則仗伊風沙重霧晦三光，教兩陣恁搶攘。一任他人雄馬壯，直行無恙。這纔是吉人自有天來相，伊行地枉自稱强。方顯俺神靈到底厮堪仗，則教他詭計總荒唐。〔風神、霧神白〕領法旨。〔中元地官白〕五穀神聽旨。〔五穀神白〕嗄。〔中元地官白〕赤帝子入川之後，須令五穀豐登，俾得糧草豐足，好圖大事。〔唱〕

【中呂調套曲·鬭鵪鶉】索教他歲稔時和，齊欣穰穰。也見伊用命勾芒，挺靈不枉。從此後一望如雲百里黄，這便是降新祥。也教他紫陌歡歌，聲騰上蒼。〔五穀神白〕領法旨。〔中元地官白〕山神聽旨。〔山神白〕嗄。〔中元地官白〕尊神職鎮山岳，自宜隨地効靈，以佐興王。〔唱〕

【中呂調套曲·上小樓】須則是時時默相，作伊屏障。方不負岳鎮尊崇，三公般位，拱着時王。則索使虎狼兒避，獸類兒夥，和山林兒茂暢，纔顯是山靈呵護作養。〔山神白〕領法旨。〔下元水官白〕龍神、川神聽旨。〔龍神、川神白〕嗄。〔下元水官白〕凡爲年歲豐收，須在雨暘時若；漁家歡樂，全仗網罟盈餘。爾龍神可隨時降雨，以潤田苗。爾川神逢水滋生，以供漁用。〔唱〕

【又一體】也須知潤禾稼，都仗着時雨暘。敢早要濛濛霢霢，五雨十風，澤降郊鄉。還則要魚鱉盛，蟹蝦豐，供漁安享，我這裏望尊神同心莫忘。①〔龍神、川神白〕領法旨。〔下元水官白〕江神聽旨。〔江神白〕嗄。〔下元水官白〕項王使九江王英布行弒，義帝將被害江中，尊神可救入水府，同掌九江。〔唱〕

【中呂調套曲·十二月】可憐他江中淪喪，無辜的被弒英王。全仗着魚兵蝦將，救取他眷屬安康。同去到巍巍龍宮，好受那水府餘慶。〔江神白〕領法旨。〔三官同白〕此皆上帝敕旨，衆神各宜凜遵，不得有違。〔同唱〕

【中呂調套曲·堯民歌】龍書鳳篆早宣揚，則願着謹遵依，施展得遍遐方。俺也是柚黃蘆白泛秋江，月白風清渡慈航。不也麼遑，傳宣到衆方，欲佐炎劉王。〔衆神白〕大帝傳旨，小神等一一謹遵。〔三官白〕各歸神地。〔火神衆白〕領法旨。〔同下。三官白〕衆雲童，就此駕祥雲，回歸天闕。〔衆雲童應科，作舞雲遶場行科。同唱〕

【煞尾】駕祥雲遍九天，率仙儔入帝鄉。好笑他天心有啓空勞攘，俺落得召取諸神把玉旨講。〔同下〕

① 「望尊神」，校籤作「諭諸神」。